KNAUR

Im Knaur Taschenbuch Verlag ist bereits folgendes Buch der Autorin erschienen:
Wahrheit wird völlig überbewertet

Über die Autorin:
Heike Abidi, Jahrgang 1965, studierte Sprachwissenschaften und arbeitet heute als freiberufliche Werbetexterin und Autorin. Sie schreibt erfolgreich Jugendbücher und Romane für Erwachsene aus verschiedenen Genres. Sie lebt mit Mann, Sohn und Hund in der Nähe von Kaiserslautern.
Wenn Sie mehr über Heike Abidi erfahren möchten, besuchen Sie ihre Website: www.abidibooks.de.

Nachts
sind alle Schafe
schwarz

Statt eines Vorworts

Eintagsfliegen leben länger

Wann leistest du dir endlich mal einen Kühlschrank mit Eiswürfelspender? Oder noch besser: eine Klimaanlage? Es ist ja unerträglich heiß hier in deinem Künstlerloft«, nörgelt Elisabeth Hildebrandt und nippt an ihrem Likör.

Greta seufzt. »Du könntest es kühl und komfortabel haben bei dir zu Hause, Mamilein«, antwortet sie so gelassen wie möglich.

Mamilein hasst es, so angesprochen zu werden. Am liebsten lässt sie sich Liz nennen. Wie Liz Taylor, ihr Idol. Aber den Gefallen tut Greta ihr nicht.

Missbilligend zieht Elisabeth ihr Operettendiva-Gesicht: geschürzte Lippen, hochgezogene Brauen, affektierte Apfelbäckchen – und straft Greta mit Schweigen. Ungefähr fünf Sekunden lang.

»Ehrlich gesagt, dass du mich heute Abend im Stich lässt, finde ich gar nicht nett von dir!«

Doch damit wirst du wohl oder übel zurechtkommen müssen, denkt Greta. Und überhaupt: Ungebetene Gäste sollten froh sein, wenn sie den bequemsten Sessel bekommen, anstatt sich über mangelnde Zuwendung zu beklagen.

Mit anderen Worten: Greta hat keineswegs vor, sich erweichen zu lassen. Sie freut sich riesig auf den Abend mit ihren Freundinnen. Es ist schon viel zu lange her, dass sie sich getroffen haben, um einfach nur Spaß zu haben. Nicht um zu arbeiten. Genauer gesagt war das vor ziemlich exakt einem halben Jahr.

»Warum gehst du heute nicht zum Bingo? Es ist doch Freitag?«, fragt Greta, während sie ihre langen, kupferroten Locken mit einem moosgrünen Band zusammenbindet.

»Fällt aus«, sagt Elisabeth und greift zur Fernbedienung. »Ach, weißt du was? Schwamm beiseite. Jeder muss nach seiner eigenen Fusion selig werden. Ich schau mir eben einen Film an. Und dir viel Spaß mit deinen Kameradinnen!« Schon flimmert der Vorspann von *Die Mädels vom Immenhof* über den Bildschirm.

Greta grinst. Auch wenn ihre Mutter sie wahnsinnig macht: Mit ihren verdrehten Sprüchen und ihrem Fünfziger-Jahre-Weltbild wirkt Elisabeth Hildebrandt manchmal einfach urkomisch. Trotzdem wird sie auch dieses Mal drei Kreuze schlagen, wenn sich ihre Mutter wieder mit ihrem aktuellen Lebensabschnittsgefährten versöhnt und endlich nach Hause zurückkehrt.

Heute Abend jedenfalls ist Greta froh, dass sie Caro und Becky sehen wird und nicht *Die Mädels vom Immenhof.* Doch sie fühlt sich auch ein wenig nervös. Sie muss mit den anderen reden. Unbedingt.

Rock oder Hose? Carolin Arnold-Braun steht unentschlossen vor dem Kleiderschrank und schwitzt. Es ist verdammt heiß heute. Über dreißig Grad. Und das Ende September. Sind das schon die Auswirkungen der globalen Erwärmung? Oder ist es nur ein normaler Altweibersommer? Wenn sie nur wüsste, was sie anziehen soll! Warum ist es manchmal so schwierig, die richtige Wahl zu treffen? Seufzend entscheidet sie sich für dünne Leggings und eine bequeme nachtblaue Tunika. Perfekt. Caro findet, dass ihr Spiegelbild darin ein wenig schlanker wirkt als sonst. Fast wie Größe 40, nicht wie 42 oder manchmal, bei engen Schnitten, 44. Ein zufriedenes Lächeln macht sich in ihrem dank der zusätzlichen Pfunde fast faltenlosen Gesicht breit. Trotzdem würde sie, um schlanker zu wirken, im Notfall sogar einen weiteren Schweißausbruch in Kauf nehmen. Rasch schreibt sie Frank eine SMS: »Treffe mich gleich mit Becky und Greta. Wünsch dir eine stressfreie Nachtschicht mit möglichst wenigen Notfällen. Hdgdl Caro«.

Dann hält sie kurz inne. Ist das auch wirklich die volle Wahrheit? Hat sie Frank wirklich noch immer »ganz doll lieb«? Oder hat sie sich schon so sehr ans Flunkern gewöhnt, dass sie selbst gar nicht mehr weiß, was richtig ist und was falsch? Eines aber weiß sie genau: Diese Lügerei muss aufhören. »Heute Abend sollten wir das beenden, was wir vor sechs Monaten losgetreten haben«, nimmt sie sich vor. Wer hätte geahnt, dass aus dem Jux tatsächlich Ernst werden und das Ganze keine Eintagsfliege bleiben würde?

Nachdem sie in die neuen Sandalen geschlüpft ist und vor dem Spiegel ein letztes Mal ihren Lippenstift nachgezogen hat, greift sie nach dem Schlüsselbund und macht sich auf den Weg zum Auto. Sie sitzt schon in ihrem gelben Cabrio und will gerade starten, als sie sich mit der flachen Hand an die Stirn schlägt, wieder aussteigt, zurück zur Haustür stöckelt, im schmucken Einfamilien-Neubau verschwindet und nach wenigen Sekunden erneut auftaucht. Diesmal mit einer Babypuppe im Arm. Achtlos wirft sie die Puppe auf den Beifahrersitz und fährt los.

Ein Staubsaugervertreter, der Carolin Arnold-Braun gerade einen Besuch abstatten will und sie um wenige Sekunden verpasst, schaut ihr schulterzuckend hinterher und beobachtet, wie sie mit grimmiger Miene vor sich hin murmelt. Obwohl sie mit offenem Verdeck fährt, kann er ihre Worte wegen des Motorengeräusches nicht verstehen. »Lächerlich«, schnaubt sie. »Einfach lächerlich.«

Der Mensch ist ein inkonsequentes Wesen. Das ist Rebekka Quandt schon lange klar. Früher, als sie jünger und dümmer war, glaubte sie noch felsenfest an die Erziehung ohne Ausnahmen. Sie nahm sich vor, ihre Kinder einmal mit liebevoller Strenge zu erziehen. Nervenstark, unerschütterlich, grundsatztreu. Aber spätestens seit sie tatsächlich Mutter ist, hält sie Konsequenz für ein Konzept, das nur in der Theorie existiert.

»Okay, Nelly, noch eine halbe Stunde *Findet Nemo*«, beantwortet sie die Frage ihrer fünfjährigen Tochter, »aber dann gehst du ohne zu murren ins Bad. Und anschließend ohne Vorlesegeschichte ins Bett, denn dann ist mein Besuch bestimmt schon da.«

»Hurra!«, brüllt Nelly, schlingt ihre zarten Ärmchen um Rebekkas Beine und drückt ihr einen feuchten Schmatzer auf die nackte Haut.

Dieses kleine süße Monster hat mich voll im Griff, denkt Rebekka. Aber was soll's? Morgen ist Samstag, da ist sie ganz froh, wenn ihr anstrengendes Sonnenscheinchen ausnahmsweise mal ein bisschen länger schläft. Länger jedenfalls als bis halb sechs.

Nach einem Blick auf die Uhr beschließt Becky, sich zu sputen. Die Kräcker in Schalen füllen, den Quarkdip würzen, das

Würfelspiel und die Notizblöcke bereitlegen, Gläser polieren, die Bowle mit eisgekühltem Sekt auffüllen, die halblangen Haare hochstecken, ein wenig Make-up auflegen und dann noch rasch in ein schickeres Outfit hüpfen.

Doch zum Umziehen bleibt ihr am Ende keine Zeit mehr. Sie will gerade mit dem zweiten Bein aus den Shorts steigen, als das Telefon klingelt. Ein Blick aufs Display zeigt ihr, wer zu diesem unpassenden Zeitpunkt anruft.

»War ja klar«, brummt sie verärgert und hat für einen Moment das Gefühl, ein Déjà-vu zu erleben. Dann atmet sie tief durch und fasst spontan einen Entschluss.

Als sie fünf Minuten später auflegt, ist sie wahnsinnig erleichtert. Der wird sich so bald nicht mehr bei ihr melden, da ist sie sich sicher!

Früher hätte sie sich das nicht getraut. Bevor diese ganze Sache angefangen hat – damals, vor sechs Monaten, als ihre Freundinnen das letzte Mal bei ihr zu Besuch waren. An jenem legendären Abend, an dem alles begann.

Vielleicht wäre es wirklich klüger, die ganze Geschichte von vorn zu erzählen? Ja, fangen wir doch einfach ganz am Anfang an.

Bären aufbinden für Anfänger

Der 31. März war ein fieser Schmuddeltag. Und so was nannte sich nun Frühling! Jedenfalls laut Kalender. Kaum zu fassen. Wo, bitte, blieb die verdammte Erderwärmung? Becky schaute aus dem Küchenfenster und beobachtete die Passanten, die in leicht gebeugter Haltung durch den Schneeregen hasteten, als sei er dadurch angenehmer zu ertragen.

Zum Glück musste sie an diesem Abend das Haus nicht mehr verlassen. Stattdessen stand ihr das Highlight des bislang ganz und gar verkorksten Tages bevor: Besuch von Caro und Greta!

Sie konnte sich keinen schöneren Start in ein Wochenende vorstellen als mit einem ihrer zünftigen Weiberabende. Diese Tradition pflegten die drei seit ihrer gemeinsamen Oberstufenzeit. Wie damals gehörten zu einem solchen Abend nach wie vor Würfelbecher und Kniffelblock, Schampus und Salzgebäck. Nicht zu vergessen viel, viel Geschnatter.

Früher trafen sie sich reihum. In letzter Zeit jedoch war meist Becky die Gastgeberin. Was sie gleich aus mehreren Gründen ziemlich praktisch fand: Erstens begegnete sie ungern Gretas fürchterlicher Mutter, die sich regelmäßig bei ihr einnistete, sich dort aufführte wie eine Diva und mit Kommandostimme das Zepter schwang. Und zweitens hasste Becky den Flüsterton, mit dem man sich in Caros schmuckem Eigenheim unterhalten musste. Nur weil sich der geräuschempfindliche

Arzt-Gemahl Frank mal wieder ausruhte, vor oder nach einer 12-Stunden-Schicht in der Klinik. Zartbesaitete Mimosen wie Frank würden es hier bei ihr keine drei Tage aushalten. Das Gegröle aus der Spelunke im Erdgeschoss war oft noch bis tief in die Nacht zu hören. Doch der Hauptgrund, warum Becky lieber Gastgeberin war, saß nebenan im Kinderzimmer und tadelte gerade seine Lieblingspuppe: »Nein, Lisamarie, du musst erst dein Gemüse aufessen, bevor du mit den anderen auf den Spielplatz darfst.«

Du liebe Zeit, Nelly! Sie sollte eigentlich längst im Bett liegen. War das noch zu schaffen, bevor Caro und Greta eintrafen? Rasch schaute sie sich um: In der Küche war alles vorbereitet. Da lag sie gut in der Zeit. Nur sie selbst war noch ungekämmt, ungeschminkt, unmöglich angezogen.

»Nelly, Zeit für die Badewanne«, rief Becky entschlossen.

»Och nö«, versuchte ihr herzallerliebstes Töchterlein ein paar wertvolle Spielminuten herauszuschinden, »nur noch ein bisschen.«

»Okay, ich lasse das Wasser ein, aber wenn ich dann rufe, kommst du sofort«, lenkte sie ein. Ihr war klar, dass sie viel zu schnell nachgab. Man sollte doch meinen, eine Vierunddreißigjährige könne sich gegen ein vierjähriges Kindergartenkind mit Leichtigkeit durchsetzen.

Fünf Minuten später saß ihr Sonnenscheinchen im Badewasser und spielte mit dem Schaum, anstatt sich zu waschen. Das würde Becky gleich übernehmen müssen. Doch fünf Minuten brauchte sie zunächst, um sich selbst ein klein wenig aufzubrezeln. Nicht, dass sie eitel wäre. Nein, sie wollte bloß nicht, dass man ihr den Horrortag ansah, den sie hinter sich hatte.

Schließlich war sie einigermaßen zufrieden mit der Gestalt, die ihr da aus dem Spiegel zuzwinkerte. Becky sah nicht spektakulär aus, aber okay. So bin ich nun mal, dachte sie: mittelgroß, mittelschlank, mittelblond, mittellos.

Na ja, Letzteres stimmte zum Glück nicht ganz. Immerhin gelang es ihr, Nelly und sich über Wasser zu halten.

Apropos Wasser: »Augen zu«, kommandierte sie, »jetzt schäume ich dir die Haare ein.«

Das obligatorische Hilfe-ich-habe-Schaum-im-Auge-Geschrei übertönte beinahe die Türklingel. Ihr brach der Schweiß aus. »Komme!«, schrie sie, während sie mit der Handbrause die Schaumreste aus Nellys Löckchen spülte. Dann hob sie das glitschig nasse Zappelmonster aus dem Wasser, hüllte es in ein extragroßes Handtuch, zog den Badewannenstöpsel und eilte zur Tür.

»Ich bin ein paar Minuten zu früh, aber macht ja nichts, oder? Da kann ich dir noch etwas zur Hand gehen«, strahlte Caro sie an. Der Schneeregen hatte ihr ganz offensichtlich die Laune kein bisschen getrübt. Caro sah großartig aus: Smokey Eyes, weinroter Lippenstift, blauer Wollmantel. Wie aus dem Ei gepellt. Was Becky nicht wunderte, denn so perfekt sah sie immer aus, unglaublich weiblich und einfach nur umwerfend. Sie hätte ein männermordender Vamp sein können, doch dazu fehlte ihr eine kräftige Portion Selbstbewusstsein.

»Hi Caro, komm rein, wie schön, dass du da bist«, begrüßte Becky ihre Freundin ein wenig hastig, »bin gerade noch mit Nelly im Bad und …« In diesem Augenblick begann das Telefon zu klingeln. Na großartig, dachte Becky. Den ganzen Tag über ruft kein Schwein an, aber wenn es ungünstiger nicht sein könnte, ist plötzlich mein Typ gefragt.

»Keine Sorge, ich kümmere mich um Nelly«, bot Caro sofort an, »du weißt doch, wie sehr ich Kinder liebe.«

Bingo.

Ich hätte die Zeit stoppen sollen, dachte Becky. Könnte ein neuer Rekord sein. Weniger als dreißig Sekunden waren vergangen, seit sie die Haustür geöffnet hatte, und schon hatte Caro zum ersten, aber sicher nicht zum letzten Mal an diesem Abend ihre schier unendliche Kinderliebe erwähnt. Manchmal ging sie ihren Freundinnen damit ein klein wenig auf den Wecker, doch in diesem Augenblick war sie Beckys Rettung.

Schon betrat Caro das Badezimmer und übernahm das Projekt Nelly-ins-Bett-Bringen: »Hallo Prinzessin, darf ich dich abtrocknen und dir in den Schlafanzug helfen?«, rief sie fröhlich aus, und Nellys Antwort war ein begeistertes: »Juhuuuu, Tante Caro!«

Unterdessen war Becky losgestürmt, stolperte um ein Haar über Nellys Kindergartentasche, die mitten im Flur lag, unterdrückte einen deftigen Fluch und erreichte schließlich beim zehnten Klingeln das Telefon.

»Ja, hallo, Rebekka Quandt«, meldete sie sich atemlos.

»Na endlich, wo steckst du denn«, brüllte ihr jemand ins Ohr, der es offenbar für überflüssig hielt, seinen Namen zu nennen.

Und damit hatte er völlig recht. Sie erkannte ihn auch so. Niemand außer Paul Segers würde sich schon bei der Begrüßung dermaßen im Ton vergreifen. Alles, was man über Paul Segers wissen musste, ließ sich in einem Wort zusammenfassen: *Kotzbrocken.* Na ja, fast alles. Denn abgesehen davon war Paul Segers auch Beckys Chef. Inhaber der *Agentur WerbePauSe.* Mit großem P und großem S in der Mitte. Seinen Initialen. Er war wahnsinnig stolz auf diesen Namen. Wahrscheinlich die kreativste Leistung, die er je vollbracht hat.

Das Positive an ihm war zugleich Beckys Verhängnis: Als einziger Agenturinhaber weit und breit hatte er sich mit einer Homeoffice-Lösung einverstanden erklärt. Alle anderen bestanden auf Anwesenheit in ihren heiligen Hallen – und das meist bis spät abends. Für eine Alleinerziehende ein Ding der Unmöglichkeit. Sie war ihm also auf Gedeih und Verderb ausgeliefert – jedenfalls kam es ihr manchmal, in ihren trübsten Stunden, so vor.

Das Homeoffice war aber auch in doppelter Hinsicht ein Segen für Becky, denn wer den Choleriker Paul Segers je live erlebt hatte, verstand augenblicklich, warum sie ihn nur in homöopathischen Dosen ertragen konnte. Ihm täglich begegnen zu müssen, hätte ihr den letzten Nerv geraubt. Aber auch am Telefon war er kein erfreulicher Gesprächspartner. Wenn der Apparat am Heiligabend kurz vor der Bescherung läutete oder am Sonntagmorgen um sieben oder irgendwann kurz vor Mitternacht oder an einem Freitagabend, an dem sie Besuch erwartete, dann standen die Chancen neunundneunzig zu eins, dass Paul am anderen Ende der Leitung war. Mit einem supereiligen Auftrag, der am besten schon vorgestern erledigt gewesen sein sollte, oder einer Beschwerde. Einer ungerechtfertigten Beschwerde, so wie an diesem Abend.

»Schrott, was du mir da geliefert hast, Quandt. Hatte ich nicht gesagt, was ich will? Was Neues, was Pfiffiges, was Aggressives! Und du kommst mir mit Schneemännern auf Snowboards. Schrott, einfach nur das Letzte!«

Eine ganz schön gewagte Bemerkung für jemanden, der farbenblind war und den größten Mist verkaufen würde, solange er Kohle einbrachte. Ein waschechter Geschäftsmann, der über Leichen ging. Doch mit dieser Beschreibung wäre Paul Segers, der sich selbst für einen Ästheten hielt, sicher nicht einverstanden gewesen. Objektiv betrachtet konnte er eine kreative Meisterleistung kaum von Murks unterscheiden, im Gegensatz zu Becky, die ein wahrer Augenmensch war und bei der geringsten optischen Disharmonie schon Pickel bekam.

Auch in diesem Fall hatte sie erstklassige Arbeit geliefert. Schade, dass Paul mal wieder den Chef raushängen lassen musste. Wohlgemerkt, es ging um nichts Weltbewegenderes als um ein weihnachtliches Geschenkpapier für Kinder, das Becky am Nachmittag gestaltet hatte. Schneemänner, die auf dem Snowboard Helm und Sonnenbrille tragen, waren im Vergleich zu den Designs vom letzten Jahr (Schneemänner mit Wollmütze und Schal auf traditionellen Skiern) durchaus pfiffig und neu. Fand sie. Und genau das teilte sie ihm auch mit. So sanft sie nur konnte.

Es war nicht erkennbar, dass sich auch Paul Segers um Selbstbeherrschung bemühte. Das lag ihm einfach nicht. Brüllen, toben und vor Wut schnauben dagegen schon eher.

»Am Montag früh brauche ich neue Entwürfe. Ich denke an Roboter, ich denke an futuristische Schlitten, ich denke an Außerirdische mit Engelsflügeln. Kapierst du das, Quandt?«

Tief einatmen – und ausatmen. Einatmen – und ausatmen. *Ruhig Blut, Becky, lass dir von ihm nicht den Abend verderben! Schlimm genug, dass er dir gerade eine Wochenendschicht beschert hat.*

»Ich verstehe genau, was du meinst, Paul«, zwang sie sich völlig emotionslos zu sagen. Sie würde also den Sonntag am Schreibtisch verbringen und ein Geschenkpapierdesign mit extraterrestrischen, geflügelten Jahresendfiguren entwickeln. Auch wenn sie beim besten Willen nicht verstand, was daran *aggressiv* sein sollte. E.T. als Engel. Das konnte doch nicht sein Ernst sein?

Es war sein Ernst.

»Das will ich hoffen«, knurrte Beckys Chef und beendete das Gespräch ohne weiteren kommunikativen Firlefanz. Grüße oder gute Wünsche fürs Wochenende waren Pillepalle in seinem Universum. Und Becky konnte darauf auch getrost verzichten. Ein Gruß von Paul Segers macht etwa so glücklich wie eine Steuernachzahlung.

Beckys Laune war mittelprächtig, als sie zurück in die Küche ging, um die Cocktails zu mixen. Doch als sich Caro wenig später zu ihr setzte und verkündete, dass Nelly jetzt schliefe und sie sich wahnsinnig auf diesen Abend freue, stieg auch Beckys Stimmungsbarometer sofort wieder an. Sie würde sich von einem Kotzbrocken wie Paul Segers nicht die Petersilie verhageln lassen. Wäre ja noch schöner!

»Was kredenzt du uns heute denn Leckeres?«, wollte Caro wissen. »Sieht ja schon vielversprechend aus!« Becky hatte mal wieder eine Meisterleistung vollbracht, was den Tischschmuck betraf. Diesmal erstrahlte alles in Maigrün, Perlmutt und Zitronengelb. Passend zur Jahreszeit (wenn auch nicht zum Wetter) und zum Drink des Tages.

»Hugo«, verkündete Becky. So hieß ihr aktueller Lieblings-Prosecco-Cocktail mit Holunderblütensirup, Minze und Limetten. Eigentlich ein Sommergetränk, aber sie sah nicht ein, sich vom Kalender diktieren zu lassen, wann sie einen Hugo trinken durfte und wann nicht. Schon gar nicht von einem

Kalender, an den sich nicht einmal der gute, alte Petrus hielt. In einem Frühling, der so winterlich war wie dieser, konnte ein Sommer-Cocktail kaum schaden.

Das fand auch Greta, die wenig später eintraf. »Hmmm, sieht lecker aus«, lobte sie Beckys Kreation, die schon rein optisch ein Hochgenuss war. »Besser könnte auch ein waschechter Barkeeper so einen Drink nicht hinbekommen.«

»Becky ist eben eine echte Bree, wenn es um ihre Fähigkeiten als Gastgeberin oder ihren Job geht. Und eine chaotische Susan im Privatleben. Aber mit dem toughen Aussehen einer Lynette«, lachte Caro, die wahrscheinlich der weltgrößte *Desperate-Housewives*-Fan war.

»Pah – und wo ist dann mein Mike Delfino?«, protestierte Becky in Anspielung auf eine der beliebtesten männlichen Figuren dieser Serie. »Kennt eine von euch einen attraktiven Klempner, der mit einer Bree-Susan-Lynette kompatibel ist?«

»Wer weiß? Vielleicht klopft er eines Tages an, wenn du ihn am wenigsten erwartest. Der Vergleich mit den Hausfrauen ist jedenfalls ziemlich treffend«, lachte Greta und schälte sich aus ihrem dicken graumelierten Strickmantel. Darunter trug sie einen petrolfarbenen Rollkragenpullover, der einen perfekten Kontrast zu ihrer kupferroten Lockenpracht darstellte.

Es gibt drei Dinge, um die man Greta beneiden konnte: ihren unerschütterlichen Glauben an das Gute im Menschen, ihre coole Loft-Wohnung und ihre wunderschönen Haare. Worum sie dagegen weder Becky noch Caro beneidete, waren die unerträglichen Dauerbesuche ihrer dominanten Frau Mutter, die schlecht funktionierende Heizung in ihrer zeitweise eiskalten, zugigen Loft-Wohnung und ihr Talent, sich ständig in die falschen Kerle zu verlieben.

»Und an wen denkst du jetzt gerade? Jemanden, den du am liebsten killen würdest?«, fragte Greta und deutete auf die Limetten, die Becky mit gnadenlosen Messerhieben auf dem Schneidbrett zerstückelte.

»An Paul Segers«, gab Becky mit einem beschämten Grinsen zu. Dann erzählte sie den Grund für das Gemetzel, dem zum Glück nur ein paar Zitrusfrüchte zum Opfer gefallen waren.

»Außerirdische mit Engelsflügeln? Der hat wohl einen an der Waffel«, kommentierte Greta kopfschüttelnd. Bei Paul Segers geriet sogar ihr positives Menschenbild ins Wanken.

Becky verteilte die Cocktails, und die drei stießen an. »Auf uns!«

Die erste Runde leerten sie innerhalb von zehn Minuten. Becky spürte, wie der Schampus langsam seine tröstliche Wirkung in ihren Blutbahnen entfaltete, und beschloss, das Potenzial dieses Effekts an diesem Abend nicht durch übertriebene Enthaltsamkeit zu bremsen. Deshalb ging sie nach nebenan und holte größere Gläser aus dem Schrank, um nicht so oft neue Hugos mixen zu müssen.

»Die schmecken einfach verdammt lecker«, seufzte Caro, die wahrscheinlich wieder einmal an die versteckten Kalorien dachte, die so ein Drink enthielt. Um sie abzulenken, erzählte Becky von ihrem Horrortag.

Am Morgen hatte sie Nelly zu Fuß zum Kindergarten gebracht, weil Laufen ja so gesund sein soll. Weniger gesund ist es allerdings, auf dem Rückweg in einen Eisregen zu geraten und bis auf die Haut durchnässt zu werden. Trotz einer heißen Dusche und frischen Klamotten fror sie danach noch stundenlang. Den halben Tag verbrachte sie dann damit, das Weihnachtsgeschenkpapier zu designen, das Paul vorhin als »Schrott«

bezeichnet hatte. Und kurz vor Feierabend brauchte er dann noch einen Entwurf für eine sommerliche Tischdecke. »Irgendwas mit Erdbeeren«, hatte ihr charmebefreiter Chef ins Telefon gebellt. »Aber zack, zack, Quandt, die brauchen das Layout noch heute!«

Becky schaffte den Abgabetermin. Was sie dagegen nicht schaffte, war, Nelly pünktlich abzuholen. Schon als sie auf den Parkplatz einbog, wusste sie, was ihr gleich blühen würde. Denn dort stand nicht der bunte VW-Bus von Nellys verständnisvoller Lieblingserzieherin, sondern der Sport-Zweisitzer der Einrichtungsleiterin, die ihr gleich einen gepflegten Anschiss verpassen würde. Frau Nette. Becky musste aufpassen, sie nie, wie in Gedanken, mit Frau *Unnette* anzureden, denn die Einrichtungsleiterin war alles andere als freundlich. Vor allem zu Müttern, die sich verspäteten, und sei es nur, wie diesmal, um lächerliche fünf Minuten.

Frau Nette fand das alles keineswegs lächerlich, sondern vielmehr: »Respektlos! Unerfreulich! Inakzeptabel!«

Einrichtungsleiterin Nette bezauberte nicht gerade durch ihr einnehmendes Wesen. Dafür bot sie aber allerhand Lästerstoff. Becky gab eine schmallippige Frau-Nette-Parodie zum Besten und brachte Caro und Greta damit zum Lachen. Sich selbst schließlich auch.

»Genug von Frau Nette«, unterbrach Greta ihre Darbietung, »wer hat Lust auf eine Runde Kniffel?«

Das hatten alle. Wo käme man da auch hin? Kein Weiberabend ohne das Lieblingswürfelspiel!

Wie an einem Tag wie diesem nicht anders zu erwarten, glückte Becky rein gar nichts. Sie verpasste sogar den Bonus um drei läppische Punkte, schaffte weder die große Straße noch Fullhouse und bekam natürlich auch keinen Kniffel – einen jener seltenen Würfe, bei dem am Ende alle fünf Würfel die gleiche Augenzahl zeigen und einem damit fünfzig Punkte auf einmal bescheren.

Caro dagegen kam auf ein ganz ordentliches Ergebnis. Aber Greta hatte in dieser Runde das Würfelglück für sich gepachtet: Ihr gelangen gleich drei Kniffel, wodurch sie uneinholbar gewann.

»Glück im Spiel, Pech in der Liebe«, kommentierte sie trocken und ergänzte dann rasch: »Ich will NICHT darüber reden.«

Das sagte sie immer. Aber damit gaben sich ihre beiden Freundinnen natürlich nicht zufrieden.

»Einspruch, Euer Ehren«, rief Becky.

»Los, raus mit der Sprache«, bohrte auch Caro sofort nach, »wie sollen wir dich trösten, wenn wir nicht wissen, was los ist?«

Schließlich gab Greta nach. Während Becky eine weitere Hugo-Runde zubereitete, berichtete sie von Roy, dem Herzensbrecher. Der bis dato übrigens noch Roy, der Traummann, gewesen war. Roy Sullivan war Kanadier, durchtrainiert, gutaussehend und als Musicaldarsteller am Stadttheater beschäftigt. Greta war auf den ersten Blick in ihn verschossen gewesen. Wohl eher in seinen Luxuskörper, hatten Becky und Caro sie immer geneckt. Aber Greta hatte stets behauptet, vor allem seine sensible Künstlerseele zu lieben, die der ihren so ähnlich sei. Eben diese Künstlerseele jedoch war, wie er ihr am Mittag bei einem Latte macchiato ganz nebenbei mitgeteilt hatte, in einer *neuen Phase.* Roy Sullivan brauchte mehr Freiheit, mehr Inspiration, mehr Entwicklungsmöglichkeiten. Mit anderen Worten: weniger Greta.

»So ein Depp«, diagnostizierte Caro.

»Volltrottel!«, bestätigte Becky und ergänzte: »Wenn ich Roy Sullivan wäre, würde ich dich sofort heiraten.«

Das rührte Greta zu Tränen und Becky reichte ihr rasch ihr Glas, um sie aufzuheitern. Beziehungsweise *an*zuheitern. Was eigentlich kontraproduktiv war, denn wenn sie beschwipst war, hatte sie noch näher am Wasser gebaut als ohnehin schon. Aber Becky fiel sonst keine Erste-Hilfe-Maßnahme ein.

»Immerhin laufen deine Jobs ganz prima«, versuchte Caro sie zu trösten und eröffnete die nächste Kniffelrunde mit einem famosen Viererpasch: vier Sechsen und eine Fünf. Besser ging's nicht. Schniefend sammelte Greta die Würfel ein, ließ sie in den Becher fallen, deckte ihn mit der flachen Hand ab, schüttelte ihn ein paar Mal kräftig und stülpte ihn schließlich auf den Tisch. Eine Zwei, zwei Dreier, eine Vier, eine Sechs kamen darunter zum Vorschein. Damit konnte sie weder auf eine Straße spekulieren noch auf eine andere Wurffigur, die eine hohe Augenzahl versprach.

»Das passt ja perfekt. Denn ungefähr genauso bescheiden sieht meine berufliche Situation momentan aus«, seufzte Greta. »Und damit meine ich natürlich nicht den Job bei dir im Laden, der macht Spaß«, ergänzte sie rasch mit einem Blick auf Caro. In deren Öko-Kindermodenboutique *Piccolobello* half Greta ab und zu aus. Meist an den Tagen, an denen Frank, Caros Mann, frei hatte. Denn dann wollte Caro mit ihm »etwas unternehmen«. Genauer ließ sie sich über das Arnold-Braunsche Freizeitprogramm nicht aus, aber ihre Freundinnen ahnten, dass diese Unternehmungen wohl mit Caros Lieblingsprojekt zu tun hatten: der Familienplanung.

Greta ließ die zwei Dreien liegen und spielte die drei übrigen Würfel neu aus. Zwei Sechsen, eine Fünf. Das roch nach Fullhouse. Oder nach gar nichts.

»Ich geh auf Risiko«, entschied Greta und nahm nur die Fünf auf. Der Hugo tat seine Wirkung, denn in nüchternem Zustand bevorzugte Greta die Null-Risiko-Strategie.

»Sechs oder drei, sechs oder drei, sechs oder drei«, murmelte sie beschwörend, während sie zum letzten Mal würfelte.

Es kam eine Eins.

»Mistkacke«, stieß Greta hervor. Es war der wüsteste ihrer Flüche. Der kam ihr nur alle Schaltjahre einmal über die Lippen. »Was mach ich jetzt? Notiere ich einen Punkt bei den Einsern?«

»Ich würde 19 Punkte zu *Chance* schreiben, besser als gar nichts«, schlug Becky vor.

»Chance. Chance! Chance! Wenn ich das schon höre«, stieß sie mit erstickter Stimme heftig hervor, und erneut konnte sie ihre Tränen nicht zurückhalten. Diesmal flossen ganze Sturzbäche. Mit offenen Mündern starrten Becky und Caro sie an. Derartige Ausbrüche waren sie von ihrer sanftmütigen Freundin nicht gewohnt. Ging es hier überhaupt noch ums Würfeln? Offenbar nicht.

»Diese bescheuerten Tierporträts sollten eine *Chance* für mich sein, mir als ernsthafte Künstlerin einen Namen zu machen«, klagte Greta trotzig. »Und? Wo ist der Durchbruch? Wo ist der Galerist, der meine Werke ausstellen will? Wie alt darf man sein, um noch als Nachwuchsentdeckung gefeiert zu werden? Leute, ich bin Anfang dreißig. Höchste Zeit für meinen Durchbruch. Oder ich schule gleich ganz um und werde Straßenkehrerin. Denn wenn ich noch einen verdammten Königspudel in Öl malen muss, dreh ich durch!« Woraufhin sie ihr Hugo-Glas in einem Zug leerte.

Gretas Haupteinnahmequelle bestand darin, Porträts von Haustieren zu malen. Meist für ältere, wohlhabende Damen, die ihrem verstorbenen Fifi oder der verschiedenen Minka hinterherweinten und denen es ein paar Hunderter wert war, wenn Greta eine Fotografie der betrauerten Kreatur abmalte. Greta war ausgesprochen gut darin. Aber sie hasste diese Aufträge. Das war keine Kunst. Jedenfalls nicht in ihren Augen.

In Beckys Augen war es das durchaus. Sie bewunderte Greta für ihr Können. Zwar war Becky eine super Designerin, aber ihre Werkzeuge waren PC und Grafikprogramm, nicht Pinsel und Staffelei. Niemand würde ihr je einen Königspudel in Öl abkaufen, so viel stand fest!

»Okay, Süße«, fasste Becky zusammen, »Roy ist also ein Vollidiot, diese Würfelrunde gelingt dir nicht ganz so gut wie die letzte, und du hast keinen Bock mehr darauf, Haustierporträts zu pinseln. Gibt es sonst noch etwas, das wir wissen sollten?«

»Na ja. Mamilein hat sich noch immer nicht mit Kurt versöhnt und beehrt mich weiterhin mit ihrer Gesellschaft. Und der Knastdirektor hat mich heute früh gefeuert.«

»Er hat *was?*« Caro konnte es kaum fassen. Und auch Becky riss überrascht die Augen auf. Verdutzt aufschreien konnte sie leider nicht, ihr Mund war voller Kräckerkrümel.

Und dann schilderte Greta eingehend, wie sie es geschafft hatte, ihren einigermaßen lukrativen Nebenjob als Kunsterzieherin in der Justizvollzugsanstalt zu verlieren.

»Eigentlich wollte ich meine Schüler nur ein bisschen motivieren. Mit ein paar Süßigkeiten. Dieses perspektivische Zeichnen ist wirklich ziemlich verzwickt.«

Dummerweise hatte sie sich für Weinbrandbohnen entschieden. Schnapspralinen! Ausgerechnet an diesem Tag wurden ihre Taschen besonders gründlich gefilzt …

»Die taten so, als hätte ich höchstpersönlich Sägen und Sprengstoff in den Knast geschmuggelt, um einen Ausbruchsversuch zu unterstützen«, nuschelte Greta in ein Papiertaschentuch, bevor sie sich dann geräuschvoll schneuzte.

Becky musste sich zusammenreißen, um nicht laut aufzulachen. Das war so was von typisch für Greta! Sie war wahnsinnig liebenswert, unglaublich begabt, herrlich spontan und wunderbar optimistisch. Aber diese Kombination kam eben nicht überall an. Bei Justizvollzugsbeamten offenbar weniger gut.

»Ich solle mir vorstellen, was passiert, wenn ein Haufen Bankräuber, Autoknacker und Meuchelmörder durch meine Weinbrandbohnen außer Rand und Band gerieten«, gab sie empört die Strafpredigt des Gefängnisdirektors wieder und zog eine Grimasse. »Pah, als ob ein paar Pralinen solche Kerle ausknocken könnten!«

»Nein, dazu wären schon ein paar Runden Hugo nötig gewesen«, sagte Becky trocken und stand auf, um die Gläser neu zu füllen. Caro half ihr dabei. Aus den Augenwinkeln sah Becky, dass auch sie ein verräterisches Glucksen unterdrückte. So etwas konnte wirklich nur Greta passieren! Sie hatte ein Talent, sich in die unmöglichsten Situationen zu bringen.

»Egal«, verkündete Greta schließlich entschlossen und warf ihre rote Lockenmähne über die Schultern, »ich bin schließlich Künstlerin, keine Gangsterpädagogin. Spielen wir weiter?«

Wortlos nahm Becky den Würfelbecher und schaffte auf Anhieb eine große Straße. Das war aber auch der letzte gute Wurf, der ihr in dieser Spielrunde gelang. Diesmal war Caro mit einigem Abstand die große Gewinnerin.

»Bei dir flutscht's richtig gut«, sagte Becky anerkennend, nachdem sie die Punkte addiert hatte.

Woraufhin Caro in Tränen ausbrach.

Na klasse!

Was war nun schon wieder los? Hatte sie etwa was Falsches gesagt? Oder waren doch die Cocktails schuld?

Hugo – der Drink, der jede Frau zum Heulen bringt.

»Es will … huhu … einfach … huhu … nicht klappen mit dem Ba-ba-ba-baby«, schluchzte Caro.

Herzlichen Glückwunsch. Damit hatten sie Thema Nummer eins erreicht. Der unerfüllte Kinderwunsch.

»Langsam habe ich das Gefühl, Frank findet mich nicht mehr attraktiv. Bestimmt bin ich ihm zu fett«, klagte Caro. Wobei sie leicht lispelte. An sich ein Zeichen, dass sie ihr No-more-Drinks-Level erreicht hatte, aber an Tagen wie diesem galten Ausnahmeregeln.

»Unsinn«, widersprach Becky, »als ihr euch kennenlerntet, warst du locker zehn Kilo schwerer. Das kann es nicht sein.«

»Meinst du, er hat eine andere? Er behauptet immer, müde zu sein, wenn ich ihn ins Bett locken will.«

»Du meinst, er widersteht deinen Verführungskünsten und schläft lieber ein? Ist er denn blind?«, entfuhr es Becky. Denn Caro war trotz – oder vielleicht gerade wegen – ihrer Wonneröllchen eine unheimlich attraktive Frau. Ein echtes Prachtweib. Aber das war natürlich das Letzte, was sie je glauben würde. Ebenso wenig, dass sie diejenige war, die bewundernde Blicke auf sich zog, wenn die drei Freundinnen zusammen unterwegs waren. Dank ihrer Komplexe hielt sie so etwas schlicht für unmöglich – und daher prallten diese Blicke an ihr ab, ohne dass Caro sie auch nur registrierte.

Greta hatte eine andere Theorie: »Ich denke, er hat einfach Schiss vor der Vaterschaft. Schließlich ist er ein Kerl, und Kerle scheuen die Verantwortung.«

»Na hör mal, immerhin hat er als Oberarzt einen total verantwortungsvollen Job!«

»Im Job ist das was anderes. Aber sobald es um Gefühle und Beziehungen geht, sehen Männer rot. Die Hälfte von ihnen macht schon die Flatter, wenn aus einer lockeren Liebelei eine feste Partnerschaft zu werden droht oder plötzlich das böse H-Wort im Raum steht: Hochzeit. Die andere Hälfte bekommt Muffensausen, wenn es um den lieben Nachwuchs geht. Die merken dann auf einmal, dass die schöne Zeit der Jugend vorbei ist. Bye-bye Sturm und Drang, hallo Windeln und Elternabende!«

»Aber er wünscht sich das doch auch«, murmelte Caro verunsichert.

»Sicher?«, fragte Greta gedehnt.

»Noch jemand Prosecco?«, unterbrach Becky die daraufhin entstandene Stille.

»Aber immer her damit«, lautete die einstimmige Antwort.

Eine Runde Kniffel und eine Backofenpizza später hatten die drei mehr als nur einen ordentlichen Schwips. Becky warf die Kaffeemaschine an und machte für jede einen doppelten Espresso. Beim dritten begann die Maschine zu fauchen und zu spucken, schließlich gab sie den Geist völlig auf.

»Schöne Bescherung«, rief sie ärgerlich aus. »Wie soll ich den Tag morgen ohne Kaffee überstehen? Ich muss mir wohl oder übel eine neue Maschine kaufen. Verdammt! Einen Geldschisser müsste man haben!«

Greta prustete laut los: »Einen Geldschisser! Genial. Wenn

du den gefunden hast, dann schick ihn vorbei, ich könnte auch einen gebrauchen.«

Als Caro mit ihrer klangvollen Altstimme auf die bekannte Beatles-Melodie »All you need is a Geldschisser« schmetterte, liefen ihr die Lachtränen über die Wangen.

Doch Becky fand das Ganze nicht so lustig wie die anderen. »Das ist mein voller Ernst, hört ihr? Ich meine, jede von uns hat doch einen großen Traum. Einen Wunsch, den man sich nur erfüllen könnte, wenn man das nötige Kleingeld hätte.«

Nun bekam sie die volle Aufmerksamkeit ihrer Freundinnen.

»Zum Beispiel?«, fragte Greta. »Was ist zum Beispiel dein großer geheimer Traum, von dem wir nichts wissen?«

Volltreffer.

Becky schluckte. Es gab zwar wenig, was die beiden nicht über sie wussten, aber von ihrem Herzenswunsch hatte sie ihnen bisher noch nichts erzählt.

»Nicht lachen«, bat sie. »Ein eigenes Café. In diesem Haus. Ich würde es am liebsten kaufen, renovieren, dann dem Wirt unter mir kündigen und die olle Spelunke in ein wunderschönes Café verwandeln. So eins wie damals in Österreich, als ich mit meinen Eltern im Urlaub war. Ich muss so ungefähr fünf gewesen sein oder sechs. Etwas älter als Nelly jetzt. Das *Café Bergglück* bot eine atemberaubende Aussicht auf das Tal, die Alpen, die schneebedeckten Gipfel. Aber das Beeindruckendste war die Wirtin Teresa selbst in ihrem adretten Dirndl. Sie hatte das Café mit den karierten Vorhängen, den gestärkten Tischdecken, den handbemalten Bauernschränken, den köstlichen Kuchen und ihrem strahlenden Lächeln in ein echtes Schmuckkästchen verwandelt. Damals als Kind dachte ich sofort: So will ich auch mal werden. Tja, und daran hat sich bis heute nichts geändert. So viel Zufriedenheit auszustrahlen und ein eigenes Café zu führen, genau wie damals Teresa, das ist mein großer Traum. Nur ohne Bauernschränke und Dirndl natürlich, sondern in meinem eigenen Stil. Verrückt, oder?«

»Hast du ’ne Meise?«, fragte Caro euphorisch. »Hast du wirklich gedacht, wir würden dich auslachen? Also wirklich … Schau doch nur, wie du es mal wieder geschafft hast, deine Küche nur mit ein paar hübschen Servietten, Tischläufern und Blumen in eine Frühlingsoase zu verwandeln! Du wirst garantiert besser als diese Teresa. Und deine Liebenswürdigkeit ist an einen Kotzbrocken-Chef wie Paul Segers sowieso verschwendet. Ich sage dir: Diese Idee ist genial!«

»Und sie passt genau zu dir«, fiel ihr Greta ins Wort. »Du vergeudest dein Talent damit, Muster für Tapeten, Servietten, Regenschirme und Geschenkpapier zu designen. Das ist nicht deine Bestimmung!«

Becky lachte. Nicht nur, weil Greta das Wort »Bestimmung« nur mit einiger Mühe über die Lippen brachte. Sondern über die Begeisterung, mit der ihre Freundin sie zu ihrem Lebensglück überreden wollte.

»Und was ist deiner Ansicht nach meine Bestimmung?«

»Du musst raus aus deinem Homeoffice, bevor du darin versauerst. Und unter Menschen! Du bist so lebendig und kommunikativ« – sie sprach es aus wie »lebännnig und kommnkadiv« – »und so warmherzig. Ach, ich würde dich so gerne mal porträtieren!«

»Schade um die Leinwand«, wehrte Becky lachend ab, fühlte sich aber durchaus geschmeichelt. Sehr sogar. Als auch noch Caro in die Lobeshymne über ihren Charakter einstimmte und lispelte, mit Becky könne man echt Pferde stehlen, wurde ihr die Sache peinlich und sie wechselte rasch das Thema: »Apropos Leinwand, was ist denn mit deinem Traum, als Künstlerin groß rauszukommen, Greta? Inwiefern würde dir denn dabei ein plötzlicher Geldsegen helfen?«

»Eine Ausstellung«, antwortete Greta spontan und wirkte auf einmal wieder ziemlich nüchtern. »Ich würde eine Ausstellung organisieren, auf eigene Kosten. In einer spektakulären Location. Eine Ausstellung, die in der Szene niemand ignorieren könnte. Ich käme ins Gespräch und würde beachtet werden. Und die Galeristen würden sich um mich und meine Bilder reißen! Und ich könnte endlich das laute Ticken meiner inneren Uhr ignorieren. Einmal anerkannt, spielt es keine Rolle mehr, wie jung oder alt eine Künstlerin ist. Jahrelang habe ich auf meine große Chance gehofft. Aber was, wenn die niemals kommt? Wenn alles nur ein Wunschtraum bleibt und ich auf ewig Tierporträts male, Aquarellkurse gebe und mich mit Aushilfsjobs über Wasser halte? Sollte ich jemals zu Geld kommen, würde ich es sofort investieren, um dem Schicksal ein bisschen auf die Sprünge zu helfen.«

Caro und Becky nickten. Klang großartig.

Dann rückte auch Caro mit ihrem kostspieligen Traum heraus: »Ich würde Frank zu einem Romantikurlaub in die Karibik einladen. An einen Ort, wo Erotik rund um die Uhr in der Luft liegt. Wo es so heiß ist, dass man sich sowieso am liebsten die Kleider vom Leib reißen würde. Wo er sich weder hinter seiner Zeitung verstecken noch an seinen Schreibtisch verkriechen oder in die Klinik flüchten könnte – und schon gar nicht müde wäre. Jedenfalls nicht *vorher.*«

Auch wenn ihre Freundinnen ihren Frank nicht besonders gut leiden konnten, was sie ihr so natürlich nie sagen würden:

Für eine Frau, die dringend schwanger werden wollte, hörte sich das nach einem perfekten Plan an. Ihr inzwischen nicht mehr zu überhörendes Lispeln verlieh dem Ganzen dabei noch eine gewisse Verruchtheit.

»Aber noch wirft *Piccolobello* nicht genug Gewinn ab, um so eine Reise wirklich ins Kalkül ziehen zu können.«

Na ja, das klang nicht mehr ganz so verrucht.

Die drei seufzten, schwiegen und nippten an ihren Espressotassen. Becky behielt den Gedanken, ob es vielleicht besser wäre, wenn Caro kein Baby bekäme von einem Kerl, dem sie mit ihrem Gehalt erst das Medizinstudium finanziert hatte und der jetzt jeden Cent für eine eigene Praxis sparte und bis dahin in der Klinik womöglich eine Lernschwester nach der anderen vernaschte, wohlweislich für sich. Ebenso ihre leisen Zweifel an Gretas Plan mit der Ausstellung. Was, wenn er schiefginge? Wenn trotz all des Aufwandes kein Galerist der Welt ihre Bilder mochte? Doch sie sagte nichts. Schließlich hatten die beiden anderen auch nicht an ihrem Traum herumgemäkelt.

Sei's drum. Es würde sowieso alles reine Fantasie bleiben. Wie sollten sie an all die Kohle kommen? Mit ehrlicher Arbeit jedenfalls nicht, so viel stand fest. Und für Geldfälscherei oder einen Banküberfall reichte ihre kriminelle Energie nicht aus.

Lotto? Darauf hofften Milliarden von Menschen. Vergeblich. Und darauf, dass ausgerechnet sie das Spielglück treffen sollte, wollte Becky lieber nicht setzen.

»Woher nehmen, wenn nicht stehlen?«, lispelte Caro.

»Am besten von denen, die es haben und freiwillig mit vollen Händen ausgeben«, antwortete Greta und schaute triumphierend in die Runde. »Na, wofür berappen die Reichen dieser Welt freiwillig Unsummen?«

»Für Fitness, Gesundheit, Schönheit«, riet Becky drauflos.

»Ja, ja, aber das meine ich nicht«, unterbrach sie Greta ungeduldig, »sondern …«

»Reisen? Autos? Häuser?« Becky stand noch immer auf dem Schlauch.

»Nein, für Persönlichkeitsentwicklung. Coaching. Esoterik«, rief Caro aus und sprang auf. Greta nickte zufrieden.

Becky starrte die beiden verständnislos an. »Ihr glaubt, wir könnten andere Leute darin beraten, wie sie erfolgreicher, zufriedener und glücklicher werden? Wir bekommen ja nicht mal unser eigenes Leben auf die Reihe. Und überhaupt, wir haben keine Diplome, keine Qualifikation, keine Ahnung von alldem!«

Greta stellte die leere Tasse ab, stand auf und lief in der Küche auf und ab, während sie dozierte: »Die Sache ist so: Menschen, die – wie meine Mutter – ihre Wünsche ans Universum schicken, sich teure Horoskope erstellen lassen und bei Vollmond an einsamen Seeufern ihren Engel zu treffen versuchen, interessieren sich nicht für Diplome. Die glauben an diesen Hokuspokus, und das genügt ihnen.«

»Stimmt genau«, nickte Caro heftig. »Je absurder das Angebot, desto größer die Bereitschaft gewisser gut betuchter Kundenkreise, sich so richtig über den Tisch ziehen zu lassen.«

Becky konnte das alles gar nicht fassen. »Und ihr glaubt im Ernst, diese gut betuchten Kundenkreise geben uns freiwillig ihre sauer verdienten Euros, nur weil wir sie lieb darum bitten? Oder weil wir ihnen erzählen, sie sollen über Scherben laufen oder indianische Schwitzbäder machen oder tibetanische Tempeltänze aufführen?«

»Ach, Becky«, lächelte Greta, »dir würde man doch alles abkaufen. Dir und deinen Rehaugen.«

Rehaugen. Lächerlich. Hat man schon mal blaue Rehaugen gesehen?

»Auch Rehe haben scharfe Zähne«, widersprach Becky einfach nur aus Lust am Widersprechen. In Wahrheit hatte sie nicht die geringste Ahnung von Niederwildgebissen. Aber sie fand sich selbst definitiv gefährlicher als ein harmloses Reh!

»Nicht sauer sein, liebe Becky«, beschwichtigte Caro sie. »Steckt nicht in jeder von uns ein bisschen Reh und ein bisschen schwarzes Schaf? Auch Bambi muss mal die Sau rauslassen«, kicherte sie dann urplötzlich.

»In mir stecken vielleicht Reh und schwarzes Schaf, liebe Caro, aber bei dir sind es die fleißige Biene und der Storch, der auf sich warten lässt«, konterte Becky.

»Genau«, japste Caro und deutete auf Greta: »Und du bist eine Löwin in Gestalt eines Paradiesvogels.«

Und auf einmal wusste Becky: »Heureka! Das ist es!«

In diesem Moment war er geboren, der vielleicht verrückteste Trend auf dem Markt des spirituellen Lifestyle-Zinnobers: die animalistische Balance.

Doch so kurz nach der Geburt hatte das Kind natürlich noch keinen Namen. Das Ganze war zunächst einmal nichts weiter als eine vage Idee, ersponnen in einem von Prosecco aufgeweichten Kreativhirn und dann von drei gackernden Mittdreißigerinnen unter Lachtränen ausgefeilt.

Eine halbe Stunde später saßen sie an Beckys PC und starteten ihr Layoutprogramm, um ein Inserat zu entwerfen. Ein ganz und gar haarsträubendes Inserat, rückblickend betrachtet. Aber die vielen Hugos hatten die drei übermütig gemacht und ihr Urteilsvermögen getrübt.

Und so tippte Becky mit fetten, großen Lettern die Headline:

Dein innerer Schweinehund ist einsam?

Und als Subhead, etwas kleiner:

Persönlichkeitsentwicklung durch animalistische Balance

Aus ihrem Fundus an lizenzfreien Fotos fügte sie eine Waage ein. Auf die eine Waagschale setzte sie einen Tiger, auf die andere einen Schmetterling. Darunter tippte sie, nach Diktat von Greta und Caro, den wohl albernsten Werbetext, der ihr je untergekommen ist:

Welche beiden Seelentiere prägen Ihre Persönlichkeit? Finden Sie es heraus – mit dem Animalistische-Balance-Charaktertest. Und sorgen Sie dafür, dass Ihr Löwe und Ihre Antilope, Ihre Schlange und Ihr Adler, Ihr Hase und Ihr Igel, Ihre Ziege und Ihr Wolf in Balance sind. Nur wenn keines Ihrer Seelentiere dominiert, können Sie glücklich, zufrieden und erfolgreich leben. Stärken Sie Ihr unterlegenes Seelentier mit Spezialkräutermischungen und in Animalistische-Balance-Seelenseminaren von Sphinx.

Ganz unten fügte Becky zu guter Letzt noch Gretas Telefonnummer ein, das hatten sie so ausgelost, und beendete die Anzeige mit dem Claim:

Sphinx – entdecke dich selbst durch animalistische Balance

Wie schon gesagt: haarsträubend. Schlimmer noch als die hanebüchenen Texte aus Paul Segers' Feder! Und der Wechsel vom Duzen zum Siezen und zurück war dabei noch der harmloseste Aspekt … Doch die drei waren nun nicht mehr zu stoppen. Becky loggte sich bei der regionalen Tageszeitung ein, um die Annonce hochzuladen. Sie hatten Glück, es war zehn Minuten vor Anzeigenschluss für die morgige Ausgabe.

»Welche Größe sollen wir nehmen?«

»Nicht zu klein«, fand Caro. »Hier, dieses Format sieht doch ganz okay aus.«

»Dann kostet uns der Spaß vierhundertzwanzig Euro plus Mehrwertsteuer«, las Greta einigermaßen entsetzt vor. »Ist das nicht ein bisschen zu viel für einen Jux?«

»Dann eben etwas kleiner«, entschied Becky und wählte ein Format aus, das nur zweihundertsiebzig Euro kostete.

Wäre sie halbwegs nüchtern gewesen, hätte sie spätestens in diesem Moment wieder Vernunft angenommen. Zweihundertsiebzig Euro? Viel zu teuer! Aber in dem Zustand, in dem sie sich befand, hielt sie diese Summe für durchaus fair. Ein Schnäppchen geradezu! Munter gab Becky ihre Bankverbindung an und klickte, eine Minute vor Anzeigenschluss, auf »Bestätigen«.

Wenig später kam die automatisch generierte Antwortmail:

»Lieber Inserent, vielen Dank für Ihren Anzeigenauftrag. Ihre Annonce erscheint in der Ausgabe des 1. April. Mit freundlichen Grüßen, Ihre Anzeigenredaktion.«

»Stimmt – morgen ist der 1. April«, sagte Caro, »na, das passt ja.«

»Umso besser«, kicherte Greta, »dann wird man die Anzeige für einen Aprilscherz halten.«

Einen teuren Aprilscherz! Inzwischen begann Becky, ihre Spontaneität zu bedauern. War sie noch ganz dicht? So viel Geld für eine alberne Sektlaune aus dem Fenster zu werfen! Man sollte doch meinen, mit Mitte dreißig wäre man zu alt für solche Faxen.

Um die trüben Gedanken zu verjagen, holte sie noch eine letzte Flasche Prosecco aus dem Kühlschrank und füllte drei Sektflöten.

»Lasst uns anstoßen! Auf die verrückteste aller nur denkbaren Schnapsideen …«

»Wenn wir schon keine geniale Idee haben, um schnell viel Geld zu verdienen, hatten wir doch einen Riesenspaß heute Abend«, lispelte Caro. Vor allem mit dem Wort Riesenspaß hatte sie eine Riesenmühe.

»Keine geniale Idee, um Geld zu verdienen?«, protestierte Greta und stieß beinahe ihr Glas um, »Das muss sich ja erst noch erweisen.« Und mit affektiert verstellter Stimme fuhr sie fort: »Hallihallo, mein Name ist Oberstudienrätin Gloria Fürchtegott-Hassdenteufel, und ich fürchte, meine Seelentiere sind aus der Balance geraten.«

Becky bekam fast einen Schluckauf vor Lachen.

Caro stieg sofort darauf ein und mimte die spirituelle, vom Kosmos beseelte Lebensberaterin: »Ich spüre da etwas«, näselte sie, »deine Antilope ist überdimensional stark, wahrscheinlich ist sie im Magnetfeld verrutscht und hat nun einen falschen Aszendenten. Ich könnte das auspendeln, aber nein, ich empfange Schwingungen, *Vibrations* von deinem zweiten Seelentier, dem Hund. Er ist schwach.«

»Ja, Meisterin«, wiederholte Greta – beziehungsweise Oberstudienrätin Gloria Fürchtegott-Hassdenteufel – wie in Trance, »mein Hund ist schwach. So schwach. Sooo schwach.«

»Du musst ihn stärken. Ich empfehle, täglich sieben Liter Abführtee zu trinken und sieben mal sieben Stunden lang nicht zu sprechen, nur zu bellen.«

»Wuff!«, machte die Oberstudienrätin und ließ sich dann, schreiend vor Lachen, rückwärts aufs Sofa fallen.

Es herrschte eine Bombenstimmung, als die Freundinnen sich zu sehr später Stunde verabschiedeten. Becky schaute Caro und Greta noch durchs Fenster hinterher, wie sie ins Taxi stiegen und schließlich im nächtlichen Nieselregen davonfuhren. Dann sank sie auf ihr Bett. Die Deckenlampe drehte sich. Sie schaltete das Licht aus, was zur Folge hatte, dass nun das Bett zu kreisen begann. Es wurde immer schneller. Sie schaltete das Licht wieder an und stand auf, um ein Glas eiskaltes Leitungswasser zu trinken. Als sie sich wieder hinlegte und der Drehschwindel wieder einsetzte, hörte sie auf, dagegen anzukämpfen.

Sie erinnerte sich an Gretas Verkörperung der esoterisch angehauchten Oberstudienrätin und Caros improvisierte Rolle der weisen Meisterin. Ob es wohl wirklich Leute gab, die dazu bereit waren, sieben Liter Abführtee zu trinken, sieben mal sieben Stunden lang ausschließlich zu bellen und für diese Demütigung auch noch einen astronomischen Preis zu bezahlen?

Beckys Bett nahm nun richtig Fahrt auf. Eine Runde im *Break Dance* auf dem Jahrmarkt war nichts im Vergleich!

Sie fragte sich, was Oberstudienrätin Gloria Fürchtegott-Hassdenteufel wohl von derartigen Fahrgeschäften hielt. Und ob sie es tatsächlich durchhalten würde, zwei Tage und Nächte lang nur bellend zu kommunizieren. Plötzlich hatte sie die

Vorstellung eines idyllisch gelegenen Seminarhofs, in dem sich eine Horde von Managern, Pädagogen, Steuerberatern und Bankiersgattinnen trafen, um ein ganzes Wochenende lang ausschließlich zu grunzen, zu fauchen und zu wiehern. Und zum ersten Mal im Leben lachte sie sich in den Schlaf.

Ein Fisch an der Angel

Wie in einer perfekten Welt ihr Samstagvormittag in etwa aussähe, hatte sich Greta schon oft bis ins kleinste Detail ausgemalt. Würde sie jemand danach fragen, bekäme er in etwa folgende Antwort:

»Ich schlafe so lange, bis mich ein Sonnenstrahl auf der Nase kitzelt. Dann drehe ich mich noch einmal um und genieße mit allen Sinnen das Erwachen des neuen Tages. Wie von Geisterhand schaltet sich meine Stereoanlage an und versetzt mich mit dem ersten Satz aus Dvořáks Sinfonie *Aus der Neuen Welt* in einen tatendurstigen, ja geradezu euphorischen Zustand. Vom herrlichen Duft aromatischen Kaffees und frischer Croissants angelockt, verlasse ich schließlich gut gelaunt mein weiches Himmelbett. In der Küche begrüßt mich ein halbnackter, unglaublich gut aussehender Traumtyp zuerst mit einem zärtlichen Kuss und verwöhnt mich dann mit einem köstlichen Frühstück. Danach zieht er sich dezent zurück, um mir Raum und Zeit für meinen künstlerischen Schaffensrausch zu geben, der mich gepackt hat.

Ich bin über alle Maßen inspiriert! Noch im Negligé will ich – begleitet von Dvořáks mitreißenden Klängen – malen, einfach nur malen. Wundervolle Werke entstehen dabei, die man mir nie zugetraut hätte und mit denen ich die gesamte Kunstszene in Verzücken versetze …«

Ja, so wäre das in einer perfekten Welt.

Leider wich die Wirklichkeit in einigen nicht ganz unerheblichen Details von diesem Traumbild ab. Vor allem tat sie das an jenem Samstagmorgen, an dem Gretas Leber eifrig damit beschäftigt war, ihren proseccoverseuchten Körper zu entgiften, und ihr Bewusstsein es vorzog, sich vorerst noch ein wenig auszuklinken. Mit anderen Worten: Greta schlief ihren Rausch aus.

Es war dann doch keine Sinfonie, die diesen so dringend notwendigen physischen Prozess unterbrach, sondern Heinz-Georg Kramm alias Heino. »Ja, ja, so blau, blau, blau blüht der Enzian«, teilte er ihr so beschwingt mit, wie es nur in volkstümlichen Schlagern möglich ist. Und das in einer Lautstärke, die an einen Raketenstart erinnerte. Wenn es wenigstens ein Titel seiner Erfolgs-CD mit den Rock-Coversongs gewesen wäre, hätte sie der morgendlichen Ruhestörung vielleicht noch etwas abgewinnen können, aber so …

Sie zog sich das Kissen über den Kopf und versuchte das Unmögliche: nämlich diese Ohrenfolter zu ignorieren. Entnervt warf sie sich auf die andere Seite und fiel dabei fast aus dem Bett – besser gesagt vom Gästesofa. Wie konnte sie nur vergessen, dass sie zurzeit nicht Herrin ihrer eigenen Wohnung war? Seit ihre Mutter »vorübergehend« hier eingezogen war, hatte sie die Regentschaft übernommen. Mutter bestimmte, was (ein kitschiger Schnulzenfilm) wann (in diesem Moment) wie (unfassbar laut) im Fernsehen lief, wann gegessen wurde (meist dann, wenn Greta keinen Hunger hatte) und wer wo schlief (Greta auf dem Sofa, sie im Bett. Schließlich war sie fast 30 Jahre älter als ihre Tochter und »hatte Rücken«.).

Greta öffnete das linke Auge gerade so weit, dass sie die Ziffern auf ihrem Wecker erkennen konnte. Halb zehn. Quasi noch mitten in der Nacht. Jedenfalls für einen Samstagmorgen nach einem Freitagabend, an dem es spät geworden war. Sehr spät.

Warum in aller Welt musste ihre Mutter ausgerechnet jetzt ihre Liebe zu Siebziger-Jahre-Schlagerfilmen ausleben? Und vor allem: Warum tat sie das nicht in ihren eigenen vier Wänden?

Greta wollte ja nicht undankbar erscheinen. Immerhin hatte diese Frau ihr das Leben geschenkt. Und die riesige, wenn auch vollkommen unkomfortable, zugige und schlecht heizbare Eigentumswohnung in einem alten Fabrikgebäude, die den schicken Namen »Loft« nur verdiente, wenn man bei der ursprünglichen Bedeutung blieb – »notdürftig zur Wohnung umfunktionierter Industrieraum«. Nicht vergleichbar mit den Schickimicki-Lofts in den angesagten Wohngegenden. Gretas Mutter hatte vor einigen Jahren in die Immobilie investiert, weil sie auf eine gewaltige Wertsteigerung hoffte – und auf die ewige Dankbarkeit ihres einzigen Kindes …

Greta seufzte. Elisabeth Hildebrandt war nun mal eine echte Herausforderung. Für ihre Tochter ebenso wie für ihre Männer. Zurzeit war Kurt Warnke der Leidtragende, ihr aktueller Lebenspartner. Ein gutmütiger Notar mit Halbglatze, einem ansehnlichen Konto und viel, viel Geduld. Von Zeit zu Zeit pflegte sich Gretas Mutter von Kurt zu trennen. Aus erzieherischen Gründen. Natürlich versöhnten sich die beiden jedes Mal wieder, aber bis dahin zog sie regelmäßig bei ihrer Tochter ein und machte ihr das Leben zur Vorhölle.

Die reinste Erholung waren die kostbaren Stunden, in denen Elisabeth zum Bingo ging, zum Shoppen oder ins Kino. Meist jedoch blockierte sie Gretas gemütlichsten Sessel, um sich auf DVD uralte Heimatfilme, Schlagerschmonzetten oder Hollywoodschinken anzuschauen.

An diesem Morgen war es offensichtlich eine recht geistlose Schnulzenkomödie aus den Siebzigern mit Ilja Richter und Hansi Kraus. O Graus.

In diesem Augenblick verfluchte sie das, was sie eigentlich so liebt an der ehemaligen Zigarrenfabrik, die jetzt ihre Wohnung ist: die offene, großzügige Bauweise. Es gibt dort – von Bad und Toilette abgesehen – keine Wände, keine Flure, keine Türen.

Leider also auch keine Türen, die sie hinter sich hätte zuknallen können, um Heino und Co. zu entkommen.

Greta nahm sich vor, noch heute bei Kurt anzurufen und ihn anzuflehen, sich bitte mit ihrer Mutter zu versöhnen. Auch wenn Elisabeth selbst Auslöser des Streits gewesen war. War sie immer. Aber das würde sie sowieso nie zugeben …

Fest stand jedenfalls, dass etwas geschehen musste! Greta war mit ihren Nerven am Ende. Elisabeth raubte ihr die Luft zum Atmen, ihre Energie und vor allem ihre Kreativität.

Seit ihre Mutter, vor inzwischen genau dreiundzwanzig Tagen, hier Sturm geläutet und das Loft mit Sack und Pack erobert hatte, war Gretas produktive Phase ins Stocken geraten.

In den vergangenen Wochen hatte sie nur ein einziges Gemälde zustande gebracht, und das zählte nicht mit, jedenfalls nach Gretas Definition von Kunst. Sie hatte einen gewissen Sir James porträtiert. Einen Siamkater, der unlängst in die ewigen Jagdgründe eingegangen war. Beziehungsweise der es sich unter einem Bus des Unternehmens *Fröhlich Reisen* gemütlich gemacht hatte und nicht rechtzeitig vor der Abfahrt aufgewacht war. Im Gegensatz zum Seniorenkreis der Pfarrei St. Laurentius, dessen Mitglieder erwartungsfroh in besagtem Bus saßen, überlebte Sir James diesen Ausflug nicht. Sondern ließ seine Dosenöffnerin, eine Geigenlehrerin namens Gertrude Blümel, untröstlich zurück. Gertrude Blümel besaß, grob geschätzt, mehrere Hundert Fotografien ihres geliebten Katers. Sie hatte die typischsten, auf denen ihr Jamie am besten getroffen war, ausgewählt und Greta als Vorlage zur Verfügung gestellt. Daraus fertigte Greta dann lieblos ein weiteres Kater-Konterfei in Öl. Die Geigenlehrerin war schlichtweg begeistert davon.

Das wievielte Tierporträt ihrer Karriere das war, vermochte Greta nicht zu sagen. Dazu hätte sie in ihrer Buchhaltung nachsehen müssen. Aber sie wollte es lieber gar nicht erst wissen. Jedes Katzenvieh, jeder Köter, jedes Meerschweinchen und jedes Zwergkaninchen, das sie auf Leinwand bannte, entfernte sie weiter von ihrem eigentlichen Ziel: der wahren Kunst.

Ja, Greta war Künstlerin. Leider schien das außer ihr selbst niemand so wirklich zu begreifen. Und weil ihre Kunst – noch – eine brotlose war, musste sie Aquarellmalerei-Kurse an der Volkshochschule anbieten, bei Caro in der Kindermodenboutique aushelfen und eben die Haustiere reicher, älterer Damen porträtieren.

Es war ein Elend.

Wenn sie wenigstens die freie, sprich auftragslose Zeit hätte nutzen können, um die Bilder zu erschaffen, die in ihrem Innersten darauf warteten, auf die Leinwand gebracht zu werden!

Aber nein. Wie sollte sie malen, wenn Mamilein ihr dabei zusah? Jedenfalls mit einem halben Auge. Den Großteil ihrer Konzentration verteilte Elisabeth relativ gleichmäßig auf ihr Likörglas, eine Pralinenschachtel und den Großbildfernseher, den Greta nie gewollt hatte, den ihre Mutter ihr aber zum letzten Weihnachtsfest geschenkt hatte. Völlig uneigennützig natürlich.

Greta wickelte ihr Kissen noch fester um den Kopf, so dass der Geräuschpegel einigermaßen gedämpft wurde. Dann begann sie im Geiste, das Gespräch mit Kurt zu planen.

»Hör mal, lieber Kurt«, würde sie sagen, »gib's doch zu, du vermisst Elisabeth.« Er würde das nicht abstreiten können, denn er liebte diese Frau tatsächlich über alles. Erstaunlicherweise. Die beiden passten im Grunde überhaupt nicht zusammen, weshalb Greta dieses Argument frühestens ab der dritten Trennungswoche bringen durfte. Denn in den ersten vierzehn Tagen genoss Kurt für gewöhnlich das Alleinsein mehr, als er seine Elisabeth herbeisehnte.

Sobald er zugegeben hätte, dass er bereit war, einen Schritt auf seine störrische Lebensabschnittsgefährtin zuzugehen, würde Greta ihm das Versprechen abluchsen, sie anzurufen, um Verzeihung (wofür auch immer) zu bitten und sie in ein Sternerestaurant auszuführen. Diese Strategie gelang meistens. Elisabeth würde diesen Abend mit ihm zu Hause ausklingen lassen und sich dort, umgeben von ihren Zierdeckchen, der Porzellanpuppensammlung und unzähligen Zinnkrügen, viel wohler fühlen als in der kargen Behausung ihrer Tochter. Am nächsten Morgen würde Kurt vorbeikommen, sich bei Greta für die Rettung ihrer Beziehung bedanken, ein Tränchen verdrücken und dann mit Mutters Gepäck verschwinden.

Und Greta wäre frei!

Für die nächsten zwei, drei Monate …

Sie war gerade dabei, wieder einzudösen, als das scheppernde Klingeln des Telefons sie erneut weckte. Erschrocken fuhr sie auf, was ihr Brummschädel mit heftigen Schmerzen quittierte, und schaute auf die Uhr. Viertel nach zehn. Hatte sie etwa einen Termin versäumt, wie das schon öfter vorgekommen war? Rief womöglich der Gefängnisdirektor persönlich an, um zu fragen, wo sie bliebe? Aber nein, das konnte nicht sein. Erstens war heute Samstag, nicht Freitag, und zweitens hatte man sie ja im Knast gefeuert. Seufzend ließ sie ihr dröhnendes, pochendes Haupt wieder in die Kissen sinken. Nie wieder würde sie einer Horde von Autoknackern, Steuerhinterziehern und räuberischen Erpressern etwas über perspektivisches Zeichnen erzählen müssen! Sie verspürte Erleichterung darüber. Auch wenn ihr das Geld am Ende des Monats fehlen würde.

Das Telefon klingelte unbarmherzig weiter. Jedenfalls musste es wohl das Telefon sein, vermutete sie, obwohl es sich vielmehr anhörte wie eine Kreissäge.

Wer war da nur so hartnäckig? Vielleicht Kurt? Das wäre ja zu schön, um wahr zu sein!

Dann hörte sie Schritte. Mutter ging an den Apparat. »Hildebrandt bei Hildebrandt, ja bitte?«

Es folgte eine kurze Stille, danach dröhnte Elisabeth: »Da sind Sie bei meiner Tochter genau an der richtigen Adresse, sie ist darauf spezialisiert, Menschen wie Ihnen aus der Bretagne zu helfen.«

»Aus der *Bredouille,* Mama«, murmelte Greta stöhnend und lauschte weiter.

»Sie vermissen Ihr Seelentier? Ja, es ist schon schlimm, wenn ein geliebtes Haustier verschieden ist. Aber Sie wissen ja: Ein Bild ist für die Ewigkeit, und ewig währt am längsten.«

Du liebe Zeit! Mutter warf mal wieder alle Redensarten wild durcheinander. Das tat sie meist dann, wenn sie sich besonders gewählt ausdrücken wollte. Je vornehmer sie sich gab, desto leichter passierte es, dass sie sich vergaloppierte. Vielleicht lag das an der Diskrepanz zwischen ihrer eigenen Herkunft als

Tochter eines Schweinebauern und ihrem Vorbild Liz Taylor. Eine so breite Kluft zu überspringen konnte einen durchaus ins Straucheln bringen. Vielleicht lag es aber auch schlicht und ergreifend an ihrer angeborenen Schusseligkeit …

»Aber natürlich ist sie da«, tönte Elisabeths durchdringende Stimme, gefolgt von peitschenartig lauten Stöckelschuh-auf-knarzendem-Dielenboden-Schritten, die sich näherten.

»O nein, ich bin nicht da«, murmelte Greta und drehte den Kopf zur Wand, wild entschlossen, sich tot zu stellen.

»Greta Hildebrandt, ich weiß genau, dass du wach bist. Na los, Schlafmütze, geh ran. Das ist ein Kunde. Und du weißt, in deiner Situation hat Geldverdienen absolute Pietät!«

Deine Situation. Damit meinte sie Gretas Familienstand und ihre Einkommenssituation. In Elisabeths – ausgesprochen pietätloser – Werteskala befand sich ihre Tochter jeweils auf dem denkbar schlechtesten Level: Sie war Single, hatte also keinen wohlhabenden Partner, der sie notfalls durchfüttern konnte, und sie war Freiberuflerin.

»Freiberufler sind die kreativen Säulen der Gesellschaft«, pflegte Greta ihr stets zu widersprechen. Doch davon ließ sich ihre Mutter nicht beeindrucken: »Das gilt vielleicht für Ärzte, Architekten, Steuerberater, Rechtsanwälte oder Wirtschaftsprüfer, aber doch nicht für Künstler!«, lautete ihr Urteil. Wobei sie »Künstler« in etwa mit so viel Begeisterung aussprach, als hätte sie »Spinne« gesagt oder »Atheist« oder »Fertigsoße«. Von dergleichen hielt sie nämlich wenig. Ebenso wenig hielt sie von Töchtern, die ihr Schmierentheater vorspielten. Rigoros zog sie Greta Bettdecke und Kissen weg. Wenig überzeugend tat diese so, als sei sie gerade erwacht.

»Lass das Schauspielern«, schnaubte ihre Mutter ganz entgegen ihrer sonstigen Leidenschaft für die darstellende Kunst, »oder brauchst du etwa nicht jeden Auftrag ganz dringend? Als ob du etwas auf der hohen Kanne hättest. Nach Adam Riester bleibt dir am Ende des Monats gerade mal genug, um neue Farben zu kaufen.«

Immerhin deckte sie die Sprechmuschel des Telefons ab, so dass Gretas potenzieller Auftraggeber weder Elisabeths Wortverdreher mitbekam noch ihre Andeutungen über Gretas angebliche Armut.

Tatsächlich hatte Greta durchaus etwas auf der hohen Kante, doch davon musste ihre Mutter nichts wissen. Sie sparte für ihre Ausstellung und hatte keineswegs vor, ihr Geld für irgendwelche Statussymbole auszugeben.

Resigniert griff sie nach dem Hörer, den ihr Elisabeth hinhielt. »Greta Hildebrandt, hallo«, krächzte sie.

Mist. Man sollte keine Telefonate annehmen, ohne zuvor ein paar Sprech- und Stimmübungen zu machen. Oder sich zumindest die Zähne zu putzen.

»Ähm, ja, guten Morgen, Behrendt ist mein Name, ich rufe wegen des Inserates an.«

Inserat? Was für ein Inserat?

»Nun, es ist so, mein Seelentier ist tatsächlich einsam. Ich bin völlig aus dem Gleichgewicht. Und da dachte ich, Sie könnten mir vielleicht helfen.«

Ein Spinner. Du liebe Zeit!

»Ihr Seelentier«, echote Greta, »ähm, um was für eine Art handelt es sich denn?«

Kurzes Schweigen.

»Also spontan würde ich vermuten, es könnte ein Löwe sein. Aber dazu müsste ich vielleicht doch lieber einen Test machen.«

»Einen Test?« Die Auftraggeber, die Greta bisher gebucht hatten, um ihren verstorbenen Liebling porträtieren zu lassen, pflegten zu wissen, ob es sich um einen Hund, eine Katze oder was auch immer handelte. Und wer hatte schon einen Löwen bei sich in der Wohnung?

Ihr Blick fiel erneut auf den Wecker, der nicht nur die Uhrzeit anzeigte, sondern auch das Datum. Es war der 1. April. Und irgendjemand versuchte gerade, sie reinzulegen.

Alles klar.

Aber na warte! So leicht würde sie sich nicht aufs Glatteis führen lassen.

Zum Schein ging sie auf die Sache mit dem Test ein. »Also, Herr, ähm, Behrendt, den Test müsste ich Ihnen vorab zuschicken. Wenn Sie so freundlich wären, mir Ihre E-Mail-Adresse zu nennen und am besten auch Ihre Telefonnummer, dann würde ich mich umgehend wieder bei Ihnen melden.«

Sie erwartete nun, ein Kichern zu hören und dann das Besetztzeichen, das andeutete, dass der Scherzkeks am anderen Ende der Leitung aufgelegt hatte. Doch der begann ernsthaft, seine Daten durchzugeben.

»Moment, Moment«, unterbrach Greta ihn, hechtete aus dem Bett und suchte hektisch nach einem Kugelschreiber und einem Notizzettel. Dann schrieb sie mit, was er ihr durchgab.

»Sie hören von mir«, log sie hochgradig verwirrt.

»Ich freue mich darauf, die animalistische Balance zu entdecken. Das scheint mir genau das zu sein, was ich für meine Persönlichkeitsentwicklung gerade brauche«, lauteten Herrn Behrendts Abschiedsworte.

Mit denen Greta nicht das Geringste anzufangen wusste. Oder vielleicht doch? Animalistische Balance – wo war ihr dieser Begriff begegnet? Vielleicht im Radio? Sie kam nicht darauf. Und die Kopfschmerzen machten weitere Grübeleien unmöglich.

Eine Viertelstunde später fühlte sie sich – frisch geduscht und mit geputzten Zähnen – bereit, sich den Herausforderungen des Lebens zu stellen. Sprich dem Frühstück ihrer Mutter. Das wie üblich aus etwas zu starkem Kaffee, etwas zu dunkel geratenem Toast und etwas zu weich gekochtem Ei bestand. Die erträumten Croissants gab es ebenso wenig wie den halbnackten Adonis. Stattdessen thronte die üppig geschminkte Reinkarnation von Liz Taylor an Gretas Frühstückstisch, blätterte in der Morgenzeitung und warf ihr einen Schön-dass-du-endlich-aufzustehen-geruhst-Blick zu. Ihre Augenbrauen schnellten missbilligend nach oben, als sie den alten, verwaschenen Bademantel in Augenschein nahm und das labberige Handtuch, das ihre Tochter um ihre roten Locken geschlungen hatte. Doch die ging nicht darauf ein, sondern wünschte ihr nur einen guten Appetit, schenkte sich eine Tasse des schwarzen Teufelsgebräus ein, machte es mit ordentlich Milch und vier Löffeln Zucker genießbar und schnappte sich einen Teil der Zeitung. Während Greta wortlos an einem trockenen Toastbrot nagte und das Gebrösel von Zeit zu Zeit mit einem Schluck Killerkaffee hinunterspülte, blätterte sie träge den Regionalteil durch. Ein Ostermarkt wurde angekündigt, ein Handball-Derby ausführlich beschrieben, ein städtisches Bauprojekt kritisiert, ein verstörendes Theaterstück hoch gelobt und ein Paar gewürdigt, das diamantene Hochzeit feierte. Nichts davon interessierte sie. Eigentlich hatte sie die Zeitung nur wegen des Anzeigenteils abonniert, denn sie war ständig auf der Suche nach gutbezahlten, menschenwürdigen Aushilfsjobs. Im Grunde ein Widerspruch in sich, aber immer noch leichter zu finden als ein großzügiger Kunstmäzen, der sie sponsern würde. Heute wurden hauptsächlich Fliesenleger, Altenpfleger und Softwareentwickler gesucht. In keinem dieser Berufsbilder hatte Greta auch nur ansatzweise Kompetenzen vorzuweisen. Seufzend nahm sie sich die nächste Anzeigenseite vor. Unter der Rubrik »gesucht – gefunden« gab es meist ein buntes Sammelsurium an Annoncen, darunter ab und zu ein Highlight. Vielleicht suchte ja jemand eine ausgesprochen begabte Künstlerin? Oder bot wenigstens Leinwände und Ölfarben zum Sonderpreis an?

Sofort, als sie die Überschrift las, klingelte es leise in ihrem Oberstübchen: »Persönlichkeitsentwicklung durch ›animalistische Balance‹« – das kam ihr nicht unbekannt vor. Irgendwie. Wo hatte sie das gerade neulich erst gehört? Sie erinnerte sich nicht. Klang jedenfalls reichlich bizarr.

Sie las weiter. Da stand etwas von Seelentieren. Und Charaktertests. Und *Sphinx*-Seminaren. Und dann stand da noch eine Telefonnummer.

Ihre Telefonnummer!

Gütiger Himmel, das war sie tatsächlich. Kein Zweifel: Da stand ihre Nummer. Wer hatte sich da einen üblen Scherz erlaubt?

»Irgendetwas passiert?«, erkundigte sich ihre Mutter, der wohl nicht entgangen war, dass Greta die Gesichtszüge entglitten.

»Nein, nein, alles bestens«, versicherte sie umgehend. Nichts lag Greta ferner, als ihre Verwirrung mit ihrer Mutter zu teilen. Wenn es eine Person auf diesem Planeten gab, die es schaffte, sie in kürzester Zeit vollkommen wahnsinnig zu machen, dann die Frau, die ihr vor gut dreiunddreißig Jahren nur wegen ihres Faibles für Leinwandgöttinnen den Namen Greta verpasst hatte. Wahrscheinlich in der Hoffnung, ihre Tochter würde einst der großen Garbo ähneln. Wobei sie sämtliche Gesetze der Vererbungslehre schlichtweg ignorierte. Die Gene jedoch ignorierten ihrerseits Elisabeths Wünsche und ließen Greta ihrem rotgelockten Vater ähnlich werden, der die besagte Filmvernarrtheit kein bisschen teilte, bald nach Gretas Geburt genug von Elisabeth hatte, sich scheiden ließ und auf Nimmerwiedersehen per Schiff nach Südamerika flüchtete. Als Greta elf war, erhielten sie die Nachricht, dass er einem Schlangenbiss zum Opfer gefallen war.

Greta konnte seinen Wunsch nach ein wenig Ruhe durchaus nachvollziehen. Aber deshalb gleich den Kontinent wechseln …

Es wäre schon herrlich, wenn ihre Mutter endlich wieder nach Hause zu Kurt zöge. Oder wenigstens spazieren ginge.

Elisabeth schaute Greta misstrauisch an. »Sicher, dass du nicht krank bist? Du siehst aus, als hättest du einen Geist gesehen.«

Womit sie gar nicht so unrecht hatte.

»Alles prima, Mamilein«, gab Greta mit gespielt guter Laune zurück. »Und was hast du heute vor? Shoppen gehen?«

Zu ihrer allergrößten Freude nickte Elisabeth. »Natürlich, bei *Madama* gibt es Jubiläumsrabatte. Da muss ich doch sehen, dass ich meine Schnäppchen ins Trockene bringe!«

Greta verbesserte ihren Sprachschnitzer nicht. Das tat sie nie. Ihre Mutter würde ihr sowieso nicht glauben und pikiert fragen, was sie denn mit einem *Schäfchen* anfangen solle.

So nickte Greta ihr also nur aufmunternd zu. »Prima Idee!« Ein Einkaufsbummel zu *Madama,* das würde sie mindestens zwei, drei Stunden beschäftigen. *Madama* – so heißt Elisabeths Lieblingsboutique. Ein Laden, den Greta niemals mit der Absicht, etwas zu kaufen, betreten würde. Es gibt dort ausschließlich Fummel, in denen sich eine Liz Taylor zur Oscar-Verleihung blicken lassen könnte oder beim Nachmittagstee in Hollywoods Edelbistros. Jedenfalls sahen die Teile so aus. Tatsächlich waren sie nur etwa ein Zehntel so teuer wie das, was eine echte Diva tragen würde, und wurden allesamt in Taiwan gefertigt.

Kaum hatte ihre Mutter die Wohnungstür geräuschvoll hinter sich ins Schloss fallen lassen, ließ Greta sich in den Sessel sinken, den Elisabeth ansonsten blockierte.

Was war hier los?

Sie musste nachdenken. Sie konnte aber nicht nachdenken, weil in ihrem Kopf ein kleines Männchen mit einem spitzen Hämmerchen saß und sie unentwegt damit piesackte. Ächzend stand sie wieder auf und schlurfte ins Badezimmer, um in ihrer Medikamentenschublade nach einem Aspirin zu kramen. Sie wurde fündig und löste das Anti-Hammermännchen-Mittel in Wasser auf. Während die Brausetablette vor sich hin sprudelte, klingelte das Telefon erneut.

Eine Viertelstunde und fünf Anrufe später begann das Mittel endlich zu wirken. Greta hatte jetzt einen ganzen Zettelstapel mit Namen, E-Mail-Adressen und Telefonnummern von Menschen, die eines ihrer *Seelentiere* stärken wollten. Ihnen allen hatte sie versprochen, sich baldmöglichst zu melden. Doch was sollte sie ihnen dann erzählen? Dass sie höchstwahrscheinlich einen schweren Dachschaden hatten und sich umgehend in ärztliche Betreuung begeben sollten? Aber vielleicht war ja Greta selbst diejenige mit dem Dachschaden? Erneut kam sie zu dem Schluss, dass sie dringend nachdenken musste, und legte sich aufs Bett. Das Grübeln fiel ihr zwar schwer, aber immerhin schaffte sie es, zu einem einigermaßen logischen Ergebnis zu kommen: Erstens könnte es sich tatsächlich um einen Aprilscherz handeln. Aber wer in ihrem Bekanntenkreis käme auf eine dermaßen wahnwitzige Idee? Genauer gesagt, wer außer Becky und Caro? Und damit kam sie zu zweitens, denn mit ihren besten Freundinnen hatte sie schließlich den gestrigen Abend verbracht. Hätten die es vor ihr verbergen können, dass sie einen Schabernack geplant hatten? Wohl kaum. Darauf hätte Greta in diesem Moment ihr Sparbuch gewettet! Also blieb nur drittens: Sie mussten die Sache gemeinsam ausgeheckt haben. Und ihr Kurzzeitgedächtnis spielte ihr gerade einen üblen Streich …

Wie sie es auch drehte und wendete – eine weitere Erklärung fiel ihr nicht ein.

Erneut las sie die Zeitungsanzeige durch. Wort für Wort. Aber mehr als ein vages Gefühl, dass ihr die eine oder andere Formulierung irgendwie bekannt vorkam, stellte sich nicht ein. Nie wieder würde sie mehr als nur einen Drink zu sich nehmen! Sie vertrug einfach nichts. Und nun hatte sie den Salat – einen kompletten Filmriss.

Also beschloss sie, Caro anzurufen.

Die nahm erst nach dem siebten Klingeln ab: »Hallo?«, hauchte sie mit schwacher Stimme.

»Caro? Du liebe Zeit, du klingst ja furchtbar«, sagte Greta erschrocken.

»Ich trinke in meinem ganzen Leben keinen Alkohol mehr! Und schon gar keinen Hugo«, jammerte Caro.

Greta selbst hatte sich vor nicht allzu langer Zeit etwas ganz Ähnliches vorgenommen. Allerdings war ihr der Name dieses teuflischen Cocktails nicht mehr eingefallen.

»Caro, du musst dich jetzt konzentrieren«, sagte sie streng. »Was weißt du über *animalistische Balance?* Und was über eine gewisse Zeitungsanzeige?«

Schweigen.

Rauschen in der Leitung.

Das Weltall?

»Entschuldigung, Liebes, ich musste eben kurz den Hörer zur Seite legen, um eine Kopfschmerztablette einzuwerfen. Was hast du gesagt?«

Eindringlich wiederholte Greta ihre Frage.

»Das ist jetzt nicht ernst gemeint«, lachte Caro gequält auf. »Ich meine – du erinnerst dich nicht?«

Sie hatte es geahnt: Ihr von Alkohol geschundener Verstand ließ sie im Stich.

Nie wieder würde sie etwas Stärkeres als Tee trinken, sonst vergaß sie womöglich noch, wo sie wohnt.

Nachdem Greta von Caro in knappen Worten aufgeklärt worden war, musste sie sich setzen.

War das zu fassen?

Einen größeren Käse als diese Anzeige hatten sie noch nicht einmal während ihrer Schulzeit fabriziert. Aber da draußen gab es tatsächlich Spinner, die auf so was hereinfielen. Oder anders gesagt: Menschen, die ihre Hilfe wollten. Ja, brauchten!

»Die Situation gerät außer Kontrolle«, rief Greta theatralisch.

»Wir müssen Becky informieren«, entschied Caro und bot sich auch gleich an, das zu erledigen.

Greta bereitete sich einen genießbaren Espresso zu, schnitt die Anzeige aus der Zeitung aus und begann, die mitnotierten Adressen fein säuberlich in eine Liste zu schreiben. Noch während sie das tat, gingen zwei weitere Anrufe von Interessenten ein. Wenigstens gelang es ihr nun, die Telefonate souveräner über die Bühne zu bringen als vorhin, denn immerhin wusste sie inzwischen, worum es ging. Auch wenn sie keine Ahnung hatte, was sie diesen armen Hilfesuchenden anbieten sollte.

Die nächste Anruferin war Becky, die sich der versuchten Alkoholvergiftung in drei Fällen schuldig bekannte. Sie klang ähnlich erschlagen wie Caro und Greta, gab aber zu, sich ebenfalls mit Anti-Kater-Pharmazeutika gedopt zu haben und sozusagen einsatzbereit zu sein. Schließlich war dies ein echter Notfall.

»Es sei denn, du verschaukelst uns gerade und es gab gar keine Anrufer.«

»Bist du von Sinnen?«, wehrte Greta beleidigt ab, »zu einem solchen Gedanken wäre ich heute echt nicht fähig gewesen.«

Ein Argument, das Becky sofort akzeptierte. Schließlich hatte Greta dieselbe Prosecco-Dosis intus wie sie und Caro.

»Was wollen wir tun?«, fragte Greta. »Diese Leute warten auf eine Nachricht.«

»Falsch«, widersprach Becky, »diese Leute warten darauf, uns ihre Kohle in den Rachen zu schieben! Jedenfalls habt ihr genau das prophezeit gestern Nacht. Ich wollte euch nicht glauben. Aber nun bin ich geläutert.«

»Und?«, entgegnete Greta nicht gerade geistreich.

»Und nun tun wir ihnen den Gefallen!«

Greta war vollkommen überfordert. Zum Glück nahm Becky

das Heft in die Hand, verteilte die Aufgaben und organisierte einen Notfalleinsatzplan. Sie würden sich um Punkt fünfzehn Uhr in Caros Laden treffen. Bis dahin wollte Becky rasch ein Logo für *Sphinx* und einen Schriftzug für den Slogan »Entdecke dich selbst durch animalistische Balance« aus dem Hut zaubern. Im Normalfall dauerte so etwas deutlich länger, aber es handelte sich hier schließlich um eine Extremsituation.

Unterdessen hatte Caro die Aufgabe, sich über alles, was mit Tiersymbolik zu tun hat, schlau zu machen, während Greta dazu auserkoren war, einen spirituellen Grundwortschatz anzulegen. Und das alles in wenig mehr als drei Stunden. Sie hatten keine Zeit zu verlieren.

Für einen Moment bedauerte Greta, dass Mamilein ausgerechnet jetzt beim Shoppen war. Elisabeth, die ihre dringendsten Wünsche regelmäßig dem Universum anvertraute und bei jeder passenden und unpassenden Gelegenheit ihren Schutzengel zu entdecken glaubte, könnte gewiss ein paar Dutzend metaphysische Schlüsselbegriffe ausspucken, ohne nachzudenken oder Luft zu holen. Andererseits würde sie ihre Informationen nicht unkommentiert lassen. Das, was Greta interessierte, herauszupicken und gleichzeitig Mutters Ratschläge, Ermahnungen und Vorwürfe zu ignorieren, wäre garantiert mühsam. Nein, da war Tante Google schon unkomplizierter. Rein menschlich gesehen.

Während ihr PC fauchend und stöhnend hochfuhr, schluckte Greta zur Sicherheit noch eine weitere Kopfschmerztablette, die sie mit einem großen Glas Wasser hinunterspülte. Dann machte sie sich fieberhaft ans Werk.

Um halb drei druckte sie eine mehrseitige, alphabetisch sortierte Liste aus. Ein Stichwortregister der Esoterik. Schließlich mussten sie zumindest das Vokabular kennen, mit dem die potenzielle Kundschaft so um sich warf. Einige Begriffe waren Greta natürlich geläufig, wie Achtsamkeit, Heilfasten, Lotussitz oder Zen-Buddhismus. Von den meisten jedoch hatte sie noch nie zuvor gehört. Sie wusste weder, wie Ahnenheilung funktionierte, noch was Orgonstrahlung war oder wie man sein Sonnengeflecht-Chakra aktivierte.

Mit anderen Worten: Sie war vollkommen ahnungslos, was die spirituelle Persönlichkeitsentwicklung betraf. Becky, Caro und sie durften sich mit ihren Klienten auf keinerlei tiefschürfende Gespräche einlassen, denn wenn sie das täten, würden sie sofort als geldgierige Hochstaplerinnen enttarnt!

»Vielleicht ist das Ganze doch keine so gute Idee«, versuchte Greta ihre Mitstreiterinnen zu bremsen. Sie hatten sich um Punkt drei Uhr nachmittags im Hinterzimmer von Caros Öko-Kindermodenboutique *Piccolobello* versammelt, um einander die Früchte ihrer Arbeit zu präsentieren. »Lebensberatung. So was können wir doch gar nicht. Wir sollten die Anfragen ab sofort ignorieren. Ich gehe einfach eine Zeitlang nicht mehr ans Telefon. Oder ich gestehe, dass das Ganze ein dummer Scherz war.«

»Hast du 'nen Knall?«, wischte Becky ihre Zweifel vom Tisch. »Wir haben einen dicken Fisch an der Angel. Den werfen wir doch nicht einfach so zurück ins Wasser! Offenbar schreien diese Menschen danach, von uns an der Nase herumgeführt zu werden. Sagtest du nicht auch, dass du Kohle brauchst, um deinen Traum von einer eigenen Ausstellung verwirklichen zu können? Das ziehen wir jetzt durch.«

Auch Caro war ihrer Meinung. »Sei nicht so eine Spaßbremse! Wir sollten das Spiel mitspielen. Ist doch lustig. Und außerdem: Wer auf so was Hirnverbranntes reinfällt, hat es nicht besser verdient.«

Greta nickte ergeben. »Na ja, wenn man sich anschaut, was es in dieser Richtung sonst so alles gibt, erscheint mir unsere animalistische Balance sogar noch einigermaßen seriös.«

»Echt? Zeig mal her, was du hast«, grinste Becky, schnappte sich die Liste der Esoterik von A bis Z und las sie gemeinsam mit Caro durch. Die beiden amüsierten sich königlich!

»Ich fasse es nicht – Astralreise, Atemarbeit, Ätherleib, Aurafotografie«, kicherte Caro.

»Karmaauflösung, Klangschalenmassage, Kraftort, kreatives Träumen«, gackerte Becky völlig respektlos.

Greta ließ sich anstecken und gab prustend ihre persönlichen Favoriten zum Besten: »Lachyoga, Lichtarbeit … Out-of-Body-Experience, Obertonmusik … Trance-Rückführung, Tänze des universellen Friedens …«

Die drei brüllten vor Lachen. Noch nie zuvor hatten sie so viele urkomische Wörter auf einmal gelesen.

»Ich nehme an, wir praktizieren jetzt gerade Lachyoga«, schnaubte Greta schließlich und wischte sich die Tränen aus den Augen.

»Wenn es das ist, dann will ich mehr davon. Fünf Löffel pro Tag«, gluckste Caro.

»Hey, erzählt ihr euch Witze? Mami sagt, ihr müsst heute arbeiten«, ertönte da plötzlich ein kleines Stimmchen. Nelly! Becky hatte ihre Tochter mitgebracht, denn samstags war der Kindergarten natürlich geschlossen. Aber das stellte kein Problem dar, denn im *Piccolobello* gab es eine wundervolle Spielecke.

»Oh, das tun wir auch, Schätzchen«, beteuerte Becky, noch immer kichernd. Die Ähnlichkeit zwischen ihr und ihrer kleinen Tochter war mal wieder unübersehbar, was höchstwahrscheinlich an der Frisur lag. Becky hatte ihr schulterlanges, mittelblondes Haar zu zwei frechen Zöpfen zusammengebunden.

»Kann gar nicht sein«, fand Nelly und verschränkte die Arme auf eine Weise, die andeutete, dass sie nicht nur furchtbar süß, sondern auch furchtbar anstrengend sein konnte. »Frau Nette sagt, sobald man in die Schule kommt, fängt der Ernst des Lebens an. Und Arbeit ist noch viel ernster als Schule!«

»Frau Nette hat keine Ahnung! Schau mal, was Mama hier hat. Sieht das aus wie Arbeit oder etwa nicht?«, rief Becky triumphierend und zog ein paar Ausdrucke aus ihrer Tasche. Ihre Entwürfe für das Logo.

»Rebekka Quandt, du bist eine Heldin!«, lobte Greta begeistert. Das *Sphinx*-Logo sah einfach nur großartig aus. Und der verschnörkelte, aber dennoch moderne und gut lesbare Schriftzug ebenfalls.

»Der Hammer!«, lobte auch Caro. »Vor allem die tolle Farbkombination: sattes Oliv und zartes Lila, das ist erste Sahne!«

Becky freute sich über das Lob.

»Ich möchte auch einen Lokus malen«, entschied Nelly.

»Du meinst ein Logo? Kein Problem«, sagte Caro, die es dank ihrer unendlichen Kinderliebe schaffte, ein breites Grinsen zu unterdrücken. Sie holte Papier und Stifte für Nelly und räumte ihr in der Spielecke einen Tisch frei.

Als sie zurückkam, präsentierte sie den anderen die Ausbeute ihres Teils der Recherchearbeit. »Tiersymbolik ist ein uraltes

Thema. Wir müssen uns da gar nichts ausdenken, sondern können auf das zurückgreifen, was sich schon die alten Griechen, Römer, Ägypter und wie sie alle heißen zurechtgereimt haben.«

Tatsächlich: Neben Klassikern wie der fleißigen Biene, der weisen Eule, dem listigen Fuchs, dem mutigen Löwen oder dem sturen Steinbock gab Caros Liste noch eine Fülle weiterer Tiere her, denen im Laufe der Menschheitsgeschichte die unterschiedlichsten Eigenschaften angedichtet worden waren – von Lüsternheit bis Keuschheit.

»Klasse«, staunte Greta. »Dann brauchen wir ja nur noch irgendeinen Psychotest, den wir einfach ein bisschen abwandeln und bei dem wir dann bei der Auswertung statt der üblichen Typenbeschreibung ein Symboltier einsetzen.«

»Du bist ein Genie!«, rief Caro begeistert aus und begann sofort, in ihrem Mülleimer zu kramen. »Ich hatte doch da neulich …«, ächzte sie und verschwand unter dem Schreibtisch, um wenig später wieder aufzutauchen – die schwarzen, kurzen Haare leicht zerzaust und in der Hand ein zerfleddertes Magazin mit dem Titel *Psychology today*. Ein semiwissenschaftliches Magazin, das sie wahrscheinlich nur wegen der Titelstory »Späte Mütter – zufriedene Babys« gekauft hatte. Doch das war nicht der Grund, warum sie jetzt wie eine Irre darin herumblätterte.

»Schaut hier, ein Persönlichkeitstest. Der allerneueste Schrei bei Personalern. Genau danach werden heutzutage Bewerber beurteilt.«

Becky und Greta überflogen den Artikel. Dann schauten sie einander an und nickten. »Perfekt!«

Worauf solche Tests aus waren, lag ja auf der Hand. Mehr

schlecht als recht verbargen die Fragen, welche Charaktereigenschaften jeweils abgefragt wurden. Es ging um emotionale Stabilität, Offenheit, Begeisterungsfähigkeit, Wagemut, Zufriedenheit, Ehrlichkeit, Verträglichkeit, Gewissenhaftigkeit …

»Das ist wie für uns gemacht!«, fand Becky. »In null Komma nix haben wir daraus unseren Animalistische-Balance-Test gezaubert. Wetten?«

Null Komma nix stimmte nicht ganz. Es war schon fast neun Uhr abends, als sie damit fertig wurden. Dabei hatten sie die Arbeit nur einmal kurz unterbrochen, um sich mit Bami Goreng vom Chinesen um die Ecke zu stärken.

Becky hatte, wie schon am Mittag, das Kommando übernommen und die Aufgaben verteilt.

Greta formulierte die Testfragen um, so dass man sie garantiert nicht wiedererkannte. Dabei streute sie den einen oder anderen esoterischen Schlüsselbegriff ein, der chronisch Sinnsuchenden gefallen würde: energetisch, harmonisch, feinstofflich, kosmisch …

Unterdessen übersetzte Caro die herkömmliche Typeneinteilung in Tiercharaktere und wählte dazu sechzehn Arten aus: Adler, Bär, Wolf, Löwe, Pferd, Wal, Stier und Elefant einerseits, Delphin, Biene, Eule, Lamm, Rabe, Schlange, Storch und Reh andererseits.

»Jedes Testresultat ergibt ein Persönlichkeitsbild, zu dem ein Tier aus der ersten Gruppe und eines aus der zweiten gehört«, erläuterte sie, als sie fertig war. »Und jeweils eines davon dominiert. Was bedeutet, dass das andere Seelentier gestärkt werden muss, damit die animalistische Balance wieder harmonisch ist.«

Sie beherrschte dieses schwammige Eso-Sprech bereits richtig gut. Auf einmal erinnerte Greta sich wieder an die Parodie, die sie in der Nacht zuvor zum Besten gegeben hatte, und fiel spontan wieder in die Rolle der Oberstudienrätin Gloria Fürchtegott-Hassdenteufel. »Ich bin begeistert von der Nachhaltigkeit der animalistischen Balance«, flötete sie affektiert, »das ist alles so sinnstiftend und elementar … und so wunderbar irrational!«

Damit hatte sie die Lacher auf ihrer Seite. Sogar Nelly, die noch immer mit der Gestaltung eines »Lokus« beschäftigt war, schaute bei den Großen im Hinterzimmer vorbei und fand Gretas Darbietung zum Piepen.

»Du redest wie die Prusseliese bei Pippi Langstrumpf, Tante Greta«, lautete ihr fachkundiges Juryurteil.

»Oh, ja«, spielte die ihre Rolle weiter, »und meine Seelentiere sind ein Äffchen und ein Pferd.«

»Was ist ein Seelentier?«, fragte Nelly.

»Das ist ein Tier, das so lustig, fröhlich, neugierig oder zappelig ist wie du selbst«, erklärte Caro in ihrem Ich-wäre-eine-prima-Mutter-Tonfall.

»Dann hab ich einen Schmetterling und ein Eichhörnchen als Seelentiere«, entschied Nelly. Bewaffnet mit einer Kekspackung, die Caro ihr zugesteckt hatte, marschierte sie wieder in die Spielecke, um weiterzumalen.

So wild und anstrengend sie auch manchmal war, heute bewies sie erstaunlich viel Geduld.

»Nelly hat recht«, sagte Caro, »wir sollten den Test und die Auswertung an uns selbst ausprobieren.«

»Könnt ihr gerne tun, während ich die Formulare gestalte«, stimmte Becky zu, »also her mit eurem Fragenkatalog!«

Während Caro und Greta über den Testfragen saßen und so ehrlich wie möglich die passenden Antwortmöglichkeiten ankreuzten, bearbeitete Becky die Worddateien in ihrem Layoutprogramm, motzte sie typografisch auf, versah die Fragebögen mit Logo und Schriftzug und feilte so lange an der Optik herum, bis alles perfekt zusammenpasste. Als sie schließlich das Resultat präsentierte, waren ihre Freundinnen schlichtweg begeistert, so professionell sah alles aus.

»Wir sind eben Marktführer im Bereich der animalistischen Balance«, lachte Becky zufrieden.

Kunststück. Wie sollten sie Konkurrenz auf einem Gebiet haben, das gar nicht existierte?

Es war kurz vor zehn Uhr abends, als Greta hundemüde die Treppen zu ihrer Loftwohnung emporstieg. In der Tasche einen USB-Stick mit dem *Sphinx*-Persönlichkeitstest nach der Lehre der animalistischen Balance, natürlich in Beckys großartigem Layout. Diese Datei würde sie morgen an sämtliche Interessenten mailen und ihnen anbieten, ihr die Resultate zur Auswertung zurückzuschicken. Gegen Kohle, verstand sich. Sie hatten lange darüber gestritten, welcher Preis wohl angemessen sei. Greta hatte 25 Euro vorgeschlagen, doch die anderen winkten sofort ab.

»Wenn schon, dann richtig!«, fand Becky. Caro nickte heftig. Schließlich einigten sie sich auf sagenhafte 149 Euro pro Testauswertung.

»Das macht doch kein Mensch!«, da war sich Greta sicher. Und dann wäre die Arbeit der letzten Stunden völlig umsonst gewesen.

»Das wollen wir doch erst mal sehen!«, wettete Becky dagegen.

Wahrscheinlich war es der Delphin in ihr, der immer so zögerlich war. Ich sollte dringend mein Stier-Seelentier stärken, dachte Greta, als sie die Wohnungstür aufschloss. Sonst würde sie ihr Leben lang eine Bedenkenträgerin bleiben. Sie musste lockerer werden. Sind Künstler nicht im Allgemeinen völlig entspannt?

»Que sera, sera«, dröhnte ihr Doris Days süßlicher Gesang entgegen, »whatever will be, will be …«

Ihre Mutter schaute sich wieder einmal einen Fünfziger-Jahre-Film an, und das in beinahe maximaler Lautstärke. Wenigstens bewies sie diesmal, rein filmhistorisch betrachtet, einigermaßen Geschmack. *Der Mann, der zu viel wusste* war immerhin ein waschechter Hitchcock-Streifen.

»Hallo Mamilein«, schrie Greta, um den oscarprämierten Filmhit zu übertönen, »bin wieder da.«

Ungerührt nippte Elisabeth an ihrem Likör und sagte vorwurfsvoll: »Wie schön, dass du auch mal wieder auftauchst wie der Phönix aus der Arche.«

Greta war zu gut gelaunt, um mit ihr zu streiten, und grinste nur vor sich hin. Der Mythos des Phönix kombiniert mit Noahs Arche – das passte perfekt zur animalistischen Balance, fand sie. Oder begann sie etwa durchzudrehen?

»Du hast dich doch sicher nicht gelangweilt, oder?«, fragte Greta, ohne eine Antwort zu erwarten, und drückte ein Küsschen auf eine Liz-Taylor-Apfelwange.

»Gelangweilt? Möge dieser Elch an mir vorübergehen!«, rief ihre Mutter entsetzt aus, »gelangweilt habe ich mich in meinem ganzen Leben noch nicht, und ich habe es auch in Zukunft nicht vor.«

Vielleicht ist das unsere einzige Gemeinsamkeit, dachte Greta. Doch diese Ähnlichkeit schien ihrer Mutter verborgen geblieben zu sein, denn sie fuhr fort: »Übrigens wirst auch du dich in nächster Zeit garantiert nicht langweilen. Da kamen jede Menge Anrufe für dich. Alles Aufträge. Irgendwas mit Seelentieren. Nennt man das jetzt so, wenn man um Haustiere trauert? Reichlich albern, finde ich.«

»Anrufe? Hast du die Namen notiert?«, unterbrach Greta sie aufgeregt.

»Kindchen, nur keine Panik. Natürlich habe ich das!« Mit diesen Worten und einer hoheitsvollen Geste überreichte sie ihr zwei engbeschriebene DIN-A4-Seiten mit Namen, Adressen, Telefonnummern und – gepriesen sei Mutters Gründlichkeit! – sogar E-Mail-Adressen.

»Du bist die Allerbeste!«, jubelte Greta.

»Auch ein Likörchen?«, zwinkerte Elisabeth ihr zu.

Und Greta warf alle guten Vorsätze über Bord.

»Man kann schließlich nicht Wein predigen und selbst Wasser trinken«, prostete sie ihrer Mutter übermütig zu, deren verunglückte Redensarten imitierend.

»Umgekehrt meinst du wohl«, antwortete die mit erhobenem Zeigefinger und einem schelmischen Grinsen: »Es heißt Wasser predigen und selbst Wein trinken!«

Manchmal wusste man wirklich nicht, woran man bei ihr war.

Bevor Greta ins Bett ging beziehungsweise sich auf dem Gästesofa niederließ, zählte sie die Anfragen durch. Zusammen mit denen, die sie selbst notiert hatte, waren es sage und schreibe siebenundfünfzig Interessenten.

»Die Menschheit ist verrückt geworden«, murmelte sie vor sich hin, während sie in einer Schublade nach einem funktionstüchtigen Taschenrechner kramte. Als sie ihn fand, tippte sie eine einfache Multiplikationsaufgabe ein und staunte über das Ergebnis. Wenn alle siebenundfünfzig Menschen, die ihr Seelentier stärken wollten, dazu bereit waren, 149 Euro für die Auswertung eines lächerlichen Psychotests auszugeben, dann würden sie 8.493 Euro verdienen. Und selbst, wenn sich jeder Dritte von diesem Preis abschrecken ließe, wären es noch 5.662 Euro. Wenn sie diese Summe jede Woche einnähmen, hätten sie nach drei Monaten … unfassbare 67.944 Euro! Und nach einem Jahr? Mit zittrigen Fingern tippte Greta diese letzte Gleichung ein und wagte kaum hinzusehen: 5.662 Euro mal 52 Wochen, das waren 294.424 Euro!

Aber nein. So weit würde es nicht kommen. Das wäre ja vollkommener Irrsinn!

Sie würde die Tests verschicken, in der Begleitmail den Preis nennen und nie wieder etwas von diesen Spinnern hören. Da war sie sicher. Spätestens nächstes Wochenende, an Ostern, würde die animalistische Balance und alles, was damit zusammenhing, vergessen sein. Und wenn das Glück ihr hold wäre, hätte sie bis dahin auch dafür gesorgt, dass Mutter nach Hause zurückkehrte. »Morgen Kurt anrufen«, notierte sie in ihrem Kalender. Sie würde unerbittlich sein, nahm sie sich vor. Wie ein Stier. Nicht wie ein Delphin!

Ach, sie war ja so ahnungslos …

Sei kein Frosch!

Zum ersten Mal seit längerer Zeit saßen Frank und Caro wieder einmal gemeinsam am üppig gedeckten Frühstückstisch. Dem Maifeiertag sei Dank.

Frank tat das, was er bei solchen Gelegenheiten am liebsten machte: Er las eine medizinische Fachzeitschrift.

Caro tat ebenfalls das, was sie am meisten liebte: Sie betrachtete Frank. Ihren wundervollen, attraktiven Ehemann. Ihren Glücksgriff. Oder, wie sie ihn im Stillen am liebsten bezeichnete: ihr Gottesgeschenk!

Sie konnte es auch knapp zwei Jahre nach ihrer Märchenhochzeit mit Kutsche, Blumenmädchen und Ave-Maria-Sopranistin nicht fassen, dass sie so einen Kerl abbekommen hatte. Sie, Caroline, das Moppelchen. Einen Arzt! Einen kultivierten, gutaussehenden, humorvollen Hals-Nasen-Ohren-Arzt!

Nicht, dass Caro der Status wichtig gewesen wäre, den sein Beruf mit sich brachte, i wo! Aber sie wusste doch als ehemalige Verwaltungsangestellte der Klinik nur allzu gut, wie umschwärmt und begehrt ein Exemplar wie Frank bei den Kolleginnen war. Und das galt nicht nur für Krankenschwestern, sondern genauso für Sekretärinnen oder Ärztinnen.

Aber nein, er hatte sich nicht für die Lernschwester mit den unendlich langen Beinen entschieden, auch nicht für die Assistenzärztin mit dem Schmollmund und der beachtlichen Oberweite oder die Physiotherapeutin mit den hellblonden Traumhaaren. Sondern für Caro.

Okay, in der ersten Zeit verdiente sie richtig gut im Vergleich zu ihm, dem jungen Mediziner, der gerade sein praktisches Jahr machte. Anfangs war also Caro diejenige, die Restaurantrechnungen, Tankfüllungen und Urlaubsreisen bezahlte, schließlich musste er als Student jeden Cent dreimal umdrehen.

Obwohl Becky damals behauptete, er würde sie nur ausnutzen, und sie selbst insgeheim nie zu hoffen wagte, dass die Sache zwischen ihnen eine Zukunft haben könnte, genoss sie es, mit ihm zusammen zu sein, so lange es eben dauerte.

Irgendwann änderten sich dann die Vorzeichen: Er beendete sein Studium mit Bestnoten, bekam eine gut bezahlte Festanstellung, promovierte, wurde Facharzt, später Oberarzt und machte noch immer keine Anstalten, sie zu verlassen. Caro freute sich mit ihm, rechnete aber jederzeit mit einem finalen Du-Schatz-wir-müssen-reden-Gespräch.

Doch stattdessen stellte er eines schönen Tages die Frage aller Fragen. Wirklich und wahrhaftig! Zuerst traute sie ihren Ohren kaum, dann sagte sie begeistert »Ja!«. Und bevor Frank es sich anders überlegen konnte, beeilte sie sich, das Aufgebot zu bestellen, die Feier zu planen und die Hochzeitseinladungen zu verschicken.

Inzwischen waren sie seit fast acht Jahren ein Paar, ein Viertel davon verheiratet. Glücklich, versteht sich! Zwischen Caro und Frank herrschten vollstes Vertrauen und absolute Ehrlichkeit.

Na ja, okay, mit einer Ausnahme: Die Sache mit der animalistischen Balance hatte sie ihm bisher verschwiegen. Aus guten Gründen. Schließlich wollte sie ihn ja demnächst mit einer romantischen Traumreise überraschen. Und wenn diese Überraschung gelingen sollte, musste sie ihm ihre neueste Einnahmequelle natürlich verschweigen. Vorläufig wenigstens.

Doch es fiel ihr schwer. Sie war es einfach nicht gewohnt, Geheimnisse vor Frank zu haben! Am liebsten wäre sie ihm um den Hals gefallen und hätte ihm vorgejubelt, wie genial die esoterischen Geschäfte liefen und dass sie ihn, wenn das so weiterging, schon sehr bald in die zweiten Flitterwochen entführen würde.

Sie beobachtete, wie Frank, ohne die Augen von seiner medizinischen Fachzeitschrift abzuwenden, in ein Brötchen biss, das dick mit Butter und Marmelade bestrichen war. Es war sein drittes. Anders als Caro musste ihr Mann kein bisschen auf die Kalorien achten. Seine Figur war schlichtweg perfekt. Schlank, ohne mager auszusehen, und muskulös, ohne bullig zu wirken. Schmale Taille, athletischer Oberkörper, so wie ein Mann sein sollte. Schwimmer eben. Er zog mindestens dreimal pro Woche im städtischen Hallenbad seine Bahnen, mindestens tausend Meter. Caro dagegen schwamm ungern. Man bekam dabei Wasser in die Nase und ruinierte die Frisur, und außerdem sah sie im Badeanzug aus wie ein Walross. Fand sie.

Caro nagte an ihrem Magerquark-Knäcke und dachte über diesen wahrhaft verrückten Monat nach, der da hinter ihr lag. Frank könnte das sicher gar nicht glauben, wenn sie es ihm erzählen würde. Da müsste sie ihm schon die Massen an E-Mails, Persönlichkeitsfragebögen und sonstigen Bestellungen zeigen, die Becky, Greta und sie in den vergangenen vier Wochen bearbeitet hatten.

Sie konnte es ja selbst kaum fassen. Wer hätte gedacht, dass ihr pseudo-esoterisches Angebot einschlagen würde wie eine Bombe? Dass es wirklich Leute gab, die sich von ihrer lächerlichen Aufforderung »Entdecke die animalistische Balance« angesprochen fühlten und den Persönlichkeitstest, die Seelentiere und den ganzen Spiritualitäts-Schnickschnack völlig ernst nahmen? Wir haben das wohl total unterschätzt, dachte sie. Es war der Wahnsinn. Einfach irre! Die Anfragen rissen nicht ab. Unzählige Menschen waren bereit, für einen popeligen Test und seine Auswertung 149 Euro zu bezahlen. Und dann erst die Sache mit den Produkten. Sobald die Kunden ihre Testresultate erhalten hatten und wussten, welches ihrer Seelentiere »geschwächt« war, wollten sie es natürlich stärken. Mit *Sphinx*-Produkten. So wie es in der Anzeige gestanden hatte. Tja. Und so kauften die drei in großen Mengen Kräutertees, Kräuterseifen, Kräuterbonbons, Kräuterduftkissen, füllten um, etikettierten neu und versandten den Kram zu horrenden Preisen, alles gegen Vorauskasse. Die Leute zahlten und waren begeistert. Niemand fühlte sich an der Nase herumgeführt. Niemand schöpfte Verdacht. Es war verblüffend. Allerdings blieb den Freundinnen auch nicht viel Zeit, Gewissensbisse zu hegen oder Erklärungen für dieses – möglicherweise paranormale – Phänomen zu finden, denn sie hatten ordentlich zu tun. Im Hinterzimmer des *Piccolobello* ging es rund: Dort war ein riesiges Warenlager entstanden, außerdem eine Auftragseingangsabteilung und eine Packzentrale. Das reinste Chaos! Und das Telefon stand nicht still.

Vielleicht ist so etwas für Menschen, die ohnehin ein turbulenteres Leben führen als Caro, nichts Besonderes. Für sie dagegen bedeutete die Zeit seit dem 1. April Aufregung pur! Wenn sie es recht überlegte: Was passierte auch sonst schon innerhalb eines Monats in ihrem Leben? Fast nichts. Sie könnte es an einer Hand abzählen.

Punkt eins: Sie hatte je einen Termin beim Friseur, der Kosmetikerin, im Nagelstudio und bei der Fußpflege. Wenn sie schon nicht mit ihrer Figur punkten konnte, so wollte sie doch wenigstens gepflegt aussehen. Er war so anstrengend, dieser endlose Kampf gegen die Natur, die permanent zurückzuerobern versuchte, was man so mit Schere, Pinzette, Nagelfeile und Hornhauthobel gerodet hatte! In dieser Hinsicht fand sie Hollywood am verlogensten: Gab es etwas Unglaubwürdigeres als romantische Filme mit Schiffbrüchigen, die selbst nach Jahren auf einer einsamen Insel noch so aussahen wie Brooke Shields in *Die blaue Lagune?* In einer einigermaßen realistischen Darstellung hätten die Stoppeln an ihren Beinen sprießen, die Schrunden an ihren Füßen schuhsohlenartige Dimensionen annehmen und ihre Haare verfilzt sein müssen. Wenn man bedenkt, dass nach vier Wochen sogar Caros Kurzhaarschnitt nicht mehr halb so schick war wie frisch geschnitten … Deshalb: alle vier Wochen Beauty-Runderneuerung.

Punkt zwei: Was ebenfalls einmal im Monat wiederkehrte, waren die Telefonrechnung, die Kreditkartenabrechnung, die Darlehenszahlungen für den Bungalow.

Punkt drei: Auch die Buchhaltung ihrer Boutique musste regelmäßig erledigt werden. Sie hasste das! Aber es musste wohl oder übel sein. Schließlich wollten ihre Aushilfen Löhne und das Finanzamt schien nicht auf Caros Steuern verzichten zu können. Schade eigentlich.

Punkt vier: Das monatliche Highlight – Weiberabend mit Becky und Greta! Im April musste er leider ausfallen, und das würde wohl auch im Mai nicht anders werden. Die drei sahen sich in letzter Zeit ohnehin ständig, allerdings zum Arbeiten. Zum Feiern blieb da wenig Zeit. Der animalistischen Balance sei Dank.

Punkt fünf: Tja, und dann war da noch regelmäßig die traurige Erkenntnis, dass es mal wieder nicht geklappt hatte mit der Schwangerschaft …

Seit diesem Morgen wusste Caro, dass ihre Familienplanung auch im April nicht funktioniert hatte. Eigentlich war das keine große Überraschung. Sie war zu beschäftigt gewesen, Frank zu oft müde. Außerdem hatte sie schon seit ein paar Tagen ein verräterisches Ziehen im Unterleib verspürt, das sie nur allzu gut kannte. Rechtzeitig vor dem Maifeiertag hatte sie eine Großpackung Tampons besorgt. Zum Glück.

»Du-huu, Frank«, sagte Caro gedehnt, während sie ihm Kaffee nachschenkte, »das mit dem Baby müssen wir im nächsten Zyklus wieder versuchen. Diesmal hat offensichtlich keine Befruchtung stattgefunden.«

Obwohl sie die nackten Tatsachen so sachlich wie möglich formulierte, versetzte es ihr einen Stich, diese Enttäuschung aussprechen zu müssen. Denn was sie eigentlich meinte war: »Ich könnte heulen. Wieder nichts! Warum bekommt jeder Babys, nur wir nicht? Was ist falsch mit mir? Liegt es an meinem Übergewicht? Ich wünsche mir doch nichts sehnlicher.«

Verwirrt blickte Frank auf. Er war so in seinen Artikel vertieft gewesen, dass er ein paar Sekunden brauchte, bis ihm die Bedeutung ihrer Worte klarwurde.

»Ach, Spatzl«, sagte er und streichelte ihr sanft über den Handrücken, »dann genießen wir eben noch etwas länger unsere Freiheit. Wir können ausgehen, wann wir wollen, ausschlafen, so lange wir wollen, unsere Freizeit so verbringen, wie wir es wollen. Kindersegen ist doch nicht alles, was zählt. Außerdem sind wir noch jung!«

Pah, jung! Er vielleicht. Nicht nur, dass Frank einen Monat jünger war als Caro – für einen Mann tickte die biologische Uhr nun mal nicht so laut wie für eine Frau. Während sie mit knapp dreiunddreißig schon mit Riesenschritten auf die Kategorie »Spätgebärende« zusteuerte, würde er selbst mit achtzig noch problemlos Vater werden können. Vorausgesetzt, er fände eine Partnerin, die jung und fruchtbar war und die sich von seinem Status, seinem Geld und seinem strahlenden Lächeln stärker angezogen als von seinem Alter abgestoßen fühlte. Und wie man weiß, dürfte das für einen erfolgreichen Arzt wohl kein großes Problem sein.

Für Caro dagegen war es schon problematisch genug, nicht in Tränen auszubrechen oder vor Wut über Franks flapsigen Trost einen Teller an die Wand zu werfen. Wollte er etwa gar keine Familie mit ihr gründen? War ihm das alles völlig gleichgültig? Spielten ihre Gefühle denn keine Rolle?

Caro beherrschte sich. Denn sie wusste, dass Frank heulende Weiber nervig fand und für Unbeherrschtheiten wie geworfene Teller generell wenig Verständnis hatte. Deshalb reagierte sie sich ab, indem sie das Knäckebrot beiseiteschob und sich stattdessen ein Nutellabrötchen schmierte. Mit Butter darunter. Doppelte Sünde!

Das Telefon unterbrach ihre Gedanken und die feiertägliche Stille. Sie stand auf und ging ran. Es war Greta.

»Kannst du dich loseisen? Über Nacht sind massenhaft Bestellungen eingegangen, das schaffe ich alleine nicht. Und Becky sitzt zu Hause an einem neuen Regenschirmdesign, das sie morgen abgeben muss.«

Verflixt! Das war's wohl mit der Feiertagszweisamkeit. Sie konnte unmöglich absagen. Denn Becky fiel definitiv aus. Die hatte in letzter Zeit ihre Aufträge für die *Agentur WerbePauSe* ziemlich schleifen lassen. Einmal hatte sie sich sogar eine Woche krankgemeldet, um in der Zeit die *Sphinx*-Website aus dem Boden zu stampfen. Denn natürlich brauchten sie einen schicken Internetauftritt. Außerdem musste eine neue Anzeige geschaltet werden. Diesmal nicht mit Gretas Telefonnummer, sondern mit neuen Kontaktdaten. Sie hatten eine E-Mail-Adresse für *Sphinx* eingerichtet und ein Prepaid-Handy angeschafft. Aber auch sonst gab es jede Menge zu designen: Briefpapier, Etiketten und Verpackungen, Absenderaufkleber … So eine Geschäftsausstattung gestaltete sich nicht von selbst. Zum Glück hatten sie mit Becky eine echte Fachfrau im Team. Aber natürlich ging ihr eigentlicher Job vor. Caro wollte nicht schuld daran sein, wenn Paul Segers die Geduld verlor, einen seiner berühmten cholerischen Anfälle bekam und Becky kurzerhand feuerte. Also musste wohl sie heute ran. Bye-bye, gemütlicher Feiertag mit Frank.

»Tja, eigentlich wollten wir heute einen Ausflug machen«, antwortete Caro, obwohl sie noch keine konkreten Pläne hatten. Die existierten eher in ihrem Kopf. Frank wäre auch zufrieden damit gewesen, für den Rest des Tages in seiner Fachzeitschrift zu stöbern. Aber wenn sie einen netten Vorschlag einbrachte, fand er das meist gut. Nach Straßburg fahren und schön essen gehen? An die Mosel und eine Weinprobe machen? In den Taunus zum Wandern? Frank wäre garantiert mit Begeisterung dabei. Es war ein schöner, sonniger Tag, der geradezu danach schrie, dass man ihn draußen verbrachte.

Doch daraus würde ja nun nichts werden. Hoffentlich war er nicht allzu enttäuscht.

»Wer ist denn dran, Spatzl?«, fragte Frank.

Caro deckte die Sprechmuschel mit der Hand ab und antwortete: »Becky. Sie fragt, ob sie mit Nelly kurz im Laden vorbeikommen kann, um ein paar Sommeroutfits anzuprobieren.«

Das war eine glatte Lüge. Und eine schlechte noch dazu. Denn Becky würde nie so viel Geld für Kinderklamotten ausgeben. Öko hin oder her. Und selbst wenn sie die hochpreisigen Markenteile kaufen wollte, die Caro im *Piccolobello* anbot, dann täte sie es während der Öffnungszeiten, nicht am Feiertag.

Warum sie nicht einfach die Wahrheit sagte? Nun, die reine Wahrheit kam natürlich nicht in Frage. Die animalistische Balance und alles, was damit zu tun hatte, war vorläufig noch ihr kleines Geheimnis. Außerdem wusste sie, was Frank von Greta hielt. Nämlich nicht viel. Einmal hatte er sie sogar als »weltfremde Spinnerin« bezeichnet. Wenn er wüsste, dass Greta neulich ihren gut bezahlten Job im Knast verloren hatte, weil sie die Sträflinge mit Schnapspralinen belohnen wollte, hätte das nur sein Vorurteil bestätigt. Caro erzählte also lieber möglichst wenig von Greta, um Diskussionen über ihre spontane Art, ihre Kunst und ihren Lebenswandel aus dem Weg zu gehen. Sie wollte sich nicht mit ihm streiten, schon gar nicht über eine ihrer besten Freundinnen.

Würde er nun stattdessen über Becky und ihre unverschämte Bitte schimpfen, für sie am Feiertag die Boutique zu öffnen?

Doch nichts dergleichen. »Lass dir ruhig Zeit, Spatzl. Ich geh sowieso gleich auf den Golfplatz. Professor Obermüller hat mich gebeten zu kommen. Doktor Andraczek und Doktor Chang kommen auch.«

Na großartig. Und warum wusste sie nichts davon? Da hätte sie sich die Schwindelei ja sparen können!

Natürlich verstand Caro, dass Frank eine Einladung des großen Professor Obermüller nicht ausschlagen konnte. Schließlich war das vielmehr eine Art Vorladung – und zwar eine karriereentscheidende. Wenn die beiden Kollegen Andraczek und Chang zugesagt hatten, konnte er unmöglich fehlen. Aber dass Frank es nicht für nötig gehalten hatte, sie über seine Pläne zu informieren, fuchste sie doch. Andererseits milderte es ihre Gewissensbisse ab: Wenn er ihr, ohne mit der Wimper zu zucken, den Feiertag verdarb, dann durfte sie ja wohl ein bisschen großzügig mit der Wahrheit umgehen!

An diesem Tag arbeiteten Greta und Caro bis neun Uhr abends. Hochkonzentriert und fast ohne Pause. Caro dachte an die ersten Aufträge, die sie über Ostern bearbeitet hatten. Damals fanden sie die Zahl der Interessenten schon enorm, doch das war noch gar nichts im Vergleich zu den Massen an Anrufen und E-Mails, die inzwischen pro Tag kamen! *Sphinx* war längst kein kleines Spaßprojekt mehr, das man so nebenbei bewältigen konnte.

Zwischendurch meldete sich Frank per Handy und verkündete, dass es bei ihm wohl etwas später werden würde. Der Professor hatte noch einen gemeinsamen Umtrunk vorgeschlagen. Da käme er wohl nicht drum herum. Caro wünschte ihm viel Spaß.

»Ihr könntet theoretisch alle beide eine Affäre haben und es voreinander verheimlichen, ohne dass es je herauskäme«, neckte Greta sie, »weil jeder von euch zu sehr damit beschäftigt wäre, das eigene Geheimnis zu wahren, und gar nicht dazu käme, eifersüchtig zu werden oder hinter dem andern herzuschnüffeln. Bist du sicher, dass er auf dem Golfplatz war?«

»Du spinnst wohl! Frank würde niemals fremdgehen«, widersprach Caro empört. Ihr perfekter Ehemann war kein Typ, der zwischen Visite und OP mal eben die süße kleine Lernschwester vernaschte oder die Assistenzärztin verführte. Da war sie sicher.

Greta sah das wohl etwas anders, das verriet ihre zweifelnde Miene. Nun gut, Greta zweifelte generell an der Treue der Spezies Mann. Kein Wunder, nach den vielen schlechten Erfahrungen, die sie gemacht hatte. Warum verliebte sie sich auch immer wieder in die falschen Kerle? Sie wurde geradezu magnetisch von ihnen angezogen! Nicht jeder hat so viel Glück in der Liebe wie ich, dachte Caro. Das Schicksal war in diesem Punkt offenbar sehr ungerecht.

Aber der Gedanke setzte sich in ihrem Hinterkopf fest und das schlechte Gewissen nagte: Wie war das noch gleich mit der absoluten Ehrlichkeit? Sie für ihren Teil nahm es damit zurzeit nicht so genau. Doch war das schon ein echter Betrug? Nein, fand sie, eher eine liebenswerte Heimlichkeit wie das Geschenkeverstecken vor Weihnachten.

Aber warum zuckte sie dann jedes Mal zusammen, wenn in den folgenden Tagen die Ladenklingel ertönte? Was sie übrigens sehr oft tat. Es war Hochsaison. Die neue Kollektion war eingetroffen und ihre meist wohlhabenden Kunden wollten die (höchstwahrscheinlich begehbaren) Kleiderschränke ihrer lieben Kleinen mit neuen ökologisch unbedenklichen, ethisch gefertigten und fair gehandelten Sommeroutfits bestücken. Caro musste sich zusammenreißen, um sie genauso geduldig und freundlich zu beraten, wie sie es sonst immer tat. Obwohl im Hinterzimmer Berge von Teepackungen lagen, die umgefüllt und neu etikettiert werden wollten. Die Bestellungen türmten sich ebenfalls. Statt sie mit Feuereifer abzuarbeiten, Päckchen zu packen und Zahlungseingänge zu prüfen, musste Caro immer wieder unterbrechen. Nur um zu erläutern, ob die Baumwolle, aus der das zauberhafte T-Shirt gemacht war, auch wirklich aus ökologischem Anbau stammte, oder zu versichern, dass das hübsche Sommerkleidchen wirklich kein Massenprodukt war, sondern im Umkreis von hundert Kilometern garantiert in jeder Größe höchstens dreimal verkauft würde. Sie war jedes Mal erleichtert, als die Kundschaft sich endlich entschied und entweder mit dem Standardspruch »Wir überlegen es uns noch mal« verschwand oder aber bezahlte und danach ebenfalls die Fliege machte.

Sie hatte schließlich Wichtigeres zu tun.

Eines Nachmittags bimmelte es an der Ladentür zu einem völlig ungünstigen Zeitpunkt. Greta nahm gerade eine telefonische Bestellung auf und Caro hatte beide Hände voller Pakete, die sie zur Post bringen wollte.

»Momentchen, bitte«, rief sie und dachte im gleichen Augenblick: Wenn das bloß nicht Frank ist.

Wie kam sie nur darauf? Frank besuchte sie niemals im *Piccolobello.* Er interessierte sich nicht besonders für den Laden seiner Frau, den er wohl eher als Beschäftigungstherapie für sie betrachtete denn als ernst zu nehmendes Geschäft. Das Wichtigste daran war aus seiner Sicht, dass sie ihren alten Job in der Klinikverwaltung gekündigt hatte. Dass sie noch dort arbeitete, fand er »irgendwie unangemessen«, seit er Oberarzt war. Sie fand das zwar ganz und gar nicht, aber als er sie dabei unterstützte, den Traum von der eigenen Kindermodenboutique zu verwirklichen, machte ihr das die Entscheidung damals ziemlich leicht. Nur in einem Punkt hatte sie sich durchgesetzt: »Wenn schon Markenmode, dann ökologisch und fair gehandelt«, darauf hatte sie bestanden. Frank hatte mit den Schultern gezuckt und nur kommentiert: »Wenn du meinst, dass sich damit Geld verdienen lässt.«

Ja, das ließ es sich. Sie hatte eine regelrechte Marktlücke aufgetan, und die High Society liebte ihren Laden!

»Hallihallo«, rief eine dunkle Frauenstimme und riss Caro aus ihren Gedanken. Entschlossene Schritte näherten sich schnurstracks dem Hinterzimmer.

Das klang nicht nach Becky. Die wollte zwar später noch vorbeikommen und neue Klebeetiketten bringen, doch vorerst saß sie noch in ihrem Homeoffice und arbeitete am Muster für eine Kinderzimmertapete.

O nein. War das etwa doch Frank?

»O nein!«, stieß Greta entsetzt hervor und ließ das Telefon sinken. Denn es war nicht Frank. Sondern Elisabeth Hildebrandt, ihre Mutter!

»Hallihallo, ich hab euch Erdbeertörtchen mitgebracht, meine Lieben … Aber was ist denn hier los? Das sieht ja gar nicht nach Kindermode aus!«

»Ähm, Frau Hildebrandt, das ist furchtbar lieb. Und ja, wir haben da tatsächlich einen neuen Geschäftszweig, daher das Chaos. Wollen wir nicht draußen im Laden an der Kaffeebar einen Espresso trinken?«, improvisierte Caro.

»Schnickschnack, ›Frau Hildebrandt‹. Ich bin Liz«, entgegnete Gretas Mutter strahlend und schaute sich ungeniert um. Überall lagen Entwürfe der *Sphinx*-Briefbögen, die Etiketten für die umgepackten Kräuterprodukte und ein Layout ihrer neuen Zeitungsanzeige. Überschrift: *Sphinx*-Persönlichkeitsentwicklung – Ihr Leben in animalistischer Balance. In null Komma nichts hatte Elisabeth die Lage erfasst.

»Animalistische Balance, so, so«, kommentierte sie trocken und schnappte sich eine Persönlichkeitsanalyse, die Caro gerade ausgedruckt hatte.

»Ich kann das alles erklären«, wollte Greta gerade loslegen, wurde aber von einem erneuten Telefonanruf unterbrochen. Während sie einen Auftrag über zwei Persönlichkeitstests inklusive Auswertung und der dazugehörigen Teemischung entgegennahm, erläuterte Caro das Prinzip ihres spirituellen Angebotes.

»Das ist nun also unser zweites Standbein, Liz«, schloss sie. Greta verdrehte die Augen, doch ihre Mutter schien sich sehr darüber zu freuen, dass Caro sie so anredete.

»Spirituelle Persönlichkeitsentwicklung. Finde ich prima. Warum hast du nichts davon erzählt, Gretakind?«

Gretakind! Du liebe Zeit, schoss es Caro durch den Kopf. Diese Mutter war wirklich eine Herausforderung. Bevor Greta eine empörte Antwort geben konnte und sich womöglich ein Mutter-Tochter-Streit entspann, mischte sie sich rasch ein: »Und was halten Sie davon, Liz? Von der animalistischen Balance meine ich. Sie kennen sich doch gut aus in Sachen Spiritualität und Esoterik.«

»Lass uns mal lieber beim Du bleiben«, gab Elisabeth zurück. »Und was die animalistische Balance betrifft, Kindchen, die finde ich schon seit Jahren gut. Das sind für mich keine podolskischen Dörfer! Gute Entscheidung von euch, das zu Geld zu machen.«

Greta und Caro starrten sie ungläubig an. Seit Jahren? Was meinte sie damit? Hatten sie das Ganze nicht neulich erst erfunden – und zwar aus einer Sektlaune heraus? Natürlich erwähnten sie nichts davon.

»Tja, ihr Lieben. Ich stehe tatsächlich auf Esoterik, wie ihr jungen Leute das wohl ausdrücken würdet. Aber noch mehr stehe ich auf tüchtige Geschäftsleute.«

Die Freundinnen fanden noch immer nicht die richtigen Worte und schwiegen weiter – völlig überrascht von der Entwicklung, die dieses Gespräch nahm. Allerdings war das Ende der Fahnenstange noch längst nicht erreicht, was die erstaunlichen Äußerungen von Elisabeth Hildebrandt betraf. Die nämlich bemerkte überhaupt nicht, dass man sie stumm anstierte, zu sehr war sie damit beschäftigt, das Chaos im Hinterzimmer etwas genauer in Augenschein zu nehmen.

»Ihr braucht unbedingt Struktur. Erst mal ein vernünftiges Ablagesystem. Eine optimierte Bestellabwicklung. Eine Kundenkartei. Und vor allem: eine Spezialistin für all diese Dinge!«

»Eine Spezialistin für all diese Dinge?«, echoten Greta und Caro, noch immer völlig ahnungslos, worauf in aller Welt sie hinauswollte.

»Na, mich natürlich«, rief die Frau, die sich Liz nannte, und nahm vor dem PC Platz. Die Landung eines Aliens direkt durchs Fenster hätte Caro nicht mehr verblüffen können.

In diesem Moment ertönte die Ladenklingel und direkt danach noch einmal. Kundschaft, Mehrzahl.

»Hört auf, Maulaffen freizulassen. Na los, geht schon. Ihr habt zu tun. Ich komme hier sehr gut allein zurecht.« Und mit diesen Worten wandte sich Elisabeth den Aktenordnern zu.

Im Laden war in der nächsten Stunde die Hölle los. Caro verkaufte einer werdenden Großmutter eine komplette Erstlingsausstattung in bester Markenqualität, während Greta die anderen Kunden bediente und diverse T-Shirts, Shorts sowie Strandkleider an den Mann beziehungsweise die Frau brachte. Die Kasse klingelte fast so oft wie die Ladentür.

Endlich war ein wenig Leerlauf in der Boutique und sie rasten nach hinten, um nachzusehen, was die neue Organisations-Queen so trieb. Caro traute ihren Augen kaum: Das Chaos war verschwunden. Die fertigen Pakete stapelten sich nicht mehr überall, sondern waren in einer Ecke aufgetürmt. In einer anderen die noch unverpackte Ware. Auf dem Tisch stand eine ganze Reihe neuer Ordner, alle fein säuberlich beschriftet.

»Also«, verkündete Elisabeth gedehnt ihr Urteil, »ich weiß ja nicht, wie ernst ihr dieses Projekt nehmt. Wahrscheinlich nicht ernst genug. Denn das hier kann eine ganz, ganz große Sache werden. Sie ist schon jetzt groß, aber das Potenzial ist enorm.«

Sie nickten. Caro schaute Greta an. Ihr Gesicht war ein einziges Fragezeichen. Bevor die beiden ihre Verwirrung in Worte fassen konnten, machte die Ladentür *ding-dong.* Diesmal war es Becky: »Hallo, ich bin's, ich bringe euch ein paar neue Etiketten und … huch, was ist denn hier los? Guten Tag, Frau Hildebrandt. Alles in Ordnung?«

Verunsichert schaute sie sich um.

»Liz wollte uns gerade erläutern, wie sie Struktur in unser Business bringen möchte«, erklärte Caro. Dass sie Gretas Mutter wie selbstverständlich Liz nannte und ihre Erklärung so formulierte, als sei deren Kommandoübernahme bereits beschlossene Sache, war ihr in diesem Moment gar nicht bewusst.

»Struktur?«, fragte Becky und zog die Augenbrauen hoch. Vermutlich zweifelte sie stark am Verstand ihrer Freundinnen.

Caro sah ihr an, was sie eigentlich dachte: Seid ihr denn

vollkommen übergeschnappt? Wieso lasst ihr Gretas verrückte Mutter, die keinen Satz ohne schräge Wortverwechslungen hinbekommt, an unsere Aktenordner? Warum habt ihr sie überhaupt eingeweiht? Da bin ich einmal nicht dabei, weil ich dringend ein paar Agenturjobs erledigen muss, um mich und mein Kind zu ernähren, und dann so was. Man kann euch wirklich keine Sekunde alleine lassen!

Ungerührt hob Elisabeth zu einer Erklärung an: »Zuallererst müsst ihr natürlich ein Unternehmen gründen. Und Steuern zahlen – aber natürlich keinen Cent mehr als nötig. Deshalb braucht ihr einen guten Steuerberater. Und einen Onlineshop. Die Website ist schön und gut, aber was nützt einem das, wenn man nur telefonisch oder per E-Mail bestellen kann? Da müsst ihr ja ständig das Postfach checken und den Kontostand kontrollieren, weil ihr erst dann verschicken könnt, wenn die Vorauskasse eingegangen ist. Das ist viel zu mühsam. Ein Onlineshop, in dem man auch mit Kreditkarte oder per Bankeinzug bezahlen kann, spart euch jede Menge Zeit!«

»Klingt logisch«, sagte Becky, die Erste unter ihnen, die nach diesem Vortrag ihre Sprache wiederfand.

»Find ich auch«, nickte Caro.

»Aber woher weißt du das alles?«, staunte Greta. Sie konnte kaum glauben, dass ihre bingospielende, schnulzenliebende, filmverrückte Mutter zu so viel Sachverstand fähig war.

Elisabeth lachte. »Tja, was das mit der Unternehmensgründung betrifft, ich bin ja nicht umsonst mit einem Notar liiert. Kurt kann euch da sicher prima beraten. Ich rufe ihn gleich mal an und vereinbare einen Termin für euch. Und was all das hier angeht«, sie wedelte mit beiden Armen umher und deutete auf das *Sphinx*-Warenlager, die Ordner und den Postausgang,

»schließlich war ich jahrelang Chefsekretärin. So etwas verlernt man ja nicht. Genauso wie Rad fahren und schwimmen. Ich sag immer: Schuster, bleib bei deiner Leistung!«

Keine von ihnen korrigierte diesen Schnitzer. »Und du kennst nicht etwa auch einen Onlineshop-Programmierer?«, fragte Caro stattdessen.

Fast verblüffte es sie gar nicht, dass Elisabeth erwiderte: »Doch, klar tu ich das. Philipp Mertens. Ein netter junger Mann. Er chauffiert hin und wieder seine Tante Alma zum Bingo und holt sie auch wieder ab. Wenn es regnet, nimmt er mich meist mit. Ich kann euch die Nummer geben.« Und mit diesen Worten zückte sie ein hochmodernes Smartphone, wischte rasch über das Display und diktierte dann Philipp Mertens' Handynummer.

»Touchdown-Bedienung, superpraktische Erfindung«, kommentierte sie.

Dann rief sie Kurt an. Ihren Herzallerliebsten, den sie vor fast zwei Monaten aus erzieherischen Gründen vorübergehend verlassen hatte, um unterdessen bei Greta einzuziehen. Die hatte zwischenzeitlich einmal versucht, Kurt zu einer Versöhnung zu überreden, aber er bewies diesmal außergewöhnlich viel Durchhaltevermögen. Nun plauderte Liz so liebenswürdig mit ihm, als seien sie kein zerstrittenes Paar, sondern eines in der ersten Phase der Verliebtheit.

»Kurt, mein Schatz, kannst du eben deinen Terminplaner zur Hand nehmen und schauen, ob du Greta und die Mädels baldmöglichst mal dazwischenschieben kannst? Es geht um eine Firmengründung, du musst sie dringend beraten. Bist du so lieb?«

Kurt war so lieb. Und offenbar so erleichtert darüber, endlich wieder von seiner Elisabeth zu hören, dass er sie gleich zum Essen einlud. In ein Sternelokal, wie es Greta vorausgesehen hatte.

Bevor Elisabeth ihre Handtasche schnappte und den Laden für heute verließ, machte sie die drei noch ein letztes Mal sprachlos. »Übrigens, als ihr vorhin so fleißig am Klamottenverkaufen wart, sind hier telefonisch einige Bestellungen eingegangen. Greta, du wirst in nächster Zeit wieder häufiger zum Pinsel greifen müssen. Es waren einige Aufträge für Ölbilder dabei.«

»Ölbilder? Haustierporträts? Das mache ich nicht mehr!«, wehrte Greta entschieden ab.

»Ach was, doch keine normalen Königspudelgemälde. Nein, du malst Porträts eurer Kunden nebst ihren Seelentieren. So als Collage. Ist das nicht eine tolle Idee? Für sechshundert Euro pro Bild.«

»Was, so viel?«, entfuhr es Becky spontan.

»Falsch, so *wenig*«, korrigierte Liz, »das ist nur das Kennenlern-Angebot. Ein echtes Schnäppchen. Ab nächsten Monat wird der Preis auf siebenhundertfünfzig erhöht.«

»Wer gibt denn so viel Geld für ein Porträt mit Seelentieren aus?« Becky konnte es kaum glauben.

»Bisher sind es zwei *Sphinx*-Kunden. Und viele weitere werden folgen, glaubt mir. Also, an die Arbeit! Die Menschen werden ihre Hände garantiert in Ungeduld waschen.«

Mit diesen Worten stolzierte sie davon.

Nachdem Caro, Becky und Greta bei einer Tasse Kaffee die verblüffenden Ereignisse dieses Nachmittags Revue passieren gelassen hatten, versicherten sie einander gegenseitig, dass nun wohl nichts mehr kommen könnte, was sie noch mehr erstaunen würde. Dann verabschiedete sich Becky. Sie musste Nelly aus dem Kindergarten abholen, und das am besten pünktlich, bevor die unnette Frau Nette ihr wieder eine Gardinenpredigt hielt.

Als bald danach neue Kundschaft kam, verließ auch Greta das Hinterzimmer, um sie zu beraten.

Caro nahm den Zettel zur Hand, auf dem die Telefonnummer dieses Computerfritzen stand, und wählte.

»Philipp Mertens, hallo«, meldete er sich nach dem dritten Klingeln. Seine Stimme klang sympathisch.

»Carolin Arnold-Braun, schönen guten Tag. Ich habe Ihre Nummer von Elisabeth Hildebrandt. Sie sagt, Sie könnten Onlineshops programmieren?«

»Wenn Liz das sagt, wird das schon stimmen«, antwortete Philipp Mertens und brachte Caro damit ein wenig aus dem Konzept.

»Nun, ähm, also es ist so, dass wir einen brauchen. Einen Onlineshop.«

»Was schwebt Ihnen denn so als Termin vor?«

»Tja. Hm. Vielleicht morgen?«

»Morgen ist ganz schlecht«, antwortete Philipp Mertens todernst, »da durchschwimme ich schon den Pazifik und danach wollte ich noch sämtliche Achttausender besteigen. Aber vorher muss ich dafür noch Stullen schmieren.«

Caro war kurz davor aufzulegen. Liz hatte sie verschaukelt! Dieser Philipp Mertens war ganz eindeutig ein Irrer.

Doch dann lachte er und sagte: »War ein Scherz. So eine Shop-Architektur ist in einem Tag nicht gebaut. Sogar, wenn das Sortiment sehr begrenzt ist.«

»Ist mir schon klar«, antwortete Caro erleichtert und musste jetzt auch grinsen. Doch kein Wahnsinniger. Nur ein Scherzkeks.

»Ich meinte auch eher: Könnten wir uns vielleicht in den nächsten Tagen treffen, um das Projekt zu besprechen?«

Das hielt Philipp für eine prima Idee. Sie einigten sich auf den Freitagmittag.

Es wurde ein Tag der *Sphinx*-Termine, ein regelrechter Besprechungsmarathon. Den Anfang machten sie bei Kurt Warnke, dem Notar.

»Mamilein ist endlich wieder bei ihm eingezogen«, berichtete Greta mit nicht zu überhörender Erleichterung, als sich die drei Freundinnen in den Fahrstuhl des Bürogebäudes quetschten und ins fünfte Stockwerk hinauffuhren, wo Kurt seine Kanzlei hatte.

»War auch höchste Zeit«, fand Becky, die noch immer nicht hundertprozentig begeistert davon war, dass Elisabeth jetzt bei ihrem Projekt mitmischte.

Die Zweifel vergingen rasch, als Kurt ihnen klarmachte, wie blauäugig sie an die ganze Sache herangegangen waren. Caro musste kurz grinsen bei dem Gedanken an jenen Abend, an dem Becky, Greta und sie sich das Ganze als reinen Jux ausgedacht hatten. Da waren sie wohl eher blau als blauäugig gewesen …

Doch dann war sie wieder mit voller Aufmerksamkeit bei dem, was Kurt da erklärte. Sie mussten ein Gewerbe anmelden. Und ihren Namen schützen lassen, den Slogan am besten gleich dazu. Sie mussten sich für eine Rechtsform entscheiden und ein Unternehmen gründen. Nicht zu vergessen: Sie brauchten allgemeine Geschäftsbedingungen.

Für einen Moment kam Caro sich vor wie bei »Versteckte Kamera«. Da trank man einmal etwas über den Durst und spann ein bisschen herum, schon saß man in einer schicken Notarkanzlei und ließ sich über die Vor- und Nachteile von »Gesellschaft mit beschränkter Haftung«, »Offene Handelsgesellschaft« und »Gesellschaft bürgerlichen Rechts« aufklären. Aber das hier war kein Scherz. Das hier war die knallharte Geschäftswelt. Sie nippten beeindruckt an ihren Kaffeetassen. So viel Wissenswertes erfuhr man selten an einem einzigen Vormittag. Kurt war wirklich fit in diesen Sachen. Es war frappierend: Caro war ihm schon einige Male begegnet, meist an Gretas Geburtstagen. Bisher war er ihr als kleines, etwas unscheinbares Männchen erschienen, das unter Elisabeth Hildebrandts Fuchtel stand und zu Hause bestimmt wenig zu melden hatte. Hier an seinem Mahagoni-Schreibtisch, in edlen Zwirn gekleidet vor einem Panoramafenster mit beeindruckender Aussicht sitzend, wirkte er völlig anders. Sehr seriös, kompetent und irgendwie bedeutend.

Ohne Zögern folgten Greta, Becky und Caro seinen Ratschlägen in allen Punkten. Einstimmig beauftragten sie ihn damit, die Schritte, die getan werden mussten, in die Wege zu leiten. Bevor sie sich verabschiedeten, vereinbarte er noch rasch einen weiteren Termin für die drei mit Dr. Rosenberg, einem guten Freund, der seine Steuerberater-Kanzlei einen Stock unter ihm hatte.

Dr. Rosenberg hatte Zeit und empfing sie schon fünf Minuten später. Wieder bekamen sie Kaffee aus feinstem Porzellan und nahmen in teuren Ledersesseln Platz. Wieder lief vor ihnen ein Herr mittleren Alters mit Anzug, Krawatte und Halbglatze zur Höchstform auf. Wieder erfuhren sie, dass sie geradezu sträflich unwissend gewesen waren. Es war Caro fast peinlich, zuzugeben, dass sie Geschäftsfrau war. Denn von diesen Dingen hatte sie wirklich nicht allzu viel Ahnung. Sie hasste es ja schon, die Buchhaltung für den Laden erledigen zu müssen. Aber dieser Fall war deutlich komplizierter, schließlich brachten sie unterschiedliche Leistungen ein und waren zu dritt, was bedeutete, dass sie den Gewinn irgendwie teilen und auch alle drei Steuern bezahlen mussten.

Dr. Rosenberg nannte ihnen die verschiedenen Möglichkeiten und empfahl schließlich eine Lösung. Den dreien blieb nichts weiter übrig, als seiner Kompetenz zu vertrauen. Denn wirklich verstanden hatten sie nur wenig von dem, was er da gesagt hatte.

Nach diesem Mammutprogramm gönnten sie sich erst einmal einen köstlichen Salatteller im *Bistro Kanapee,* das einen netten Biergarten hatte. Es war ein herrlicher Frühlingstag. Caro bestellte Tomaten mit Mozzarella, Greta einen Waldorfsalat und Becky gegrillten Lachs an frischen Marktsalaten. Kaum war der Kellner mit der Bestellung verschwunden, kamen Caro Zweifel an ihrer Wahl. Das passierte ihr ständig. Sie entschied sich – und war sofort wieder unsicher. War nicht das, was die anderen bestellt hatten, viel leckerer? Nicht nur beim Essengehen ging ihr das so, sondern eigentlich bei fast allen Entscheidungen. Immer geriet sie nachträglich ins Grübeln. Nur als Frank sie damals gefragt hatte, ob sie ihn heiraten würde, da war und blieb sie hundertprozentig sicher, dass ihre Antwort die richtige war.

»Nun ist *Sphinx* also eine Firma, keine Schnapsidee mehr«, unterbrach Becky ihre Gedanken.

»Wir sind echt nicht ganz dicht, das Ganze weiterhin durchzuziehen«, fand Greta.

Das hörte sich fast an, als planten sie einen Banküberfall. Als der Kellner das Essen servierte, wechselten die drei unauffällig das Thema, bis er wieder außer Hörweite war.

»Ich finde, wir sollten die Sache abbrechen«, wiederholte Greta ihren Standpunkt. »Ich komme mir manchmal vor wie eine gewissenlose Betrügerin.«

»Wir wären nicht ganz dicht, wenn wir damit jetzt aufhören würden«, widersprach Becky vehement. »Nun, da der Rubel rollt und die Verwirklichung unserer Träume in greifbare Nähe rückt, müssen wir das unbedingt durchziehen! Außerdem bieten wir den Sinnsuchenden doch genau das, was sie brauchen. Wo ist der Betrug?«

In diesem Moment klingelte ihr Handy. Becky warf einen Blick aufs Display und verzog die Miene. »Paul Segers. Der Kotzbrocken. Da geh ich jetzt nicht ran.« Sie legte ein paar Münzen auf den Tisch und stand auf. »Aber ich sollte besser in einer Viertelstunde zurück im Büro sein, sonst bekomme ich Ärger.« Und dann ergänzte sie noch mit einem eindringlichen Nicken in Gretas Richtung: »Siehst du, genau das ist der Grund, weshalb wir die animalistische Balance brauchen. Ich jedenfalls. Ich muss mich von diesem Choleriker befreien. Nie wieder Schirme, Tapeten und Wachstischdecken designen. Das wird der Himmel auf Erden!«

Caro sah das ganz ähnlich, allerdings aus völlig anderen Gründen. Bei ihr war der Kinderwunsch Vater – beziehungsweise Mutter – des Gedankens.

»Wir müssen auch bald los. Mamilein wird sicher schon sehnsüchtig auf die Ablösung warten«, mahnte Greta zur Eile.

Ihre Mutter hatte sich freundlicherweise angeboten, im *Piccolobello* die Stellung zu halten und nebenbei auch die eingehenden *Sphinx*-Bestellungen aufzunehmen. Caro schaute auf die Uhr und stellte erschrocken fest, dass es schon kurz vor eins war.

»Mist, wir müssen nicht nur bald los, sondern sofort!«, rief sie aus, »dieser Onlineshop-Fritze kommt in drei Minuten!«

»Ich zahl für dich mit«, erbot sich Greta, »lauf du schon mal vor.«

Und so kam es, dass Caro zu ihrer ersten Besprechung mit Philipp Mertens völlig abgehetzt und verschwitzt erschien. Sie war den ganzen Weg vom *Bistro Kanapee* aus gerannt. Und sie hatte eine sehr, sehr schlechte Kondition.

Natürlich war er schon da, als sie eintraf. Netterweise tat er so, als bemerkte er ihr Keuchen, Stöhnen und Transpirieren gar nicht. Philipp Mertens stellte den Kaffee, den Liz ihm schon angeboten hatte, ab und reichte Caro die Hand.

»Freut mich, Sie kennenzulernen«, sagte er.

»Tut mir leid, dass Sie warten mussten, ich hatte noch andere Termine, die länger gedauert haben als geplant«, beeilte sie sich zu erklären.

»Leute, nun seid doch nicht kindisch«, mischte sich Elisabeth ein, »was soll die Siezerei? Ihr seid doch ungefähr im gleichen Alter. Und ihr kennt euch über mich. Also gehört ihr beide praktisch zur Familie, irgendwie. Und in der Familie duzt man sich!«

Caro fand die Situation zwar etwas peinlich, aber Philipps unverkrampfte Art machte auch sie lockerer:

»Wenn Liz das sagt, müssen wir wohl gehorchen«, lächelte

er. Seine Eckzähne standen ein klein wenig schräg. Trotzdem sah sein Lächeln ausgesprochen charmant aus.

Wenn auch nicht so überwältigend wie das von Frank.

Sie riss sich zusammen. Wieso verglich sie nur immerzu alle Männer mit Frank? Schließlich schnitten die anderen bei diesem Vergleich ohnehin immer schlechter ab. Philipp zum Beispiel war eindeutig kleiner als Frank, wirkte nicht so durchtrainiert, hatte dünneres Haar, war nicht so glatt rasiert, langweiliger gekleidet und trug eine nicht besonders schicke Hornbrille. Aber zum Glück spielte das Aussehen eines Webshop-Programmierers nicht die geringste Rolle. Das Einzige, was zählte, war, dass er seinen Job beherrschte und ihnen dabei half, die *Sphinx*-Produkte zu verticken.

»Ich habe die Zeit übrigens genutzt, um Philipp schon mal in euer Sortiment einzuarbeiten«, erklärte Elisabeth.

»Seelentierstärkende Spezialkräuterprodukte sind offenbar euer Kerngeschäft«, sagte Philipp mit ernster Miene. Aber Caro war sicher, er verkniff sich ein breites Grinsen. Seine Augen verrieten ihn.

»Ähm, ja, und Persönlichkeitstests. Und Ölgemälde. Porträts mit Seelentieren. Aber das erklär ich dir am besten gleich, wenn wir nach hinten ins Büro gehen.«

Sie hatte keine Lust darauf, dass Elisabeth ihr hier ständig dazwischenfunkte. Die verstand den Wink mit dem Zaunpfahl offenbar nicht. Statt zu verschwinden, hob sie an, ihr ausführlich zu erläutern, wie viele Kunden an diesem Vormittag etwas gekauft hatten und welche Bestellungen in Sachen animalistische Balance eingegangen waren.

»Ich habe übrigens auch eine Warteliste für Seminar-Interessenten angelegt«, verkündete sie schließlich.

»Du hast *was?*«, fragte Greta entsetzt, die gerade zur Tür hereingekommen war.

»Steht doch in eurem Inserat: Stärken Sie Ihr unterlegenes Seelentier mit Spezialkräutermischungen und in Animalistische-Balance-Seelenseminaren von *Sphinx*«, las sie vor. »Und als ein Kunde eben danach fragte, habe ich ihn für ein Wochenendseminar vorgemerkt. Termine werden demnächst mitgeteilt. Den anderen Anrufern habe ich es dann von mir aus als aktuelles Angebot vorgeschlagen.«

Das war mal wieder typisch Liz! Vollkommen übergeschnappt – und genial zugleich.

»Wie günstig ist denn dieses aktuelle Angebot?«, erkundigte sich Caro nach den Details zu Elisabeths neuestem Streich.

»Neunhundert Euro. Mit Übernachtung und Verpflegung.«

»Für ein Wochenendseminar? Wer gibt denn für so was so viel Geld aus?«, wunderte sich Caro.

»Nun, bisher sind es fünf Reservierungen. Aber ich möchte wetten, dass wir in spätestens vierzehn Tagen zwei Seminargruppen zu je fünfzehn Personen zusammenhaben.«

Niemand wagte es, ihr zu widersprechen. Wahrscheinlich würde sie recht behalten.

»Okay, ihr Lieben, ich muss mich sputen«, sagte Elisabeth unvermittelt und griff nach ihrer kofferähnlichen Handtasche. »Kurt lädt mich ins *Chez Pierre* ein. Ein toller Laden. Aber die haben echt gastronomische Preise dort!«

Weg war sie.

Philipp schaute ihr schmunzelnd hinterher.

»Meine Mutter redet manchmal wirklich ein bisschen verdreht«, meinte Greta sie entschuldigen zu müssen.

»Ach was, das ist doch liebenswürdig. Schwamm beiseite«,

antwortete Philipp, ohne eine Miene zu verziehen. Greta starrte ihn entgeistert an – um dann erleichtert in sein Lachen einzufallen …

Caro und Philipp besprachen die Funktionen, die der *Sphinx*-Webshop haben sollte, welche Bezahlmöglichkeiten sie akzeptieren würden, wie viele Produkte wohl insgesamt angeboten werden sollten und wann sie spätestens mit dem Shop online gehen wollten.

Philipp schaute Beckys Layouts an, die er großartig fand, und schlug vor, die Shop-Optik daran anzupassen. Außerdem versprach er, übers Wochenende sowohl einen Kostenvoranschlag zu kalkulieren als auch einen Zeitplan für das Projekt zu erstellen.

Nachdem er sich verabschiedet hatte, besprachen Greta und Caro diese unsägliche Seminar-Geschichte.

»Wir haben kein Konzept, keine pädagogischen Erfahrungen außer meinen Malstunden im Knast und keine Ahnung, was wir mit Leuten, die neunhundert Euro für ein Wochenende zur animalistischen Balance ausgeben, anfangen könnten. Die Sache mit dem Seminar ist zum Scheitern verurteilt«, unkte Greta.

Caro sah das Ganze etwas pragmatischer: »Was wir viel dringender brauchen, ist ein geeignetes Seminarhaus, das erschwinglich ist und noch freie Termine hat«, fand sie, »das mit dem Konzept kriegen wir schon irgendwie hin.«

»Glaubst du wirklich?« Greta war nicht überzeugt.

»Aber natürlich. Sei kein Frosch! Das kann doch nicht so schwer sein. Schau mal im Internet, was es für schräge Esoterik-Seminare gibt. Hier zum Beispiel: ›Wir tanzen Tänze der

Liebe und des Friedens in der Wüste Sinai‹. Kostenpunkt: schlappe fünftausend Dollar. Mit Flug und Hotel. Oder hier: ›Ich umarme einen Baum, um mich zu spüren und die Kraft des Universums zu atmen‹. Halbtageskurs für dreihundert Euro. Glaubst du, da gibt es ein großartiges Konzept? Leute, die auf so was stehen, merken nicht, wenn man völlig planlos ist.«

Da musste auch Greta lachen. »Okay«, nickte sie, »folgender Deal: Du denkst dir das Programm aus und ich fahre übers Wochenende durch die Lande, um ein Seminarhaus zu finden. Einverstanden?«

»Einverstanden!«, sagte Caro. Nicht ahnend, dass sie Greta damit geradewegs in die nächste Gefühlskatastrophe schickte.

Mach mir den Hengst!

Eigentlich war ihr Aussehen in diesem Moment mit Abstand Beckys geringste Sorge. Dennoch stand sie schon seit mehreren Minuten vor dem Spiegel und betrachtete kritisch ihr Outfit.

»So mach ich mich voll zum Horst«, murmelte sie vor sich hin und rückte das Haarband zum x-ten Mal zurecht. Es war aus dem gleichen kornblumenblauen Stoff wie das lange Wallegewand mit den weiten Feenärmeln, das Greta genäht hatte. Nicht nur für Becky hatte sie das übrigens getan, sondern für sie alle drei. Gretas eigenes war moosgrün, was zu ihren roten langen Locken einfach umwerfend aussah. Für Caros Kleid hatte sie einen burgunderfarbenen Stoff ausgewählt, der ihren hellen Teint betonte, ihre honigbraunen Augen strahlen ließ und ihren schwarzen Kurzhaarschnitt super zur Geltung brachte.

Trotz dieser schmeichelhaften Farbwahl waren es einfach nur Kutten. Unförmige, kaftanartige, bodenlange Kutten!

Becky fühlte sich unbehaglich in diesem Aufzug. Teils weil er so anders war als die Jeans-und-T-Shirt-Kombination, die sie für gewöhnlich trug, teils weil er – trotz ihrer Genügsamkeit – so ziemlich das Unästhetischste war, was sie jemals getragen hatte. Eine Bree würde so etwas nie anziehen. Nicht mal eine Susan oder eine Lynette würde im Traum daran denken. Vor allem aber rührte ihr Missfallen daher, dass dieses Gewand ihre Jetzt-wird's-ernst-Kluft darstellte: So ausstaffiert würden Greta, Caro und sie in wenigen Stunden die Teilnehmer ihres allerersten *Sphinx*-Seelenseminars »Animalistische Balance für Anfänger« begrüßen. Heute ging's los. Und es gab keinen Weg, sich davor zu drücken.

Auch nicht davor, zum ersten Mal im Leben mit Klamotten in Tierprintdesign aus dem Haus zu gehen. Eigentlich hasste sie so etwas wie die Pest! T-Shirts, von denen einen Papageien oder Katzen anstieren, oder Hosen im Leopardenmuster. Einfach fürchterlich! Na ja, ganz so schlimm war es in diesem Fall zum Glück nicht: Weil die Gewänder quasi *Sphinx*-Berufskleidung waren, hatten sie die Stoffe in den typgerecht gewählten Farben kunstvoll mit ihren eigenen Seelentieren verziert. Was, im wahrsten Sinne des Wortes, eine Heidenarbeit gewesen war. Und echtes Teamwork: Greta hatte sie gezeichnet, Becky daraus ein Design entwickelt und Caro hatte es mit Textilfarben auf die Stoffe gebracht.

Beckys Kutte zierten also unzählige Lämmer und Löwen, herrlich verschnörkelt und ineinander verschlungen. Bei Greta waren es Delphine und Stiere, während Caro mit Rehen und Adlern vorliebnehmen musste. Wohl oder übel. Testresultat war nun mal Testresultat. Caro hatte gehofft, dass der Storch zu ihren Seelentieren gehören würde (aber nein, wir sind doch nicht abergläubisch …), und zudem selbstironisch behauptet, sich an den meisten Tagen eh wie ein Wal zu fühlen. Was natürlich vollkommen übertrieben war. Und überhaupt: Manchmal würde Becky gerne mit ihrer üppigen Freundin tauschen. Lieber ein paar Wonneröllchen zu viel als obenrum flach wie ein Bügelbrett. Aber *wenn* sie mal ein paar Pfund zunahm, dann setzten die sich leider an völlig anderen Stellen fest als an der gewünschten …

Wie auch immer, die *Sphinx*-Gewänder verhüllten sowohl

vorhandene als auch fehlende weibliche Rundungen. Aber würden sie dafür sorgen können, ihre Trägerinnen authentisch wirken zu lassen?

Greta war davon überzeugt. »Der Mensch an sich lässt sich gerne von der Oberfläche blenden. Äußerlichkeiten sind alles! Wir müssen nur indisch anmutende Gewänder tragen, selig lächeln und irgendwie bedeutungsschwanger wirken, dann klappt das schon«, hatte sie behauptet.

»Bedeutungsschwanger? Wie soll das denn funktionieren?«, hatte Becky zweifelnd nachgehakt.

»Na ja, Hauptsache, wir kommen weder nervös noch hektisch rüber. Alles muss langsamer ablaufen als normal. Nicht sofort antworten, wenn jemand etwas fragt, sondern kurz abwarten. Nachdenken. Deutlich und bedächtig sprechen. Fließende Bewegungen machen. Schreiten, nicht rennen.«

Becky hatte es versucht, aber das Ganze hatte in einem Lachkrampf geendet. Schreiten und bedächtig artikulieren entsprach nun mal nicht ihrem Naturell. Sie würden wohl so tun müssen, als spielten sie eine Rolle. Was ja auch der Fall war …

Zum dritten Mal innerhalb weniger Minuten schaute Becky auf die Uhr. Gleich halb zwei. So langsam wurde sie nervös. Vor allem, wenn sie an die Seminarteilnehmer dachte.

»Diese Menschen haben uns einen Haufen Geld überwiesen, weil sie uns für echte Animalistische-Balance-Gurus halten«, murmelte Becky verzagt vor sich hin. »Während wir uns allein schon bei der Vorstellung, so zu tun, als wären wir welche, schier kringeln vor Lachen.«

Sie würden dereinst in der Hölle schmoren für diesen zumindest moralischen Betrug, da war sie sicher. Aber auf der anderen Seite war das Ganze natürlich auch ein Riesenspaß.

Und – deshalb veranstalteten sie den ganzen Zinnober ja überhaupt – eine nicht zu verachtende Einnahmequelle.

Schließlich gab sie sich einen Ruck, schnappte ihre Tasche und Nellys Köfferchen, die längst gepackt dastanden, und machte sich auf den Weg zum Kindergarten *Villa Kunterbunt,* um ihre Tochter heute ausnahmsweise etwas früher als sonst abzuholen. Danach wollte sie Caro und Greta im *Piccolobello* aufsammeln, wo Elisabeth Hildebrandt die Stellung halten würde, anschließend Nelly zu ihrem Erzeuger bringen, bei dem sie einmal im Monat das Wochenende verbrachte, und dann durchstarten in Richtung Seminarhof.

Sie parkte ihre Kombi-Rostlaube vor der *Villa Kunterbunt* und wappnete sich für die Begegnung mit Frau Nette. Die beiden würden in diesem Leben keine Freundinnen mehr werden, so viel stand fest. Dass sie Nelly heute weder pünktlich zur Mittagspause um zwölf Uhr abholte noch um siebzehn Uhr, wenn die Nachmittagsbetreuung endete, würde Frau Nette nicht gefallen. »So geht das nicht«, keifte sie in Beckys Fantasie, und sie ertappte sich dabei, wie sie sich im Geiste schon eine saftige Antwort zurechtlegte.

Wild entschlossen, sich heute von Frau Nette nicht ins Bockshorn jagen zu lassen, sondern souverän und vielleicht auch ein klein wenig herablassend zu reagieren, marschierte Becky auf den Eingang zu.

Anders als in der echten Villa Kunterbunt ging es in den Fluren der Kita ganz und gar nicht chaotisch zu. Deshalb rechnete sie auch nicht damit, dass irgendwo ein einzelner kleiner Schuh im Weg herumliegen könnte. Während sie also forsch auf die gläserne Tür zum Raum der Känguru-Gruppe zusteuerte, stolperte sie über eben diesen Schuh und geriet ins Straucheln. Vor den Augen sämtlicher Känguru-Zwerge! Ihr blieb aber auch nichts erspart …

Natürlich versuchte Becky, sich wieder zu fangen, schließlich war sie nicht ganz unsportlich. Aber das Wallegewand und die albernen Zehenlatschen, die Greta für alle gekauft hatte, machten es unmöglich, den Sturz noch zu verhindern. Und so landete sie, zur Freude der gesamten Känguru-Gruppe, kopfüber im Bällchenbad, das für alle Gruppen zugänglich im breiten Korridor plaziert war.

Autsch!

Hätte sie sich doch nur gegenüber Greta und Caro mit ihrem Vorschlag durchgesetzt, die Kutten erst vor Ort anzuziehen. Aber die beiden hatten darauf bestanden, dass sie sich schon auf dem Weg dorthin in die Rolle als Seminarleiterinnen einfühlen mussten, und das ging nur in Berufskleidung. Außerdem: Was, wenn manche Teilnehmer überpünktlich anreisten und sie in Zivil sahen? Nein, das war ganz und gar unmöglich.

Becky hatte nachgegeben, und das war ein Fehler, wie sie jetzt feststellte: Da lag sie nun in ihrer ganzen Pracht und machte sich lächerlich. Für einen Moment erwog sie, einfach unter den bunten Plastikbällen abzutauchen und niemals wieder hervorzukommen. Allein Nellys kleines Stimmchen hielt sie davon ab:

»Mami, hast du dir weh getan?«, rief sie erschrocken aus.

Becky rappelte sich auf und saß nun mit hochroter Birne im Bällchenbad, umringt von fünfzehn johlenden Kleinkindern zwischen zwei und sechs Jahren, die sie mit großen Augen anstarrten und auf jede ihrer Regungen mit einem kollektiven Auflachen reagierten, als sei sie ein Zirkusclown.

»Alles in Ordnung, Nelly«, beruhigte sie ächzend ihre Tochter, »ich bin nur über so einen blöden Schuh gestolpert.«

»Zu Ihrer Information, dieser blöde Schuh gehört einer gewissen Nelly Quandt«, mischte sich nun die schrille Sirenenstimme von Frau Nette ein, »und ihr geht bitte jetzt alle wieder zurück in den Gruppenraum. Hier gibt es nichts zu sehen für euch.«

Murrend gehorchten, außer Nelly, alle Kinder. Ganz anders als Beckys Beine: Die gehorchten nämlich keineswegs den Signalen, die ihr Hirn ihnen schickte. Mist, sie hatte sich bestimmt allerhand blaue Flecke geholt.

Frau Nette ignorierte Beckys unbeholfene Versuche, sich zu erheben und das Bällchenbad einigermaßen würdevoll zu verlassen. Stattdessen begann sie ihr einen Vortrag darüber zu halten, dass Nelly zu den unordentlichsten Kindern der ganzen Gruppe gehörte und dass sie die Einzige war, deren Schuhe hin und wieder im Flur herumflogen, anstatt ordentlich an ihrem Garderobenplatz zu stehen.

»Aber da gibt es noch etwas, das ich ansprechen wollte«, fuhr Frau Nette fort, wobei ihr Tonfall noch eine Spur unangenehmer wurde, wenn das überhaupt möglich war: »Ihre Tochter hat heute zum wiederholten Mal die Frechheit besessen, meine Kompetenz in Frage zu stellen. Wörtlich sagte sie, ich hätte ja keine Ahnung. *Keine Ahnung,* das muss man sich mal vorstellen!«

Verblüfft hielt Becky – inzwischen im Vierfüßlerstand – inne und schaute abwechselnd hinauf zu der keifenden Frau Nette und hinüber zu Nelly.

»Stimmt das?«, fragte sie relativ geistlos, weil ihr nichts Klügeres einfiel und sie das Gefühl hatte, wenigstens irgendwie reagieren zu müssen.

Nelly senkte betreten den Kopf.

Sollte da wirklich etwas dran sein? Nelly war zwar zuweilen sehr lebhaft und nicht auf den Mund gefallen, aber zu Frechheiten gegenüber Erwachsenen neigte sie nun wirklich nicht.

»Natürlich habe ich sie zur Rede gestellt«, teilte die *Unnette* mit, »und leider musste ich erfahren, dass sie ihre Behauptung wohl direkt von Ihnen übernommen hat. Wie können Sie es wagen!«

Endlich schaffte Becky es, das Bällchenbad zu verlassen und aus der demütigenden Vierfüßlerposition in die aufrechte Haltung zu gelangen. Aus eigener Kraft! Währenddessen grübelte sie fieberhaft: Hatte sie tatsächlich jemals laut ausgesprochen, was sie von Frau Nette hielt, während Nelly in Hörweite war? Das konnte eigentlich nicht stimmen. Aber Nellys Reaktion ließ darauf schließen, dass sie sich irrte. Becky nahm ihre Tochter auf den Arm und streichelte ihr über die blonden Löckchen.

»Vielleicht hast du mich irgendwann falsch verstanden?«, flüsterte sie.

»Nein«, schluchzte Nelly, »hab ich nicht. Das war im *Piccolobello.* Als ihr so gelacht habt bei der Arbeit. Und ich gesagt habe, dass Frau Nette immer vom Ernst des Lebens spricht.«

Bingo!

Ja, sie erinnerte sich wieder. »Frau Nette hat doch keine Ahnung«, hatte sie damals tatsächlich geantwortet. Mist. Und nun hat Nelly das nachgeplappert. Aber warum?

»Hat sie denn wieder vom Ernst des Lebens geredet heute?«

»Ja, hat sie«, antwortete Nelly tränenüberströmt, »und damit macht sie uns immer solche Angst.«

Okay. Das genügte.

»Sie haben völlig recht«, wandte Becky sich nun hocherhobenen Hauptes an die erzürnte Kindergartenleiterin, »und ich wiederhole es auch gerne laut und deutlich: Sie haben wirklich keine Ahnung. Von Kindern nicht, vom Leben nicht und vor allem nicht davon, wie man Spaß und Freude verbreitet. Sie sollten wirklich aufhören, den Kindern mit Ihrem Ernst-des-Lebens-Gerede Angst vor der Einschulung zu machen. Wenn Ihr Beruf Sie so unglücklich macht, wie Sie wirken, dann ist er vielleicht nicht der richtige für Sie und Sie sollten ihn wechseln, anstatt Ihre schlechte Laune an den Kindern und uns Eltern auszulassen!«

Mit diesen Worten ließ sie Frau Nette einfach stehen und humpelte mit Nelly davon. Mit feuerrotem Kopf. Sie sah zweifellos zum Schießen aus in ihrer lächerlichen Kutte. Doch Frau Nette lachte nicht. Sie sagte gar nichts mehr. Sie überlegte höchstwahrscheinlich verbissen, wie sie es Nelly und ihrer unverschämten Mutter heimzahlen könnte.

Hastig schnallte sie Nelly an und ließ sich dann auf den Fahrersitz plumpsen. Verflixt! Warum, verdammt noch mal, hatte sie sich nicht beherrschen können? Da war wohl eins ihrer Seelentiere mit ihr durchgegangen …

Zitternd vor Wut und Ärger über sich selbst startete Becky den Wagen und machte sich auf den Weg zum *Piccolobello.* Vorsichtig, denn ihr rechter Fuß bereitete ihr höllische Schmerzen. Sie musste ihn sich beim Sturz verstaucht haben. Das war's dann wohl mit dem würdevollen Schreiten. Sie würde stattdessen unbeholfen lahmen. Das fing ja gut an.

»Soll ich lieber fahren?«, fragte Nelly von hinten und brachte Becky damit zum ersten Mal für heute so richtig zum Lachen. Sie erklärte ihrer Tochter, dass *genau das* der Ernst des Lebens war: zu groß zu sein, um auf den Arm genommen zu werden, wenn man sich weh getan hatte.

»Vielleicht sucht Frau Nette sich ja eine neue Arbeit«, hoffte Nelly.

Becky schwieg und erwähnte vorerst lieber nicht, dass es eher umgekehrt war. Sie würde wohl bald einen neuen Kindergartenplatz für Nelly suchen müssen. Nach diesem Auftritt würde Frau Nette ihr in der *Villa Kunterbunt* garantiert das Leben schwermachen.

Als Becky hupte, kamen Caro und Greta sofort aus dem *Piccolobello* gestürmt. Auch sie trugen ihre Gewänder und sahen darin einfach großartig aus. Albern, aber großartig.

»Hey, das nennt ihr würdevoll schreiten?«, feixte Becky.

»Noch müssen wir ja nicht«, meinte Caro und deutete ein paar orientalische Tanzbewegungen an. Doch dafür trug sie nicht das richtige Schuhwerk.

»Vorsicht!«, rief Becky gerade noch rechtzeitig aus, als sie sah, dass Caro dabei war, einen ihrer Zehenlatschen zu verlieren – und um ein Haar auch das Gleichgewicht.

»Diese Tempelflitzer sind ja wirklich lebensgefährlich«, rief sie erschrocken aus.

»Ich verdanke ihnen einen dicken Knöchel. Wer von euch übernimmt das Steuer? Ich fürchte, in dem Zustand tauge ich nicht als Chauffeurin.«

»Mit diesen Latschen? Auf keinen Fall«, wehrte Caro ab.

»Dann fahre eben ich«, erwiderte Greta ungerührt und übernahm Beckys Platz. Sie trug Turnschuhe.

»Du Verräterin! Wer hat die Eso-Flip-Flops denn gekauft?«

»Ich hab meine im Gepäck«, grinste Greta. »Die eignen sich selbstverständlich nur, um durch den Seminarhof zu wandeln. Aber doch nicht für die Arbeit oder für unterwegs!«

»Tschüss, Mädels«, flötete ihnen Elisabeth von der Tür aus zu und winkte fröhlich. Im Stillen musste Becky zugeben, dass sie Gretas Mutter falsch eingeschätzt hatte. Sie war zwar zuweilen recht überspannt, aber man konnte sich voll auf sie verlassen. Und vom Geschäftlichen hatte die Frau, die sich Liz nannte, mehr Ahnung als sie alle zusammen.

»Nehmt mir die Teilnehmer behutsam unter eure Sittiche – die Ärmsten müssen ja völlig aus der Balance sein, wenn sie so viel Geld für euer Seminar ausgeben!«, rief Elisabeth ihnen zum Abschied hinterher.

Gackernd und winkend fuhren sie davon – Greta am Steuer, Caro auf dem Beifahrersitz und Becky hinten neben Nelly.

Sie dirigierte Greta zu der Vorortadresse, wo Nellys Erzeuger mit seiner Familie lebte. Dass er verheiratet ist, hätte er ihr ruhig erzählen können, damals auf dem Campingplatz in Lloret de Mar. Am besten, bevor er ihr sangriabeschwipst ins Ohr säuselte, sie sei die tollste Frau der Welt. Und sie schwängerte. Tatsächlich war jedoch Nicole die tollste Frau der Welt, seine bessere Hälfte, die ihm am nächsten Morgen den verkaterten Kopf kühlte und diesen »Ausrutscher« inzwischen längst verziehen hatte. Nelly gegenüber war sie supernett. Zu Becky übrigens auch. Meistens tranken die beiden Frauen sogar noch einen Kaffee miteinander, wenn sie Nelly ablieferte oder abholte. Diesmal warf sie ihrem Töchterlein jedoch nur eine Kusshand durchs Autofenster zu, als diese sich ein letztes Mal umdrehte, um dann mit ihrem Köfferchen im Haus zu verschwinden. Einen weiteren humpelnden Auftritt im Wallegewand wollte Becky sich und ihren Mitmenschen ersparen. Jedenfalls denjenigen, die nichts mit *Sphinx* und der animalistischen Balance zu tun hatten.

Dann schloss sich die Haustür hinter Nelly, und Caro klatschte vergnügt in die Hände. »Auf geht's, Mädels! Let's rock the Seminarhof!«

Eine Sekunde später startete Greta mit quietschenden Reifen durch, und Becky bereute sofort, dass sie ihr das Steuer überlassen hatte. Greta war eine tolle Malerin, aber ihr Fahrstil kostete Blut, Schweiß und Tränen.

Zumindest galt das für die Beifahrer.

Für Becky jedenfalls.

Okay, dazu muss man wissen: Becky war die mieseste Beifahrerin aller Zeiten. Ständig meckerte sie, bremste im Geiste mit und kommentierte jede Tempoüberschreitung. Aber ihr Fuß schmerzte wirklich bei jeder Bewegung. Es blieb ihr also nichts anderes übrig, als Gretas rasante Manöver, plötzliche Spurwechsel, unbegründete Hupkonzerte und nervenaufreibende Vollbremsungen zu ertragen.

»Wie ist das eigentlich passiert mit deinem Fuß?«, wollte Caro wissen. Becky erstattete ausführlich Bericht und vergaß dabei weder den peinlichen Sturz ins Bällchenbad noch Frau Nettes Zurechtweisung noch ihre womöglich zu gepfefferte Antwort.

»Du hast der unnetten Frau Nette wirklich an den Kopf geworfen, sie soll lieber den Beruf wechseln, wenn er sie so unglücklich macht?« Greta konnte es nicht fassen und warf stirnrunzelnd einen Blick nach hinten auf die Rückbank. Das Steuer folgte ihrem Blick, sie riss es in letzter Sekunde wieder herum. Zum Glück waren sie in einer Tempo-30-Zone, sonst hätte der Trip am nächsten Baum geendet.

»Pass doch auf!«, presste Becky erschrocken hervor.

Greta reagierte überhaupt nicht auf die Kritik an ihrer Harakiri-Fahrweise: »Also was jetzt? Hast du es nun gesagt oder nicht?«

Becky gab seufzend zu, dass sie tatsächlich so unbeherrscht gewesen war.

»Ist ja ein Ding!« Greta schüttelte ungläubig den Kopf und fuhr dabei ganz leichte Schlangenlinien. »Ausgerechnet du. Dabei bist du doch diejenige, die ihren Job zurzeit wirklich abgrundtief hasst!«

Ooops.

Sie schwieg betroffen. Greta hatte absolut recht! Tatsächlich hätte Becky am liebsten nie wieder Schirme, Geschenkpapiere oder Vorhangstoffe gestaltet, und schon gar nicht für den Kotzbrocken.

Sie schluckte. Denn die bittere Erkenntnis lautete, dass ihr ein besserwisserischer Vortrag zum Thema »Zufriedenheit am Arbeitsplatz« nun wirklich nicht zustand. Zum Glück wusste Frau Nette nichts von Beckys Leid. Sie kannte ja nicht einmal Paul Segers. Aber vielleicht sollte man die beiden einander mal vorstellen? Die *Unnette* und der Kotzbrocken – was für ein Alptraumpaar …

Urplötzlich wechselte Caro das Thema: »Hast du eigentlich die Teilnehmerliste dabei?«

»Klar«, sagte Becky und reichte sie nach vorn. »Ich bin total gespannt, wie die so drauf sind. Ich meine, was sind das wohl für Leute, die sich von uns eine Harmonisierung ihrer Persönlichkeit erhoffen?«

»Laut Anmeldung sind es eine Anwältin, ein Physiotherapeut, zwei Realschullehrerinnen, ein Heilpraktiker, eine Industriellengattin, zwei Kosmetikerinnen und ein Sinnsuchender«, las Caro vor. »Wobei ich mich frage, welche Angabe in der Rubrik Beruf wohl merkwürdiger ist: Industriellengattin oder Sinnsuchender?«

»Auf die beiden bin ich auch besonders gespannt«, lachte Becky. Aber natürlich würden sie darüber während des Seminars kein Wort verlieren. Generell lautete der Plan, sich auf keinerlei überflüssige Gespräche mit den »Patienten« einzulassen. Aus gutem Grund. Diese Leute wussten garantiert mehr über Esoterik, Persönlichkeitsentwicklung und Spiritualität, als die drei Seminarleiterinnen je erfahren würden. Sie sollten ihrer Kundschaft also möglichst wenige Gelegenheiten bieten, sie zu durchschauen.

Dazu passte das Seminarkonzept, das Caro und Becky neulich abends erarbeitet hatten, wie die Faust aufs Auge. Zuerst hatte es nicht danach ausgesehen, als käme ihnen die rettende Erleuchtung. Sie hatten ein wenig rumgesponnen und wild gebrainstormt, doch zunächst ohne Erfolg. Auch ein Gläschen Prosecco hatte daran nichts geändert. Dann aber war Becky jener legendäre Abend eingefallen, an dem alles begonnen hatte. Und der damit endete, dass sich ihr Bett in atemberaubender Geschwindigkeit zu drehen schien. Auf einmal musste sie an Gretas Oberstudienrätin-Gloria-Fürchtegott-Hassdenteufel-Parodie denken. Und daran, dass sie sich beim Einschlafen in diesem karussellartigen Zustand vorgestellt hatte, wie die Oberstudienrätin und eine Horde ähnlich gestrickter Teilnehmer ein Wochenendseminar bellend, grunzend, fauchend oder wiehernd verbrachten …

Auch Caro hatte diese Vorstellung zum Brüllen komisch gefunden. Dann hatte sie urplötzlich in die Hände geklatscht und gerufen: »Das ist es!«

Ja, das war es tatsächlich. *Das Konzept.* Nach dem Abendessen und einer kurzen Einführungsrunde würde kein einziges menschliches Wort mehr gesprochen werden. Die Kommunikation würde ausschließlich in der Sprache desjenigen Seelentieres stattfinden, das gestärkt werden sollte. Eine geniale Lösung! Die gleich mehrere Fliegen mit einer Klappe schlug. Sie hatten sogar einen Fachbegriff für diesen Unsinn gefunden: Biokommunikation.

Hoffentlich würden sie ernst bleiben können.

Nachdem sie eine gute Stunde unterwegs waren, fuhr Greta, natürlich ohne zu blinken, von der Autobahn ab. »Jetzt sind es bloß noch fünfzehn Kilometer«, kündigte sie euphorisch an. Diese fünfzehn Kilometer verbrachte sie leider nicht damit, hochkonzentriert auf den Verkehr zu achten, sondern zu schwärmen, was für eine geniale Entdeckung der Seminarhof Falkenmühle doch war.

Ihre Freundinnen schwiegen und lauschten diesem Wortschwall, den zumindest Caro wahrscheinlich wörtlich hätte mitsprechen können. Sie hörte ihn nicht zum ersten Mal. Ausführlich beschrieb Greta, wie sie wenige Wochen zuvor durch die Lande gegurkt war und unzählige Häuser nach Lage, Preis und Eignung für die *Sphinx*-Seelenseminare geprüft hatte. Mit sinkender Hoffnung. Überall gab es etwas auszusetzen. Und wie sie dann die Entdeckung ihres Lebens gemacht hatte, den Seminarhof Falkenmühle – allein der Name passte schon perfekt zur animalistischen Balance. Aber das war natürlich nicht alles. »Die Falkenmühle ist die reinste Idylle, und Lars Berger erst, der Besitzer … ein echter Traumtyp!«

Mit anderen Worten: Es hatte sie erwischt. Und zwar gewaltig. Als Greta zum ersten Mal Lars Bergers »stahlgraue Augen« erwähnte, war Becky klar, wie es um sie stand. Sie war hoffnungslos vernarrt.

Dann tauchte die Falkenmühle hinter einer scharfen Kurve auf. In der Tat – auch wenn Amors Pfeil sie getroffen und ihre Sinne verwirrt hatte, war Gretas Beschreibung des Seminarhofs doch kein bisschen übertrieben gewesen, das mussten ihre Freundinnen zugeben. Das harmonische Ensemble uralter Fachwerkgebäude, an deren Wänden sich üppig blühende Rosenbüsche rankten, sah einfach verwunschen aus. Auf der Treppe räkelte sich ein müder Kater und döste zufrieden in der Sonne. Der Hofhund kam freundlich bellend auf die drei zu und begrüßte sie reihum mit einem feuchten Nasenstupser. Auf der Weide neben dem Stall grasten Ponys und Esel friedlich vor sich hin, und auf dem Teich zog eine Entenfamilie hintereinander ihre Runden. Es war der Innbegriff der animalistischen Balance. Wenn es sie denn tatsächlich gäbe.

Als sich die Tür zum Haupthaus schwungvoll öffnete und ein schlanker, großer Mann mit zurückgegelten Haaren auf die Neuankömmlinge zukam, verwandelte sich Greta innerhalb weniger Augenblicke in eine schmachtende Schwärmerin. Es war grotesk!

»Herzlich willkommen in der Falkenmühle, mein Name ist Lars Berger«, sagte der Gegelte und begrüßte die drei nacheinander mit einem festen, aber überraschend kühlen, irgendwie knöchernen Händedruck. Dann führte er sie herum. Sie besichtigten Unterkünfte, Seminarraum, Aufenthaltsraum und Speisesaal. Greta himmelte ihn hemmungslos an und folgte ihm wie ein sabberndes Hündchen. Das konnte ja heiter werden!

Aber die Räumlichkeiten waren wirklich vom Feinsten. So alt und romantisch die Gebäude von außen wirkten, so modern und wohnlich war ihre Innenausstattung.

Als Greta mit Lars Berger im Büro verschwand, um irgendwas »Organisatorisches« zu besprechen, kümmerten Caro und Becky sich darum, dass das Küchenteam in rauhen Mengen Seelentees vorbereitete, und zwar alle erdenklichen Sorten. Dann legten sie im großen Saal die Testbögen für die drei Teilnehmer aus, die Neukunden waren und noch keine Persönlichkeitsanalyse hatten machen lassen: der Physiotherapeut und die beiden Kosmetikerinnen. Daneben plazierte Becky die Namensanstecker, auf denen jeweils auch die beiden Seelentiere der Teilnehmer abgebildet waren.

Ja, sie waren bestens vorbereitet. Dennoch hatten sie gewaltiges Muffensausen! Was, wenn die Maria, der Gunther, die Iris, die Viola und all die anderen Erleuchtung Suchenden ihren Bluff durchschauten? Weil sie zusammenzuckten, wenn von neuesten Erfahrungen in Sachen Ekstasetechnik die Rede war. Weil sie nicht auf Anhieb ihren Lieblings-Ashram nennen konnten. Weil sie beim Stichwort Telekinese nach der TV-Fernbedienung suchten. Oder weil sie zugeben mussten, noch keinen einzigen Meter auf dem Jakobsweg gelaufen zu sein …

Kurz bevor Becky glaubte, vor Nervosität durchdrehen zu müssen, fuhr draußen der erste Wagen vor. Ein gewaltiger SUV in trendigem Schokobraun-Metallic.

»Ein Hausfrauenpanzer – das ist die Industriellengattin, wetten?«, vermutete Caro.

Becky hätte dagegenhalten sollen, denn es war die Anwältin.

»Was für ein großartiger Kraftort!«, rief sie beim Aussteigen überschwenglich und wedelte mit den Armen.

Grundgütiger.

Und schon kam ein grünlackierter VW-Bus mit Anti-Atomkraft-Aufklebern um die Ecke. Ihm entstieg der Sinnsuchende, der zunächst für mehrere Minuten mitten auf dem Hof stehen blieb, um mit geschlossenen Augen die Magie des Augenblicks zu erspüren. Barfuß. Er trug eine orientalisch anmutende weiße Pluderhose und darüber ein bretonisches Fischerhemd. Was für ein abgefahrener Typ!

Dann ging es Schlag auf Schlag. Ein Wagen nach dem anderen wurde auf dem Parkplatz abgestellt. Sie spuckten zwei junge Blondinen in rosafarbenen Overalls aus, einen Bärtigen in einem grob gewebten, schmutzig grauen Leinenanzug, eine garantiert mehrfach geliftete Lady in einem halb transparenten Glitzergewand, zwei eher unauffällige Mittvierzigerinnen in bodenlangen Röcken und Strickoberteilen und zuletzt, recht unspektakulär gekleidet, einen jungen, blonden Typ in Jeans, T-Shirt und Turnschuhen.

Caro, Greta und Becky standen als Begrüßungskomitee auf der Eingangstreppe und nickten der schrägen Truppe mit einem beseelten Lächeln entgegen. Dann schritten – beziehungsweise humpelten – die drei umher, drückten allen einzeln lange und fest die Hand, um *bedächtig, achtsam* und *weise* zu wirken, und baten sie dann herein zum Willkommenstee.

Während Caro mit den Worten »Stärke für dein Seelentier« den Tee ausschenkte und Greta mit bewundernswerter Contenance Konversation machte, kümmerte Becky sich um die drei Testkandidaten, überreichte ihnen die Fragebögen und wertete sie danach rasch aus.

Florian, der turnschuhtragende Physiotherapeut, hatte die gleiche Seelentierkombination wie sie selbst, Lamm und Löwe. Rasch stellte Becky ihm mit Hilfe kleiner Tieraufkleber sein Namensschild zusammen.

Die beiden Pretty-in-Pink-Kosmetikerinnen, die auf den ersten Blick aussahen wie eineiige Zwillinge, kamen zu völlig unterschiedlichen Resultaten: Nadines Seelentiere waren Adler und Biene, bei Janine waren es Wal und Eule.

»Das ist ja *so aufregend!*«, kommentierten sie wie aus einem Munde.

Becky musste ein Glucksen unterdrücken.

Zum Glück klatschte Caro jetzt in die Hände und bat alle zur Kennenlernrunde in den Seminarraum, wo die Teilnehmer unaufgefordert das taten, was Menschen auf solchen Veranstaltungen eben so tun: Sie bildeten einen Stuhlkreis.

Ohne es abgesprochen zu haben, setzten sich Caro, Greta und Becky nicht nebeneinander, sondern verteilten sich im Kreis. Wenn man es mit den Augen der Sinnsuchenden betrachtete, bildeten sie wohl ein mystisches Dreieck. Ein Kraftsymbol, dachte Becky. Um dann gleich zu erschrecken: Himmel, sie war schon vollkommen von dieser verschrobenen Denke infiziert! Und damit genau in der richtigen Stimmung, die Vorstellungsrunde zu eröffnen: »Ich freue mich, dass ihr hier seid.« Pause. Bedeutsam in die Runde blicken. »Willkommen bei ›Animalistische Balance für Anfänger‹ und in dieser harmonischen Runde.« Pause. Lächeln. Blickkontakt suchen. »Mein Name ist Rebekka und an diesem Wochenende bin ich eine eurer *Sphinx*-Coaches. Meine eigenen Seelentiere sind das Lamm und der Löwe mit leichter energetischer Dominanz beim Lamm.« Stopp, sie wurde zu schnell. Lächeln. Langsam weiter: »Und ich bin sehr gespannt, mehr über euch zu erfahren und darüber, was ihr euch von der animalistischen Balance erhofft.«

Puh. Hatte sie das eben wirklich gesagt? Ohne in ein albernes Kichern auszubrechen oder »April, April!« zu rufen?

Die Anwältin, die schon bei der Ankunft die wundervollen Schwingungen dieses Kraftortes gepriesen hatte und jetzt links von Becky saß, machte sofort weiter: »Hallo, ich bin die Maria. Meine Seelentiere sind ein starker Wolf und eine schwache Schlange. Und in meinem früheren Leben wurde ich als Hexe verbrannt.«

Schockschwerenot!

Das durfte nicht wahr sein, oder? Wollte die Gute jetzt über ihre bisherigen Eso-Trips berichten? So war das nicht geplant! Becky warf Greta einen verzweifelten Blick zu, doch die zuckte nur mit den Schultern. Maria war sowieso nicht mehr aufzuhalten und schwadronierte ausführlich über Reinkarnation, Seelenwanderung und Hypnose.

Natürlich setzte sie damit Maßstäbe. Wer würde nun noch hinterm Berg halten mit seinem spirituellen Erfahrungsschatz?

Iris (dominanter Storch und schwacher Löwe) stand auf Baumorakel und Ayurveda. Viola (starker Stier und schwaches Lamm) hatte unlängst erst die Klangmassage kennen- und schätzen gelernt.

Nach den beiden in spiritueller Hinsicht eher harmlosen Realschullehrerinnen übernahm Gunther das Wort. Der Heilpraktiker.

»Peace«, strahlte er und schlug seine Beine, die in der schmutzig grauen, grob gewebten Leinenhose steckten, lässig übereinander. »Mein Delphin ist stark, aber mein Pferd braucht

Energie. Ich bin Reiki-Meister und arbeite viel mit Gedankenkraft, um die Selbstheilung des Körpers zu aktivieren.«

Bevor er einen Werbevortrag über das Leistungsspektrum seiner Praxis halten konnte, übernahm Caro und stellte sich selbst vor. Kurz und knapp. Aber die Hoffnung, dass es die anderen ihr nachmachen würden, wurde enttäuscht.

»Okay, wenn die *vibrations,* die ich so empfange, mich nicht täuschen, dann sieht der kosmische Plan vor, dass dann ich mal weitermache«, fuhr die Industriellengattin fort und befeuchtete mit der Zungenspitze ihre aufgespritzten Lippen. »Ich bin die Natascha. Seelentiere: Elefant und dominantes Reh. Ich lebe seit Jahren ausschließlich nach dem Mondkalender und erstelle selbst auch Baumhoroskope. Das hat mir mein *personal spirit guide* beigebracht, ein echter Schamane.«

Das wurde ja immer bizarrer! Greta verdrehte die Augen, was zum Glück außer Becky niemand beobachtete. Und auch die versuchte es zu ignorieren. Sie hatten schließlich eine Rolle zu spielen.

»Sehr beeindruckend, wirklich«, sagte Becky todernst und wendete sich dann demonstrativ dem hauptberuflich Sinnsuchenden zu, der es geschafft hatte, auf dem eher unbequemen Holzstuhl die Lotus-Haltung einzunehmen.

»Licht und Kraft euch allen«, sprach er mit klangvoller Bassstimme. »In diesem Leben heiße ich Ansgar und wurde von Bär und Rabe als Seelenpartner erwählt. Auf meinem bisherigen spirituellen Reifungsweg spielte Findhorn eine entscheidende Rolle. Sicher kennt ihr dieses schottische Zentrum für Heilarbeit, Meditation und Lebensführung.«

Alle murmelten anerkennend. Offenbar waren Greta, Caro und Becky die einzigen Unwissenden.

Findhorn? Nie gehört!

Aber natürlich ließen sie sich ihre Ahnungslosigkeit nicht anmerken und nickten eifrig.

»Egal auf welcher Ebene der geistigen Entwicklung man sich befindet und wie nahe man der göttlichen Matrix gekommen ist: Es geht nichts über Naturmeditation und Atemarbeit«, fuhr Ansgar fort. Dann sprach er noch über Feinstofflichkeit, Geist-Körper-Holismus und das Echo des Bewusstseins. Gerade als Becky fürchtete, er würde niemals zu reden aufhören, beendete er seine Vorstellung abrupt mit den Worten: »Licht und Kraft auf allen Wegen.«

Was für ein haarsträubender Unsinn! Doch es hätte sie nicht gewundert, wenn die anderen Teilnehmer spontan applaudiert hätten, während Greta, Caro und sie selbst Mühe hatten, ihren Lachreiz zu unterdrücken. Becky tat so, als hätte sie sich an ihrem Tee verschluckt, und hustete das aufsteigende Gelächter einfach weg.

Nachdem nun auch Greta ein paar Worte gesagt hatte, blieben nur noch die beiden Kosmetikerinnen in den pinkfarbenen Overalls und der blonde Physiotherapeut. Nadine (starker Adler und schwache Biene) schwor auf Bachblüten und Quantenheilung, Janine (schwache Eule und starker Wal) auf »Selbsterfahrung und so«. Eine Anfängerin, offensichtlich. Und schwer beeindruckt von all dem hier.

Noch während Becky grübelte, ob Quantenheilung wohl etwas mit kosmetischer Fußpflege zu tun hatte, stellte sich der letzte Teilnehmer der Gruppe vor.

»Ich heiße Florian. Der Test vorhin hat ergeben, dass das Lamm und der Löwe meine Seelentiere sind. Mit schwachem Lamm. In Sachen Bewusstseinserweiterung habe ich ein paar

Erfahrungen gemacht. Außerdem interessiere ich mich für außersinnliche Wahrnehmungen. Ich meine, es wäre großartig, wenn ich hellsehen oder hellhören könnte! Aber da habe ich offenbar noch eine Blockade.«

Das klang beinahe normal im Vergleich zu dem, was die anderen Teilnehmer so von sich gegeben hatten. Göttliche Matrix, Schamane, Quantenheilung. Das toppte wirklich alles, was die *Sphinx*-Coaches sich ausgemalt hatten.

»Vielen Dank euch allen«, leitete Greta zum nächsten Programmpunkt über, dem Abendessen. »Ich lade euch ein, uns in den Speisesaal zu folgen.«

Von kosmischem Licht und Feinstofflichem allein konnte offenbar niemand leben, denn das Zauberwort »Speisesaal« funktionierte bei den Animalisten ebenso gut wie überall sonst auf der Welt. Wenn es Essen gibt, werden alle zum Normalo.

Na ja, fast alle. »Nahrung ist Schwingungsenergie«, verkündete Ansgar und schloss leise summend die Augen – offenbar, um eine Botschaft des Universums zu empfangen, die ihm verriet, ob er beim veganen Hirseeintopf zugreifen sollte oder doch lieber beim Tofu-Amaranth-Auflauf. Er entschied sich schließlich für beides.

Die drei Freundinnen setzten sich bewusst etwas abseits. Greta und Caro langten tüchtig zu, nur Becky war der Appetit vergangen. Das Ganze war doch aufregender, als sie es sich vorgestellt hatte. Irgendwie fühlte sie sich wie nach einem Tauchgang in haiverseuchten Gewässern, den sie nur mit viel Glück überlebt hatte.

»Du übertreibst mal wieder furchtbar!«, fand Caro, die immer mehr Gefallen an der kleinen Komödie fand.

»Aber werden sie uns die Sache mit der Biokommunikation abnehmen?« Becky hegte da so ihre Zweifel.

Völlig unbegründete Zweifel, wie sie eine halbe Stunde später staunend feststellte. Niemand hatte kritisch oder ablehnend reagiert, als Caro die Teilnehmer aufgefordert hatte, in den kommenden zwanzig Stunden ausschließlich in der Sprache ihres schwachen Seelentieres zu kommunizieren, um es zu stärken. Sprich: zu blöken, zu zischen, zu wiehern oder zu krächzen. Nur Florian hatte überrascht die Stirn gerunzelt.

»Wir, die *Sphinx*-Coaches, werden beobachtend dabei sein und bei Fragen als Ansprechpartnerinnen dienen. Natürlich können wir der Biokommunikation problemlos folgen«, behauptete sie, »aber wir antworten grundsätzlich in Humansprache. Aus spirituell-pädagogischen Gründen.«

Nicht einmal dieser Unsinn wurde in Frage gestellt. Es war ein echtes Phänomen.

Nun standen Greta, Caro und Becky staunend am Fenster und beobachteten, wie ihre Teilnehmer teetrinkend im Hof zusammenstanden, durch den Park flanierten oder am Picknicktisch *Mensch ärgere dich nicht* spielten und dabei kein menschlicher Laut über ihre Lippen kam.

Maria, die Anwältin, würfelte gerade einen Pasch und zischte vor Freude laut auf. Ihr schwaches Seelentier war die Schlange. Wahrscheinlich kannte Maria die einschlägigen Zauberer-Kinohits und war tierisch stolz darauf, ein Parselmund zu sein.

Iris, eine der beiden Lehrerinnen, ärgerte sich über einen ungünstigen Spielzug und machte enttäuscht »Miau«.

»Haben wir überhaupt Katzen dabei?«, wunderte sich Caro.

»Das soll Löwengebrüll darstellen«, klärte Becky sie auf.

Und dachte bei sich, dass Iris ihren Löwen tatsächlich dringend stärken musste.

Fröhlich wiehernd übernahm Gunther, der Heilpraktiker, den Würfelbecher, als hätte jemand »Mach mir den Hengst!« zu ihm gesagt.

Ein paar Meter weiter standen Viola und Natascha zusammen und unterhielten sich angeregt.

»Määäähääää«, machte die Realschullehrerin und verschränkte die Arme, um dann noch einmal eindringlich zu wiederholen: »Määäääääähäää!«

Die Industriellengattin fasste sich mit der linken Hand an die Nase, während sie den rechten Arm zwischen Gesicht und Ellbogen des anderen Arms hindurchsteckte. »Töröööööööö«, trompetete sie und schwenkte den rechten Arm, der offenbar einen Elefantenrüssel darstellen sollte.

Das war der Moment, in dem Becky die Beherrschung verlor. Die Hand fest vor den Mund gepresst, als müsse sie sich gleich übergeben, raste sie die Treppe hinunter in Richtung Toiletten, verschwand in einer Kabine, verriegelte die Tür, zog – als Schalldämpfer – die Spülung und prustete laut los.

Als sie zurückkam, war Caro allein.

»Na, hast du dich wieder eingekriegt?«, grinste sie.

»Jepp«, sagte Becky, »und mit kaltem Wasser die Lachtränen abgewaschen. Wo ist eigentlich Greta?«

»Mit dem Gegelten in dessen Privaträumen verschwunden. Er hat sie auf einen Rotwein eingeladen.«

Becky zog eine Grimasse. Lars Berger war ihr zutiefst unsympathisch. Mit ihrem Gespür für die falschen Kerle musste Greta sich natürlich ausgerechnet in ihn verlieben! Offenbar war sie mal wieder nicht sie selbst. Sonst trank sie nämlich niemals Rotwein. Grundsätzlich nicht. Sie verabscheute ihn regelrecht. Aber kaum winkte dieser Lars mit einer Merlot-Flasche, vergaß sie alles …

»Es ist ein schöner, milder Abend«, sagte Caro, »ich glaube, ich mische mich ein bisschen unter die Leute. Schließlich hat Greta ihnen versprochen, dass wir bei Fragen und Problemen zur Verfügung stehen.«

Caro war zwar unklar, wie das im Ernstfall funktionieren sollte, aber sie würden ja sehen.

Becky beschloss, sich ein gemütliches Plätzchen auf einer Parkbank zu suchen und von dort aus das groteske Treiben ihrer Teilnehmer aus der Entfernung zu betrachten. Sollte sich ein breites Grinsen in ihr Gesicht schleichen, würde das hoffentlich niemandem auffallen.

Caro schien sich deutlich besser im Griff zu haben. Milde lächelnd und aufmunternd nickend schritt sie durch die Menge wie eine Grundschullehrerin, die ihre tüchtigen Schüler lobt. Im Vorbeigehen beobachtete Becky, wie sie Ansgar, dem Sinnsuchenden, aufmerksam zuhörte, als er ihr einen krächzenden Vortrag hielt. In Rabensprache. Die beiden Kosmetik-Blondinen in Pink kommentierten ernsthaft mit »Summ, summ« und »Uhu, uhuu«. Becky biss sich auf die Lippen und beschleunigte ihre Schritte.

Die Bank unter einer riesigen Linde sah gemütlich aus. Sie machte es sich darauf bequem, schloss die Augen und dachte über die Absurdität des Lebens nach. Von Zeit zu Zeit drang ein »Töröóö«, ein »Raaab, raaaaaab« oder ein »Määäähäääää« an ihr Ohr. Und dazwischen leise Schritte auf Kies. Dann plötzlich ein Räuspern, ganz in ihrer Nähe. Überrascht riss sie die Augen auf. Es war Florian, der Physiotherapeut, der sich auf den Gummisohlen seiner Turnschuhe angeschlichen hatte.

»Du bist wohl auch Lamm und Löwe, so wie ich?«, sagte er und deutete auf das Muster ihres Gewandes.

»Solltest du nicht blöken wie ein Lamm?«, gab Becky zurück.

»Und solltest du nicht aussehen wie eine alte Hexe, wenn du hier so einen Hokuspokus verkaufst?«, grinste Florian.

Ganz schön frech, dieser Sonnyboy! Aber eigentlich war das im Grunde irgendwie ein Kompliment, oder?

»Das mit dem Alter kommt schon noch, aber dass ich mit den Jahren zur Hexe mutiere, kann ich dir nicht versprechen.«

Sie mussten beide lachen. Becky deutete mit einer einladenden Bewegung an, er solle sich zu ihr setzen. Florian strich eine blonde Strähne aus seinem Gesicht und nahm Platz. Dann reichte er ihr einen Krug: »Magst du mal trinken? Kühles, frisch gezapftes Pils. An einem Frühsommerabend wie diesem allemal besser als ein Seelentee.«

Sie hätte empört reagieren können, schließlich untergrub dieser Typ ihre Autorität damit. Doch sie hatte Durst, also ließ sie seine Bemerkung unkommentiert und nahm einen tiefen Schluck.

»Lecker!«, seufzte sie und gab ihm den Krug zurück. Nun trank auch Florian und sie beobachtete ihn dabei. Eigentlich sah er überhaupt nicht aus wie ein typischer Physiotherapeut, so lässig und braungebrannt, wie er daherkam. Und schon gar nicht wie ein typischer Esoterik-Seminarteilnehmer. Eher wie ein Surfer. Die passende Hang-Loose-Frisur hatte er jedenfalls schon mal. Ehrlich gesagt war er der verdammt attraktivste

Kerl weit und breit, um nicht zu sagen: der bestaussehende Typ, der ihr je ein eiskaltes Bier angeboten hatte.

Der Krug ging im Verlauf des Abends immer wieder hin und her. Unwillkürlich erinnerte sie die Situation an jenen Abend in Lloret de Mar, als zwischen Nellys Erzeuger und ihr das Sangria-Glas ständig hin- und herwanderte. Rasch scheuchte sie den Gedanken davon. Das hier war etwas völlig anderes. So etwas Unreifes wie damals würde ihr nie wieder passieren!

Zwischendurch holte Florian Nachschub. Und zu später Stunde auch einen Pullover, weil ihr kalt wurde. Der Pullover half, aber nicht genug. Deshalb setzte sich Florian irgendwann sehr dicht neben Becky und legte seinen Arm um ihre Schultern. Sie zitterte noch immer, aber nun nicht mehr vor Kälte.

Sie redeten. Und redeten. Und redeten noch immer, als es in den frühen Morgenstunden schon langsam wieder hell wurde. Alle anderen lagen inzwischen längst in ihren Betten, nur die beiden hatten die ganze Nacht durchgequatscht. Was Becky so tat, wenn sie nicht gerade wehrlose Bürger zum Wiehern und Jaulen bringe, wollte Florian wissen. Also erzählte sie ihm von der *Agentur WerbePauSe* und davon, dass sie auf diese Arbeit eigentlich überhaupt keinen Bock mehr hatte. Weder auf Tapetenmuster noch auf Regenschirmdesigns oder auf Geschenkpapierlayouts. Und vor allem nicht auf Paul Segers!

»Dieser Kotzbrocken geht mir mit seinen unfairen Vorwürfen, seinen Anrufen zur Unzeit und seiner cholerischen Art fürchterlich auf den Sender«, seufzte sie.

»Und warum kündigst du dann nicht einfach?«, wollte Florian wissen.

Tja, wenn das so einfach wäre.

»Am allerliebsten würde ich genau das tun. Aber es geht ja

nicht nur um mich. Ich muss schließlich auch meine kleine Tochter ernähren. Da sind riskante Aktionen einfach nicht drin. Alle anderen Agenturen erwarten nämlich, dass sich ihre jungen, dynamischen Mitarbeiter bis spätabends für sie den Hintern aufreißen – und zwar nicht im Homeoffice. Da hätte ich nie eine Chance, egal, wie gut meine Mappe ist.«

Florian wollte alles wissen über sie und Nelly. Und so berichtete Becky ihm schließlich auch von Frau Nette, ihrem Auftritt tags zuvor im Kindergarten, dem Sturz ins Bällchenbad – ja, sie ließ nichts aus. Florians strahlendes Lächeln und seine grüngrauen Augen wirkten wie eine Plapperdroge auf sie. In dieser Nacht war Becky wie verzaubert von ihm. Ein Blick genügte, und sie redete sich um Kopf und Kragen. Hätte er sie über die animalistische Balance befragt, dann hätte sie ihm wohl ohne zu zögern gestanden, dass das Ganze ein einziger Schmu war. Denn instinktiv spürte sie, dass sie Florian voll und ganz vertrauen konnte. Sie waren Seelenverwandte, und das nicht nur wegen Lamm und Löwe.

Das Einzige, was ihr völlig schleierhaft war: Warum in aller Welt hatte sich jemand wie Florian für ein *Sphinx*-Seelenseminar angemeldet? Denn dass »Animalistische Balance für Anfänger« ihn nicht die Bohne interessierte, war offensichtlich.

Der Wolf im Schafspelz

Sie schwebte!

Eigentlich lag Greta zwischen Laken und Kissen, die noch immer nach Lars Berger dufteten und die Wärme seines Körpers speicherten, aber ihre Seele schwebte. Im siebten Himmel!

Dieser Mann war unglaublich. So unglaublich wie seine stahlgrauen Augen, die sie nicht einfach nur verzauberten, sondern regelrecht hypnotisierten.

Was sie am meisten an ihm faszinierte? Vor allem die Tatsache, dass er so unglaublich sanft war. Aber auch so geheimnisvoll. Er sprach wenig, aber sie kommunizierten dennoch ganz intensiv. Mit Blicken, mit Zärtlichkeiten, mit ihrem Dasein. Er schien Gretas Gedanken lesen zu können und sie die seinen. So etwas hatte sie noch nie erlebt und war sicher: Das ist Magie!

Es gab sie also doch, die Liebe auf den ersten Blick. Sie war nicht irgendein Strohfeuer, sondern rein, wahr und innig. Das Gefühl war so stark, dass es fast weh tat. Lars hatte ihr Bett erst vor einer Viertelstunde verlassen, um sich auf den Rückweg zur Falkenmühle zu machen, und schon vermisste Greta ihn schmerzlich. Es würden zwei lange Wochen vergehen, bis sie ihn wiedersehen sollte. Unerträglich!

»Wir können ja telefonieren«, hatte sie vorgeschlagen, aber Lars fand das überflüssig. »Meine Gedanken sind bei dir, dazu brauchen wir doch keine Technik, mein Herz.«

Mein Herz. War dieser Kosename nicht wunderbar altmodisch und unglaublich liebevoll?

Die Sonne schien durch eine Ritze in der Jalousie direkt auf ihr Gesicht. Als ob sie Greta daran erinnern wollte, dass es inzwischen helllichter Tag war. Ein Montagmorgen, an dem andere längst an ihren Schreibtischen saßen, ihre Läden öffneten oder an ihren Staffeleien standen. Auch Greta blühten in den nächsten Tagen all diese Tätigkeiten: Sie musste den Sinnsuchenden, die sich für die nächsten Seminartermine angemeldet hatten, eine Bestätigungsmail schreiben, außerdem hatte sie am Nachmittag Dienst in Caros Laden, und bis Ende der Woche waren drei Porträts mit Seelentieren zu malen. Es lag also allerhand Arbeit vor ihr.

Sollte sie ein schlechtes Gewissen haben, weil sie an einem Montagvormittag um halb zehn noch faul im Bett lag und von ihrem Liebsten träumte? Nein, fand sie! Schließlich hatte sie eine kleine Belohnung verdient. Immerhin hatte sie das ganze Wochenende über gearbeitet. Zum ersten Mal hatte sie ein *Sphinx*-Seelenseminar ganz allein geleitet, nur mit Lars als Unterstützung.

Caro hatte abgesagt. Und das gleich aus zwei Gründen! Zunächst einmal wegen ihres Eisprungs. An ihren fruchtbaren Tagen wollte sie sich nicht allzu weit vom tendenziell eher lustlosen Göttergatten entfernen. Vor allem aber wegen einer gewissen Fabiola. Fabiola Obermüller.

»Lustig, die heißt genauso wie die Frau von Franks Professor!«, hatte sie zuerst amüsiert festgestellt, »die haben beide so seltsame Vornamen.«

Doch das Lachen war ihr rasch vergangen, als sie auf dem Kontoauszug las, wer die Seminargebühr überwiesen hatte: nämlich ein gewisser Professor Dr. Pirmin Obermüller. »Grundgütiger, wir werden entdeckt … Wenn sie ihrem Mann von mir erzählt und der mit Frank darüber spricht, bin ich geliefert. Das ist ein Zeichen! Am besten geben wir die animalistische Balance sofort auf.«

Es hatte Greta eine halbe Stunde gekostet, ihrer Freundin klarzumachen, dass so etwas wie *ein Zeichen* nicht existiert. »Das ist esoterischer Blödsinn! Solchen Käse verkaufen wir vielleicht, aber daran glauben wir doch nicht!«

Und auch Becky versuchte Caro zu beruhigen: »Diese Fabiola muss dich ja niemals treffen. Wir schaukeln das Seminar ausnahmsweise auch mal ohne dich!«

Doch dann hatte Becky selbst im letzten Moment absagen müssen. »Ich kann dieses Wochenende beim besten Willen keine Zeit freischaufeln, sorry«, hatte sie entschuldigend gesagt.

Greta hatte vollstes Verständnis für ihre Freundin, die an einem Stoffmusterentwurf für Herrenunterhosen im Retro-Design saß und sich, sicher nicht zum ersten Mal, verzweifelt fragte, warum in aller Welt sie nicht Bäckereifachverkäuferin geworden war. Oder Finanzbeamtin. Oder Berufsberaterin! Dann könnte sie wenigstens junge Menschen davon abhalten, ebenfalls Design zu studieren und dann einsam am Schreibtisch mit derart lächerlichen Aufgaben zu enden. »Unterhosenstoffmuster! Ist das etwa der Sinn meines Lebens?«, hatte Becky geklagt.

Greta konnte ihre Argumentation gut nachvollziehen. Die Unterhosensache erinnerte sie an all die Königspudelporträts, die sie hatte pinseln müssen, ohne dabei auch nur den Hauch von Leidenschaft zu verspüren. Aber Job war nun mal Job. So sah das auch Becky. Also verbrachte sie das Wochenende am Rechner und gestaltete Retromuster. Und Greta fuhr allein zur Falkenmühle.

Offen gestanden kam ihr ein Wochenende ohne Becky und Caro eigentlich ganz gelegen. Nicht, dass sie Streit gehabt hätten. Aber Greta genoss es, allein zu sein mit Lars. Na ja, eigentlich mit Lars und den fauchenden, grunzenden und wiehernden Seminarteilnehmern. Doch die Nacht gehörte nur ihr und ihm!

Am nächsten Morgen konnte sie ihn ungeniert anhimmeln, ohne sich vor Caro und Becky rechtfertigen zu müssen. So wie bei ihrem ersten Seminarwochenende vor ein paar Wochen, als die beiden am Frühstückstisch zuerst alles wissen wollten, nur um dann die Gesichter zu verziehen, als Greta begann, ihnen von Lars vorzuschwärmen. Besser gesagt, von der romantisch-wilden Nacht mit ihm. Das war Erotik pur! Der Himmel auf Erden. Mehr als das: der nackte Wahnsinn!

Allein beim Gedanken an Lars Berger bekam sie weiche Knie. Caro und Becky dagegen bekamen verkniffene Gesichter, sobald Greta ihn erwähnte. Dann warfen sie einander wissende Blicke zu und verdrehten die Augen. Anstatt ihrer besten Freundin alles Glück der Welt zu wünschen!

»Aber wir wünschen dir doch das Allerbeste«, behauptete Caro. »Genau deshalb sagen wir dir: Finger weg von Lars Berger!«

»Er tut dir nicht gut. Er wird dir das Herz brechen, wie die sogenannten Traumtypen vor ihm, die sich dann als Windhunde entpuppten«, fiel ihr auch Becky in den Rücken.

Pah! Die hatten doch keine Ahnung. Als ob Becky, die Dauersingle war und nie länger als zwei Wochen mit einem Kerl zusammenblieb, beurteilen konnte, welcher Mann für sie der richtige war. Oder gar Caro, die auf geradezu kindliche Weise in ihren Frank vernarrt war. Nie würde Greta darüber ein Wort verlieren! Jedenfalls nicht der Betroffenen gegenüber …

Das entsprach dem Freundschafts-Ehrenkodex der drei: Keine Kritik an den jeweiligen Partnern der Freundinnen, es sei denn, man hatte zu Beginn der Beziehung berechtigte Bedenken. Nachdem Schluss war dagegen, durfte hemmungslos über den Ex der anderen abgelästert werden – schließlich half das der Betroffenen dabei, über den jeweiligen Typen hinwegzukommen.

In ihrem Fall gab es jedoch keine berechtigten Zweifel, da war Greta sicher. Diesmal hatte sie den Richtigen gefunden!

Lars Berger hatte sich übrigens auch während des Wochenendseminars als perfekter Partner erwiesen. Er hatte es einfach drauf, mit Menschen umzugehen, die *auf der Suche* waren. Immerhin war er Intuitionscoach! Spontan hatte er das Büfett auf die verschiedenen tierischen Ernährungskonzepte abgestimmt: Fleischernes für die Raubtiere, Körner für die Vogeltiere, Grünzeugs für die Weidetiere … Ja, er bot den Teilnehmern sogar an, eine spezielle Rezeptsammlung für ihre Seelentierdiät zusammenzustellen.

Greta war vollkommen begeistert von seinem Engagement. Einziger Wermutstropfen war die Tatsache, dass sie ihren Geliebten anflunkern musste. Sie konnte ihm, dem Intuitionscoach und leidenschaftlichen Seelentierfan, ja wohl kaum gestehen, dass die animalistische Balance ein einziger Hokuspokus war – von ihr, Becky und Caro in angeheitertem Zustand erfunden und inzwischen zum erfolgreichen Geschäftsmodell ausgebaut.

Nachdem die letzten Seminarteilnehmer am Sonntagmittag abgereist waren, hatte Lars zu Gretas größter Freude vorgeschlagen, sie nach Hause zu begleiten und die Nacht gemeinsam in ihrem Loft zu verbringen. Eine Idee ganz nach ihrem Geschmack …

Es war, ohne Übertreibung, die unglaublichste Nacht ihres Lebens! Nach so einer Erfahrung *konnte* man nicht einfach so zum Alltag übergehen. Deshalb beschloss sie, diesen Vormittag komplett zu vertrödeln, und zwar voller Genuss. Jawohl! Die Seelentiergemälde konnten warten.

Nachdem sie sich ausgiebig geräkelt und gestreckt hatte, stieg sie träge aus dem Bett. Dann schlurfte sie ins Badezimmer. Während sie die Zähne putzte, ließ sie die Wanne volllaufen. Ein Vollbad mit richtig viel Schaum am Vormittag – gibt es eine schönere Art, sich zu verwöhnen?

Sie stellte noch ein Glas Orangensaft bereit und wählte eine CD aus. Den *Bolero* von Maurice Ravel. Dann legte sie sich in die Wanne und schloss die Augen, um ausgiebig von Lars Berger zu träumen. Seinen zärtlichen Händen. Seinem intensiven Blick. Seiner sanften und zugleich so unglaublich maskulinen Stimme. Mit der er ihr vielleicht eines Tages eine weltbewegende Frage stellen würde …

Sie hätte das Telefon abstellen sollen! Diese Erkenntnis traf Greta jäh. Nämlich in dem Augenblick, als der Apparat schrill zu klingeln begann. Und zwar schier endlos!

DRRRRRING.

Sie versuchte, ihre Ohren auf Durchzug zu stellen, aber natürlich gelang ihr das nicht.

DRRRRRING.

Ravels Bolero von einem schrillen Klingelton zerstört. Was für eine Schande! Es gelang ihr beim besten Willen nicht mehr, von Lars zu träumen oder überhaupt einen positiven Gedanken zu fassen.

Endlich hörte das Klingeln auf. Aber nur für ungefähr zehn Sekunden, dann ging die Ohrenfolter aufs Neue los.

DRRRING. DRRRRING. DRRRRINGGGG.

Greta ertrug es nicht länger. Seufzend stieg sie aus der Wanne, hüllte sich in ein Badetuch und machte sich, eine feuchte Spur auf dem Boden hinterlassend, auf den Weg zum Telefon, um das Gespräch etwas barscher als üblich anzunehmen: »Ja, Hildebrandt.«

»Gretakind, ist es nicht großartig, dass wir in der Zeitung sind?«

Mutter!

Das durfte doch nicht wahr sein. Sogar wenn Elisabeth ihre Wohnung zur Abwechslung einmal nicht belagerte, gelang es ihr trotzdem, Gretas Wohlfühlprogramm durcheinanderzubringen.

»Was ist los? Ich versteh nur Bahnhof«, gab sie mürrisch zurück. Wen meinte sie mit »wir«? Welche Zeitung?

»Sag nur, du hast noch keine Morgenzeitung gelesen!« Es war ein Phänomen, wie ihre Mutter es schaffte, ihre tiefe Altstimme zuweilen wie Vogelgezwitscher klingen zu lassen. Und zu welcher Munterkeit sie schon am Vormittag fähig war. Greta für ihren Teil sprach um diese Zeit nur das Nötigste. Und vor dem ersten Espresso für gewöhnlich gar nichts. Außer natürlich mit ihrem Liebsten.

»Ich bin noch nicht dazu gekommen«, antwortete sie kryptisch. Das konnte ebenso gut bedeuten, dass sie schwer beschäftigt war. Von ihrem Faulenzervormittag sagte sie lieber nichts.

»Alles platoni«, flötete ihre Mutter, »ruf einfach zurück, sobald du den Artikel gelesen hast.« Und klack, hatte sie aufgelegt.

Greta trocknete sich ab, zog rasch ein luftiges Sommerkleid über und sauste hinunter zum Briefkasten. Nun war sie doch neugierig geworden. Was hatte Mamilein wohl gemeint mit »Wir sind in der Zeitung«?

Dann bereitete sie einen Espresso zu, denn schließlich wollte sie sich heute Vormittag nicht hetzen lassen, und zu einem genussreichen Morgen gehörte nun mal Koffein. Zumal nach einer solchen Nacht. Sie gab zwei Würfel Zucker in die Tasse, rührte um und nippte an der bittersüßen, heißen Köstlichkeit. Dabei blätterte sie gemütlich die Zeitung durch.

Es traf sie fast wie ein Schlag aus heiterem Himmel: »Nachts sind alle Schafe schwarz«, lautete die Überschrift, die ihr in fetten Großbuchstaben entgegensprang. Darunter stand, etwas kleiner: »Wenn der neueste Esoterik-Trend den Verstand vernebelt. Ein Artikel von Florian Schwarz.«

Ungläubig überflog sie den Text. Das durfte doch nicht wahr sein! Was sie da las, war nicht mehr und nicht weniger als ein extrem satirisch angehauchter Bericht über jemanden, der einen Selbstversuch gemacht hatte. Einen Selbstversuch im *Sphinx*-Seelenseminar »Animalistische Balance für Anfänger«.

Du liebe Zeit! Sie waren erledigt. Genüsslich hatte der Autor das »dubiose« Seminarkonzept auseinandergenommen, den »hanebüchenen« Seelentiertest auf die Schippe genommen und die »wunderliche« Biokommunikation zum Gespött gemacht. In aller Ausführlichkeit war da zu lesen, wie die gutgläubigen Teilnehmer für viel Geld von den *Sphinx*-Seminarleiterinnen nichts weiter bekamen als die Order, kein Wort mehr zu reden, sondern stattdessen Tierlaute zu imitieren, dass es eine wahre Pracht war. Eigentlich war der Artikel richtig gut geschrieben und Greta hätte ihn wohl urkomisch gefunden, wenn er nicht gerade zufälligerweise ihr Geschäft ruinieren würde …

DRRRRING.

Wieder klingelte das Telefon.

»Ja, Mamilein?«, meldete sie sich auf Verdacht. Und tatsächlich war es ihre Mutter, die natürlich zu ungeduldig gewesen war, um auf den Rückruf zu warten.

»Hast du's gelesen?«, fragte sie atemlos.

»Allerdings«, entgegnete Greta, »es ist furchtbar. Wir sind am Ende!«

»Ach, du wieder mit deinem Geunke. Willst du mal wieder den Advocatus di Napoli spielen?«

Fast hätte sie lachen müssen, wäre die Situation nicht so dramatisch gewesen.

»Das ist kein Witz. Jemand hat uns gewaltig durch den Kakao gezogen und macht sich auf einer Dreiviertelseite über die animalistische Balance lustig. Wenn das kein Super-GAU ist, was dann?«

»Was du wieder redest«, rief Elisabeth aus und ließ ihr sonores Lachen ertönen. »Ob er von uns schwärmt oder nicht, das tut der Sache keinen Armbruch. Hauptsache Aufmerksamkeit. Negative Presse ist besser als gar keine!«

Greta bezweifelte das. Aber sie war wild entschlossen, zu retten, was zu retten war. Und dazu musste sie zunächst einmal herausfinden, welcher Verräter sie da in die Pfanne gehauen hatte. Wer in aller Welt war eigentlich dieser Florian Schwarz? Der Name sagte ihr etwas. Aber was?

Sie beendete das Telefonat und startete ihren PC, um ihn zu googeln. Wenige Sekunden später erschien ein Foto auf dem Monitor, und sie erkannte den darauf Abgebildeten sofort: Florian Schwarz, natürlich! Das war ein Teilnehmer des allerersten Wochenendseminars. Der angebliche Physiotherapeut, der mehr Interesse an Becky als an der Seelentierstärkung an den Tag gelegt hatte. Besser gesagt: an die Nacht. Das war doch der Kerl, mit dem Becky ihr eigenes Konzept boykottiert und von Dämmerung bis Morgengrauen in Humansprache und nicht mit Tierlauten durchgequatscht hatte!

Du liebe Zeit, wer weiß, welche Details Becky diesem Journalisten dabei anvertraut hatte? Sie las den Artikel ein zweites Mal durch, diesmal genauer. Tatsächlich stand darin unter anderem, dass die drei *Sphinx*-Coaches die animalistische Balance zwar erfunden hatten, allerdings über keinerlei esoterische Erfahrungen in anderen Bereichen verfügten. Außerdem hatte Becky offenbar ihre tatsächlichen Berufe verraten: dass sie selbst Geschenkpapier-, Tapeten- und Regenschirmmuster designte, Caro eine Kinderboutique führte und Greta verstorbene Haustiere porträtierte, wenn sie nicht gerade Aquarellmalkurse gab oder von einer Künstlerinnenkarriere träumte.

Na großartig! Wahrscheinlich hatte noch nie in der Geschichte der Publizistik ein Enthüllungsjournalist so leichtes Spiel wie Florian Schwarz. Becky hatte ihm im Grunde die komplette Story auf dem Silbertablett serviert. Er musste nur dafür sorgen, dass der Bierkrug nie leer wurde und das frische Hopfenkaltgetränk ihre Zunge lockerte.

Aber über sie und Lars lästern, pah!

Entschlossen griff Greta zum Telefon. Wir brauchen eine Strategie, dachte sie entschlossen. Aber bevor sie die gemeinsam entwickeln konnten, mussten erst einmal alle Bescheid wissen. Greta bezweifelte, dass Caro schon dazu gekommen war, die

Zeitung zu lesen. Montagvormittags hatte sie im *Piccolobello* immer alle Hände voll zu tun: Meist wurde zu der Zeit neue Ware geliefert, die sie gleich auszeichnete und in die Regale räumte. Jetzt im Hochsommer waren es höchstwahrscheinlich Herbstklamotten. Außerdem hatte Caro, wenn sie nicht alles täuschte, an diesem Mittag eine Verabredung mit Philipp Mertens wegen des *Sphinx*-Webshops, deshalb sollte Greta sie ja in dieser Zeit im Laden vertreten. Außerdem wollten die beiden besprechen, wie die Zusammenarbeit mit der kleinen Manufaktur lief, die inzwischen komplett das Umfüllen und Verpacken der Kräuterprodukte übernommen hatte und auch die gesamte Bestellungsabwicklung bis hin zum Versand erledigte. Ohne Philipps rettende Idee, das alles outzusourcen, wäre das Chaos im Hinterzimmer des *Piccolobello* nicht mehr zu bewältigen gewesen.

Langer Rede kurzer Sinn: Caro würde sie sowieso nachher treffen. Sie rief also zunächst bei Becky an, die, wie Greta wusste, gar keine Tageszeitung bekam.

»Du setzt dich am besten hin, falls du nicht sowieso schon sitzt«, kündigte sie dramatisch an.

»Mach's nicht so spannend«, lachte Becky.

»Okay«, gab Greta nach, »dann eben kurz und schmerzlos. Florian Schwarz, mit dem du neulich stundenlang philosophiert und geflirtet hast, war kein echter Seminarteilnehmer. Er ist auch kein Physiotherapeut, sondern Undercover-Journalist. Und er hat heute in der Zeitung einen vernichtenden Bericht über die animalistische Balance veröffentlicht. Was sagst du nun?«

Becky sagte gar nichts. Sie stöhnte nur laut auf. »Ein Wolf im Schafspelz? Das darf doch nicht wahr sein!«

War es aber. Die größte anzunehmende Blamage. Sie waren enttarnt und zum Gespött der Zeitungsleser gemacht worden. Und alles nur, weil Becky auf das nette Lächeln dieses Pseudo-Physiotherapeuten hereingefallen war.

Bevor Greta sich dazu hinreißen ließ, ihr Vorwürfe zu machen, bat Becky sie kleinlaut, ihr den kompletten Artikel vorzulesen. Sie tat es. Becky lauschte. Ächzend. Schon der Untertitel schien sie zur Verzweiflung zu bringen. »Verstand vernebelt«, echote sie.

Als Greta mit dem Vorlesen fertig war, schwieg Becky ein paar Sekunden. Dann begann sie zu jammern und sich selbst anzuklagen: »Ich bin so ein blauäugiges Huhn, ausgerechnet dem schwarzen Schaf in der ganzen Truppe zu vertrauen. Aber er wirkte so nett! Und nun das. Katastrophe! Wie kann ich das nur wiedergutmachen?«

Huhn und Schaf. Na, das passte ja.

»Deine Menschenkenntnis ist offenbar wirklich nicht ganz so gut, wie du glaubst«, konnte Greta sich nicht verkneifen zu sagen. Auch wenn es ihr eigentlich unangenehm war, Salz in Beckys Wunden zu streuen. Aber es musste sein. Vielleicht würde sie sich demnächst überlegen, ob sie wirklich so theatralisch die Augen verdrehen musste, wenn wieder einmal von Lars Berger die Rede war.

»Ich weiß, ich weiß«, gab Becky auch sofort zu, »ich war völlig verblendet. Fast so wie …«

Unvermittelt brach sie ab.

»Fast so wie wer?«, hakte Greta ahnungsvoll nach.

Becky druckste eine Weile herum. Dann spuckte sie es aus: »So wie du, wenn du einen Kerl gut findest.«

Wie bitte? Das durfte doch wohl nicht wahr sein!

»Ich meine, du fährst doch immer auf die allergrößten Idioten ab, die dich bloß ausnutzen und unglücklich machen. Du wirst geradezu magisch von ihnen angezogen. Na ja, nun weiß ich, wie sich das anfühlt.«

Ja, manchmal konnte Becky wirklich ganz schön beleidigend sein. Meistens ohne es zu wollen, einfach indem sie damit herausplatzte, was ihr gerade in den Sinn kam. Doch das machte die Sache für Greta umso schlimmer. Es war keine gemeine Bemerkung, die sie einfach nur treffen sollte, die aber eigentlich nicht dem entsprach, was ihre Freundin in Wahrheit dachte. Nein, es war exakt ihre Meinung: Sie, Greta, war in Beckys Augen eine hoffnungslose Auf-falsche-Männer-Hereinfallerin. Dabei war Becky selbst doch diejenige, die gerade ihre großartige Einnahmequelle durch pure Gutgläubigkeit aufs Spiel gesetzt hatte!

»Ich glaube nicht, dass diese Bemerkung die passende Entschuldigung war«, gab Greta gepresst zurück. »Sorry, ich muss jetzt gleich los. Bis demnächst.«

Sie beendete das Gespräch, bevor Becky auch nur Atem holen, geschweige denn zu einer Antwort ausholen konnte. Denn sie spürte die Wut, die sich gerade in ihrem Bauch anstaute. Noch war es nur inbrünstige Empörung, aber wenn sie weiterdiskutiert hätten, wäre daraus Weißglut und schließlich lodernder Zorn geworden. Sie hätte womöglich Dinge gesagt, die ihr hinterher leidgetan hätten. Und sie hasste es, sich nicht im Griff zu haben!

Das war eine Seite von ihr, die sie am liebsten ignoriert hätte. Sie geriet zuweilen in rasende Wut, doch bisher war es ihr gelungen, das vor ihren Freundinnen und überhaupt vor den meisten ihrer Mitmenschen zu verbergen. Im Allgemeinen hielt man sie für sanftmütig, nachgiebig und nicht dazu in der Lage, einen übleren Fluch als »Mistkacke« auszustoßen. Sie wünschte, es wäre wirklich so …

Zurück zur Tagesordnung. Inzwischen war es Viertel nach elf und es wurde langsam Zeit, dass sie sich auf den Weg machte. Also beschloss Greta, das ganze Animalistische-Balance-Drama für einen Augenblick zu vergessen, und ging zurück ins Badezimmer, um sich zu schminken. Als Boutique-Verkäuferin musste sie gewissen modischen Standards entsprechen. Die Mütter und Großmütter, die im *Piccolobello* einzukaufen pflegten, gehörten zu der Kategorie Frauen, die ohne Make-up, Lippenstift und falsche Wimpern nicht einmal den Müll rausbrachten. Falls sie das überhaupt jemals selbst erledigten.

Als sie um kurz vor zwölf im *Piccolobello* eintraf, war Caro dabei, winzige Strickpullöverchen, Softshelljäckchen und Mützchen auszupacken. Und das bei gefühlten hundert Grad in der Mittagssonne! Draußen war es brüllend heiß, im klimatisierten Laden dagegen angenehm kühl. Alle waren froh und dankbar, dass es Caro in Sachen Airconditioning mit der ökologischen Korrektheit nicht ganz so genau nahm.

Wortlos warf Greta die Tageszeitung auf den Stapel gefütterter Kleinkinderjeans, den sie gerade zusammenlegte und ins Regal räumte. »Hast du die schon gelesen?«

»Heute ist hier die Hölle los, ich hatte nicht einmal Zeit, die *Sphinx*-Anzeige zu lesen, die wir geschaltet haben«, sagte Caro mit mehr Anspannung in der Stimme, als Greta von ihr gewohnt war. Caro verlor eigentlich nie die Nerven. Selbst dann nicht, wenn der Laden brechend voll war, ein ungezogenes Kind einen Kleiderständer umstieß und eine klunkerbehängte

Kundin um den Preis eines bereits reduzierten T-Shirts feilschen wollte. Nichts davon war momentan der Fall. Wie so häufig um die Mittagszeit war kein einziger Kunde da. Eigentlich der ideale Moment, um eine kleine Pause zu machen, Greta einen Kaffee anzubieten und ein bisschen zu plaudern. Beziehungsweise das Drama zu besprechen, das der Zeitungsartikel ausgelöst hatte. Greta wollte gerade loslegen mit ihrem Bericht zur Lage der Nation, als im Hinterzimmer ein merkwürdiges Quäken ertönte. Wie eine bellende Micky Maus. Oder nein, eher wie eine kreischende Katze, wenn sie rollig ist. Oder … Konnte das wahr sein? Caros Eisprung war gerade mal zwei Tage her, nicht neun Monate!

»Ich muss eben nach Emilia sehen«, sagte Caro und verschwand errötend nach hinten. Greta folgte ihr neugierig und wurde zu ihrer größten Verblüffung Zeugin, wie Caro eine Sporttasche unter dem Schreibtisch hervorzerrte, den Reißverschluss öffnete und daraus ein schreiendes Baby hervorholte.

»Bist du von allen guten Geistern verlassen? Ein Baby in einer Sporttasche, das kann doch unmöglich dein Ernst sein!«

Ungerührt zauberte Caro ein Fläschchen aus der Tasche und begann den Säugling zu füttern. Er schien sehr hungrig zu sein, denn es waren laute Schluckgeräusche zu hören.

»Muss man die Milch denn nicht warm machen?«, fragte Greta irritiert. »Und überhaupt, was ist das für ein Baby? Hast du es etwa entführt?«

Man hatte ja schon des Öfteren gehört von Frauen, deren Kinderwunsch so übermächtig geworden war, dass sie einfach in die Säuglingsstation einer Klinik marschierten und sich eins mitnahmen. Sollte es tatsächlich mit Caro nun auch so weit gekommen sein? Grundgütiger!

Es kam noch verrückter. Denn als das Fläschchen leer war, nahm Caro das Baby nicht etwa sanft hoch und legte es zum Aufstoßen vorsichtig über ihre Schultern, sondern sie packte es grob an den Beinen und schleuderte es quer durch den Raum auf Greta zu.

Du liebe Zeit! Was tat Caro da nur? Gehörte sie etwa zu diesen wahnsinnigen Kindesentführerinnen, von denen man ab und zu in den Medien hörte? Oder war sie womöglich eine Besessene? Standen Exorzisten eigentlich im Branchenbuch? All diese Gedanken rasten durch Gretas Kopf, während sie erschrocken aufschrie und eine Glanzparade hinlegte, um die kleine Emilia aufzufangen. Nur um dann festzustellen, dass dieses Baby gar nicht aus Fleisch und Blut war, sondern aus reinem Kunststoff.

Sie musste sich setzen. Das hier war zu viel für sie! Ihre Freundin, Chefin und Geschäftspartnerin Carolin Arnold-Braun hatte ganz ohne Zweifel den Verstand verloren!

»Seit wann spielst du mit Puppen?«, fragte Greta, als sie die Fassung wiedererlangt hatte.

»Das ist keine Puppe«, teilte Caro ihr trocken mit, »das ist Emilia, der modernste aller Säuglingssimulatoren auf dem Markt. Mit wiederaufladbarem Akku, sieben verschiedenen Babygeräuschen – von Husten bis Pupsen – und einem integrierten Computer, der sämtliche Versorgungsmaßnahmen aufzeichnet.«

Greta blieb der Mund offen stehen.

»Emilia muss rund um die Uhr betreut werden«, sprach Caro ungerührt weiter, »man muss sie wickeln, waschen, füttern, im Arm wiegen. Wenn ich ihr Köpfchen nicht richtig stütze, wird das registriert. Wenn sie zu heftig geschüttelt wird,

wird das registriert. Wenn ihre Lage im Bettchen nicht korrekt ist, wird das registriert. Und wenn ich sie, wie eben, an den Füßen durchs Zimmer schleudere, wird das garantiert auch registriert.«

Caro redete wie ein Roboter, während sie Greta die Babypuppe wieder aus den Händen nahm und sie zu wickeln begann. Emilia gluckste dabei zufrieden. Es war gruselig!

»Du liebe Zeit, Caro. Das ist doch Wahnsinn. Ein künstlicher Säugling kann dir doch niemals ein eigenes Baby ersetzen. Vielleicht wirst du ja doch bald schwanger. Oder aber du arrangierst dich mit der Situation und planst ein Leben ohne Kinder. Viele Menschen bleiben kinderlos und sind trotzdem glücklich!«, versuchte Greta, ihr möglichst schonend zu vermitteln, wie entgeistert sie von diesem Tamagotchi-Baby war. Doch Caro starrte sie nur an, ohne mit der Wimper zu zucken, während Greta das Gefühl beschlich, dass sie sich gerade um Kopf und Kragen redete. Schließlich verstummte sie mutlos.

Caro stand schweigend auf, bettete Emilia wieder in der Sporttasche, strich sich mit einer energischen Bewegung das kurze, schwarze Haar aus dem Gesicht, holte zwei Tassen Kaffee, seufzte auf und gab dann den ersten vernünftigen Satz des Tages von sich: »Frank hat mir das mit Emilia eingebrockt. Es soll ein Test sein. Ein gottverdammter Eignungstest!«

Greta verschluckte sich fast an dem Kaffee. »Wie bitte? Dein eigener Ehemann stellt dich auf die Mutterprobe?«

Caro nickte. »Diese Säuglingssimulationspuppen benutzt man eigentlich, um minderjährige Schwangere auf die knallharte Realität vorzubereiten, die ihnen bevorsteht.«

»Und dein Mann stellt dich allen Ernstes mit diesen frühreifen Gören auf eine Stufe?«

Greta konnte nicht glauben, was sie da hörte. Was war das bloß für ein Kerl, der seine Frau ungefähr so respektvoll behandelte, als sei er ihr Bewährungshelfer? Wie oft hatte sie schon mit Becky darüber gesprochen, dass Caro viel zu schade für diesen Kerl war. Der wusste sein Prachtweib doch überhaupt nicht zu schätzen! Und statt ihr Selbstbewusstsein mit Komplimenten aufzubauen, gefiel es ihm offenbar recht gut, dass Caro ihn anhimmelte und sich seiner für unwürdig hielt. So ein Armleuchter! Aber natürlich würden sie ihr das nie direkt sagen. Auf diesem Ohr war Caro ohnehin taub. Auf ihren wunderbaren Frank ließ sie nichts kommen.

Unwillkürlich dachte sie an Lars, seine zärtlichen Hände, seine sanfte Stimme … Und daran, dass er ihr damit vielleicht eines Tages ins Ohr flüstern würde, wie sehr er sich ein Baby von ihr wünschte. Und obwohl ein Kind das Letzte war, nach dem Greta sich zurzeit sehnte, wusste sie doch im tiefsten Inneren, dass Lars ein großartiger Vater wäre. Arme Caro. Warum hatte ausgerechnet sie, die mit jeder Faser ihres Leibes danach lechzte, Mutter zu werden, so einen Idioten abbekommen?

»Frank findet, ich sehe diese ganze Babysache zu verklärt. Und ich wäre mir nicht bewusst, wie zeitaufwendig so ein Kind ist.«

»Und nun sollst du ihn vom Gegenteil überzeugen? Der spinnt wohl!« Greta war ehrlich empört.

»Er findet, ich soll ihm beweisen, dass ich wirklich bereit bin für ein Kind«, schluchzte Caro auf. »Wenn jemals eine Frau bereit dafür war, Mutter zu werden, dann ich. Ich bin überreif. Um das zu wissen, brauche ich doch keine Hightech-Puppe.«

Sie ließ ihren Tränen jetzt freien Lauf. Greta nahm ihre Freundin in den Arm und wiegte sie. Zugegebenermaßen ein wenig unbeholfen. Der Muttertrieb war in ihr deutlich weniger ausgeprägt als bei Caro. Was die zu viel abbekommen hat, hatte Greta wohl zu wenig.

Als Caro sich wieder einigermaßen beruhigt hatte, berichtete sie, dass das Projekt Simulationsbaby auf drei Monate ausgelegt war. In dieser Zeit zeichnete der Computer, der in der Puppe steckte, alles auf, was sie mit Klein Emilia tat und was sie unterließ. Das Pseudobaby einfach schreien lassen, nicht rechtzeitig wickeln, nur unregelmäßig füttern, das war nicht drin. Denn das würde sie in Sachen Mutterschaft als »ungeeignet« disqualifizieren. Bestimmt tat Caro ihre Unbeherrschtheit von eben schon leid. Dass sie die Puppe so grob angefasst und Greta zugeworfen hatte, brachte bestimmt allerhand Minuspunkte auf dem Muttereignungskonto. Womöglich mit der Konsequenz, dass Frank am Ende der Testphase jegliche Fortpflanzungsmaßnahmen boykottieren würde.

»Musst du eigentlich auch nachts aufstehen?«, fragte Greta entsetzt, als Caro ein Gähnen nicht unterdrücken konnte.

»Klar.«

Und so kam heraus, dass es noch einen dritten Grund gab, warum sie das letzte Wochenendseminar versäumt hatte. Wegen Emilia. Nicht nur wegen Fabiola Obermüller. Und auch nicht wegen des Eisprungs. »Fruchtbarkeit spielt vorläufig eh keine Rolle«, stieß sie stirnrunzelnd hervor, »so lange das Projekt Emilia läuft, besteht Frank auf Verhütung.«

Am liebsten hätte Greta ihre Freundin gefragt, warum sie ihrem Doktoren-Gemahl nicht einfach die Simulationspuppe auf seinem gescheitelten Schädel zerschmetterte. Aber sie ließ es bleiben, denn wenn es um ihren Frank ging, war Caro völlig kritikunfähig. Sogar in Momenten wie diesem, wenn sie so richtig sauer auf ihn war, würde sie ihn doch verteidigen wie eine Löwin, wenn jemand es wagte, schlecht über ihn zu reden.

In diesem Moment ertönte die Türklingel und eine Stammkundin betrat den Laden. Eine von Caros anstrengendsten Heimsuchungen. Aber auch eine, die bei jedem ihrer Besuche an die tausend Euro ausgab. Das durfte man nicht vermasseln.

»Frau Michaelsen, wie schön, Sie zu sehen«, begrüßte Greta sie strahlend. Und ignorierte die beiden ungezogenen Sprösslinge, die einen rollbaren Kleiderständer voller Flanellkleider als Skateboard zweckentfremdeten: Henry und Jeremy, die Horrorzwillinge!

Frau Michaelsen, wohlhabende Bauunternehmergattin und ungekrönte Shopping-Weltmeisterin, wollte ihre Brut für den bevorstehenden Herbst ausstaffieren. Natürlich ökologisch unbedenklich, fair gehandelt und ethisch einwandfrei. Das musste schon sein. Schließlich war sie eine Lady mit Gewissen.

»Hosen, Hemden, Shirts, Jacken, Strümpfe, Unterwäsche, das volle Programm. Wir haben *ü-ber-haupt* nichts Passendes mehr im Schrank«, behauptete sie.

Greta war sicher, das Gegenteil war der Fall. Der besagte Schrank war garantiert begehbar und vollgestopft mit Klamotten, die bestimmt zum Großteil noch passten. Die Zwillingsungeheuer wurden zwar von Tag zu Tag frecher, schienen aber im vergangenen Jahr kaum gewachsen zu sein. Laut Kundenkartei hatte Frau Michaelsen das letzte Herbstoutfit für Henry und Jeremy bereits in der gleichen Größe gekauft. Dennoch nickte Greta verständnisvoll und begann, ihr ein teures Markenteil nach dem anderen zu präsentieren.

Währenddessen räumten die Zwillinge das Mützenregal aus.

Diese Biester! Sie würde später eine halbe Ewigkeit brauchen, um den Laden wieder in den Originalzustand zu versetzen.

Natürlich übersah sie die beiden Ungeheuer geflissentlich. Stattdessen konzentrierte sie sich voll darauf, Frau Michaelsen die hervorragende Merinoqualität eines flaschengrünen Pullovers anzupreisen. Oder besser gesagt konzentrierte sich Greta zu fünfundneunzig Prozent darauf. Mit den restlichen fünf Prozent beobachtete sie aus den Augenwinkeln, wie Caro sich nun doch die Tageszeitung vornahm, die sie mitgebracht hatte. Zum Glück hatte nur Greta einen freien Blick ins Hinterzimmer und nicht die Kundin, die über Caros pantomimische Darbietung bestimmt nicht schlecht gestaunt hätte: Erst blätterte sie das Blatt recht gelassen durch. Dann riss sie die Augen auf und beugte sich vor, um zu lesen. Anschließend schlug sie die Hände vors Gesicht, sprang auf, setzte sich wieder und zerknüllte dann die Zeitung, nur um sie wenig später wieder glatt zu streichen und das ganze Schauspiel zu wiederholen. Ganz offensichtlich hatte sie den Enthüllungsartikel entdeckt.

Inzwischen war bereits Ware im Wert von über vierhundert Euro neben der Kasse aufgestapelt. Das waren die Kleidungsstücke, die Frau Michaelsen auf jeden Fall mitnehmen würde. Die Zwillinge bewarfen sich gegenseitig mit Handschuhen, während Greta deren Mutter vorführte, warum die zweihundert Euro teure Multifunktionsjacke so hieß, wie sie hieß.

»Wir nehmen zwei davon«, entschied Frau Michaelsen und erkundigte sich nach Schlafanzügen. Greta beeilte sich, eine Pyjama-Auswahl herbeizuholen. Aus den Augenwinkeln sah sie, dass Caro im Hinterzimmer gerade wieder entsetzt die Hände vors Gesicht schlug. Gleich würde sie sicher erneut die Zeitung zerknüllen, doch das bekam Greta nicht mehr mit, denn ein lautes Scheppern ließ sie herumfahren. Die Monsterzwillinge hatten fünf Kaffeetassen umgeworfen.

Eure Seelentiere sind garantiert zwei Drachen, dachte Greta entnervt. Was gäbe sie darum, wenn genau jetzt eine gute Fee hereinkäme und sie sich etwas wünschen dürfte! »Übernimm meinen Job und beame mich zwölf Stunden zurück in die Vergangenheit«, würde sie ohne zu zögern sagen. Und schwupps, läge sie wieder in Lars' Armen …

Im selben Augenblick hatte es auch noch die sechste und siebte Tasse erwischt. Klirrend fielen sie zu Boden. Caro würde ein komplett neues Service kaufen müssen.

»Diese Jungs«, schmunzelte Frau Michaelsen. Offenbar fand sie das Benehmen der Horrorknaben amüsant. Oder sollte das etwa eine Art Entschuldigung sein?

»Ach, das macht doch nichts«, presste Greta hervor und rang sich ein verständnisvolles Lächeln ab. Die Scherben würde sie später aufkehren. Zum Dank hieß Frau Michaelsen sie sämtliche Schlafanzüge, die sie ihr vorgeschlagen hatte, zur Kasse zu bringen und ihr dann zu zeigen, was sie an Sportunterwäsche so dahatten. Als ob die Zwillinge Sport trieben! Diese Ungeheuer konnten sich doch nie im Leben an Regeln halten, und schon gar nicht in einem Team. Wenn, dann hieß ihre Lieblingsdisziplin garantiert Junior-Fünfkampf: Lärmen, Lügen, Fluchen, Verwüsten und Zertrümmern.

Frau Michaelsen schien überhaupt nicht mitzubekommen, was Henry und Jeremy für ein Chaos anrichteten. In aller Seelenruhe begutachtete sie die Sportunterwäsche und wählte dann für jeden der Jungs fünf Kombinationen im Wert von jeweils fünfundvierzig Euro aus. Na, das lohnte sich ja mal wieder heute!

Als Nächstes fragte die Frau mit den vielen Platin-Kreditkarten nach Hosen. Während Greta die angesagtesten und teuersten Modelle herbeitrug, ertönte das Glöckchen an der Ladentür. Philipp Mertens kam herein, nickte ihr freundlich zu und ging direkt durch das Geschäft in Richtung Hinterzimmer. Greta sah noch, dass Caro gerade wieder die eben zerknüllte Zeitung glatt strich, dann schloss Philipp die Tür hinter sich.

Noch während sie Frau Michaelsen so höflich und freundlich wie möglich in der Hosenfrage beriet, betraten zwei weitere Kunden die Boutique. Hilfe, jetzt würde es stressig! Doch die beiden signalisierten ihr zum Glück, dass sie sich erst einmal in Ruhe umschauen wollten. So konnte sie ohne Hektik den Megaeinkauf ihrer Rekordkundin abkassieren – diesmal waren es sogar weit über tausend Euro – und ihr dann mit einem durchaus ehrlich gemeinten strahlenden Lächeln die Tür aufhalten. Als diese hinter Frau Michaelsen und ihren Horrorzwillingen ins Schloss fiel, atmete Greta erst einmal auf. Dann kehrte sie rasch die Tassenscherben auf, bevor sich noch jemand daran verletzte, schob den Flanellkleiderständer an seinen Platz, räumte die Mützen notdürftig wieder ein und sammelte die herumliegenden Handschuhe auf. Das alles tat sie in so rasender Geschwindigkeit, dass sie ins Schwitzen geriet, und das trotz Klimaanlage. Garantiert ist mein Gesicht so rot wie meine Haare, dachte sie.

Dann atmete sie tief durch, trank einen Schluck Wasser und wandte sich der Kundin zu, die so aussah, als wünschte sie Beratung.

»Führen Sie buntgemusterte Strumpfhosen?«, fragte sie. »Meine Enkelin wünscht sich so eine.«

»Aber natürlich«, sagte Greta, »welche Größe trägt Ihre Enkelin denn?«

Sie legte ein Dutzend Strumpfhosen in der gewünschten Größe zur Begutachtung heraus, und während die eine Kundin hin und her überlegte, welches Design der Enkelin wohl am besten gefiel, fragte Greta die andere Dame nach ihren Wünschen. Doch die hatte schon gefunden, was sie suchte – einen niedlichen Strampelanzug in Größe 62.

In den nächsten fünf Minuten war Greta damit beschäftigt, zu kassieren und die gekaufte Ware als Geschenk zu verpacken. Gerade als sie mit dem Strampler fertig war, betrat keine Geringere als ihre Mutter den Laden und marschierte, Greta fröhlich zuwinkend, ebenfalls in Richtung Hinterzimmer.

Herr im Himmel! Die hatte gerade noch gefehlt!

Greta wandte sich der Strumpfhosendame zu, die ihre Entscheidung inzwischen ebenfalls gefällt hatte und nun bezahlen wollte. »Möchten Sie die Strumpfhose als Geschenk verpackt?«, fragte sie standardmäßig und hoffte, dass die Antwort »nein danke« lauten würde.

»Sehr gern«, sagte die Kundin stattdessen, und in diesem Augenblick glaubte Greta, aus Richtung des Hinterzimmers ein *Plopp* zu hören. Sie begann offenbar schon zu halluzinieren! Oder war das etwa wieder Emilia?

Endlich war auch die Musterstrumpfhosengroßmutter weg und sie stürmte nach hinten.

Das Bild, das sich ihr bot, hätte unerwarteter nicht sein können: Caro, Philipp und ihre Mutter strahlten Greta übermütig an. In den Händen hielten sie frisch gefüllte Sektkelche, die geöffnete Schampusflasche stand mitten auf dem Schreibtisch.

»Nimm dir auch ein Glas«, rief Caro. Sie wirkte aufgekratzt, fast euphorisch. Von Verzweiflung keine Spur mehr. Sie reichte Greta ein Glas Champagner und prostete ihr zu. Elisabeth und Philipp taten es ihr nach.

»Was ist denn hier los?«, hätte Greta gefragt, wenn es ihr nicht die Sprache verschlagen hätte. Es sah aus, als hätten die drei stark stimmungsaufhellende Drogen konsumiert, während sie mit Kinderklamottenverkaufen beschäftigt gewesen war.

»Was ist denn hier los?«, fragte stattdessen Becky, die auf einmal hinter Greta stand und einen Riesenstrauß Blumen in den Händen hielt. Doch bevor ihr jemand antworten konnte, klingelte Beckys Handy. Rasch drückte sie Greta den Strauß in die Hände, um ungestört in ihrer Handtasche wühlen zu können. Sie wird immer ganz hektisch, wenn sie einen unerwarteten Anruf bekommt. Es könnte ja etwas mit Nelly sein.

»Quandt?«, meldete Becky sich mit dem für sie typischen fragenden Tonfall. Doch dann verschwand der besorgte Zug aus ihrer Miene. Stattdessen verengte sie ihre Augen zu schmalen, gefährlich wirkenden Schlitzen. Sie presste die Lippen aufeinander und zog die Stirn in zornige Falten.

Bestimmt war das der Kotzbrocken am anderen Ende der Leitung – Paul Segers, ihr Chef. Greta wunderte sich, dass Becky überhaupt rangegangen war, wenn sie seine Nummer erkannt hatte.

Nachdem Becky ihrem Anrufer geschätzte fünf Sekunden lang zugehört hatte, unterbrach sie ihn rüde und brüllte los: »Du hast vielleicht Nerven, mich anzurufen! Du Vollpfosten! Verpiss dich, ich will nie wieder etwas von dir hören und sehen. Und mit deinem Schundblatt kannst du dir den Hintern abwischen!«

Alle starrten sie fassungslos an. Wenn Becky da eben wirklich mit dem Kotzbrocken telefoniert hatte, dann war sie jetzt ihren Job los, so viel stand fest.

Doch bei dem Anrufer handelte es sich keineswegs um ihren Chef, wie sie die anderen aufklärte. »Das war Florian Schwarz. Dieses Verräterschwein!«

»Ähm – und von dem sind wohl auch diese Blumen«, stellte Greta fest. Denn mit einem winzigen Klämmerchen war eine Karte zwischen den Blüten befestigt, auf der stand: »Für die wunderbare Rebekka, in aufrichtiger Zuneigung, Flo.«

Sollte der Wolf im Schafspelz etwa ein schlechtes Gewissen bekommen haben?

»Oh, das hatte ich noch gar nicht gesehen«, sagte Becky und errötete. Greta ahnte, warum. Höchstwahrscheinlich hatte sie ihr den Strauß einfach weiterschenken wollen, als Entschuldigung. Nun konnte sie wohl kaum so tun, als hätte sie ihn extra für ihre Freundin gekauft.

»Na ja, ich wollte die Blumen eh nicht behalten«, stammelte sie verlegen, »Nelly ist allergisch gegen verschiedene Blüten. Deshalb dachte ich, er würde sich ganz gut hier machen im *Piccolobello.*«

»Prima, danke«, strahlte Caro, »aber nun lasst euch den Sekt schmecken, ihr beiden. Wir haben etwas zu feiern.«

Beckys Gesicht war ein einziges Fragezeichen. Gretas auch.

»Wir haben heute einen neuen Umsatzrekord!«, verkündete Caro begeistert. »Zwanzig Anmeldungen für Seelenseminare, fünf Porträts mit Seelentieren und so viel Teebestellungen wie in den letzten beiden Wochen zusammen! Nicht zu vergessen die vielen Downloads bei den Rezepten in der neuen Rubrik *Seelentier-Food.*«

»Nein!«, staunte Greta.

»Doch«, bestätigte nun auch Philipp, der offenbar die Entdeckung des Tages gemacht hatte, als er mit Caro die Funktionen des Webshops durchgehen wollte.

»Wie gut, dass wir auf Philipps Rat gehört und die komplette Verpackung und Bestellabwicklung outgesourct haben«, ergänzte Caro.

»Aber das kann doch nicht wahr sein«, rief Becky immer und immer wieder. »Nicht nach diesem Mega-Verriss in der Zeitung.«

»Hab ich's nicht prophezeit?«, mischte sich Elisabeth ein. »Was ein Zeitungsfritze über die animalistische Balance schreibt, ist völlig egal. Hauptsache, er schreibt darüber. Ein bisschen Kritik tut der Sache keinen Armbruch.«

Diesmal konnte Greta ihr Lachen über den Sprachschnitzer ihrer Mutter nicht unterdrücken. Aber es ging im allgemeinen Jubel unter. Genauso wie Emilias Quengeln.

Dann schaltete Elisabeth das Radio ein und Caro schloss kurzerhand die Ladentür ab. Ins Fenster hängte sie ein Schild mit der Aufschrift »Wir haben morgen früh wieder für Sie geöffnet«.

Wenig später machte es wieder *Plopp,* und diesmal wusste Greta, dass dieses Geräusch keine Halluzination war. Sondern einfach nur die nächste Sektpulle, die gerade geöffnet wurde. Philipp schenkte allen nach und erwies sich dabei als erstklassiger Mundschenk.

»Auf Florian Schwarz«, rief er fröhlich, »der bestimmt nicht ahnt, dass sein Verriss die beste Werbung für die animalistische Balance war, die man sich nur denken kann.«

»Und auf all die esoterisch angehauchten Sinnsuchenden«, ergänzte Becky lachend, »denn sie haben offenbar nicht das geringste Gespür für Ironie.«

»Auf die Tatsache, dass Frank niemals die regionale Tagespresse anschaut, sondern immer nur Fachzeitschriften liest«, sagte Caro und erhob ihr Glas.

Niemand außer Greta beachtete die unscheinbare Sporttasche, die unter dem Schreibtisch stand und aus der leises Wimmern drang. Minuspunkte für Caro. Fragt sich nur, ob sie nach Ende des Emilia-Projektes überhaupt noch so scharf darauf war, tatsächlich ein Baby zu bekommen.

Grillen im Kopf

Eigentlich wusste Caros Schwiegermutter Elvira genau, dass die Gattin ihres Lieblingssohnes Frank Marzipaneier verabscheute. Doch das hielt sie nicht davon ab, ihr alljährlich eine Großpackung dieses Dickmachers zu schenken. »Zum Auferstehungsfeste nur das Beste«, pflegte Elvira zu sagen.

Und obwohl sich der Geschmack des österlichen Konfektes in den vergangenen Monaten bestimmt nicht verbessert hatte, war es eines Donnerstagnachmittags Anfang August so weit: Caro riss die Marzipaneierpackung auf.

Es schmeckte furchtbar. Und sie ärgerte sich über jede einzelne Kalorie. Doch sie konnte sich nicht stoppen, denn die Gier nach Zucker war stärker als ihr Wille. Sie brauchte Süßes. Dringend!

Leider waren, damit sie nicht in Versuchung geriet, keine anderen Süßigkeiten im Haus. Also blieb ihr nichts anderes übrig, als sich über die Eier herzumachen.

Noch während sie darüber nachdachte, wie unerfreulich es doch war, dass sich jeder einzelne Bissen umgehend in pures Fett verwandeln und für alle Zeiten auf ihren Hüften festsetzen würde, leerte sie nach und nach die Packung. Speckpolster ohne Genusserlebnis – was für eine Verschwendung.

Gerade als Caro das letzte Ei hinuntergewürgt hatte, begann nebenan das Gequäke aufs Neue. Emilia! Sie hatte sie doch erst vor einer halben Stunde gewickelt. Was war nun schon wieder los? Hunger, vermutlich …

Genervt schleppte Caro sich zum Gästezimmer, in dem sie seit einiger Zeit zusammen mit ihrer Plastiktochter nächtigte, um Franks Nachtschlaf nicht zu stören. Nicht, dass er sie darum gebeten hätte, so etwas würde er niemals tun. Nein, das war allein Caros Idee. Immerhin hingen von seiner Verfassung Menschenleben ab. Wenn dagegen sie unausgeschlafen war, konnte es höchstens passieren, dass sie ein Kindersweatshirt versehentlich bei der falschen Größe einsortierte. Beziehungsweise dass sie zu wenig kassierte, so wie es heute um ein Haar passiert wäre. Oder dass sie gleich nach Feierabend auf dem Sofa einschlief, nur um zwanzig Minuten später mit maßlosem Heißhunger auf Süßes zu erwachen.

Ja, Emilia raubte ihr nicht nur den Nachtschlaf, sondern auch die Selbstbeherrschung und den letzten Nerv. In dieser Reihenfolge.

»Komme ja schon, blöde Puppe«, murmelte Caro gereizt und hob Emilia aus ihrer Wiege. Lächerlich, dass sie mit einem leblosen Gegenstand sprach. Lächerlich auch, dass sie für sie ein echtes Babybettchen gekauft hatte. Noch lächerlicher, dass sie dieses ganze Simulationsprojekt überhaupt mitmachte! Doch im Vergleich dazu, was andere Frauen alles in Kauf nahmen, war das gar nichts. So viel wusste Caro als eifrige Leserin der einschlägigen Kinderwunsch-Foren im Internet. Da war von riskanten Hormonbehandlungen die Rede, von komplizierten Operationen, künstlichen Befruchtungen, monatelangem Liegen … Alles, was sie tun musste, war das, wonach sie sich sowieso sehnte: sich um ein Baby kümmern.

Aber es fühlte sich so falsch an!

Klar, dieses Hightech-Baby war so lebensecht, wie eine Simulationspuppe nur sein konnte. Emilia quengelte, sie schrie, sie hatte Hunger, wollte gewickelt werden, brauchte Zuwendung. Aber realistisch war an ihr nur das, was die Elternschaft so anstrengend machte. Was dagegen völlig fehlte, waren die Gefühle. Die Mutterliebe. Die Glückshormone!

Nicht einmal der zehrende Effekt des Stillens war ihr vergönnt. Wenn Emilia echt wäre, könnte Caro sich jeden Tag eine Nussecke gönnen oder einen Windbeutel oder einen Eisbecher mit Sahne – und würde trotzdem abnehmen! Oder zumindest nicht weiter zu.

Nein, so machte das keinen Spaß! Sie hatte keine Freude daran, das künstliche Kind zu versorgen. Sie tat es nur, damit der Chip in seinem Inneren nicht ihr Versagen dokumentierte. Denn alles, was sie falsch machte, könnte Frank später gegen sie verwenden.

Aber natürlich lächelte sie ihr Kunstbaby nicht an, wenn sie es, wie jetzt im Moment gerade, fütterte. Natürlich redete Caro nicht mit ihm, während sie es auf dem Arm wiegte, natürlich kitzelte sie seine kleinen Füßchen nicht, wenn sie es umzog. Sie ging auch nicht mit der Attrappe spazieren, und sie küsste Emilia nie. Schließlich war sie nicht irre!

Oder doch? Ihre Freundinnen zumindest hielten sie für leicht durchgeknallt, so jedenfalls deutete Caro ihre Reaktionen. Irgendwie hatten sie damit wohl nicht ganz unrecht. Ausführlich hatten erst Greta, dann Becky dargelegt, warum sie diese Wette mehr als fragwürdig fanden. Denn im Grunde lief es genau darauf hinaus: Frank hatte gegen Caro gewettet, dass ihr Emilias ständiges Plärren, der Schlafentzug und die anstrengende Säuglingspflege bald auf die Nerven gehen würden. Sie hatte dagegengehalten, dass das ja wohl eine ihrer leichtesten Übungen wäre und dass sie die drei Monate locker schaffen würde.

Drei Monate! Eine Ewigkeit. Sie hatte gerade einmal drei Wochen hinter sich und war schon am Ende ihrer Kräfte. Aber sie musste, musste, musste durchhalten! Schließlich stand ihr Lebensglück auf dem Spiel. Die Sehnsucht nach einem Baby war nicht kleiner geworden, seit die Puppe im Haus war, sondern größer! Nur eins stand fest: Sollte sie jemals eine Tochter zur Welt bringen, würde sie sie niemals Emilia nennen! Eher noch Walburga oder Kunigunde. Oder Clothilde. Alles, bloß nicht Emilia!

Caro legte ihre abgefütterte Plastiktochter wieder in die Wiege und griff nach dem Vornamenlexikon, das schon seit Jahren in ihrer Nachttischschublade lag. Emilia war bisher immer ihr persönlicher Favorit unter den Mädchennamen gewesen, aber sie hatte sich noch nie Gedanken darüber gemacht, was er eigentlich bedeutete. Sie schlug ihn nach und musste bitter auflachen, als sie las: »Emilia, lateinisch, die *Nachahmerin*«. Na, das passte ja wie die Faust aufs Auge!

Zum Glück lag die kleine *Nachahmerin* satt und zufrieden in ihrem Bettchen, als das Telefon klingelte. Was Caro nicht gebrauchen konnte, war eine plärrende Puppe, die sie in Erklärungsnot brachte.

Es war Philipp. »Ich wollte mich nur mal melden«, sagte er, »wie läuft's denn so bei euch?«

Um ein Haar hätte sie geantwortet, dass sie leider noch immer nicht schwanger sei und dass ihr das Kunststoff-Testkind, das Frank ihr untergejubelt hatte, tierisch auf die Nerven ginge. Doch dann fiel ihr zum Glück noch rechtzeitig ein, dass Philipp gewiss weder ihre Ehe noch ihre Familienplanung meinte, sondern *Sphinx*.

»Alles prima«, sagte sie. Gerade vorhin hatte sie die aktuellen Umsatzzahlen gesehen, und die waren überwältigend. Sie verdienten geradezu unanständig viel Geld! »Das mit dem Webshop war wirklich eine geniale Idee von Liz, und du hast sie perfekt umgesetzt. Dass wir auf deinen Rat hin die komplette Bestellabwicklung rausgegeben haben, ist noch genialer. Sonst würden wir jetzt garantiert am Rad drehen. Aber so was von!«

Philipp lachte fast lautlos. Trotzdem auf eine Art und Weise, die ansteckend war. Caro hatte die Zusammenarbeit mit ihm wirklich genossen, er war ein netter Typ. Witzig, direkt, unkompliziert. Fast schade, dass es nun kein gemeinsames Projekt mehr gab, denn was er für *Sphinx* tun konnte, war erledigt.

»In Zeiten, in denen das Geschäft brummt, sollte man möglichst viel draus machen, nicht erst dann in Werbung investieren, wenn der Hype nachlässt«, riet Philipp.

»Klar, ich weiß. Deshalb inserieren wir auch regelmäßig in der Tageszeitung.«

»Zu einseitig, zu altmodisch, zu regional«, fand er. »Was macht ihr in Sachen Social Media?«

Caro hatte keine Ahnung von Social Media. Ja, sie wusste nicht einmal genau, was das war.

»Nichts, vermute ich«, gab sie zu.

»Vielleicht sollten wir uns mal darüber unterhalten?«

Caro war sofort einverstanden. Ein neues Projekt zusammen mit Philipp, das würde sie aufmuntern!

»Social-Media-Maßnahmen sind ganz wichtig im modernen Marketing«, erklärte er, »du weißt schon, Facebook und so. Und Blogs. Gewinnspiele.«

Das klang spannend.

Philipp schlug für ein Treffen morgen Nachmittag vor, so

gegen halb fünf. »Zur Abwechslung vielleicht mal in meinem Büro?«

Er nannte eine Adresse, die ihr nicht unbekannt war. Offenbar arbeitete er im selben Gebäude, in dem sich die Praxis ihrer Gynäkologin befand. Sie war unzählige Male dort gewesen, diesen Weg kannte ihr Auto schon fast allein.

»Bis morgen also, ich freu mich«, verabschiedete sie sich gut gelaunt.

»Worauf freust du dich?«

Erschrocken fuhr Caro herum. Frank stand direkt hinter ihr. Dass er sich aber auch immer so anschleichen musste! Wahrscheinlich war er, wie meistens, direkt durch die Garage ins Haus gekommen und dann auf seinen Gummisohlen die Treppe hinaufgestiegen in die Wohnung.

Frank schenkte seiner Frau sein strahlendstes Lächeln: »Na, wobei habe ich dich ertappt? Du bist ja ganz schön bleich um die Nase.«

Ertappt? Das war ja lächerlich. Sie hatte mit einem Geschäftspartner telefoniert und ein Meeting vereinbart, um innovative Werbemaßnahmen zu besprechen. Das war schließlich kein Date!

»Du weißt doch, wie schreckhaft ich bin«, schnaubte Caro. »Eines Tages bleibt mir noch das Herz stehen!« Wobei momentan eher das Gegenteil der Fall war. Ihr Puls raste.

Frank schien das unglaublich lustig zu finden. »So schnell bekommt man keinen Schock, selbst ein Hasenfuß wie du nicht«, lachte er. »Und wenn, hast du ja einen Arzt im Haus. Nun sag schon, mit wem hast du dich verabredet?«

»Mit Becky«, behauptete sie spontan. Kleine Notlüge. Sie konnte ja schlecht von Philipp Mertens erzählen, ohne *Sphinx* und die animalistische Balance zu erwähnen, oder? Und dann wäre die schöne Überraschung verdorben. Dabei freute sie sich doch schon so darauf. Oh, was würde Frank Augen machen! Vielleicht sollte sie ihm das Flugticket in die Karibik zu Weihnachten schenken? Und dazu ein Foto des Luxushotels, das sie für den gemeinsamen Liebesurlaub aussuchen wollte. Ja, Weihnachten erschien ihr ideal. Dann wäre auch das Emilia-Projekt längst Geschichte und sie hätte Frank davon überzeugt, reif zu sein für die Elternschaft.

Doch zunächst einmal galt es, ihrem Mann zu zeigen, dass sie den nervigen Simulationstest glänzend bestand, dass sie gelassen und guter Dinge war und dass sie trotz Schlafmangels Nerven wie Drahtseile hatte.

»Hast du Lust auf einen Drink?«, fragte sie lässig. Alkoholische Getränke am helllichten Nachmittag waren im Hause Arnold-Braun zwar nicht an der Tagesordnung, aber Caro erschien so etwas der Inbegriff von Entspanntheit zu sein. Jedenfalls war das in einschlägigen amerikanischen Fernsehserien häufig so.

Frank, der Serien generell boykottierte, sah das anders. »Lieber einen Kaffee«, sagte er grinsend, »oder brauchst du schon Schnaps zur Beruhigung?«

»Natürlich nicht«, erwiderte Caro empört – aber nicht zu empört, denn das hätte zickig gewirkt und wäre für Frank womöglich noch der Beweis für seine Vermutung gewesen. Er sollte gar nicht erst auf die Idee kommen, sie könnte die Wette verlieren.

»Mir geht's wunderbar«, behauptete Caro, während sie ihm einen Latte macchiato zubereitete, »und Emilia war ein richtiges Wonnekind heute. Es macht so viel Spaß mit ihr, dass ich es kaum erwarten kann, endlich ein echtes Baby zu haben.« Eine Clothilde. Oder Kunigunde.

»Schön, schön«, murmelte Frank. Er hatte Milchschaum am Mundwinkel, den sie ihm am liebsten abgeküsst hätte, aber sie war zu spät. Er wischte ihn mit dem Handrücken weg.

Völlig grundlos stiegen ihr Tränen in die Augen. Wäre Emilia echt, könnte sie der postnatalen Hormonumstellung die Schuld geben, aber so war es wohl nur das vegetative Nervensystem. Wenn man es wohlwollend ausdrückte. Man könnte auch sagen, dass sie völlig überspannt war. Rasch wandte sie sich der Spülmaschine zu und räumte das saubere Geschirr aus, damit Frank nicht sah, dass sie kurz vor einem Heulanfall war. Doch sie merkte schnell, wie überflüssig diese Vorsichtsmaßnahme war. Mit den Worten »Bin dann mal unter der Dusche« deponierte er das leere Latte-macchiato-Glas in der Spüle und verschwand, ohne ihr vorher noch tief in die Augen zu schauen und zu erkennen, wie es wirklich um sie stand.

Schade eigentlich. Er hatte ihr schon lange nicht mehr richtig tief in die Augen geschaut. Manchmal hatte Caro das Gefühl, ihr Mann sah sie gar nicht wirklich. Ob er es überhaupt bemerken würde, wenn sie im Ballkleid vor ihm stünde oder im Dirndl oder in Lack und Leder?

Vielleicht sollte ich das tatsächlich eines Tages ausprobieren, dachte sie und stellte das schmutzige Glas in die nun leergeräumte Spülmaschine.

Dann fiel ihr die Verabredung mit Philipp wieder ein und ihre Laune besserte sich schlagartig. Sie rief Greta an, um zu fragen, ob sie morgen die Nachmittagsschicht im Laden übernehmen würde. Caro musste es ziemlich lange klingeln lassen, bis Greta sich endlich meldete. Sie schien außer Atem zu sein.

»Machst du gerade Sport?«, platzte Caro heraus und kam erst, nachdem sie ihre Frage ausgesprochen hatte, auf die Idee, dass dieser Sport auch intimer Natur sein konnte. Womöglich fand er im Bett statt und wurde zusammen mit einem Trainingspartner namens Lars Berger ausgeübt. Davon wollte sie lieber keine Details hören.

»Ach was«, vertrieb Greta ihre Sorge, »es sei denn, du bezeichnest Fließbandmalerei als Sportart.«

Offenbar war Greta seit Tagen schwer damit beschäftigt, wie eine Verrückte Seelentierporträts zu pinseln. Obwohl sie die Produktion so weit wie möglich rationalisiert und die Preise für die Ölbilder drastisch hatten steigen lassen, riss die Nachfrage nicht ab und Greta kam kaum hinterher. Trotzdem war sie gern bereit, Caro morgen im *Piccolobello* zu vertreten. »Dann komm ich hier wenigstens mal raus«, lachte sie. Von Social Media hatte sie übrigens ebenso wenig Ahnung wie Caro. »Ich vertraue dir da voll. Und natürlich Philipp.«

Irgendwie hatte es sich so ergeben, dass Caro bei *Sphinx* die Marketingbeauftragte war, während sich Becky um Design und Produktauswahl kümmerte und Greta neben der Malerei auch die Seminare organisierte.

»Ich bin ja mal gespannt, was er zu der Sache mit Emilia sagt.«

Wovon redete sie nun schon wieder? Gretas Gedankensprünge waren legendär, und wie so oft konnte Caro ihr mal wieder nicht folgen.

»Wer?«

»Na, Philipp. Du wirst dein Pseudobaby ja wohl mitnehmen müssen, sonst verpasst du womöglich einen Bauchkrampf oder eine volle Windel.«

Verdammt! Daran hatte sie ja noch gar nicht gedacht. Im Geiste nahm sie die Sache mit den Gedankensprüngen zurück, denn diesmal war sie selbst diejenige, die auf dem Schlauch gestanden hatte.

»Ach so«, stammelte Caro, »öhm, nein, lieber nicht, das würde sicher stören.« Und dazu führen, dass Philipp sie für völlig durchgeknallt hielt. Eigentlich mochte sie ja seinen trockenen Humor, aber sie wollte ungern zur Zielscheibe seines Spotts werden.

»Würdest du …?«, fragte Caro vorsichtig, aber Greta ahnte schon, worauf sie aus war, und wiegelte rigoros ab: »Kannst du vergessen! Lieber ertrage ich drei Stunden lang Frau Michaelsen und ihre Horrorzwillinge, als Emilia zu hüten. Und beides zugleich kann ich eh nicht – Babysitten und Klamotten verkaufen. Außerdem brächte ich es womöglich noch fertig, sie versehentlich umzubringen. Das kannst du nicht wirklich wollen.«

Nein, das wollte Caro tatsächlich nicht. Aber was nun?

»Frag doch mal Nelly. Die ist eine großartige Puppenmutter«, schlug Greta vor.

»Du bist ein Genie!«, jubelte Caro. Das war die Lösung! Gleich nach dem Gespräch rief sie bei Becky an und machte die Sache klar. Becky amüsierte sich zwar ausgiebig darüber, dass sie für ein Pseudokind einen Babysitter brauchte, aber Nelly war sofort begeistert, als sie hörte, dass sie sich um eine echte Säuglingspuppe kümmern durfte. Eine, die man richtig füttern konnte und die danach laut und deutlich aufstieß. Am liebsten hätte sie sofort ihren Job als Puppenmutter angetreten, und das wäre auch Caro nicht unrecht gewesen. Aber Frank durfte natürlich nicht mitbekommen, dass sie ihr Testobjekt in fremde Hände gab.

»Plagt dich wenigstens ein klein wenig das schlechte Gewissen, du Rabenmutter?«, neckte Greta ihre Freundin, als die sich am nächsten Tag auf den Weg zu Becky machte. Greta war überpünktlich im *Piccolobello* erschienen, froh, endlich den Pinsel einmal ruhen lassen zu dürfen.

»O nein«, beteuerte Caro, »mein Gewissen ist rein wie frisch gefallener Schnee.« Davon, dass sie in dieser Nacht von Angstschweiß gebadet erwacht war, sagte sie lieber nichts. Sie erinnerte sich ohnehin nicht mehr genau an den Alptraum, der sie gequält hatte.

»Sehr poetisch«, lachte Greta, »vor allem an einem heißen Augustwochenende.« Dann wechselte sie unvermittelt das Thema: »Ach übrigens, können wir vielleicht einfach tauschen? Eigentlich war ich ja für morgen Vormittag eingeteilt. Kannst du das nicht doch übernehmen?«

Klar konnte Caro.

Greta fiel ihr begeistert um den Hals. »Super, dann lohnt sich die Fahrt wenigstens.«

Ihr Gesicht glühte und sie hatte ihren Schmachtblick aufgesetzt. Auch wenn sie nichts weiter verraten wollte, war ihrer Freundin klar wie Kloßbrühe, was sie vorhatte.

»Den Weg zur Falkenmühle kennst du inzwischen bestimmt schon im Schlaf«, bluffte Caro. Und Greta fiel prompt darauf herein. »Genau, und wenn ich mich direkt nach Ladenschluss um sechs auf den Weg mache, komme ich rechtzeitig vor dem Abendessen an. Dann haben wir noch richtig viel vom Abend und …«, plapperte sie drauflos.

Dann unterbrach sie sich selbst und versetzte Caro einen freundschaftlichen Boxhieb. »Och menno! Du hast mich reingelegt!«

»Gute Fahrt und viel Spaß«, wünschte sie ihr lachend. Caro war in großzügiger Stimmung, und nicht einmal der Gedanke daran, dass Greta sich diesem Widerling Lars Berger an den Hals werfen würde, konnte ihre Laune trüben.

Sie schnappte sich die Sporttasche, in der sich die frisch abgefütterte und gewickelte Emilia befand, und verließ fröhlich winkend den Laden.

Es gibt Tage, an denen läuft einfach alles glatt. Dieser war so einer. Caro fand sogar auf Anhieb einen Parkplatz vor dem Haus, in dem Becky mit Nelly wohnte. Meist war dort alles belegt. Wegen diverser Läden in der Nachbarschaft und vor allem wegen des *Pilsstübchens* – so lautete der wenig geistreiche Name der Spelunke im Erdgeschoss. Die Stammgäste wohnten zwar überwiegend in diesem Viertel, pflegten aus Bequemlichkeit jedoch mit dem Auto zu kommen – und das dann stehen zu lassen, wenn sie zu viel getrunken hatten. So kam es, dass viele Fahrzeuge tagelang dort parkten, weil aus einem aufrichtig gemeinten »Ich geh nur mal eben das Auto abholen« allzu leicht ein weiterer feuchtfröhlicher Abend wurde.

Aus dem geöffneten Fenster des *Pilsstübchens* drang auch an diesem Tag der übliche abscheuliche Gestank nach abgestandenem Bier, kaltem Rauch und ungewaschenen Kerlen. Typisches Kneipenaroma. Caro bemühte sich, nicht allzu viel davon einzuatmen, und flitzte um die Hausecke. Der Eingang zur Wohnung lag an der Rückseite des uralten, etwas windschiefen Häuschens. Sie erinnerte sich an Beckys Wunsch damals, als die animalistische Balance geboren wurde. Und plötzlich hatte sie eine Vision: Beckys Traum könnte wahr werden, wenn sie weiterhin so viel Umsatz machten. Sie könnte das

Haus tatsächlich kaufen und dann in ein Schmuckstück verwandeln! Caro sah es schon vor sich, wie Becky mit Farbeimer und Pinsel auf der Leiter stand und die miefige Spelunke allmählich zu dem süßen kleinen Café machte, das ihr vorschwebte. Was ihr bisher als ein eher verschrobener Plan erschienen war, kam ihr jetzt einfach nur brillant vor. Ja, Becky war ein Typ, der unter Menschen musste. Und sie hatte einen unglaublich guten Geschmack! Sie schaffte es, einem sterilen Raum mit zwei, drei Accessoires eine Wohlfühlatmosphäre zu verleihen. Das Café würde unter Garantie traumhaft schön werden, wenn sie es einrichtete und dekorierte!

Doch bevor Caro dazu kam, Becky von ihrer Vision zu erzählen, wurde sie von Nelly überfallen, die schon ungeduldig hinter der Tür auf ihr Klingeln gewartet hatte.

»Tante Caro, Tante Caro, da bist du ja endlich!«, jubelte sie. »Wo ist die Puppe? Wo hast du Emilia versteckt?«

Lachend öffnete Caro die Sporttasche und holte die Attrappe hervor.

»Oh, ist die süß!«

»Aber auch empfindlich!«, warnte Becky, die aus der Küche kam, um ihre Freundin zu begrüßen. »Du wirst heiß ersehnt. Nelly hat Langeweile, wie immer in den Kindergartenferien. Ich habe eben schon mit ihr Kuchen gebacken. Trinkst du noch einen Kaffee mit mir?«

Da sagte Caro nicht nein! Während also Becky wieder in der Küche verschwand, um dort mit Tassen zu klappern und das Spülprogramm ihres neuen Kaffeeautomaten zu starten, begleitete sie Nelly ins Kinderzimmer, wo schon alles für Emilias Ankunft bereitstand: eine Wickelunterlage, eine Wolldecke, sogar Babypuder. Sie legte die mitgebrachten Windeln und das

Fläschchen dazu und erklärte Nelly dann ausführlich sämtliche Funktionen der Simulationspuppe.

»Echt, das kann die alles?«, staunte Nelly, als Caro ihr die Babygeräusche vorführte.

»Klar, und noch viel mehr! Sie merkt sich auch alles. Wenn man grob zu ihr ist, sie zum Beispiel schüttelt oder das Köpfchen nicht stützt, wenn man sie hochhebt. Dann wissen später alle, dass man eine schlechte Puppenmutter ist.«

Nelly legte den Kopf schief und verschränkte die Arme. Dann sprach sie mit tadelnder Stimme: »So was Dämliches darf man nie tun mit einem Baby, dann kann es sterben. Ich weiß das, ich bin nämlich eine supergute Puppenmutter!«

Und das war sie tatsächlich. Sie ging liebevoll und vorsichtig mit Emilia um, sang ihr was vor, streichelte sie, trug sie durch die Wohnung und passte auf sie auf wie auf ihren Augapfel. Im Gegensatz zu Caro litt sie offenbar kein bisschen unter einem Mangel an Glückshormonen.

In der Küche standen zwei Tassen Milchkaffee bereit. »Hm, das duftet lecker«, schwärmte Caro. »Ganz anders als der Gestank unten im *Pilsstübchen.* Widerlich! Wie umgeht der Wirt eigentlich das Rauchverbot?«

»Ganz einfach – indem er einen separaten Raucherraum hat. Der andere ist im Grunde fast immer leer, ich glaube, er benutzt ihn inoffiziell als Lager.«

Caro erzählte Becky von ihrer Vision, und die freute sich über die Begeisterung ihrer Freundin. Doch Becky glaubte nicht recht daran, dass es jemals so weit kommen würde.

»Du, das ist überhaupt nicht so unwahrscheinlich«, sagte Caro. »Heute kam Liz im *Piccolobello* vorbei, mit einem schönen Gruß von Kurt und einem Umschlag von Dr. Rosenberg, unserem Steuerberater. Darin war die Bilanz des letzten Quartals. Der Wahnsinn, sag ich dir! Dabei war der Juli noch gar nicht mit eingerechnet, und da sind die Umsätze nach Florians Zeitungsartikel ja regelrecht explodiert.«

Fast erschien es, dass Becky ein klein wenig errötete. Aber genau konnte Caro es nicht erkennen, denn sie wandte sich ab, um den Kuchen zu schneiden. Ihr Blick fiel auf einen hübschen Rosenstrauß ganz in Apricot, der auf dem Fensterbrett stand und ganz hervorragend zu den petrol gestrichenen Holzsprossenfenstern passte.

»Schöne Blumen«, sagte Caro, »hast du die von einem Verehrer?« Heute war wohl der Tag des Freundinnen-mit-ins-Blaue-Gerate-in-Verlegenheit-Bringens. Becky druckste ein bisschen herum, dann gab sie schließlich zu, dass die Rosen von Florian Schwarz waren, dem sie seine Enthüllungsstory mittlerweile halbwegs verziehen hatte. »Anfangs war ich rasend sauer auf ihn. Aber inzwischen hat er schon so oft und so formvollendet um Verzeihung gebeten, dass ich einfach nicht böse bleiben konnte. Zumal sein Artikel ja wirklich die beste Werbung für uns war, die man sich nur denken kann.«

»Und läuft da was zwischen euch beiden?« Wenn es sein musste, konnte Caro auch investigativ arbeiten.

»Was wird das, ein Verhör?«

»Na, komm schon! Wir sind doch Freundinnen. Wem solltest du von Florian erzählen, wenn nicht Greta und mir?«

Es war ein hartes Stück Arbeit, aber schließlich entlockte sie Becky, dass die sich inzwischen schon mehrmals mit Florian getroffen hatte. »Auf einen Wein und einen Schnack, mehr nicht«, wie sie behauptete. »Ich lasse ihn übrigens jedes Mal die Rechnung bezahlen. Ein bisschen muss er schon noch büßen.«

»Und die Blumen?«

»Einfach nur eine Geste der Entschuldigung. Wegen des Artikels. Ich hatte ihm erzählt, dass ich den ersten Strauß vor lauter Zorn nicht behalten hatte, darum brachte er mir einen neuen vorbei. Das ist alles ganz platonisch bei uns.«

Das konnte sie ihrer Großmutter erzählen. Caro schmunzelte vor sich hin und registrierte, dass Becky ganz verlegen wurde. Hastig redete sie weiter.

»Und er hat mit dem, was in seinem Artikel steht, ja auch vollkommen recht. Die animalistische Balance ist doch tatsächlich völliger Stuss. Keiner wüsste das besser als wir. Und eine Entschuldigung war im Grunde gar nicht nötig, denn eigentlich hat er uns ja einen Riesengefallen getan mit seiner Enthüllungsstory.«

Für Caro war es eindeutig: Sie war verknallt in Florian Schwarz. Wie ein Teenager. Das war offensichtlich. Nur Becky selbst schien davon noch nichts zu ahnen.

Ach, wie Caro ihr das Liebesglück gönnte!

Doch Becky blieb lieber beim Thema Umsatzzahlen. »Warum eigentlich hat Gretas Mutter die Bilanz bei dir im Laden vorbeigebracht? Spielt sie nur den Boten? Oder will sie etwa eine Beteiligung an unserem Gewinn?«

»I wo, nein. Sie will doch nur, dass ihr Gretakind versorgt ist. Denn Kunst sei ja bekanntlich fleischlos, hat sie mal wieder betont.«

Caro gluckste leise vor sich hin, als sie an Elisabeths neueste Sprachverdreher dachte. Und damit Becky auch etwas davon hatte, parodierte sie Elisabeths sonore und zugleich leicht überdrehte Sprechweise: »Eure animalistische Balance ist die reinste Gelddruckmaschine. Bald habt ihr Kohle bis zum Abwimmeln!«

»Okay«, lachte Becky, »wenn es dann so weit ist, dass wir Geld abwimmeln müssen, dann nehme ich Kontakt zum derzeitigen Hausbesitzer auf und mache ihm ein Angebot.«

Auf dem Weg zu Philipps Büro ging Caro Beckys scherzhaft gemeinte Antwort nicht aus dem Kopf. Sie war fast sicher, dass ihre Freundin noch gar nicht richtig begriffen hatte, wie nahe sie der Erfüllung ihrer Träume inzwischen gekommen waren. Das waren nicht mehr bloß Grillen im Kopf. Nein, mit einer verrückten Idee und unglaublich viel Arbeit hatten die drei sich ihren Zielen in Riesenschritten genähert.

Na ja, Caro eigentlich am wenigsten von allen. Sie fühlte sich weiter davon entfernt als je zuvor. Natürlich hätte ihr Anteil längst für den Luxus-Liebesurlaub gereicht. Sonne, Cocktails und prickelnde Erotik rund um die Uhr. Aber wollte ihr Mann das überhaupt? Momentan sah es ganz danach aus, als versuchte Frank mit allen Mitteln, Caro ihren Kinderwunsch auszureden. Das konnte ja im Grunde nur eines bedeuten: Er wollte mit ihr keine Familie gründen. Weil ihm inzwischen aufgegangen war, dass sie nicht die richtige Frau für ihn war. Dass sie im Grunde nicht in seiner Liga spielte und er jederzeit eine jüngere, schlankere, gebildetere Partnerin finden konnte, die Caro ersetzen würde. Alles, was er tun musste, war, seinen Ring abzulegen und entsprechende Signale auszusenden. Während sie höchstwahrscheinlich in diesem Leben nie wieder ein Prachtexemplar wie Frank abbekäme.

Ich werde einsam und kinderlos bleiben, dachte Caro bestürzt.

Zu dieser bitteren Erkenntnis kam sie just in dem Augenblick, als sie vor dem Gebäude einparkte, in dem ihre Gynäkologin ihre Praxis hatte – und Philipp Mertens sein Büro. Caro beschloss, die trüben Gedanken beiseitezuschieben. Stattdessen konzentrierte sie sich lieber auf das, was vor ihr lag.

Caro gab zu, dass sie null Ahnung von all dem hatte, was Philipp mit Social-Media-Maßnahmen meinte. Fast war es ihr peinlich, so unwissend zu sein, aber Philipp gab ihr in keinster Weise das Gefühl, dass sie sich dafür schämen müsste.

»Ich hab da eine Kurzpräsentation auf dem Laptop, anhand derer ich dir einen Überblick geben könnte. Danach hast du eine gute Basis, um zu entscheiden, ob soziale Medien für *Sphinx* interessant sind oder nicht.«

In der nächsten Viertelstunde lernte sie mehr über Unternehmenskommunikation als in dem zehnwöchigen, schweineteuren Marketing-Seminar, das sie vor der Eröffnung des *Piccolobello* besucht hatte. Danach wusste sie endlich, was es mit der vielzitierten »Interaktivität« auf sich hatte, was mit »Echtzeitkommunikation« gemeint war und wie kompliziert sich die Sache mit Datenschutz und Copyright gestalten konnte. Außerdem hatte Philipp ihr die wichtigsten sozialen Netzwerke – von MySpace und Facebook über Google+ und Twitter bis hin zu LinkedIn und Xing – mit ihren jeweiligen Vor- und Nachteilen vorgestellt.

»Puh, mir schwirrt der Kopf«, sagte Caro. Aber sie wollte trotzdem noch unbedingt wissen, was genau ein Shitstorm war. Schließlich hörte man in letzter Zeit immer öfter vom digitalen Aufstand der Massen, doch wie kam es zu solchen Empörungs-Tsunamis, die sich meist nach einiger Zeit verselbständigen, das ursprüngliche Thema verlassen und früher oder später in allgemeine Beschimpfungen münden?

»Ungeschickter Umgang mit Kunden, mangelnde Transparenz, Serviceunfreundlichkeit oder einfach nur die falsche Art, auf Kritik zu reagieren, haben schon Weltunternehmen wie McDonald's, Nestlé oder Henkel einen Shitstorm eingebracht«, erklärte Philipp. »Wenn sich die Netzgemeinde erzürnt, dann kann das bei den betreffenden Unternehmen gewaltigen Imageschaden anrichten.«

Die Vorstellung, dass Zehntausende von Social-Media-Nutzern über *Sphinx* herzogen, nachdem sie herausgefunden hatten, dass die animalistische Balance ganz einfach reinster Nonsens war, bereitete ihr Unbehagen. Sollten sie dieses Risiko wirklich eingehen?

»Darüber muss ich nachdenken«, sagte sie.

»Tu das. Ich kann dir parallel dazu ein Konzept ausarbeiten und auch kalkulieren, mit welchen Kosten ihr zu rechnen hättet beziehungsweise wie viel Arbeit auf euch zukäme, wenn ihr zum Beispiel ein Blog pflegen würdet.«

Caro nickte nachdenklich und Philipp machte sich eine entsprechende Notiz. Ausgerechnet in diesen kurzen Augenblick des Schweigens hinein meldete sich ihr Magen mit einem unüberhörbaren Knurren.

Bevor sie vor Scham im Erdboden versinken konnte, kommentierte Philipp ganz trocken: »Bin ganz deiner Meinung. Der Hunger bringt mich noch um, ich habe seit dem Frühstück nichts mehr gegessen.«

Caro ebenfalls nicht, wie ihr gerade einfiel.

»Was hältst du von Vietnamesisch?«, schlug er vor.

»Ich liebe Vietnamesisch«, strahlte sie. Nicht nur, dass es ihr schmeckte, sie konnte es auch ohne schlechtes Gewissen genießen: Gemüse, Gemüse und nochmals Gemüse, dazu ein wenig

Reis und etwas Fisch. Im Grunde das reinste Diätessen! Erfreulicherweise schmeckte es kein bisschen nach Verzicht und Erbsen- bzw. Kalorienzählerei, sondern einfach nur zum Seufzen lecker.

Zu Fuß machten sich Caro und Philipp auf den Weg zum *Saigon Orchidee,* dem angesagtesten vietnamesischen Restaurant der Stadt und dem einzigen mit Biergarten. Sie fanden einen freien Tisch, der im Schatten eines riesigen Sonnenschirmes stand. Allein schon das Lesen der Speisekarte ließ Caro das Wasser im Mund zusammenlaufen. Da klang ein Gericht verlockender als das andere! Sie entschied sich für eine Frühlingsrolle als Vorspeise. Danach wollte sie sich Zimt-Anis-Gemüse mit Reis und Seeteufelfilet aus dem Wok schmecken lassen. Philipp hatte Lust auf Reisnudelsuppe. Als Hauptgang bestellte er ein Gericht mit dem schönen Namen »Blüte der Rose«, das aus gebratenem Rindfleisch mit frischem Gemüse und Knoblauch bestand.

Zu Caros großer Überraschung gab Philipp die Bestellung für beide in fließendem Vietnamesisch auf. Der Kellner schien ihn gut zu kennen, sie scherzten und klopften einander freundschaftlich auf die Schulter.

»Dazu hast du sicher eine interessante Geschichte auf Lager«, sagte sie gespannt, »los, erzähl. Woher kannst du Vietnamesisch?«

»Da gibt's nicht viel zu erzählen. Nach dem Abi war ich einfach ein Jahr in Vietnam. Ich habe das Land auf eigene Faust erkundet, mit dem Fahrrad. Und wenn das Geld zur Neige ging, jobbte ich irgendwo. Da bleibt es nicht aus, dass man den einen oder anderen Brocken der Landessprache aufschnappt.«

Brocken? Das war ja wohl die Untertreibung des Jahres!

Caro wollte mehr wissen über diese faszinierende Reise. Vielleicht, weil sie selbst für so einen Trip viel zu feige war. Allein mit dem Rad durch Vietnam, das klang für sie nicht reizvoll, sondern verstörend und beängstigend. Aber wenn andere von ihren Abenteuern erzählten, war sie immer ganz Ohr. Und so ließ sich Philipp dazu hinreißen, eine Anekdote nach der anderen zu erzählen. Wie er einmal in Saigon all seine Papiere verlor und sie dann, kurz bevor er verzweifelte, rein zufällig wiederfand. Oder wie er mit dem Rad in den schlimmsten Regenguss aller Zeiten geriet, im Schlamm stecken blieb und bei einem Bauern Unterschlupf fand, von dem er in den darauffolgenden vier Wochen die Kunst des Reispflanzens erlernte. Sie hätte stundenlang zuhören können! Mit jeder Geschichte entfernte sich ihr Bild von Philipp mehr von dem ursprünglichen Eindruck, den er auf sie gemacht hatte. Anfangs hatte sie geglaubt, er sei einfach nur ein Nerd mit schrägem Humor. Ein Computerfuzzi, der ganz gut darin war, Onlineshops zu programmieren, aber abgesehen von seinem Job wenig zu sagen hatte. Dieses Vorurteil hatte sie bald über Bord geworfen. Philipp war in erster Linie unglaublich hilfsbereit. Völlig unaufgefordert hatte er ihnen dabei geholfen, die Bestellabwicklung zu rationalisieren. Inzwischen schätzte Caro ihn auch als inspirierenden Gesprächspartner und als Freund, der allein durch seine Anwesenheit ihre Laune hob.

Auch nachdem ihre Teller geleert und die Bäuche angenehm gefüllt waren, blieben sie noch sitzen und redeten. Der Kellner schenkte immer wieder grünen Tee nach, so dass Caro vollkommen den Überblick darüber verlor, wie viel davon sie schon getrunken hatte. Zum Glück war es nur Tee und kein Rotwein, das hätte sonst womöglich verheerende Folgen haben können.

Als irgendwann ihr Handy klingelte und sie aufs Display schaute, erschrak sie nicht zu knapp: Es war bereits halb acht! Und der Anrufer war Frank. Wahrscheinlich fragte er sich, wo sie blieb. Und warum es zu Hause nichts zu essen gab.

»Na, bist du im Babyturnen?«, foppte er seine Frau, als sie ranging. Erleichtert atmete Caro auf. Er schien sie noch nicht zu vermissen. Gleichzeitig aber fand sie es ziemlich gemein von ihm, dass er ihr schon wieder so kam. Schlimm genug, dass er sie überhaupt zu der Sache mit dem Simulationsbaby überredet hatte.

»Nicht lustig, Frank«, gab sie zurück. Nur, um dann sofort nachzuhaken: »Bist du zu Hause? Hast du schon gegessen?«

»Bin noch unterwegs, Schneckchen. Erst Fitnessstudio, dann Sauna, dann essen wir irgendwo noch eine Kleinigkeit. Es ist doch Freitag, schon vergessen?«

»Wer ist wir?«, hakte Caro nach. Sie war wenig begeistert davon, dass Frank neuerdings zweimal in der Woche seine Muskeln stählte. Das morgendliche Schwimmen schien ihm nicht mehr zu genügen. Sie verstand nicht, warum er das tat. Denn in ihren Augen sah er auch ohne Gewichtestemmen schon perfekt aus. Wohin sollte das noch führen? Höchstens doch dazu, dass die Unzulänglichkeiten ihrer eigenen Figur neben ihm noch gravierender ins Auge stachen.

»Du weißt schon, die Jungs. Doktor Werner, Doktor Leyfried und ich. Die wilden Drei«, lachte er.

»Die wilden Drei? Na toll. Okay, dann viel Spaß. Ich bin spätestens um neun zu Hause.«

Etwas grimmig beendete sie das Gespräch.

»Dein Sohn?«, fragte Philipp.

»Mein Sohn? Wie kommst du denn darauf?«, fragte Caro entgeistert. »Ich habe gar keine Kinder.«

»Na ja, du findest seine Bemerkung nicht lustig, du fragst, wann er zu Hause ist und ob er schon gegessen hat, und schließlich willst du genau wissen, mit wem er um die Häuser zieht. Das klingt in meinen Ohren zu einhundert Prozent nach Mutter-Sohn-Dialog. Sorry, wenn ich danebenliege. Sollte keine Beleidigung sein.«

Sie wurde rot. Nein, Caro fühlte sich nicht beleidigt. Nur ertappt! War das wirklich so? Sprach sie mit dem Mann, den sie mehr als alles liebte und bewunderte, als ob er ein Kind wäre? Du liebe Zeit! Etwas Abturnenderes gab es ja wohl kaum. Garantiert hatte Frank seinen Ehering längst abgenommen, und bestimmt handelte es sich bei der Sauna um eine gemischte. Er würde also nach Herzenslust Frischfleisch begutachten und Signale aussenden können.

Caro seufzte. »Lass uns das Thema wechseln, sonst bekomme ich üble Laune«, sagte sie. Nicht ahnend, dass sie in zumindest einem Punkt danebenlag: Frank legte in der Sauna keineswegs den Ehering ab. Doch die Gründe dafür würden ihr kaum gefallen: Der erste hatte mit Professor Obermüller zu tun, der bevorzugt verheiratete Mitarbeiter beförderte. Ihm gegenüber war der Ehering also ein Karriere-Katalysator. Der zweite hatte mit seiner Wirkung auf Frauen zu tun. Gegenüber jungen, attraktiven Ärztinnen, Krankenschwestern oder gar Patientinnen fungierte der Ehering als Signal, das die Botschaft »Sorry, ich bin vergeben und etwas Festes kommt nicht in Frage. Prachtexemplare wie ich sind eben selten lange frei …« transportierte. Frank wusste sich zu amüsieren – und seinen Familienstand effektiv einzusetzen. Nur zu Hause bei Caro fühlte sich sein Ehering zuweilen an wie eine Fessel. Noch gelang es ihm, dieses Gefühl zu verscheuchen, sobald es auftauchte. Immerhin hatte sich Caro von Anfang an als eine praktische Lösung erwiesen: Sie war vorzeigbar, ihm treu ergeben und hegte keinerlei Ambitionen, ihn in Sachen Karriere zu überflügeln.

Bevor es sich Caro, die von all dem nichts ahnte, anders überlegen und sich bei Philipp ausheulen konnte, klingelte ihr Handy erneut. Diesmal war es Becky.

»Ist was mit Emilia?«, fragte Caro erschrocken, bevor Becky überhaupt zu Wort kam.

»Emilia? Nein, der geht's prächtig. Sie schläft – wie auch ihre Puppenmutter. Jedenfalls *noch.* Ich werde zumindest Nelly wohl gleich wecken müssen.«

Und dann gab Becky so wortgetreu wie möglich das Telefonat wieder, wegen dem sie sich wohl oder übel gleich auf eine längere Fahrt begeben mussten.

»Wer ist ›wir‹?«, fragte Caro. Dieselbe Frage, die sie vorhin auch Frank gestellt hatte. Wenn auch in völlig anderem Zusammenhang.

»Nelly, Emilia, du und ich«, erklärte Becky. »Ich hole dich in zwanzig Minuten ab. Ist das okay?«

Es war okay. Was blieb ihr auch anderes übrig? »Allerdings bin ich nicht zu Hause. Kannst du mich am *Saigon Orchidee* auflesen?«

Sie verabredeten sich auf dem Parkplatz vor dem Restaurant.

»Bis in zwanzig Minuten also«, sagte Caro und legte kopfschüttelnd auf.

»Ist was passiert?«, fragte Philipp besorgt.

»Kann man schon sagen«, erwiderte sie kopfschüttelnd. Das war alles mal wieder so typisch! Sie hätte ihre kompletten Ersparnisse darauf verwetten sollen, dass das Drama, das sich heute ereignet hatte, unausweichlich war. Aber was nützte es, recht zu behalten? Nun musste sie es dennoch ausbaden.

Philipp ließ es sich nicht nehmen, die Rechnung für beide zu bezahlen. Er behauptete steif und fest, er habe Caro vorhin eingeladen. Sie war zu verwirrt, um zu widersprechen, also bedankte sie sich einfach mit einer stummen Umarmung.

Während sie auf dem Parkplatz standen und auf Beckys Rostlaube warteten, gingen ihr tausend Dinge durch den Kopf: Was würde da gleich auf sie zukommen? War sie der Situation gewachsen? Wie würde Nelly das Ganze verkraften?

Philipp dagegen hatte offenbar nur eine Frage: »Wer ist eigentlich Emilia?«

Weiß der Geier!

Zuerst hatte Becky den Anruf für einen Telefonstreich gehalten. Doch dann, als sie schon auflegen wollte, identifizierte ihr Gehör versteckte Botschaften. Zwischen Gewimmer, Geschniefe und Geschluchze erkannte sie ganz eindeutig »Parkplatz«, »abholen« und »Caro Bescheid sagen«. Was sie dann doch davon abhielt, das Gespräch einfach zu beenden. Hier war ein Mensch in Not. Und brauchte ihre Hilfe!

Fünf Minuten später war ihr einigermaßen klar, was passiert war. Nämlich eine mittlere Katastrophe. Mindestens. Es blieb ihr nichts anderes übrig, als das zu tun, was sie für gewöhnlich nie tun würde: Sie weckte Nelly auf.

»Ist schon Morgen?«, fragte ihre Tochter gähnend, »soll ich Emilia erst wickeln oder gleich füttern?«

Es kostete Becky all ihre mütterliche Überzeugungskraft, sie von beidem abzuhalten. »Emilia geht's prima. Aber Greta nicht. Wir müssen jetzt los zu einem Noteinsatz.«

Natürlich war Emilia mit von der Partie, da ging ihre Tochter keinerlei Kompromisse ein. »Schließlich würdest du mich ja auch nicht alleine in der Wohnung zurücklassen«, argumentierte Nelly. Also konnte sie das ihrem Puppenkind genauso wenig antun.

Endlich saßen sie in Beckys Kombi. Sie selbst am Steuer, schräg hinter ihr im Kindersitz Nelly, der sie einfach einen Jogginganzug über den Pyjama gezogen hatte. Im Arm hielt sie Emilia, in eine Decke gewickelt. Neben ihr stand die Wickeltasche mit Ersatzwindeln und einem Fläschchen. Man wusste ja nie, fand die Puppenmutter. Becky gab nach. Zumal ein schreiendes Simulationsbaby ihrer Konzentrationsfähigkeit sicher nicht zuträglich gewesen wäre. Sie fuhr ohnehin ungern bei Dämmerung und im Dunkeln, trotz Brille. Aber heute ging es nun mal nicht anders.

Auf dem Parkplatz vor dem *Saigon Orchidee* sammelten sie Caro ein. Sie sah, wie immer, bezaubernd aus in ihrer schwarzen Hose und der zitronengelben Tunika, die einen tollen Kontrast zu ihrem kurzen, schwarzen Haar bildete. Ihre honigbraunen Augen leuchteten, und ihre Wangen waren signifikant gerötet. Neben ihr stand Philipp, der Computerfuzzi, den sie vor Stunden wegen irgendwelcher Marketingideen getroffen hatte. Nun sah es ganz danach aus, als sei aus dem nüchternen Geschäftstermin ein sehr privates Date geworden, denn seine Abschiedsumarmung wirkte nicht gerade sachlich distanziert. Ebenso wenig die beiden Wangenküsschen, mit denen Caro ihn bedachte.

»Na, du?«, begrüßte sie Becky leutselig, als sie einstieg.

»Alles wunderbar«, gab die nicht ganz so munter zurück, doch wie meistens überspielte sie ihre Verstimmung mit Ironie: »Könnte gar nicht besser sein: Ich habe gerade meine fünfjährige Tochter aus dem Schlaf gerissen und fahre jetzt trotz Nachtblindheit eine gute Stunde durch die Dunkelheit, nur um mir dann einen Vortrag darüber anzuhören, dass alle Männer Schweine sind. Apropos Männer, du siehst irgendwie so erhitzt aus. Wenn ich nicht wüsste, dass du glücklich verheiratet bist, würde ich beinahe vermuten, du wärest frisch verliebt.«

Caro gluckste vor Lachen und klärte dann ihre Freundin auf, dass sie *selbstverständlich* verliebt war. In ihren Traummann

Frank. Becky zog eine Grimasse. Frank war für sie das Gegenteil eines Traumtypen. Für einen Kerl, der seine wunderbare Frau mit einer Simulationspuppe testete, die eigentlich für unreife Minderjährige konzipiert war, wären ihr spontan allerhand andere Bezeichnungen eingefallen.

»Falls du auf Philipp anspielst, der ist inzwischen ein guter Freund für mich geworden«, hob Caro zu einer ausführlichen Erklärung an. Und dann redete sie eine geschlagene Stunde über diesen Freund, der selbstverständlich weder der Grund für ihr glühendes Gesicht noch für ihre Aufgedrehtheit war. Becky erfuhr zuerst alles, was es in zehn knappen Sätzen über Social Media zu sagen gibt, und dann eine Million Details über Philipp Mertens: über seinen Humor, seine Fahrradtour durch Asien, seine Vietnamesischkenntnisse, seine brillanten Ideen und seine Großzügigkeit.

Dass auf ihrer Stirn »Hilfe, ich bin auf dem besten Weg in ein emotionales Chaos« geschrieben stand, war ihr offenbar nicht klar. Aber Becky. Und die verwirrte diese neue Entwicklung ungemein. War Caro nicht furchtbar, furchtbar, furchtbar glücklich mit ihrem Göttergatten, den sie verehrte wie einen Popstar – und der sie behandelte wie eine Dienstbotin? Hatte er sich mit Emilia etwa eine Kränkung zu viel geleistet? Oder glaubte Caro wirklich noch daran, dass sie Philipp nur »ganz gern« mochte?

Okay, Freundschaften zwischen Männern und Frauen gab es wohl tatsächlich. Ab und zu. So wie bei ihr und Florian. Im Vergleich dazu schien Caro allerdings deutlich beängstigendere Symptome aufzuweisen.

Nein, Becky war überzeugt: Caro und Philipp waren von einer »normalen Freundschaft« in etwa so weit entfernt wie sie selbst und die unnette Frau Nette – nur eben auf der anderen Seite der Skala. Die *Unnette* und Becky ignorierten einander tapfer. Seit jenem Vorfall im Bällchenbad hatten sie kein einziges Wort mehr miteinander gewechselt. Sie war ja schon dankbar, dass sie keinen neuen Kindergartenplatz suchen musste. Wahrscheinlich wäre es inzwischen dringlicher, einen Eheberater für Caro und Frank zu suchen.

Doch dieses Problem musste wohl vertagt werden. Caro und sie hatten ein viel größeres, akuteres zu lösen. Es war schon dunkel, als sie den Parkplatz erreichten, auf dem Gretas Wagen stand. Darin saß ein heulendes, in sich zusammengesunkenes Häufchen Elend. Seit geschätzten zwei Stunden kauerte sie nun schon so da und flennte sich die Seele aus dem Leib.

Becky stellte ihre Rostlaube direkt daneben ab. Dann schaute sie sich nach Nelly um. Die saß friedlich in ihrem Autositz, tief und fest schlafend, Emilia noch immer im Arm.

»Wir steigen am besten aus und reden draußen«, schlug sie vor. Caro folgte ihr. Die schniefende Greta tat es ihnen nach. Tränenüberströmt stolperte sie auf ihre beiden Retterinnen zu, um erst Caro, dann Becky und schließlich beiden zugleich in die Arme zu fallen. Nach einer gefühlten Ewigkeit löste sie sich von den beiden und ließ sich schwerfällig auf einer Bank nieder. Unauffällig wischte Becky die Tränen, die Greta auf ihrem Hals hinterlassen hatte, ab und begutachtete den Zustand ihrer Freundin. Greta sah einfach verheerend aus! Die roten Locken völlig zerzaust, die offenbar wasserlösliche Wimperntusche verlaufen, die Augen verquollen, die Nase rot vom Schneuzen, der Mund trotzig zusammengepresst. Aber das schaffte sie nur ein paar Sekunden lang, denn durch die geschwollene Nase konnte sie natürlich nicht atmen. Irgendwie erinnerte ihr Anblick schwer an den eines Karpfens, wie sie da stumm die Lippen öffnete und wieder schloss, öffnete und wieder schloss.

Erst als Caro sie fragte, was genau denn überhaupt passiert war, brach es aus ihr heraus: »Dieser Casanova! Ich wollte ihn überraschen, aber da… haa… haaaannn …«

Längere Äußerungen am Stück gelangen ihr nicht. Immer wieder unterbrach Greta sich selbst mit einem neuen Heulkrampf. Caro und Becky brauchten viel Geduld und Spucke, bis sie sich endlich zusammenreimen konnten, was wohl passiert war.

Nach Ladenschluss war Greta direkt vom *Piccolobello* aus zur Falkenmühle gefahren. Voller Vorfreude, mit klopfendem Herzen und so berauscht von ihrem Ziel, eine wilde Liebesnacht mit Lars Berger zu verbringen, dass ihr Fahrstil garantiert noch halsbrecherischer war als sonst. So kühn wie ihre Manöver hinterm Steuer war auch ihr Plan, denn sie hatte ihr Kommen nicht angekündigt. Was dann auch zum Scheitern ihrer Mission führte.

Zwar gelang die Überraschung, allerdings nicht ganz so wie beabsichtigt. Als Greta ihren Liebsten weder in den Seminarräumen noch im Speisesaal noch in seiner Privatwohnung angetroffen hatte, warf sie aus einem Impuls heraus einen Blick in die Scheune – um Lars Berger dort im Heu zu entdecken. Er machte sich mit heruntergelassenen Hosen am BH einer blutjungen Blondine mit Riesenbrüsten und Modelmaßen zu schaffen.

Welch ein Schock für Greta! Für Caro und Becky dagegen war diese Entwicklung keine Überraschung. Hatten sie nicht von Anfang an geahnt, dass das, was in Gretas Augen *wahre*

Liebe war, für den Gegelten nichts weiter bedeutete als ein belangloses Techtelmechtel? Das musste einfach in einer Katastrophe enden. Leider hatten sie recht behalten.

»Was, du hast ihn in flagranti ertappt?«, rief Caro entsetzt aus. Für eine verheiratete Frau, die auf dem besten Weg war, für einen anderen Mann Feuer zu fangen, war sie reichlich aufgebracht. Allerdings lange nicht so aufgebracht wie Greta. Becky erkannte ihre sanfte, liebenswürdige, stets auf Harmonie bedachte Freundin kaum wieder, als sich ihre Trübsal mit einem Mal in grimmige Tobsucht verwandelte. Greta begann auf dem einsamen Waldparkplatz so wild herumzubrüllen, dass Fuchs und Hase, die sich hier höchstwahrscheinlich gerade gute Nacht sagen wollten, sicher nicht schlecht staunten. Den ehemaligen Märchenprinzen Lars Berger bedachte sie dabei mit allerhand Kraftausdrücken übelster Art, die so deftig waren, dass man sie an dieser Stelle lieber nicht zitieren sollte. In jenem Moment war Becky wirklich ausgesprochen froh, dass Nelly bei geschlossener Tür im Auto saß und schlief. Doch wenn Greta weiter so zeterte und schrie, war es nur eine Frage der Zeit, bis sie wieder munter wurde.

Aber dann war es nicht Nelly, die zuerst erwachte, sondern Emilia. Das Potenzielle-Mütter-Nerv-Programm stand offenbar auf Hunger, so dass die *Nachahmerin,* wie Caro das unsägliche Simulationsbaby manchmal nannte, wie am Spieß zu schreien begann. Nelly rieb sich schlaftrunken die Augen und gähnte herzhaft, erwies sich dann aber als perfekte Puppenmutter, indem sie die Plastikheulsuse kurzerhand mit einem Fläschchen beruhigte. Diese kleine Unterbrechung hatte jedoch genügt, um Greta wieder einigermaßen zur Vernunft zu bringen. Ihr Tobsuchtsanfall war vorüber. Jetzt herrschten

Schmerz und Bitterkeit vor. »Ich kann es einfach nicht fassen«, klagte sie. »Er hat doch tatsächlich kein Klischee ausgelassen und gesagt, es wäre nicht so, wie es aussähe.«

»Nicht zu fassen«, staunte Becky, »und wie lautete seine Erklärung?«

Freudlos lachte Greta auf. Dann imitierte sie die schmierige Sprechweise des Gegelten und sagte: »Weißt du, *mein Herz,* als Intuitionscoach habe ich die Erfahrung gemacht, dass sich gerade bei jungen, noch unreifen Menschen die körperliche Inspiration als effektive Methode erweist.«

Caro war sprachlos. So viel Blödsinn in einem Satz war ihr außerhalb eines Seelenseminars noch nie untergekommen. Logisch, dass Greta danach auf dem Absatz kehrtgemacht und den Seminarhof Falkenmühle für immer verlassen hatte. Allerdings kam sie nur bis zum nächsten Parkplatz. Dort war es dann vorbei mit ihrer Selbstbeherrschung. Heulend hatte sie Becky angerufen und war nicht zu beruhigen gewesen. Tja, und hier standen sie nun.

Plötzlich begann Greta am ganzen Körper zu zittern. Zunächst vermutete Becky schon eine neue Phase der Frustbewältigung. Womöglich kam nach Heulkrampf, Wutanfall und Trauer nun der traditionelle Schüttelfrost? Aber dann kapierte sie, dass Greta einfach nur fror wie ein Schneider. Immerhin hatte es sich – typisch für den Spätsommer – seit Sonnenuntergang extrem abgekühlt. Greta trug noch immer das Spaghettiträger-Kleid von heute Mittag. Kein Wunder, dass die Kälte ihr zusetzte.

»Wir sollten uns auf den Heimweg machen«, schlug Caro vor. Entschlossen nahm sie auf dem Fahrersitz von Gretas Wagen Platz, die schlotternd auf der Beifahrerseite einstieg.

Kurz bevor die beiden davonfuhren, kurbelte Greta das Fenster herunter und rief Becky schniefend zu: »Danke fürs Kommen. Ihr habt was gut bei mir.«

»Aber gerne«, sagte Becky fast wahrheitsgemäß, »in dem Zustand am Steuer wärst du schließlich eine tickende Zeitbombe gewesen.« Was sie nicht erwähnte: Auch in psychisch stabilerem Zustand hielt sie Greta im Straßenverkehr nicht gerade für harmlos.

Während Caro die liebeskummergeplagte Greta nach Hause chauffierte, machte sich auch Becky auf den Heimweg. Froh, dass sie zurzeit keine Männergeschichten laufen hatte. So etwas brachte nichts als Chaos und Ärger. So war das schon immer gewesen. Und Nellys Erzeuger hatte allem die Krone aufgesetzt. Aber wozu überhaupt Kerle in ihr Leben lassen? In keiner Beziehung war es ihr jemals so gutgegangen wie als Single! Und jemanden zum Liebhaben hatte sie ohnehin.

Lächelnd betrachtete sie ihr kleines Sonnenscheinchen im Rückspiegel. Nelly war wieder eingeschlafen. Im Arm hielt sie jetzt nur noch die Puppenkuscheldecke. Zum Glück hatte Becky vorhin noch rechtzeitig daran gedacht, Emilia an Caro zu übergeben, damit die zu Hause nicht in Erklärungsnot kam. Ein Kind einmal nicht rechtzeitig zu wickeln, mag entschuldbar sein. Ein Kind nachts versehentlich auf einem Waldparkplatz zu vergessen, wäre dagegen unverzeihlich.

Dass Gretas Affäre mit dem schmierigen Seminarhofbesitzer nun Knall auf Fall zu Ende war, hatte für das *Sphinx*-Team Konsequenzen. Die gravierendste: Greta weigerte sich standhaft, sich auch nur in die Nähe der Falkenmühle zu begeben.

Solange sie keine andere Location fanden, fiel sie somit als Seminarleiterin aus. Was ausgesprochen bedauerlich war, denn in den letzten Wochen hatte sie die Seminare häufig allein geleitet. Die Arbeit mit der animalistischen Balance wurde immer mehr, und so hatten die Freundinnen bald damit aufgehört, zu dritt in der Falkenmühle aufzulaufen. Eine von ihnen im Wallegewand genügte dort vollauf. Und da Greta anfangs so versessen darauf gewesen war, möglichst viel Zeit im Dunstkreis des Gegelten zu verbringen, hatte sie diese Aufgabe öfter übernommen als Caro und Becky. Damit war es nun leider vorbei. Von nun an hatte Becky kein einziges freies Wochenende mehr. Entweder verfrachtete sie Nelly zu ihrem Erzeuger und verbrachte ihre kostbare Zeit in der Falkenmühle, wo sie überwachte, wie harmlose Erwachsene tüchtig brüllten und wieherten, blökten und zischten, krächzten und summten, dass es eine wahre Freude war. Oder aber Caro übernahm dies, während Becky und Nelly dann Emilia-Dienst hatten. Natürlich konnte man eine dermaßen verantwortungsvolle Aufgabe keiner Fünfjährigen allein überlassen. Denn auch die beste Puppenmutter war zuweilen auf Kindergeburtstagen eingeladen, musste zum Schwimmkurs oder hatte schlicht und ergreifend mehr Lust dazu, draußen in der Spätsommersonne herumzutoben. So kam es also, dass Becky, die über dieses dämliche Pseudo-Säuglingsprojekt am lautesten gelacht und gelästert hatte, am Ende dastand und die *Nachahmerin* wickelte, fütterte und in den Armen wiegte. Wenn sie die Wahl hatte, war ihr ein *Sphinx*-Seelenseminar aber eindeutig lieber als das Puppensitting!

Frank, der von all dem nichts ahnte, wunderte sich nicht einmal, dass seine Frau so viele Wochenenden außer Haus verbrachte, und das auch noch mit Emilia im Schlepptau. Was wiederum Becky merkwürdig erschien. Sie fühlte sich in ihrem grundsätzlichen Argwohn ihm gegenüber bestätigt: War Frank etwa froh, daheim freie Bahn zu haben?

Caro dagegen wiegelte jede Andeutung, ihr Ehemann könnte ihr untreu sein, kategorisch ab. »Es gibt keinen Grund, misstrauisch zu sein. Weder für mich noch für ihn. Ich habe ihm erzählt, dass ich eine Rhetorik-Ausbildung mache, die über mehrere Wochen geht und mich langsam, aber sicher zur Megaverkäuferin macht. Genial, oder? Das erklärt nicht nur, warum ich so oft unterwegs bin, sondern auch, wo demnächst das viele Geld herkommt für unsere romantische Südseereise.«

Ja, Caro war durchaus manchmal recht raffiniert. Aber zugleich doch auch beängstigend naiv. Becky wartete auf den Tag, an dem sie heulend und zähneklappernd anrufen würde, weil sie ihren Frank mit einer jungen, blonden, schlanken Lernschwester im Bett erwischt hatte. Ihr graute schon jetzt davor. Der nächste Liebeskummer war quasi vorprogrammiert.

Caro und Greta können wirklich froh sein, dass ich glücklicher Single bin, dachte sie. Frei, ledig, ungebunden. Sie würde ihre Freundinnen unter Garantie nie mit so einem Gefühlstheater belästigen!

Manchmal genoss Becky das Alleinsein sehr. So auch an jenem Samstag, als sie nach Ende eines Freitag-auf-Samstag-Seelenseminars am späten Nachmittag über die Autobahn nach Hause bretterte. Schaudernd dachte sie an all das Geblöke, Gewieher, Gezische und Gejaule zurück, das die Sinnsuchenden diesmal von sich gegeben hatten. Mittlerweile ging ihr die Biokommunikation gehörig auf den Sender. Zum Glück war ihr die Seelentier-Scharade als neuestes Seminarelement eingefallen. Dabei sollten die Teilnehmer ihre Ängste, Wünsche und Träume pantomimisch – sprich: schweigend! – darstellen. Natürlich indem sie dabei versuchten, sich wie ihr schwaches Seelentier zu bewegen. Die Handlungsreisende, die schlängelnd versucht hatte, ihren Traum von einer Nordkap-Kreuzfahrt darzustellen, hatte sie fast um ihre Selbstbeherrschung gebracht. Getoppt wurde diese Darbietung nur noch von dem Heilpraktiker, der sein Pferd stärken und zugleich zum Ausdruck bringen wollte, dass er sich danach sehnte, endlich eine Familie zu gründen.

Im Autoradio lief »Carry on« von J. J. Cale, eins von Beckys liebsten On-the-Road-Stücken. Nur bei Stau machte es sie schier wahnsinnig. Aber die Straßen waren frei, die Sonne schien, alles war wunderbar.

Nelly würde bis morgen Nachmittag bei ihrem Erzeuger bleiben, der versprochen hatte, eine Gartenparty für sie auszurichten. Als kleine Wiedergutmachung dafür, dass er ihren Geburtstag vergessen hatte.

Becky hatte also einen Samstagabend ganz für sich allein und konnte tun und lassen, was sie wollte. Herrlich!

Aber was wollte sie eigentlich? Vorfreudig überlegte sie, welche wundervollen Möglichkeiten ihr offenstanden. Sie könnte beispielsweise einen Wellnessabend machen. Baden, Körperpeeling, Gesichtsmaske, Nägel lackieren, Entspannungsmusik hören. Oder sie könnte ins Kino gehen. Den neuen Film mit Meryl Streep, ihrer Lieblingsschauspielerin, hatte sie noch nicht gesehen. Oder sie könnte einfach lesen. Einen blutrünstigen Krimi. Oder einen skurrilen Roman mit jenem schrägen finnischen Humor, den sie so liebte.

Wofür würde sich wohl eine Bree entscheiden? Oder eine Susan? Oder eine Lynette?

Als Becky nach Hause kam, sah sie als Erstes, dass der Anrufbeantworter blinkte. Das Muttertier in ihr fürchtete sofort, dass irgendetwas mit Nelly passiert sein könnte. Was natürlich völliger Unsinn war, denn dann hätte man sie ja auf dem Handy jederzeit erreichen können.

Sofort stürzte sie also hin und drückte die Wiedergabetaste. »Hey, Becky«, hörte sie eine gutgelaunte Männerstimme sagen, »falls du heute – es ist übrigens Samstag, gegen drei Uhr nachmittags – noch Zeit und Lust auf ein Glas Wein hast: Ich könnte dich später abholen. Im *Kokolores* gibt es Livemusik, da spielt eine schottische Indie-Band. Meld dich einfach, wenn dir danach ist.«

Florian. Wie nett von ihm!

Becky freute sich sehr darauf, ihn zu treffen. Seinen Schurkenstreich, die Enthüllungsstory, hatte sie ihm inzwischen so gut wie verziehen. Schließlich hielt sie die animalistische Balance ja selbst für den größten Humbug aller Zeiten. Außerdem hatte er ihr als Entschuldigung gleich zwei umwerfende Blumensträuße geschickt. Ja, und nicht zuletzt hatte sein Artikel die *Sphinx*-Umsatzzahlen mehr als verdoppelt. Wie hätte sie ihm also noch länger böse sein sollen?

Sie rief Florian zurück und teilte ihm mit, er habe großes Glück: Sie hatte sowohl Zeit als auch große Lust auf Wein und Livemusik. Sie verabredeten, dass er Becky gegen sieben abholen würde. Ihr blieben also noch zweieinhalb Stunden, um rasch unter die Dusche zu springen, etwas anderes als das lächerliche *Sphinx*-Wallegewand anzuziehen und vielleicht noch eine halbe Stunde zu entspannen.

War eine platonische Freundschaft nicht etwas herrlich Unkompliziertes? Becky musste sich keinerlei Gedanken darüber machen, ob ihr Hintern in der Jeans, die sie anziehen wollte, gut zur Geltung kam. Hauptsache, die Hose war bequem. Es spielte auch keine Rolle, ob ihr Lippenstift wirklich kussecht war oder ob die Unterwäsche, die sie trug, im Ernstfall peinlich oder aufreizend wirkte. Alles, was sie tun musste, war, ihrem verschwitzten Leib ein bisschen heißes Wasser und Duschgel zu gönnen und dann … Aber das war leichter gesagt als getan. Beckys schöner Plan scheiterte schon an Schritt eins. Genauer gesagt beim Stichwort »heißes Wasser«. Was da nämlich aus ihrer Brause kam, fühlte sich im ersten Moment bestenfalls lauwarm an. Und statt dann sekündlich wärmer zu werden, geschah das genaue Gegenteil. Mit einem spitzen Schrei hüpfte sie zur Seite, um dem eisigen Wasserstrahl auszuweichen, und rutschte dabei fast auf der glitschigen Sanitär-Keramik aus. Nie fühlte sie sich mehr wie eine Susan als in diesem Moment. Dann versuchte sie hektisch, die Temperatur zu regulieren. Aber was sie auch tat, es blieb kalt. Eiskalt!

Weiß der Geier, was da los ist, dachte sie grimmig! Dann seufzte sie und drehte den Wasserstrahl ab. Nach einer kalten Dusche stand ihr nun wirklich nicht der Sinn! Auch wenn das angeblich gut für die Venen ist und fürs Immunsystem und für die Haut und was sonst noch alles: Rebekka Quandt war eine bekennende Warmduscherin! In diesem Moment allerdings war sie leider eine nicht praktizierende Warmduscherin … Zitternd vor Kälte verließ sie die Duschkabine und hüllte sich in ihren Bademantel. Was für ein Mist! Nun war sie noch immer verschwitzt, gleichzeitig aber nass und durchgefroren. Eine reichlich unangenehme Kombination, nicht zu empfehlen.

Vor sich hin fluchend schlurfte Becky ins Arbeitszimmer und wälzte dort zuerst ihr Adressbüchlein, dann den Ordner mit der Aufschrift »Wohnung, Auto, Versicherungen«. Vielleicht war es keine besonders gute Idee gewesen, all diese Unterlagen in einem einzigen Ordner abzulegen und das auch noch unsortiert, aber schließlich fand sie, was sie suchte: ihren Mietvertrag. Inklusive der Telefonnummer ihres Vermieters, eines älteren Herrn namens Frobenius. Ein komischer Kauz, soweit sie sich erinnerte. Sie war ihm nur ein einziges Mal begegnet, nämlich anlässlich der Unterzeichnung des Mietvertrages. Seither hatten sie ausschließlich schriftlich kommuniziert, und das auch noch einseitig. Einmal im Jahr schickte er die Nebenkostenabrechnung, und meistens bekam Becky sogar eine Rückzahlung. Der einzige Vorteil der Spelunke im Erdgeschoss war nämlich, dass die quasi für sie mitheizten. Dafür bekam sie auch einiges von der Geräuschkulisse des Ladens mit. Mittlerweile hatte sie sich sogar schon fast daran gewöhnt.

Becky wählte die Telefonnummer und erreichte … nur den Anrufbeantworter.

War ja nicht anders zu erwarten gewesen. Immerhin war es Samstagnachmittag. Sie wartete den obligatorischen Piepton ab, dann beschrieb sie ihr Anliegen. So freundlich und sachlich wie möglich, aber nicht ohne durchklingen zu lassen, wie drastisch das Problem war, besser gesagt, wie dringend sie eine Lösung erwartete. Viel Hoffnung darauf, vor Montag zurückgerufen zu werden, hatte sie allerdings nicht.

Danach stand sie, das Telefon noch immer in der Hand, eine Weile unschlüssig in der Küche herum. Was nun? Ich könnte rasch zu Greta fahren und sie fragen, ob ich bei ihr duschen darf, dachte sie. Dann verwarf sie diese Idee gleich wieder als zu umständlich. Sie könnte all ihren Mut zusammennehmen und ausnahmsweise doch kalt duschen. Doch auch für diesen Gedanken konnte sie sich nicht begeistern. Zu grausam. Mit diesem Eiswasser würde sie höchstens eine kurze Katzenwäsche ertragen. Statt die Haare zu waschen, könnte sie einen Pferdeschwanz machen, das ging notfalls immer. Für ein Date war diese Variante zwar suboptimal, aber bei der Verabredung mit Florian handelte es sich schließlich nicht um ein Date, jedenfalls kein richtiges. Eher eine Art Treffen. Ein Treffen unter Kumpeln.

Becky beschloss, sich zuerst ein wenig aufzumuntern, bevor sie die kalte Notwaschung vornahm. Mit etwas Tröstlichem, Leckerem. Ein Blick in den Kühlschrank gab jedoch wenig Anlass zur Freude. Außer ein paar Scheiben Käse, einer Zitrone, etwas Toastbrot und Marmelade war nichts darin zu finden. Sie hatte eigentlich vorgehabt, an diesem Nachmittag noch einkaufen zu gehen. Aber ungeduscht? Sie würde das wohl auf Montag verschieben. Heute Abend ging sie eh aus. Im *Kokolores* gab es zum Glück nicht nur Wein und Musik, sondern auch leckere Flammkuchen und Salate. Morgen früh würde sie mit Marmeladentoast vorliebnehmen, mittags dann mit Käsetoast, und gegen Abend, wenn sie Nelly abgeholt hatte, wollte sie für sie beide etwas Schnelles aus der Tiefkühltruhe machen. Hatte sie darin wenigstens noch genug Essbares? Sie schaute nach und entdeckte neben Fischstäbchen, Pizza und Spinat auch eine Großpackung Himbeereis. Genau das Richtige als Trostfutter. Wenn schon kalt, dann von innen. Und mit viel Zucker!

Becky machte es sich damit auf ihrem winzigen Balkon gemütlich und genoss die Spätsommersonne. Ihre wärmenden Strahlen und das köstliche Eis stimmten sie versöhnlich. War doch alles halb so schlimm. Den schönen Abend mit Florian, einem guten Glas Rotwein und Livemusik im *Kokolores* würde sie sich von einer defekten Dusche gewiss nicht verderben lassen!

Ehe sie sich versah, war die ganze Packung leer und Becky hatte das Gefühl, einen Gletscher verschluckt zu haben. Ihr Magen wehrte sich dagegen und ziepte gewaltig. Aber da musste er jetzt wohl durch.

Gerade, als sie die leere Himbeereispackung entsorgte, klingelte es an der Haustür. Ein Blick auf die Uhr sagte ihr, dass es erst halb sechs war. Wollte Florian nicht erst gegen sieben kommen? Nun war sie noch nicht einmal angezogen!

Hastig zog sie den Gürtel ihres Bademantels fester zu, bevor sie mit den Worten »Du bist aber früh!« die Wohnungstür aufriss.

»Du hast doch einen Notruf abgesetzt«, sagte ein ihr völlig unbekannter, sympathisch lächelnder Mittdreißiger. Er trug einen Blaumann und war mit einem irre großen Werkzeugkoffer bewaffnet.

Mike Delfino?

Ach nein – der Heizungsmonteur.

Nun, da sie einander schon geduzt hatten, beließ sie es einfach dabei und bat ihn herein.

»Ich bin Bastian«, stellte Nicht-Mike sich vor, »ich schau mir am besten erst mal die Dusche an.«

»Becky, angenehm«, antwortete sie und zeigte ihm den Weg. »Hätte kaum noch zu hoffen gewagt, dass mein Vermieter jetzt am Wochenende noch einen Handwerker auftreibt.« Und dazu noch so einen gutaussehenden.

»Es war auch purer Zufall, dass ich den Anruf noch gehört

habe, ich war schon fast zur Tür raus«, gab Bastian zurück, während er prüfend die Hand unter den Wasserstrahl hielt.

»Eiskalt«, lautete seine Diagnose.

Na großartig. Das war ihr auch schon aufgefallen. Wenn Pseudo-Mike nicht mehr draufhatte, sah es schlecht aus für Beckys Körperhygiene.

»Der Heizkessel steht im Keller?«, fragte Bastian.

Aha. Offenbar hatte er zumindest eine gewisse Ahnung, was zu tun war. Sie gab ihm den Schlüssel und schickte ihn auf Erkundungstour. Eine Viertelstunde später stand er wieder vor Beckys Wohnungstür. »Jetzt müsste es funktionieren. War nur eine Kleinigkeit, aber mit großer Wirkung.«

»Prima!«, freute sie sich, »das heißt, ich kann jetzt duschen?«

»Ich würde an deiner Stelle noch zwanzig Minuten warten, bis das Wasser wieder aufgeheizt ist. Wenn es dir nichts ausmacht, leiste ich dir noch einen Moment Gesellschaft, um nachher zu checken, ob es auch wirklich funktioniert.«

Sehr gewissenhaft, der Herr Monteur. Genau wie Mike Delfino. Das gefiel ihr.

»Klar, gerne. Magst du einen Kaffee?«

»Dem Angebot kann ich nicht widerstehen, sehr gern!«, sagte Bastian lächelnd und fuhr sich mit der Hand durch seine rötlich blonden Locken, so dass sie anschließend verwuschelt in alle Richtungen abstanden. Er hatte wirklich ein ausgesprochen herzliches Lächeln und, wie ihr jetzt erst auffiel, beeindruckend muskulöse Arme.

»Blond und süß«, sagte er unvermittelt, und für den Bruchteil einer Sekunde dachte Becky, er meinte sie. Dann deutete er auf den Kaffee, der gerade durchgelaufen war, und erklärte: »Du weißt schon, mit Milch und Zucker. Blond und süß eben.«

»Ach so, haha, ja, genau. So trinke ich meinen auch«, überspielte sie die Situation. Hoffentlich konnte Bastian keine Gedanken lesen. Dass sie eben seine Armmuskulatur begutachtet und geglaubt hatte, er mache ihr ein Kompliment, hätte ihn sicher an ihrem Verstand zweifeln lassen.

Sie reichte ihm den gezuckerten Milchkaffee und wechselte schnell das Thema. »Eigentlich wundert es mich, dass all die Jahre, in denen ich schon hier wohne, noch keine größere Reparatur angefallen ist. Das Haus müsste dringend von Grund auf renoviert werden.«

»Echt? Findest du?«, fragte Bastian interessiert.

»Klar. Die Fenster sind undicht, der Keller ist feucht, auf dem Dachboden hausen so viele Tauben, dass man guten Gewissens keine Wäsche zum Trocknen aufhängen kann, und die elektrischen Leitungen scheinen auch nicht mehr die neuesten zu sein. Ständig fliegt eine Sicherung raus.«

»Das klingt ja nicht gerade nach Wohnkomfort«, kommentierte Bastian mit einem schiefen Grinsen. »Warum suchst du nicht einfach eine andere Wohnung?«

»Weil ich mich hier wohl fühle. Das ist ein ganz zauberhaftes Häuschen. Eigentlich. Am liebsten würde ich es kaufen und selbst renovieren. Beziehungsweise renovieren lassen. Nimmst du noch Aufträge entgegen?«

Bastian lachte: »Klar tu ich das. Aber warum willst du es denn kaufen? Mieten ist doch viel billiger.«

Und so kam es, dass Becky einem wildfremden Handwerker, nur weil er aussah, als sei er einer ihrer Lieblingsserien entsprungen, bei der allerersten Begegnung von ihrem großen Traum erzählte. Davon, dem Spelunkenwirt zu kündigen, ein entzückendes kleines Café zu eröffnen und das Häuschen ganz nach ihren Vorstellungen zu sanieren, zu renovieren und zu dekorieren. Sie hatte schon sehr genaue Pläne. Sogar die Farbe des Außenanstrichs hatte sie sich überlegt: ein gebrochenes Grau mit einem leichten Stich ins Taubenblaue. Und die Fensterumrandungen in Cremeweiß.

»Klingt sehr gut«, fand Bastian. »Übrigens sind mir neulich ein paar Insider-Informationen zu Ohren gekommen, die dich interessieren dürften.«

Was Becky dann erfuhr, ließ ihren Blutdruck steigen und ihre Hände feucht werden.

»Bist du sicher?«, fragte sie eifrig, »will Herr Frobenius wirklich verkaufen?«

»Soweit ich gehört habe, ja. Am liebsten baldmöglichst. Ich weiß nicht, ob es schon Interessenten gibt, aber wenn du ein Preisangebot abgibst, bevor er den Makler beauftragt, sparst du sogar noch die Provision.«

Becky war ganz aufgeregt und nahm sich vor, gleich am Montag Kontakt mit diesem Herrn Frobenius aufzunehmen. Und natürlich vorher ihre finanzielle Situation genau zu checken. Caro, Greta und sie hatten in den letzten Monaten unglaublich viel verdient, aber auch allerhand Steuern gezahlt. Was genau übrig geblieben war und wie viel davon ihr zustand, wusste sie gar nicht so genau.

Bastian hatte seinen süßen und blonden Kaffee ausgetrunken. »Wollen wir mal schauen, ob das Wasser jetzt warm ist«, sagte er und ging hinüber ins Badezimmer, um die Probe aufs Exempel zu machen. »Heiß!«, verkündete er wenig später. Becky wäre ihm am liebsten um den Hals gefallen, aber das hätte er womöglich als Belästigung am Arbeitsplatz aufgefasst. Zumal sie noch immer nichts als den Bademantel trug.

»Super, vielen, vielen Dank!«, sagte sie. »Für alles. Auch für den Tipp.«

»Aber gerne doch.« Wieder fuhr er sich mit der Hand durch die wuscheligen Haare und lächelte. Eine Geste, die Becky über alle Maßen gefiel. So lässig und maskulin, und doch so jungenhaft und verletzlich. Hach!

Als sie wenig später unter der heißen Dusche stand und ihre Haare einschamponierte, ging ihr dieser Anblick nicht aus dem Kopf. War sie tatsächlich noch eben eine glühende Verfechterin des Singledaseins gewesen? In diesem Moment kamen ihr erste Zweifel daran, dass das Alleinsein wirklich so das Gelbe vom Ei war.

Dann musste sie sich doch noch sputen, um rechtzeitig fertig zu werden, bevor Florian sie abholte. Im Eiltempo trocknete sie sich ab, föhnte ihre schulterlangen blonden Haare an und zog Jeans und Sweater über. Genau das richtige Outfit für einen Kumpelabend. Andererseits wusste man ja nie, wen man im *Kokolores* vielleicht noch so traf. Zur Sicherheit tuschte sie also die Wimpern und legte etwas Lippenstift auf. Sah schon gleich viel femininer aus.

Sie war gerade dabei, in ihre uralten, aber heiß geliebten Cowboystiefel zu schlüpfen, als Florian klingelte.

»Gut siehst du aus«, kommentierte er ihre kosmetischen Bemühungen. Dass ihm das aufgefallen war, wunderte sie.

»Man tut, was man kann«, grinste sie. Dann schnappte sie sich ihre Wildlederjacke und eine Handtasche. »Wir können.«

Dass Becky an diesem Abend so aufgedreht war, lag nicht an der Musik. Obwohl die schottische Indie-Band durchaus Laune machte. Die Stücke waren rhythmisch und flott und animierten zum Mitgrölen. Aber wahrscheinlich wäre sie auch aufgekratzt gewesen, wenn ein Requiem aufgeführt worden wäre. Daran hatte Bastians Insider-Info über den geplanten Verkauf »ihres« Hauses die Hauptschuld. Eine Teilschuld gab sie aber auch seinen Wuschelhaaren, seinen Oberarmen und seinem Lächeln.

Florian neckte sie: »Die Überdosis Biokommunikation scheint dir nicht bekommen zu sein. Welche Seelentiere mussten diesmal mit Gewieher und Geflöte gestärkt werden?«

»Ach, du …«, lachte sie und boxte ihm freundschaftlich in die Seite. »An das *Sphinx*-Seminar habe ich schon gar nicht mehr gedacht.« Und dann erzählte sie ihm von den Ereignissen des Nachmittags. Von der Eiswasserdusche bis zu der Neuigkeit, dass sie vielleicht die Chance hatte, ihren Traum vom eigenen Café im eigenen Haus wahrzumachen.

»Angeblich will Herr Frobenius verkaufen. Ich muss mich gleich am Montag mit ihm in Verbindung setzen.«

»Frobenius? Dem Frobenius gehört diese Immobilie?«, horchte Florian interessiert auf. »Du, den kenn ich. Ziemlich gut sogar. Wenn du willst, übernehme ich die Preisverhandlungen für dich. Der ist mir nämlich noch was schuldig. Ich kann ihn bestimmt runterhandeln.«

Dass Florian den alten Frobenius kannte, überraschte Becky zwar, wunderte sie aber nicht wirklich. Als Journalist kannte er eben Gott und die Welt.

»Das würdest du tun? Cool!« Sie war hellauf begeistert.

»Klar, das ist doch keine große Sache.«

»Und wenn schon«, grinste Becky, »du solltest froh sein, mir einen Gefallen tun zu können. Dass ich nach deinem Artikel überhaupt noch mit dir rede, ist nämlich nicht selbstverständlich.«

»Hatten wir nicht vereinbart, über diesen Enthüllungsbericht kein Wort mehr zu verlieren?«, erinnerte Florian.

»Das hättest du wohl gerne«, widersprach Becky mit gespielter Strenge. »Wenn's nach mir ginge, solltest du noch eine ganze Weile für deine Missetat büßen!«

»Okay, okay«, lachte Florian. »Mal sehen, was mir da einfällt. Wie wäre es für den Anfang mit einem weiteren Glas Wein?«

Es blieb nicht bei diesem einen Wein. Drei Gläser später, lange nach Mitternacht, verließen die beiden zusammen das *Kokolores.* Arm in Arm, aber nur, um sich gegenseitig zu stützen.

»Ich kann unmöglich noch fahren«, stellte Florian fest.

»Darfst du auch nicht«, nickte Becky so heftig, dass ihr fast schwindelig wurde. Am besten würde sie wohl ein Taxi rufen. Aber Florian war ein Gentleman, also ließ er es sich nicht nehmen, sie nach Hause zu bringen. Zu Fuß.

Es war eine sternenklare Nacht, wolkenlos und kühl. So war es wirklich gut, dass er seinen Arm um sie legte, denn das wärmte wenigstens etwas.

Im Nachhinein erinnerte Becky sich nicht mehr so genau daran, welchen Weg sie genommen hatten. Wahrscheinlich einen gewaltigen Umweg, denn sie waren durch den Stadtpark gekommen, so viel wusste sie noch, und der lag nicht gerade auf ihrem üblichen Heimweg. Alles andere waberte irgendwo verschwommen im Dunkel ihres getrübten Gedächtnisses.

Woran sie sich allerdings sehr genau erinnerte, war der verstörende Moment, in dem Florian sie vor der Haustür zum Abschied küsste. Und damit war kein Wangenbussi gemeint. Auch kein Schmatzer, wie sie ihn Nelly als Gutenachtkuss gab. Sondern ein mindestens fünfminütiger heißer Kuss mit allem, inklusive Fummeln.

Wie konnten wir nur? Das hätte nicht passieren dürfen, dachte Becky, als sie wenig später im Bett lag. Allein, zum Glück. Wenigstens hatte sie Florian nicht noch mit hineingebeten. Oder besser gesagt: Sie hatte es getan, aber er war standhaft geblieben und hatte erwidert, dass das vielleicht keine gute Idee sei.

Was war bloß in sie gefahren? Knutschten echte Kumpel etwa miteinander? Begrapschten sie sich gegenseitig? Machten sie dabei unanständige Bemerkungen über Form und Beschaffenheit ihrer Gesäße? War das vielleicht die angemessene Art und Weise, einem Freund endgültig zu vergeben?

Verdammt! Sie hatte es verpatzt. Ich blöde, hormongesteuerte Kuh, schalt sie sich selbst. War es das jetzt mit der platonischen Beziehung? Hoffentlich nicht. Sie hatte sich gerade daran gewöhnt und würde ungern darauf verzichten. Was tun, um die Freundschaft zu retten? Am besten würde sie wohl bei ihrer nächsten Begegnung so tun, als erinnerte sie sich an nichts. Ja, das war ein guter Plan. Wenn Becky diesen Kuss nicht mehr erwähnte, würde Florian es bestimmt auch nicht tun.

Andererseits war es ein verdammt guter Kuss gewesen. Keiner von denen, die man einfach so vergaß. Besser, viel besser sogar, als jeder der Küsse, die sie je mit Nellys Erzeuger getauscht hatte.

Ach, ach, ach. Warum musste das Leben immer so schwierig werden, wenn Männer ins Spiel kamen?

Becky fragte sich, was wohl passiert wäre, wenn Florian ihren Vorschlag befolgt hätte und mit hereingekommen wäre. Lägen sie dann jetzt hier zusammen in ihrem Bett, ineinander verschlungen wie zwei Ringer und keuchend wie altersschwache Dampflokomotiven?

Stopp! Themenwechsel! Sie musste sofort aufhören, darüber nachzudenken.

Energisch warf sie sich auf die andere Seite. Schließlich gab es wichtigere Themen als Küsse und Triebe. Ihre berufliche Perspektive zum Beispiel. Sie war zum Greifen nah, ihre Zukunft als Inhaberin eines schicken Szenecafés. Ach, wäre das nicht zu schön, um wahr zu sein?

Sie fragte sich, was Florian wohl bei Herrn Frobenius für sie erreichen konnte. Würde es ihm wirklich gelingen, den Preis herunterzuhandeln? Wie viel war das Häuschen wohl wert? Es war nicht besonders groß, außerdem ziemlich alt und sanierungsbedürftig. Hatte sie wirklich genug Kapital dafür? Auch für die Renovierung? Und die Umgestaltung der Kneipe in ein Café?

Vielleicht könnte Bastian mit den tollen Oberarmen mir einen Kostenvoranschlag machen, überlegte sie. Doch dann wurde ihr klar, dass sie weder seine Telefonnummer kannte noch seinen Nachnamen. War das zu fassen? Sie war wirklich so was von dusselig.

Die Kirchturmuhr schlug halb zwei. Ihr fiel ein, dass morgen Sonntag war – und zwar ein Sonntag, an dem sie, wenn sie den Abgabetermin für die Kinderzimmertapete am Montag schaffen wollte, mindestens drei Stunden arbeiten musste.

»Ich denke an Saurier, ich denke an Außerirdische, ich denke an Hexen und Zauberer. Hast du's geschnallt, Quandt?«, so lautete das Briefing, das ihr der Kotzbrocken Paul Segers am Freitag gegeben hatte. Dieser Idiot!

Und wieder spukte ihr das Café im Kopf herum. Es erschien ihr immer mehr als einziger Weg zu ungetrübtem Lebensglück. Denn es würde bedeuten: nie wieder Regenschirme, Geschenkpapiere oder Kinderzimmertapeten designen. Nie wieder eine Wochenendschicht für die *Agentur WerbePauSe* einlegen. Sich nie wieder Quandt nennen und von Paul dumm anmachen lassen. *Nie wieder!*

In dieser Nacht träumte Becky von einem gutaussehenden Handwerker mit muskulösen Oberarmen und einem sympathischen Mike-Delfino-Lächeln, der für sie das komplette Haus renovierte. Plötzlich verwandelte er sich in einen süßen Journalisten mit blonder Surferfrisur, der sich mit gespitzten Lippen über sie beugte.

»Hör auf! Schließlich bin ich sauer auf dich«, krächzte sie, »jedenfalls sollte ich das sein, schätze ich.«

»Aber du bist nicht sauer«, grinste er, »du willst es doch auch!«

»Wir sind Kumpel«, wehrte sie halbherzig ab.

Der Küsser lachte sie aus. »Du glaubst wirklich an platonische Freundschaften zwischen Männern und Frauen? Ja, wahrscheinlich auch an den Osterhasen und das Christkind.«

Die Traum-Becky hatte längst die Augen geschlossen und war bereit, sich einem unvergesslichen Kuss hinzugeben, als sie wieder aufschreckte. War das wirklich Florian, in dessen Armen sie lag? Höhnisch lachte er sie aus: »Du bist so ein naives Mäuschen, Quandt!« Zwar war er noch immer groß, schlank und blond, doch seine Stimme war ganz anders als die von Florian. Sie klang vielmehr wie die von Paul Segers.

Jetzt fuhr der Küsser sich mit der Hand durch seine Locken und präsentierte dabei einen Bizeps, der die Traum-Becky laut aufseufzen ließ. Doch als er den Arm sinken ließ, war von Florians Kussmund und von Bastians rötlich blonden Wuschelhaaren nichts mehr zu sehen. Vor ihr stand der Kotzbrocken, wie er leibte und lebte: mit zu engem Hemd und protzigem Siegelring, pomadierten Fetthaaren, roter Säufernase und einem fiesen Jack-Nicholson-Grinsen, das zwei Goldzähne entblößte. Das personifizierte Grauen. Ein Alptraum.

»Aufstehen, Quandt«, keifte er, »wer abends feiern kann, der kann auch frühmorgens arbeiten. Los jetzt, du faules Stück!«

»Du kannst mich mal, du Widerling«, brüllte sie zurück und geigte ihm dann ausführlich die Meinung. Nichts von dem, was ihr seit Jahren auf dem Herzen lag, ließ sie aus, weder seine unprofessionellen Briefings noch seinen Mangel an Kompetenz und Geschmack, seinen Geiz oder seinen unverschämten Umgangston. Becky war so richtig in Fahrt. »Ob es dir nun gefällt oder nicht, ich habe es nicht mehr nötig, für Kotzbrocken zu arbeiten«, schloss sie hitzig. »Paul Segers, ich kündige. Fristlos!«

Vielleicht sollte sich Becky wirklich ein Beispiel nehmen am Mut ihres Traum-Ichs.

Hunde, die bellen, schlafen nicht

Gestern passierten innerhalb einer Stunde gleich drei entscheidende Dinge in Gretas Leben: Sie bekam Besuch, sie hatte eine Begegnung und sie fasste einen Entschluss.

Doch eins nach dem anderen …

Wie schon seit Tagen, wenn nicht sogar Wochen verbrachte sie den Vormittag voller Zorn. Aber da sie Künstlerin war, entluden sich diese Emotionen nicht etwa unkontrolliert, sondern über Spachtel und Pinsel auf die Leinwand. Greta malte Wutbilder! Wilde, bunte Gemälde, die all ihre Empörung, ihren Groll, ihre Raserei, ihre Bitterkeit und ihre Rage in Farben und Formen übersetzten. Mit Worten hätte sie das, was sie empfand, niemals so präzise ausdrücken können wie mit ihrer Kunst. Und je mehr sie sich die Wut von der Seele malte, desto ruhiger wurde sie innerlich. Der Ärger verrauchte, und sie konnte endlich wieder klar sehen.

Ja, sie hatte sich getäuscht in L. B. Er, dessen Namen sie nicht mehr verwenden würde, war ein Chauvi ohne Rückgrat und Skrupel, der sein gutes Aussehen und seine Ausstrahlung hemmungslos ausnutzte. Er hatte ihr Gefühle vorgegaukelt, zu denen er wahrscheinlich nicht einmal, wenn er es wollte, in der Lage wäre. Nur um ein bisschen Spaß zu haben. Ohne Folgen, ohne Verantwortung.

Als Greta damals diese Scheunentür öffnete und urplötzlich damit konfrontiert wurde, dass all sein süßliches Gerede von

Empfindsamkeit, Liebe und Seelenverwandtschaft nichts als leere Phrasen gewesen war, fühlte sie sich mit einem Mal wie ein hohles Gefäß. Eines, das leckte und dessen Glasur porös war. Ja, eines, das gerade aussortiert worden war, um auf dem Flohmarkt verscherbelt zu werden. Oder, wenn das nicht klappte, in die Mülltonne wandern musste.

Nicht nur ihre Beziehung lag in Scherben, sie selbst war zerbrochen. Sie wusste nicht, wie sie jene Nacht ohne Caro und Becky überstanden hätte. Wahrscheinlich wäre sie auf diesem Waldparkplatz erfroren. Oder sie wäre dehydriert, weil sie jeden Tropfen Flüssigkeit, der sich in ihrem Körper befand, in Form von Tränen ausgeschwemmt hätte.

Als das Rettungskommando in Beckys klappriger Rostlaube anrückte, war Greta am Ende. Nie im Leben hätte sie den Heimweg allein geschafft. Zum Glück übernahm Caro das Steuer ihres Wagens. Sie war ihr so dankbar! Auch dafür, dass sie sich jegliche Hab-ich-dich-nicht-vor-diesem-Windhund-gewarnt-Bemerkungen verkniff. Und dass sie die Heizung des Wagens auf höchste Stufe stellte.

Caro bot sogar an, sie noch in die Wohnung zu begleiten und ihr einen Tee zu machen. Aber sie wollte lieber allein sein. Den Tee bekam sie auch ohne Hilfe hin. Sie trank ihn wie in Trance.

Dann legte sie los: Jeder Gegenstand, jedes Möbelstück, jedes Laken, das der Schuft berührt hatte, musste dekontaminiert werden! Sie zerrte die Bettwäsche von Decke und Kopfkissen und stopfte sie in die Waschmaschine, dann bezog sie alles frisch und warf den Staubsauger an. Entschlossen zog sie Gummihandschuhe über und begann, wie eine Wilde die komplette Wohnung zu schrubben und zu wienern.

Als sie fertig war, schwitzte sie wie nach einem Marathonlauf durch das Tal des Todes. Es war vier Uhr nachts. Doch sie fühlte sich hellwach und tatendurstig.

Nachdem sie ein Sandwich verputzt hatte, entdeckte sie auf der Staffelei eine leere Leinwand, die für das nächste Seelentierporträt bereitstand. Greta beschloss, dass diese Leinwand ein anderes Schicksal verdient hatte. In dieser Nacht entstand ihr erstes Wutbild.

Zum Glück hatte sie eines wirklich im Überfluss: Platz. Mittlerweile stapelten sich in Gretas Loft schon mindestens fünfzig ihrer wilden Wutwerke. Oder, wie es der, dessen Namen sie nicht mehr aussprechen wollte, sagen würde: »über fünfzig von Erregung inspirierte Spiegel ihrer Seele«. Wobei Erregung hier unbedingt und ausschließlich im Sinne von Zorn zu verstehen war!

Die ersten neun bis elf Bilder waren konsequent in den Farben Weiß und Lila gehalten. Die Weißglut-Phase. Bei den nächsten dominierte das rote Farbspektrum von Orange über Pink bis Feuerwehrrot. Die Bis-aufs-Blut-Phase. Inzwischen war sie bei warmen Erdtönen angelangt. In der Lass-uns-die-Sache-begraben-Phase sozusagen. Ihr ging es gut dabei. Richtig gut sogar!

Richtig gut fand sie übrigens auch ihre Wutbilder. Zum ersten Mal im Leben hatte sie weder im Auftrag gemalt noch nach Vorlage oder als Landschaftsmalerin inmitten der Natur, sondern einfach nur das, was aus ihrem tiefsten Inneren mittels Arm und Pinsel auf die Leinwand floss. Das waren ihre höchstpersönlichen Botschaften an diese Welt.

Gestern entstand das erste Werk in Blautönen. Offenbar war die Zeit inzwischen reif für die Kühl-wie-Wasser-und-klar-wie-

Luft-Phase. Und das, obwohl draußen der heißeste September, seit sie denken konnte, die Menschen zum Stöhnen brachte. Gretas Temperament war kühl wie ein frostiger Dezembertag. So einer, an dem die Wiesen und Sträucher gefriergezuckert in der Morgensonne glitzern.

Oder besser gesagt, ihr Temperament war kühl und beherrscht, bis es gestern am frühen Nachmittag an ihrer Wohnungstür klingelte und sie mitten aus einer kreativen Phase gerissen wurde. Wer hatte wohl ein dermaßen schlechtes Timing? Vielleicht jemand, der ihr Kleingeld für Zirkustierfutter abknöpfen, ein Zeitschriften-Abo aufschwatzen oder einen Kurzvortrag über Gott halten wollte?

»Gretakind! Du liebe Zeit, wie siehst du denn aus, ganz farbverschmiert. Hast du Eiswürfel? Ich brauche dringend etwas Erfrischendes. Die schweren Koffer all diese Treppenstufen heraufzuschleppen, ist wirklich eine Zumutung!«

Ihre Mutter. O nein!

O doch: Da war sie, ganz ohne jeden Zweifel. Typisch, wie sie schlichtweg die Tatsache ignorierte, dass niemand sie zu dieser Anstrengung genötigt hatte. Hatte Greta sie etwa eingeladen? Im Gegenteil, sie war weit davon entfernt.

»Mamilein, du hier? Ist es denn schon wieder Zeit für eine Krise? Du bist doch neulich erst zurück zu Kurt gezogen. Was ist passiert?«, fragte sie einigermaßen entsetzt. Begeisterung jedenfalls klingt anders.

Elisabeth schnaubte. Teils aus Erschöpfung, teils aus Empörung über die ungeliebte Anrede, vor allem aber aus Entrüstung über Gretas Fehleinschätzung der Situation. »Neulich erst? Da bist du aber gar nicht in der Höhle der Zeit, Gretakind. Das ist Monate her. *Monate!*«

Seufzend half Greta ihr, die gigantischen Überseekoffer in ihren Schlafbereich zu schleifen, aus dem sie selbst wohl in den nächsten Wochen wieder ausquartiert würde. Dann servierte sie ihrer Mutter ein großes Glas Zitronenwasser mit viel Eis und setzte das Verhör fort.

»Spuck's aus. Was ist passiert?«

»Stell dir bloß vor, Kurt hätte um ein Haar unseren Kennenlerntag vergessen!«

Greta glaubte, nicht richtig zu hören: »Was heißt *um ein Haar?* Er hat also dran gedacht, oder?«

»Ja, aber …«

»Und er hatte auch ein hübsches Geschenk für dich, stimmt's?«

Elisabeths trotzig geschürzte Lippen waren Antwort genug, zumal sie auf verräterische Weise an ein paar Diamant-Ohrringen herumspielte, die Greta ganz und gar unbekannt waren.

»Ich wusste es!«, rief sie triumphierend aus. Jetzt *musste* ihre Mutter doch einsehen, dass sie überreagiert hatte, und mit ihren Koffern postwendend zu Kurt zurückkehren! Greta würde ihr das Gepäck auch liebend gern nach unten tragen und Elisabeth höchstpersönlich nach Hause kutschieren …

»Wenn ich sage, er hätte es um ein Haar vergessen, dann kannst du mir das ruhig glauben. In Partnerschaften ist das mit dem An-Jubiläen-Denken ein zweideutiges Schwert«, widersprach ihre Mutter beleidigt. Womit sich Gretas Hoffnung auf ein vorzeitiges Ende ihrer Heimsuchung in Luft auflöste. »Was Männer betrifft, musst du noch viel lernen, mein Kind. Man darf sie nie an der langen Leitung lassen!«

Mag sein, dass Greta bisher riesengroßes Pech mit Männern hatte. Aber in diesem Bereich war ihre Mutter ebenso wenig ihr

Vorbild wie in Sachen Mode oder was ihre eigenwilligen Redewendungen betraf!

»Heute läuft ein wundervoller alter Liz-Taylor-Film im Dritten, den müssen wir uns unbedingt anschauen«, sagte Elisabeth ungerührt, als sei es das Selbstverständlichste auf der Welt, hier hereinzuschneien und sofort wieder das Kommando über Essenszeiten, Badbenutzung und Fernsehprogramm zu übernehmen.

Greta biss sich auf die Lippen. Da war sie wieder, die Wut im Bauch. Wie ein schlafender Drache, der gerade erwachte und vor dem ersten feuerspeienden Fauchen missmutig vor sich hin grummelte, fühlte sie sich an. Hatte Greta eben noch geglaubt, nicht nur künstlerisch, sondern auch innerlich in der blauen Phase angekommen zu sein? Damit war es nun vorbei. Zum ersten Mal im Leben spürte sie, dass sie kurz davor war, ihre Mutter anzubrüllen. Es lag ihr auf der Zunge, ihr all das an den Kopf zu werfen, was schon lange herauswollte: Dass sie, Greta, kein kleines Kind mehr war. Dass sie das Recht auf ein eigenes Leben hatte. Dass sie auf dieses blöde Loft verzichtet hätte, wenn ihr damals klar gewesen wäre, dass sich Elisabeth damit das Recht erkauft hatte, sie herumzukommandieren, wie es ihr passte.

Ich muss hier weg, bevor ich mich vergesse!, schoss es Greta durch den Kopf.

»Sorry, ich habe eine Verabredung und bin schon zu spät«, improvisierte sie stattdessen, schnappte sich ihre Handtasche und hastete an Elisabeth vorbei in Richtung Ausgang.

»Aber du kannst doch so nicht …«, hörte sie noch, bevor die Tür hinter ihr ins Schloss fiel und sie die Treppen hinabeilte.

Als Greta hinaus ins Freie trat, traf sie die Hitze des Spätsommernachmittags wie ein Faustschlag. Genau in dem Augenblick wurde ihr bewusst, wie sie aussah. Nicht nur Gesicht und Arme waren verschwitzt und voller Farbflecken, sondern auch die unförmige Latzhose, die sie meistens beim Malen trug, und das verwaschene T-Shirt mit den löcherigen Nähten. Ihre schicke neue Lederhandtasche machte dieses Erscheinungsbild nicht besser, sondern eher noch grotesker.

Was nun?

Umkehren kam nicht in Frage. Sie musste erst ihren Zorn verrauchen lassen und mit kühlem Kopf eine Strategie entwickeln. Also ging sie hocherhobenen Hauptes die Treppe hinunter weiter in Richtung Fußgängerzone, wo sie versuchte, in ihrem unmöglichen Aufzug so selbstsicher unterwegs zu sein, als trüge sie ein Designerkostümchen. Irgendwie schaffte sie es, die irritierten Blicke der gut gekleideten Mitmenschen zu ignorieren und sogar das missbilligende »Wie sieht die denn aus?« einer Dame im modischen Leinenkleid zu überhören. Statt ihr eine deftige Antwort um die Ohren zu hauen, stellte Greta sich lieber vor, wie die in einem *Sphinx*-Seminar ihr Seelentier stärkte. *Mähähähäääää.*

Grinsend betrat sie das nächstgelegene Kaufhaus und verschwand in der Damentoilette, um dort mit viel Seife die auffälligsten Farbflecken abzuschrubben. Halbwegs gesäubert marschierte sie anschließend in die Damenabteilung, wo sie eine schwarze Jeans und eine currygelbe Bluse erstand und beides gleich anbehielt.

Beim Hinausgehen bewunderte sie ihren neuen Style im Spiegel. Ja, so konnte sie sich überall blicken lassen. Sogar im *Dolce Vita,* dem angesagtesten Café am Platze.

Greta fand einen freien Zweiertisch und bestellte einen Eiskaffee. Schließlich hatte sie noch kein Mittagessen gehabt. Gerade als sie die Spitze des verführerischen Sahneberges weglöffeln wollte, blieb eine schmale, blasse Dame in langem Rock und Strickpulli abrupt neben ihrem Tischchen stehen.

»Greta?«, rief sie freudig überrascht aus. »Du bist doch Greta, oder?«

Irritiert ließ die unvermittelt Angesprochene den Sahnelöffel wieder sinken. Wer auch immer die Rock-und-Pulli-Trägerin sein mochte, Greta erkannte sie nicht. Doch sie kam nicht umhin, zuzugeben, dass sie es war. Höchstselbst. Und dass sie auf dem Schlauch stand. »Tut mir furchtbar leid, aber ich komme leider im Moment nicht auf deinen Namen.«

»Ach, das macht doch nichts«, sagte die unauffällige Mittvierzigerin, die sich jetzt ungebeten zu ihr setzte. »Ich bin die Iris. Dominanter Storch und schwacher Löwe.«

Drei elend lange Sekunden brauchte Greta noch, dann machte es *Pling*. Du liebe Zeit! Iris war niemand anders als eine der beiden Realschullehrerinnen aus dem allerersten *Sphinx*-Seminar.

»Iris, ja, genau.« Das sollte so klingen, als hätte sie seither permanent an Iris gedacht und nur für einen kurzen Moment ihren Namen nicht parat gehabt. »Wie geht es dir denn so?«

Was für eine uninspirierte Frage! Redete man so überhaupt in Eso-Kreisen?

Greta würde es wohl nie erfahren. Denn anstatt zu antworten, brach Iris in Tränen aus. Ganze Sturzbäche flossen über ihre blassen Wangen. Hilflos sah Greta zu, wie sie sich umständlich schneuzte. Allzu gerne hätte sie ihren Eiskaffee gelöffelt, der schon langsam vor sich hinzuschmelzen begann, aber das erschien ihr nun doch etwas unpassend angesichts der Tragödie, die sich ihr gegenüber gerade abspielte.

Endlich entschuldigte sich Iris für einen Moment und verschwand in Richtung Toilette. Greta nutzte die Gelegenheit, um hastig den kalten Kaffee zu schlürfen und die Vanilleeiskugel mit dem Sahneberg darauf zu verschlingen. Mit dem Ergebnis, dass sie einen Schluckauf bekam. Mist! Wie lautete noch rasch Mutters ultimatives Rezept dagegen? Dreimal trocken schlucken, die Luft anhalten und bis zwanzig zählen? Es funktionierte nicht. Greta kam gerade mal bis zwölf, da brach es aus ihr heraus: »Hicks!«

Okay, es gab noch andere Tricks. Man soll sich an das Mittagessen des Vortags zu erinnern versuchen, hatte sie neulich gelesen. Ähm. Das war ein Käsebrötchen. Wie auch vorgestern und vorvorgestern. »Hicks!«

Becky schwor darauf, dass Kopfrechnen den Schluckauf sofort vertrieb. Neun mal drei. Vier mal sechs. Acht mal vier. »Hicks!«

Zu spät. Schon kehrte Iris zurück.

»Es ist doch recht, dass ich mich einfach zu dir setze?«, fragte sie. Das fiel ihr ja reichlich spät ein. Andererseits hatte Greta, wenn man von ihrem Schluckauf absah, überhaupt kein Problem damit, sich mit Iris zu unterhalten. Damals während des Seminars war sie ihr extrem unauffällig vorgekommen. Nun aber hatte sie das Gefühl, es lohnte sich, diese Frau kennenzulernen. Greta nickte also. Dann fragte sie: »Wieder okay? Hicks!«

»Na ja«, sagte Iris schlicht, »so richtig okay ist in meinem Leben schon lange nichts mehr. Nicht seit mein Mann mit Anfang dreißig an einem Herzinfarkt gestorben ist. Und ich wenige Monate später eine Fehlgeburt hatte. Dann wurde bei meiner Mutter Alzheimer diagnostiziert und bei mir Brustkrebs. Aber ich habe die Chemo gut überstanden, und momentan gelte ich als geheilt. Aber die Angst, die bleibt natürlich …«

Und weg war er, der Schluckauf.

Greta wusste nicht, was sie darauf antworten sollte. Viel weniger, was sie denken sollte. Was hatten Caro, Becky und sie dieser vom Schicksal gebeutelten Frau bloß angetan? Sie fühlte sich sofort schuldig. Sie hatten die Ärmste über den Tisch gezogen, ihr eine ordentliche Summe für ein lächerliches Seminar abgeknöpft, das nichts als ein Schabernack war, und damit ihre Verzweiflung gnadenlos ausgenutzt. Obendrein hatten sie sich ordentlich amüsiert über die gutgläubigen Menschen, die ihnen ihr Geld in den Rachen schoben und denen man offenbar jeden Mist verkaufen konnte, ohne dass sie Verdacht schöpften.

Aber ach, sie hatten ja nichts geahnt von Iris' Problemen, von ihrer Krankheit und ihrer Verzweiflung.

Wie hätte ich wohl in ihrer Situation reagiert?, fragte sich Greta im Stillen. Was, wenn sie selbst krank, einsam und verzagt gewesen wäre? Wahrscheinlich wäre auch sie bereit gewesen, all ihre Ersparnisse für irgendeinen Hokuspokus zu investieren. Hauptsache, sie hätte sich einen Hauch von Hoffnung sichern können.

Greta schämte sich. Sie schämte sich sogar sehr, eine unglückliche Person wie Iris ausgenutzt und sich auch noch über ihre Naivität lustig gemacht zu haben.

»Viola, meine Kollegin, hatte die animalistische Balance zufällig entdeckt. Und mich zum Mitmachen überredet«, erzählte Iris weiter. Gretas schockiertes Schweigen schien ihr nicht weiter aufgefallen zu sein. »Ich werde ihr wohl ewig dankbar sein dafür«, fügte sie hinzu.

Erstaunt horchte Greta auf: Hatte Iris etwa wirklich von ihrem Seelen-Seminar profitiert?

»Diese magische Nacht, in der wir ausschließlich per Biokommunikation miteinander redeten, war ein echter Wendepunkt in meinem Leben. Seitdem geht es mit mir bergauf. Danke für dieses Erlebnis!«

Iris stand auf und umarmte Greta. Dann murmelte sie unvermittelt »Ich muss weg« und ergriff, erneut mit Tränen in den Augen, die Flucht.

Greta blieb noch lange sitzen. Geistesabwesend bestellte sie eine Bitter Lemon, ein Getränk, das sie eigentlich überhaupt nicht mochte, und grübelte vor sich hin.

Was positiv war: Ihr ganz und gar schräges Konzept hatte Iris tatsächlich neuen Mut verliehen.

Dennoch brachte ihr Gewissen ein großes »Aber« ins Spiel. Denn die schonungslose Analyse dessen, was sie getan hatten, warf nicht gerade ein schmeichelhaftes Licht auf ihre Moral. Iris hatte wirklich ein schlimmes Los zu ertragen. Ein Schicksal, das Greta und ihre Freundinnen womöglich zur Verzweiflung gebracht hätte. Ihre Sinnsuche war ein Versuch, all das einfacher zu ertragen. Und was hatten sie ihr geboten in ihren lächerlichen Wallegewändern und mit dem absurden Konzept der Biokommunikation? Nichts. Rein gar nichts! Sie hatten einfach nur Spaß und einen fetten Gewinn im Kopf. Schande über *Sphinx* und die animalistische Balance!

Plötzlich war er da, der Gedanke: Wir müssen aufhören damit. Sofort! Und einmal in ihrem Kopf festgesetzt, ließ er sich auch nicht mehr vertreiben.

Damit war Greta die Erste der drei Freundinnen, die ernsthafte Zweifel daran hegte, ob das, was sie da trieben, ethisch vertretbar war. Aber sie war sich sicher, ihre Freundinnen würden verstehen, warum sie unmöglich so weitermachen konnten.

Sie zückte ihr Handy und schrieb den beiden eine SMS: »Weiberabend? Morgen? Wir müssen reden. Gruß Greta«.

Umgehend kam eine Antwort von Becky: »Au ja, sehr gerne. Bei mir? 19 Uhr. Ich freu mich auf euch! LG B.«

Und dann auch von Caro: »Bin dabei :) Caro.«

Das war vor ziemlich genau sechsundzwanzig Stunden.

Selten hat sich Greta so auf ihre Freundinnen gefreut wie heute. Es ist das erste Treffen seit jenem legendären Abend Ende März, an dem sie in aufgedrehter Hugo-Laune die animalistische Balance erfunden haben. Natürlich haben sie sich seither unzählige Male gesehen, aber immer nur zum Arbeiten. Zeit für einen Weiberabend, so wie es zuvor einmal im Monat üblich war, haben sie keine gefunden. Ein halbes Jahr lang! Eigentlich eine Schande, denkt Greta, während sie ihre Haare durchkämmt und dann zu einem Zopf flicht. Bei diesen Temperaturen trägt sie ihre Mähne ungern offen.

»Wann leistest du dir endlich mal einen Kühlschrank mit Eiswürfelspender? Oder noch besser: eine Klimaanlage? Es ist ja unerträglich heiß hier in deinem Künstlerloft«, nörgelt ihre Mutter. Elisabeth hat es sich im Fernsehsessel bequem gemacht und nippt an ihrem Likör.

Greta seufzt. »Du könntest es kühl und komfortabel haben bei dir zu Hause, Mamilein«, antwortet sie so gelassen wie möglich.

Mamilein hasst es, so angesprochen zu werden. Deshalb

zieht sie ihr Operettendiva-Gesicht – geschürzte Lippen, hochgezogene Brauen, affektierte Apfelbäckchen – und straft ihre Tochter mit Schweigen.

Ungefähr fünf Sekunden lang.

»Ehrlich gesagt, dass du mich heute Abend im Stich lässt, finde ich gar nicht nett von dir! Geht man so heutzutage mit Gästen um?«

War das zu glauben? Was heißt mit Gästen?, denkt Greta grimmig. Gäste, die sich selbst einladen, können wohl kaum einen besonderen Betreuungsservice erwarten. Zumal wenn es sich um ungebetene Gäste handelt, die alle Vierteljahre aus nichtigen Anlässen Krach mit ihrem aktuellen Lebensabschnittsgefährten anzetteln und sich dann bei ihrer Tochter einnisten.

Gretas Mitleid hält sich also in Grenzen. »Warum gehst du heute nicht zum Bingo? Es ist doch Freitag?«, fragt sie zurück.

»Fällt aus«, sagt ihre Mutter und greift zur Fernbedienung. »Ach, weißt du was? Schwamm beiseite. Jeder muss nach seiner eigenen Fusion selig werden. Ich schau mir eben einen Film an. Und dir viel Spaß mit deinen Kameradinnen.« Schon flimmert der Vorspann von *Die Mädels vom Immenhof* über den Bildschirm.

Greta grinst. Auch wenn Elisabeth sie zuweilen wahnsinnig macht: Mit ihren verdrehten Sprüchen und ihrem Fünfziger-Jahre-Weltbild ist ihre Mutter manchmal einfach urkomisch. Trotzdem ist sie sehr froh, dass sie heute Abend Caro und Becky sehen wird und nicht *Die Mädels vom Immenhof*. Doch sie ist auch ein wenig nervös. Wie werden die beiden wohl auf ihre Ankündigung reagieren?

Zum Abschied winkt Greta ihrer Mutter lässig zu. Elisabeth

wird wohl am meisten von allen darüber staunen, dass ihre Tochter eine dermaßen brillante Einnahmequelle wie die animalistische Balance so einfach aufgibt. Aber das wird sie wohl akzeptieren müssen, wenn sie wirklich möchte, dass Greta nach »ihrer Fusion« glücklich wird.

Als Greta ihr Fahrrad vor dem *Pilsstübchen* ankettet, fährt auch Caro gerade vor. Sie hat Glück und findet sofort eine Parklücke. Schwungvoll steigt sie aus ihrem gelben Cabrio und strahlt ihre Freundin an. »Tolle Idee von dir, der Weiberabend! Hatten wir ewig nicht mehr.«

»Hast du nicht etwas vergessen?«, fragt Greta grinsend und deutet auf den Beifahrersitz.

»Emilia! Mist, die hätte ich um ein Haar schon zu Hause liegen lassen. Dabei freut sich Nelly bestimmt schon wie eine Schneekönigin darauf.«

Caro schnappt das Simulationsbaby und sagt: »Noch zwei Wochen, dann sind die drei Testmonate vorbei. Dann muss Frank zugeben, dass ich eine hervorragende Mutter bin! Und Nelly bekommt Emilia für immer.«

Greta schluckt ihren Kommentar hinunter. Merkt Caro eigentlich nicht, wie demütigend dieser ganze Mutterschafts-Eignungstest ist? Und dass ihr wunderbarer Frank diesen ganzen Zirkus garantiert nur deshalb veranstaltet, weil er sich Babys ungefähr so sehnlichst wünscht wie Fußwarzen?

Eigentlich hätte Caro einen besseren Kerl verdient, findet Greta. Man muss sie sich nur mal anschauen – sie sieht einfach toll aus in ihrer nachtblauen Tunika, den dünnen Leggings und den schicken Sandalen. Ihre Honigaugen bilden einen tollen Kontrast zu ihren schwarzen, kurzen Haaren und den vollen, bronzefarben geschminkten Lippen. Greta dagegen hat nicht einmal die Wimpern getuscht. Und Lippenstift mag sie nicht, der fühlt sich so pappig an. Damit bekommt sie immer Panik, dass ihre Lippen zukleben.

Becky ist offensichtlich auch nicht dazu gekommen, sich aufzuhübschen. Sie trägt noch ihre uralte Jeansshorts, die sie schon besaß, als die drei nach dem Abitur zum ersten Mal zusammen in Spanien gezeltet haben. Vor Urzeiten also!

»Hallo Leute, ich sehe furchtbar aus, ich weiß, aber ich bin gerade superhappy!«, begrüßt sie ihre Gäste überschwenglich. »Ihr glaubt nicht, was ich eben getan habe.«

»Na ja«, meint Caro, »ob ich etwas glaube oder nicht, kann ich erst festlegen, wenn ich weiß, worum es geht.«

Womit sie natürlich vollkommen recht hat. Aber Becky lässt die beiden lieber noch ein bisschen schmoren.

»Ratet!«, verlangt sie. Greta und Caro folgen ihr in die Küche, wo schon Kräcker, Quarkdip, Gläser und Bowle bereitstehen. Nicht zu vergessen das Würfelspiel und die dazugehörigen Notizblöcke. Alles perfekt arrangiert und liebevoll dekoriert.

Auffordernd schaut Becky in die Runde. »Na los, ich will Vorschläge hören!«

»Okay«, sagt Caro und äußert die wohl absurdeste Vermutung, die ihr in den Sinn kommt: »Du hast der unnetten Frau Nette ein Seelentierseminar verkauft, nachdem sie eingesehen hat, dass sie ein blödes Huhn ist.«

»Haha, nicht übel«, lacht Becky, »aber leider daneben.«

»Wir kommen nicht drauf«, sagt Greta und schielt nach der Bowle. Die sieht unglaublich köstlich aus! Auch wenn die Bowle laut Becky kaum Alkohol enthält, damit der Weiberabend nicht wieder so ausartet wie beim letzten Mal, verspürt Greta den Wunsch, sich ein wenig Mut anzutrinken.

»Ja, spuck's aus«, verlangt auch Caro, »wir sind vollkommen ratlos. Und neugierig. Also spann uns nicht länger auf die Folter!«

»Also gut«, lacht Becky, und dann lässt sie die Bombe platzen. »Eben hat mich der Kotzbrocken angerufen. Und verlangt, dass ich sofort eine Picknickdecke designe. Eine Picknickdecke! Im Herbst! Ich fragte, ob das nicht Zeit bis Montag hätte, da ist er ausgeflippt. ›Du faules Stück‹, hat er gebrüllt, ›nie kann man sich auf dich verlassen. Wenn ich sage jetzt sofort, dann meine ich *jetzt sofort.* Wahrscheinlich hast du eh die ganze Woche in deinem scheiß Homeoffice gesessen und Däumchen gedreht, statt zu arbeiten. Meinst wohl, nur weil ich es nicht sehe, merke ich das nicht.‹ Und so weiter und so fort. Er hat sich gar nicht mehr beruhigt.«

Becky schüttelt lachend den Kopf. Doch was sie daran so fröhlich stimmt, ist Greta ein Rätsel. So einen furchtbaren Chef zu haben, hätte sie umgebracht!

»Aber sagtest du nicht, du bist superhappy?«, staunt auch Caro.

»Exakt, bin ich. Denn ich hab ihm gesagt, er könne mich mal kreuzweise!«

»Du hast *was?*«

»Gekündigt. Ein für alle Mal. Soll er doch künftig andere Grafiker wie Dreck behandeln, ich habe bessere Pläne. Und darauf sollten wir jetzt anstoßen!«

Gesagt, getan.

Becky füllt drei Gläser und sie probieren die Bowle. Sie ist mindestens so lecker, wie sie aussieht. Wenn nicht noch leckerer.

»Auf Becky – und darauf, dass sie den Kotzbrocken zum Teufel gejagt hat!«, ruft Caro übermütig.

»Jawohl, für immer und ewig«, fällt Becky lachend mit ein.

»Ich bin stolz auf dich und deinen Mut«, sagt Greta, »aber was meinst du damit, du hast bessere Pläne? Du redest doch hoffentlich nicht von der animalistischen Balance?«

»Ach was, das ist doch bloß ein Schabernack, keine Lebensaufgabe«, beruhigt Becky sie. »Okay, ich verrate es euch, obwohl die Sache noch nicht in trockenen Tüchern ist. Mir ist zu Ohren gekommen, dass mein Vermieter dieses Haus verkaufen will. Und ich plane, es zu erwerben. Mein Anteil an unseren *Sphinx*-Einkünften müsste eigentlich reichen. Und dann werde ich meinen Traum vom eigenen Café wahrmachen.«

Caro ist begeistert: »Großartig! Genau wie du es dir vor einem halben Jahr gewünscht hast. Und jetzt wird das alles Wirklichkeit.«

In diesem Moment beginnt Emilia zu nörgeln. Erst leise, dann wächst ihr Gejammer zu einem schrillen Babygeschrei an.

Plötzlich steht Nelly mitten in der Küche. Barfuß und im Schlafanzug. »Aber Tante Caro, so darf man einen Säugling doch nicht halten!«, ruft sie entsetzt aus, als sie sieht, dass das empfindliche Köpfchen der Simulationspuppe ungestützt ist und Caro sie sogar nur an einem Arm festhält. Entschlossen reißt Nelly ihr die heulende Emilia aus der Hand und nimmt sie mit. »Ich kümmere mich mal lieber um das Baby.« Und weg ist sie wieder.

Caro zieht eine Grimasse. »Nur noch zwei Wochen, dann ist dieses Puppentheater beendet«, sagt sie. »Ich kann es kaum erwarten.«

Ein gutes Stichwort. Soll Greta es jetzt wagen? Oder lieber abwarten bis nach dem zweiten oder dritten Bowleglas? Aber nein, das hier sollten sie mit kühlem Kopf besprechen. Es muss einfach sein.

»Leute«, hört sie sich sagen, »es gibt da noch ein Theater, das wir beenden sollten. Und zwar dringend.«

Jetzt gehört ihr die volle Aufmerksamkeit. So wie sie es wollte. Ihre beiden besten Freundinnen starren sie an, als hätte Greta soeben Beweise für die Existenz von Atlantis angekündigt. Müsste sie die beiden jetzt porträtieren, bekäme Caros Bild den Titel »Ahnung« und das von Becky »Bestürzung«.

Bevor der Mut sie wieder verlässt, redet Greta weiter und erzählt von ihrer Begegnung mit Iris. Iris, die ihren Mann verloren hat, ihr Kind und ihre Gesundheit. Und die sie zutiefst beschämt hat. »Ihr mag unser Seminar vielleicht sogar geholfen haben, aber mir hat das Gespräch mit Iris klargemacht, dass das alles kein großer Jux ist. Es ist für viele Menschen sehr ernst. Ich denke, wir sollten das, was wir vor einem halben Jahr losgetreten haben, unbedingt stoppen. Bevor die Lawine außer Kontrolle gerät.«

Okay, das war jetzt irgendwie reichlich dramatisch. Aber manchmal muss man vielleicht übertreiben, wenn man etwas erreichen will.

Caro ist die Erste, die zu einer Antwort fähig ist. »Ja, wer hätte geahnt, dass unsere verrückte Idee tatsächlich ernst genommen würde? Und dass die animalistische Balance keine Eintagsfliege bleiben sollte? Wir haben das Ganze ja nicht darauf angelegt, verzweifelte Menschen übers Ohr zu hauen. Jedenfalls nicht mit Absicht. Ja, ich finde auch, dass wir *Sphinx* sterben lassen sollten.«

Und nach einer kleinen Pause ergänzt sie leise: »Wenn Greta nicht damit angefangen hätte, dann wäre wahrscheinlich ich es gewesen, die heute das Thema auf den Tisch gebracht hätte. Ich habe seit einiger Zeit so einen Traum, der mir keine Ruhe lässt …« Sie schluckt. Dann fährt sie mit heiserer Stimme fort: »Ich stehe auf einer Dachterrasse und steige aufs Geländer. Plötzlich spüre ich im tiefsten Inneren, dass ich ein Adler bin. Ich breite die Schwingen aus und steige hinauf in die Lüfte. Dann wird mir auf einmal klar, dass ich alles andere als ein Adler bin und selbstverständlich nicht fliegen kann. Ich rudere wie eine Irre mit den Armen, aber der Sturz ist natürlich nicht aufzuhalten. Und kurz bevor ich auf der Erde zerschelle, denke ich: Das ist die Strafe. Tja, und dann erwache ich schweißgebadet. Nacht für Nacht. Ich ertrage das einfach nicht mehr!«

»Du liebe Zeit, Caro! Es geht dir doch gut?«, ruft Greta erschrocken aus. »Ich meine, du hast doch keine geheime Todessehnsucht oder so etwas?«

»Nein, gewiss nicht«, erwidert Caro mit einem schiefen Lächeln, »nur ein schlechtes Gewissen. So wie du.«

Nun richten sich alle Blicke auf Becky. Die runzelt nachdenklich die Stirn. Dann sagt sie: »Ihr habt recht. Das ist alles kein Jux mehr. Ich bin damit einverstanden, dass wir die animalistische Balance und alles, was damit zu tun hat, vergessen. Aber in einem Punkt muss ich widersprechen: Nein, die *Sphinx* soll nicht sterben. Sie muss nur umschulen!«

Nun steht Greta auf dem Schlauch. »Was in aller Welt meinst du damit?«

»*Sphinx,* klingt das nicht wie ein großartiger Name für ein süßes, kleines Café?«

Erleichtert lachen ihre Freundinnen auf. »Hey, das ist genial«, findet Caro. Und Greta pflichtet ihr bei. Am großartigsten finde sie jedoch, dass offenbar niemand das Ende der animalistischen Balance zu bedauern scheint.

»Ihr seid also alle dafür?«, hakt Greta nach.

Caro nickt. »Mir ist das alles sowieso viel zu viel geworden. Der Laden, die Seminare, dann noch Emilia, bald vielleicht ein echtes Baby. Ständig bin ich unterwegs und ständig muss ich Frank anschwindeln, das fällt mir zunehmend schwer. Nicht zu vergessen der Alptraum …«

Auch Becky trauert dem gemeinsamen Eso-Business nicht eine Sekunde lang nach. Noch nicht einmal der Biokommunikation.

»Obwohl – es war schon urkomisch, wie diese Leute tatsächlich auf unser Kommando hin blökten und krächzten«, lacht Caro.

»Beim ersten Mal war es das«, sagt Greta schulterzuckend, »aber danach? Ich habe ja mehr Seminare geleitet als ihr, jedenfalls bis ich diesen Schuft mit der Schlampe im Heu erwischt habe. Egal, das spielt jetzt eh keine Rolle mehr. Jedenfalls ist es mir so ergangen, dass ich das Gewieher und Gesumme der Seminarteilnehmer irgendwann nur noch nervig und albern fand. Ich verzichte gern darauf. Und Seelentierporträts werde ich ab sofort auch keine mehr malen. Genug ist genug! Von nun an bin ich ausschließlich ernsthafte Künstlerin!«

Und dank der *Sphinx*-Einnahmen kann ich mir das auch finanziell erlauben, ergänzt sie in Gedanken.

Wenn sie ganz ehrlich wäre, müsste sie zugeben, dass sie sich ihre moralischen Zweifel erst dann geleistet hat, als die *Sphinx*-Konten bereits prall gefüllt waren. Aber das ist purer Zufall. Hätte sie Iris früher getroffen, wer weiß, was dann geschehen wäre. Aber nun ist es eben anders gekommen. Und so weit, dass sie die Kohle nicht behalten will, geht ihr schlechtes Gewissen dann doch nicht. Schließlich haben sie alle drei in den letzten Monaten geschuftet wie die Maulesel, um einmal in der Tiersymbolik zu bleiben.

»Okay«, sagt Caro, »wir werden also keine Tees und Kräuter mehr verkaufen, keine Seminare mehr leiten, keine Seelentierporträts mehr anbieten, keine Rezepte mehr zum Download online stellen. Aber können wir das denn einfach so? Ich meine, wir haben eine Firma gegründet, wir haben eine Steuernummer, wir haben Kunden, wir haben eine Website.«

»Schon«, nickt Becky, »aber wer hält uns davon ab, die Firma aufzulösen? Und Websites kann man vom Netz nehmen. Die Kunden bekommen eine freundliche Info, dass das Angebot nicht mehr besteht. Die letzten eingegangenen Bestellungen werden noch versendet, jedenfalls der Kräuterkram. Bilder können leider nicht mehr geliefert werden. Und Ende. Klappe zu, Affe tot.«

Sollte das wirklich so einfach sein? Greta kann das kaum glauben. Andererseits kam der Erfolg ja auch vollkommen ungeplant. Ohne Businessplan, Branchenanalyse und Marketingkonzept. Warum also sollte diese Geschichte nicht genauso zu Ende gehen?

Ein bisschen Wehmut ist schon dabei, als sie sich ein paar Stunden später von Caro und Becky verabschiedet. Immerhin haben sie eben die lukrativste Schnapsidee aller Zeiten zu Grabe getragen.

Sie schwingt sich auf ihren Drahtesel und radelt durch die Stadt nach Hause. Eigentlich sollte sie leichten Herzens sein, denn das, was sie auf dem Hinweg so belastet hat, ist jetzt geklärt. Gemeinsam werden sie einen Termin mit Kurt und ihrem Steuerberater vereinbaren, um die Details der Firmenauflösung zu klären. Caro wird den Internetauftritt löschen.

Danach werden sie alle sich neuen Zielen zuwenden.

Greta selbst wird malen, malen, malen. Und dann ausstellen, Aufsehen erregen, bekannt werden, durchstarten als ernstzunehmende Künstlerin.

Caro wird das Emilia-Projekt beenden und damit die nächste Phase der Familienplanung einläuten.

Und Becky wird alles daransetzen, das Haus möglichst günstig zu kaufen und das *Pilsstübchen* in ein wunderschönes Café namens *Sphinx* zu verwandeln. Am meisten bewundert Greta sie dafür, dass sie es geschafft hat, diesem Kotzbrocken Paul Segers die Meinung zu geigen. Viel zu lang hat sie sich von ihm ausnutzen und wie eine Sklavin behandeln lassen. Jetzt endlich hat sie sich durchgesetzt und befreit.

Wenn mir das nur auch gelingen würde, schießt es ihr durch den Kopf.

Denn wie, bitte schön, soll sie es schaffen, kreativ zu sein, ihr Innerstes nach außen zu kehren und großartige Werke zu erschaffen, wenn Mamilein ihr dabei zusieht? Wenn Elisabeth ihr Liz-Taylor-Gesicht aufsetzt, um ihrer Tochter mitzuteilen, dass Malerei doch eine »fleischlose Kunst« sei? Wenn sie kritisiert, dass man auf ihren Gemälden überhaupt nichts erkennen kann, nicht mal einen Apfel oder ein Reh, und dass abstrakte Kunst doch etwas sei, was jeder Schimpanse hinbekäme?

Nein, das ist unmöglich, da ist Greta sicher. »So kann ich nicht arbeiten!«, sagt sie laut.

In einer dunklen, fast unbeleuchteten Seitenstraße fasst sie einen Entschluss, der längst überfällig ist.

Zu Hause angekommen, schiebt Greta ihr Rad in den Keller und schließt es ab. Dann strafft sie die Schultern und steigt entschlossen die Treppen hinauf zu ihrem Loft.

Das Gute an so einer ehemaligen Fabrikhalle ist, dass man sie mit einem Knopfdruck taghell erleuchten kann, wenn man möchte. Normalerweise vermeidet Greta es, die grellen Neonröhren einzuschalten. Stattdessen bevorzugt sie das gemütlichere Licht ihrer zahlreichen Tisch- und Stehlampen, die überall in der Wohnung verteilt sind und eine wunderbare Atmosphäre schaffen können. Deutlich wunderbarer jedenfalls als das kalte Neonlicht.

»Ist was passiert?«, hört sie ihre Mutter murmeln. Elisabeth hat es sich in Gretas Bett gemütlich gemacht und zieht nun das Kissen über den Kopf, um trotz der Helligkeit weiterschlafen zu können.

Na, warte!

Greta durchsucht ihre CD-Sammlung nach einer ganz besonderen Scheibe. Diesmal passt weder Maurice Ravel noch Mozart. Nein, diesmal braucht sie etwas Wirkungsvolleres. Ah, da ist sie ja. Die Geräusche-CD-Box, die sie in der Vorbereitung zum ersten *Sphinx*-Seminar gekauft hat, weil darunter eine CD ist, die ausschließlich Tierstimmen enthält. Genau danach hat sie gesucht.

»Glückwunsch, Mamilein, zur Wahl dieser Wohnung«, murmelt sie grimmig vor sich hin. Auch wenn das Objekt im Wert kein bisschen gestiegen ist, so zeichnet sich die Lage doch durch zahlreiche Vorteile aus. Zum Beispiel die Tatsache, dass man ohne direkte Nachbarn auch auf niemanden Rücksicht nehmen muss. Tagsüber werden in der Etage unter Greta Ökoklamotten genäht, und über ihr ist ein Callcenter untergebracht. Nachts ist sie allein im Haus – jedenfalls an guten Tagen. An schlechten Tagen hat sie ungebetenen Besuch.

Sie dreht den Lautstärkeregler auf Stufe 10 und drückt auf Play. Im nächsten Moment tönt ohrenbetäubendes Hundegebell aus den Boxen. Und aus Richtung ihres Bettes ein schriller Schrei.

»Hilfe, was ist los, wo bin ich, was ist passiert?«, kreischt Mamilein hysterisch. Sie sitzt nun aufrecht in Gretas Bett. Als sie ihre Tochter erkennt, blitzt sie sie vorwurfsvoll an. »Bist du wahnsinnig geworden, Gretakind? Mich so zu erschrecken! Mach das fürchterliche Gebell aus, wie soll man denn da schlafen?«

»Keine Ahnung«, gibt Greta ungerührt zurück. »Hunde, die bellen, schlafen nicht, das ist doch bekannt. Und ich bin auch nicht müde.«

»Du bist ja von Sinnen! Hast du etwa getrunken? Ich glaube, ich muss dir mal die Dolomiten lesen!«

Der Hund auf der CD bellt indessen munter weiter, und Greta fällt fröhlich in sein Gekläffe mit ein. Zusammen sind sie nun so laut, dass Mutter das Getöse nicht übertönen kann. Doch dann hat Greta endlich ein Einsehen und schaltet den CD-Player ab.

»Ich muss dir was sagen«, setzt sie zu ihrer Rede an und hebt gleich die Hand, als Elisabeth sie unterbrechen will. »Nein, bitte, hör mir erst zu.« Sie schluckt und holt tief Luft. »Mutter, ich liebe dich wirklich sehr. Aber ich möchte dich hier nicht mehr haben. Es sei denn, es liegt ein echter Notfall vor. Beinahe vergessene Kennenlerntage gehören nicht dazu. Du kannst nicht alle paar Monate für Wochen bei mir einfallen und meine Wohnung erobern. Auch wenn du sie hundertmal bezahlt hast. Aber du hast sie mir geschenkt. Und Geschenke sollten nicht an Bedingungen geknüpft sein. Solltest du das anders sehen, ziehe ich lieber in eine Einzimmerwohnung, die ich ohne deine Hilfe finanzieren kann. Ich will alleine leben und arbeiten, und das kann ich nicht, wenn du hier das Kommando übernimmst. Kurt ist ein guter Mann, er verehrt, verwöhnt und beschenkt dich. Er verzeiht dir sämtliche deiner Sperenzchen. Du solltest zu ihm zurückkehren. Gleich morgen früh.«

Uff.

Das war's. Sie hat es gesagt. Ohne zu stocken oder einen Rückzieher zu machen. Fast ist ihr schwindelig vor Erleichterung. Aber wie wird ihre Mutter das Ganze aufnehmen?

Schwungvoll wirft Elisabeth die Bettdecke zurück und steht auf. »Alles klar«, sagt sie, während sie ihren Bademantel überzieht und dann die umherliegenden Habseligkeiten in ihre Überseekoffer wirft. »Ruf mir bitte ein Taxi.«

Mist.

Mist, Mist, Mist!

Jetzt ist sie beleidigt. Ich hätte es ihr schonender beibringen sollen, schilt Greta sich selbst. Darf man so brutal mit seiner Mutter umgehen? Was habe ich nur getan?

»Nein, bitte bleib, so hab ich das alles doch gar nicht gemeint, es tut mir wahnsinnig leid …«

Doch Elisabeth packt ungerührt weiter. Dann richtet sie sich auf. »Wenn du mir kein Taxi rufst, mach ich es eben selbst. Und es tut dir nicht leid. Du hast nämlich vollkommen recht. Kein Wunder, dass du auf die Balearen gehst. Ich bin ja bescheuert, einen so großartigen Kerl wie Kurt zu verlassen, und sei es nur vorübergehend.«

Greta bleibt der Mund offen stehen vor Staunen. »Du meinst wirklich …?«

»Ja«, nickt Elisabeth. »Ich fahre jetzt sofort zu ihm nach Hause und frage ihn, ob er mit mir in den heiligen Hafen kommen möchte.«

»Heiligenhafen? Kenn ich nicht. Liegt das an der Ostsee?«

»Dummerle, ich meine doch den heiligen Hafen der Ehe! Höchste Zeit, dass wir unsere lebensähnliche Gemeinschaft beenden und unsere Verbindung legalisieren. Willst du meine Trauzeugin sein, Gretakind?«

Klappe zu, Affe tot?

Keine zehn Pferde bringen mich dorthin!«, teilt Frank seiner Frau im typischen Oberarzt-trifft-wichtige-Entscheidung-also-keine-Widerrede-Ton mit. Er lehnt an der Küchentheke und sieht wahnsinnig lässig aus.

Schweigend nimmt Caro die Information zur Kenntnis und faltet weiter kleine, nachtblaue Pappschilder in der Mitte, so dass man sie aufstellen kann. Gleich wird sie die Schilder mit Silberstift beschriften, mit Metallic-Klebeherzchen verzieren und mit viel Liebe in wunderschöne Hochzeitstischkarten verwandeln.

Offenbar bringt Frank ihre Nichtreaktion ein klein wenig aus dem Konzept, denn er beginnt sich zu rechtfertigen: »Ich meine, was soll ich denn dort, bei der Hochzeit von Gretas verrückter Mutter? Selbst wenn Greta selbst heiraten würde, was wahrscheinlich nie passiert, weil kein Mann so irre ist, diese durchgeknallte Person zu ehelichen, sähe ich keinen Grund, zuzusagen.«

Caro weiß ja längst, dass Frank ihre Freundinnen nicht sonderlich schätzt. Vor allem Greta hält er für eine weltfremde Spinnerin. Aber eigentlich hat sie gehofft, dass er ausnahmsweise einmal über seinen Schatten springt.

»Nicht mal mir zuliebe?«, fragt sie leise.

Frank antwortet nicht. Stattdessen bereitet er sich einen Espresso zu. Die Maschine ist so laut, dass sie das Gespräch sowieso übertönen würde.

»Magst du auch einen?«

»Ja, lieb von dir«, freut sie sich über seine nette Geste. Vermutlich tut ihm sein barscher Ton von eben schon leid. Während Frank also die Espressomaschine ein zweites Mal zum Zischen und Fauchen bringt, fängt Caro an, die Tischkärtchen mit dem Silberstift zu beschriften. Die Gästeliste ist sehr umfangreich, Elisabeth und Kurt haben offenbar einen erstaunlich großen Bekanntenkreis. Die meisten Namen sagen ihr gar nichts. Bis auf das Brautpaar und natürlich Greta, Becky und sich selbst – nebst Gemahl – kennt sie niemanden.

Ach, halt, doch, Dr. Rosenberg, das muss wohl der *Sphinx*-Steuerberater sein. Bei dem Becky, Greta und sie nächste Woche einen Termin haben, um die finanziellen Details der Firmenauflösung zu besprechen.

Frank, der ihr gerade den Espresso hinschiebt, wirft nun ebenfalls einen Blick auf die Gästeliste. Und erscheint mit einem Mal hoch interessiert. »Da schau her. Professor Obermüller kommt auch?«

Stimmt, da steht sein Name. Ungefähr in der Mitte der Liste. Wie Frank den wohl so zielsicher entdeckt hat? Caro war er noch gar nicht aufgefallen. Da es sicher nicht allzu viele Menschen gibt, die Obermüller heißen, Professor sind, dann auch noch auf den seltenen Vornamen Pirmin hören und mit einer Fabiola verheiratet sind, muss es sich wohl um Franks Karrierekatalysator handeln. Den großen Professor Obermüller, mit dem er golfen, essen und in der Sauna schwitzen geht, wenn der nur mit den Fingern schnippt.

Frank ist jetzt ganz vertieft in die Liste. Aufgeregt entdeckt er, dass unter den Gästen noch allerhand andere wichtige Leute sind. Wichtig im Sinne von: Geld haben, Einfluss haben,

Kontakte haben. Begegnungen mit Personen dieser Kategorie lassen Franks Herz höherschlagen. Höher jedenfalls als die Aussicht auf ein Treffen mit Caros Freundinnen oder Gretas »verrückter Mutter«.

»Wie kommen denn all diese namhaften Persönlichkeiten auf die Gästeliste? Kennt Frau Hildebrandt die etwa alle?«

»Zum großen Teil, bestimmt. Viele aber werden wohl Bekannte und Geschäftspartner von Kurt sein.«

»Kurt? Welcher Kurt?«

Seufzend reicht Caro ihm die offizielle Einladungskarte, die schon vor einer Woche in der Post war. Sie konnte es im ersten Moment kaum glauben, dass Elisabeth und Kurt heiraten wollen. Was für eine überraschende Entwicklung ihrer On-off-Beziehung! Das Ganze gleicht einer Nacht-und-Nebel-Aktion oder, wie Gretas Mutter es wohl ausdrücken würde, einer Nackt-im-Nebel-Aktion.

Elisabeth hat neulich nachts, nachdem Greta sie quasi rausgeworfen hatte, unverzüglich ihren Herzallerliebsten geweckt und die Frage, die er ihr im Laufe der vergangenen Jahre schon mindestens zwanzigmal gestellt hatte, endlich mit »Ja, ich will!« beantwortet. Im ersten Moment stand Kurt auf dem Schlauch, was der Tatsache geschuldet war, dass sie ihn aus dem Tiefschlaf gerissen hatte. Aber dann strahlte er, stand auf und öffnete sofort eine Flasche Champagner.

Offenbar aus purer Angst, dass Elisabeth es sich wieder anders überlegen könnte, hatte er sofort am folgenden Tag das Aufgebot bestellt, einen Trautermin vereinbart, ein Restaurant reserviert und gemeinsam mit Elisabeth die erwähnte Gästeliste erstellt. Die Liste, die Frank nun staunend in Händen hält, zusammen mit der Einladungskarte.

»Zu ihrer Vermählung laden herzlich ein – Elisabeth Hildebrandt und Kurt Warnke«, liest er laut vor. »Kurt Warnke – etwa *der Notar?*«

Er spricht das mit so viel Ehrfurcht aus, dass es fast klingt wie ein Filmtitel. *Der Notar – es kann nur einen geben …*

»Ja klar, Kurt ist Notar. Kennst du ihn etwa?«

Caros eben noch so obercooler Ehemann muss zugeben, dass er ihm noch nie persönlich begegnet ist, aber natürlich schon viel von ihm gehört hat. Kurt Warnke sitzt im Aufsichtsrat mehrerer großer Unternehmen und ist als höchst umsichtiger und erfahrener Insolvenzverwalter einiger regionaler Pleitefirmen immer wieder im Gespräch.

Nun ist es an Caro, sich lässig zu geben: »Ach, weißt du, Kurt ist ein ganz Netter. Du würdest ihn sicher mögen. Schade, dass du nicht mitkommst zur Hochzeit, dort könntest du ihn kennenlernen.«

»Nicht mitkommen? Bist du wahnsinnig? Ich lasse meine schöne Frau doch nicht allein zu einem Fest gehen!«, sagt Frank im Brustton der Überzeugung.

Was Caro sehr gefreut hätte zu hören, wenn er vorhin so reagiert hätte. Bevor er wusste, wie interessant dort das Publikum für ihn ist. Wenn es ihm wirklich um sie ginge und nicht darum, Kurt kennenzulernen, Professor Obermüller zu treffen und den Vorstandsvorsitzenden irgendwelcher Pharmaunternehmen die Hand zu schütteln. Aber mit so wichtigen Leuten kann ich kleines Licht leider nicht mithalten, denkt Caro verbittert, ich bin ja nur seine Ehefrau.

Viel Zeit, Frank böse zu sein und über seine unsensible Reaktion nachzugrübeln, bleibt ihr jedoch nicht. Ist vielleicht auch besser so. Wozu nachträglich jedes Wort auf die Goldwaage legen? Hauptsache, Frank kommt mit, alles andere ist unwichtig. Im Grunde ist sie überglücklich, dass sie, als Einzige der drei Freundinnen, nicht allein zu dieser Hochzeit gehen wird, sondern an der Seite ihres gutaussehenden und erfolgreichen Mannes.

Doch bis es so weit ist, gibt es noch viel zu tun: Nicht nur für die Tischkärtchen ist Caro zuständig, sondern auch für den Blumenschmuck in der Kirche, die Reservierung der Kutsche und die Auswahl der Band.

Greta plant die Sitzordnung, gibt den Köchen des *Chez Gérôme* sämtliche Menü-Änderungswünsche weiter, die Elisabeth zwischen Kleideranprobe, Maniküre und Friseur so einfallen, und spielt generell für ihre Mutter die Zofe.

Beckys Telefonnummer ist auf der Einladung als »Hochzeits-Hotline« angegeben worden. Sie sitzt zu Hause und nimmt Anrufe entgegen. Quasi rund um die Uhr notiert sie Zu- beziehungsweise Absagen, eventuelle Nahrungsmittelallergien und Übernachtungswünsche. Außerdem beantwortet sie die unglaublichsten Fragen der Gäste. Alle, die es wissen wollen, informiert sie darüber, dass das Brautpaar keinerlei Wünsche hat. »Wer aber etwas spenden möchte, kann gern das SOS-Kinderdorf unterstützen, vielen Dank.« Und schließlich erklärt sie, was mit »Dresscode Hollywood-Style« gemeint ist: »Nein, das wird keine Faschingsveranstaltung.« … »Ja, die Oscar-Verleihung wäre ein guter Anhaltspunkt für den gewünschten Kleidungsstil.« … »Nein, ein Auftreten als Darth Vader oder Spiderman wäre eher unpassend.«

Alle sind also ganz schön beschäftigt mit den Vorbereitungen dieser Hochzeit, von der vor zwei Wochen noch niemand etwas geahnt hat. Und die ohne ihren spontanen Freiwilligendienst so kurzfristig wahrscheinlich nicht auf die Beine gestellt werden könnte. Jedenfalls nicht ohne professionelle Hochzeitsplanerin. Greta hat neulich behauptet, sie fühle sich fast wie Jennifer Lopez in *The Wedding Planner*. Nur dass sie nicht vorhat, der Braut den Bräutigam auszuspannen, der ja nun quasi ihr Stiefvater wird. »Wenn das mit der Kunst nicht klappt, kann ich ja immer noch Hochzeitsvorbereitungsprofi werden«, meinte sie. Natürlich widersprach Caro ihr heftig: »Wieso sollte das nicht klappen? Deine Bilder sind grandios!« Glaubt sie jedenfalls. Caro hat nicht die geringste Ahnung von Kunst, aber weil Greta ihre Freundin ist, muss sie sie natürlich motivieren. Wozu sonst hat man Freunde?

Vielleicht, um einen beim Klamottenkauf von Wahnsinnstaten abzuhalten. Schade, dass Becky das nicht getan hat. Im Gegenteil, sie hat Caro allen Ernstes eingeredet, dieses enganliegende, himbeerrote Etwas stünde ihr hervorragend. »Es betont deine Prachtweib-Kurven und sieht aus, als hätte man es eigens für dich entworfen!«, hat sie geschwärmt. Caro war nicht sofort überzeugt. Aber nachdem sie sich eine halbe Stunde vor dem Spiegel gedreht und gewendet und dabei von allen Verkäuferinnen und Kundinnen, die sie sahen, bewundernde Blicke geerntet hatte, nahm sie es einfach. Zumal sie diese wundervolle Farbe so liebt.

Was für eine Fehlentscheidung!

Und nun steht sie da am Tag der Hochzeit vor ihrem Schlafzimmerspiegel in einem So-gut-wie-Nichts aus himbeerrotem

Samt und fühlt sich irgendwie nackig. Wie kam sie je auf die Idee, ein trägerloses Kleid zu kaufen? Und überhaupt – eines, bei dem die Oberweite dermaßen betont wird! Wenn auf den Brüsten dicke Pfeile abgebildet wären mit der Aufschrift »Schaut her, Körbchengröße DD!«, hätte das die Sache nur unwesentlich verschlimmert.

Frank kommt aus dem Bad, frisch geduscht und in Boxershorts. Er sieht absolut fantastisch aus. Wenn er kein Arzt wäre, könnte er sofort als männliches Unterwäschemodel anfangen. Und David Beckham müsste einpacken!

»Schau mal, sehe ich nicht furchtbar aus in diesem Kleid? Es ist eine einzige Katastrophe. So kann ich mich doch unmöglich blicken lassen«, klagt Caro.

Frank wirft ihr einen kurzen Blick zu und konzentriert sich dann wieder darauf, sein Designerhemd zuzuknöpfen. »Ist das nicht das Neue? Warum hast du es dann überhaupt gekauft?«

Gute Frage. Aber nicht unbedingt das, was eine Frau in so einer Situation hören möchte. Warum widerspricht er nicht energisch? Warum sagt er nicht, dass er stolz ist, sie in diesem femininen Outfit an seiner Seite zu haben und sie Professor Obermüller als seine zauberhafte Gemahlin vorstellen zu können?

Caro gibt zu, das Himbeerrote neulich erst erstanden zu haben, nun aber unsicher zu sein, ob es ihr steht.

»Gibt es eine Alternative?«

Typisch Mann. Statt zu trösten, zu beruhigen, zu bestätigen, meinen sie immer, eine Problemlösung anbieten zu müssen.

»Nein, nicht wirklich. Das Hellblaue, das ich bei der Hochzeit deiner Schwester anhatte, kneift ein wenig. Und mein eigenes Brautkleid kommt natürlich nicht in Frage.«

»Tja, dann bleibt dir wohl keine andere Möglichkeit, als das Neue anzuziehen. Oder daheim zu bleiben«, stellt Frank lakonisch fest.

Während er seinen Schlips bindet, überprüft Caro ein letztes Mal ihr sorgfältig aufgelegtes Make-up und tuscht die Wimpern nach. Dann sucht sie ein paar passende Ohrringe aus, ein dezentes Collier und einen Ring.

»Was ist eigentlich mit Emilia?«, fragt Frank, als Caro ihm seinen Ehering reicht. Er hat ihn vorm Duschen abgestreift und auf den Nachttisch gelegt. Ansonsten trägt er ihn Tag und Nacht. Als Zeichen seiner Liebe, glaubt Caro. Auch wenn Becky behauptet, dass Ärzte das aus strategischen Gründen tun: »Manche kaufen sogar Fake-Eheringe, um sich liebestolle Krankenschwestern vom Leib zu halten.« Caro hält das für Ammenmärchen.

Kein Märchen dagegen ist die Emilia-Frage, die immer noch im Raum steht. »Was meinst du damit?«, fragt sie mit gespielter Ahnungslosigkeit. Tatsächlich hat sie sich seit Tagen vor dieser Frage gefürchtet. Denn auf Franks Vergesslichkeit würde sie ebenso wenig wetten wie auf seine Nachsicht. Leider behält sie in beiden Punkten recht.

»Du weißt, unsere Vereinbarung umfasst drei Monate. Und die sind erst morgen vorüber.«

Als ob Caro das nicht wüsste!

»Och Mensch, Frank, ich habe dir doch über Wochen und Monate bewiesen, dass ich eine gute Mutter sein kann. Ich habe das Simulationsbaby gehegt und gepflegt, bin nachts aufgestanden, um es zu wickeln, habe es regelmäßig gefüttert und getröstet, wenn es geschrien hat. Hast du wirklich noch Zweifel an meiner Eignung?«

»Die Vereinbarung ging über drei Monate, und die sind noch nicht vorbei«, wiederholt Frank kompromisslos.

Verdammt!

»Auch Festlichkeiten, die mit Baby zu meistern sind, gehören zum Alltag frischgebackener Eltern«, doziert er. »Ein echtes Baby kannst du an einem solchen Tag auch nicht einfach abschalten.«

»Mag sein«, gibt Caro zu, »aber ein echtes Baby könnte ich problemlos mitnehmen, ohne mir blöde Fragen anhören und Erklärungen darüber abgeben zu müssen, warum ich als erwachsene Frau eine gottverdammte Puppe dabei habe.«

Frank hält inne. Dann nickt er. »Das ist ein Argument. Aber Deal ist Deal.«

Das klingt nicht danach, als wolle er nachgeben.

»Okay. Ein Vorschlag zur Güte: Heute kannst du dir eine Auszeit nehmen. Dafür wird dann die Testphase um einen Monat verlängert.«

Wie bitte? Um einen Monat? Vier lange Wochen?

O nein, denkt Caro, das ertrage ich nicht. Niemals!

Andererseits: Hat sie eine Wahl? Nicht, wenn sie weiter auf echten Nachwuchs hoffen will. Und das will sie so sehr.

»Na gut«, hört Caro sich sagen, »einverstanden.«

Doch sie könnte heulen.

Und tatsächlich muss sie mit einem kleinen, spitzenumhäkelten Taschentuch aus der Aussteuerkiste ihrer Mutter ein paar Tränen abwischen, als das Brautpaar die Kirche betritt. Kurt sieht prima aus, der Zylinder macht ihn locker fünfzehn Zentimeter größer, und sie könnte wetten, auch seine Schuhe haben vorteilhafte Sohlen, die einen guten Ausgleich zu Elisabeths Absätzen darstellen.

Aber ach, Elisabeth! Selten hat Caro eine schönere Braut über sechzig gesehen. Sie strahlt wie eine Königin, und ihr Kleid ist einfach ein Traum in Taubenblau und Silber. Liz Taylor würde vor Neid erblassen.

Als das Brautpaar an ihrer Bankreihe vorbeischreitet, zwinkert Elisabeth ihnen zu und flüstert: »Hochzeit kommt vor dem Fall.« Kurt strahlt dazu wie ein Honigkuchenpferd.

»Sind die beiden nicht voll süß?«, raunt Caro Frank zu.

»Zucker ist süß, und Zucker macht krank«, lautet sein nüchterner Kommentar.

Greta und Kurts Sohn Marco sind die Trauzeugen. Sie stehen vorn neben dem Pfarrer und wirken ziemlich aufgeregt. Nervös zupft Greta abwechselnd an ihrem umwerfenden champagnerfarbenen Spitzenkleid und ihren roten Locken, Marco knetet ununterbrochen seine Hände. Elisabeth und Kurt dagegen sind völlig cool. Sie lächeln und winken den Freunden und Bekannten zu, die sie im Vorübergehen in den Bankreihen entdecken.

Locker-flockig überstehen sie die stimmungsvolle Zeremonie. Liz gelingt es sogar, das komplette Trauversprechen auswendig und ohne Wortverdreher aufzusagen.

Und nach dem filmreifen Kuss der Frischvermählten gibt es sogar während des Traugottesdienstes spontanen Szenenapplaus des Publikums.

Dann ist der offizielle Teil vorbei und alle fahren zum Feiern ins *Chez Gérôme*. Entzückende, als Feen verkleidete Kellnerinnen begrüßen die Gäste mit Champagner und Käsegebäck. Frank hat Caro untergehakt, und gemeinsam steuern sie auf das Brautpaar zu, um zu gratulieren. Caro fühlt sich wunderbar. Daran kann nicht einmal das himbeerrote Kleid etwas ändern. Mit Frank an ihrer Seite ist sie die glücklichste Frau weit und breit, von der Braut einmal abgesehen.

Sie umarmt erst Liz, dann Kurt, und wünscht ihnen alles Glück der Welt. Dann stellt sie den beiden ihren Mann vor.

»Sehr erfreut, und meine herzlichsten Glückwünsche«, sagt Frank mit einer leichten Verbeugung. Sie überreichen den Umschlag mit ihrer Gratulationskarte und der Spendenquittung für das SOS-Kinderdorf, die Frank unbedingt beilegen wollte. »Damit die beiden sehen, was für einen Betrag sie uns wert gewesen sind.« Auch diese Geste ist Frank erst dann wichtig geworden, als er wusste, wer der Bräutigam ist.

Dann begeben sich alle auf ihre Plätze. An Caros und Franks Tisch sitzen neben Greta und Becky auch Kurts Sohn Marco und dessen Freundin Ronja. Sie verstehen sich sofort sehr gut miteinander. Nur Frank erweist sich in dieser Phase der Feierlichkeiten als nicht gerade gesprächig. Zu Caros wachsendem Ärger hantiert er pausenlos mit seinem Smartphone herum und steht zwischen den einzelnen Gängen des Hochzeitsmenüs mehrfach auf, um den Saal zu verlassen und ein paar Telefonate zu führen. Caro tut so, als würde ihr das alles nichts ausmachen. Und um zu beweisen, wie gut sie drauf ist, lacht sie über Beckys Bemerkungen etwas lauter als nötig, lobt Gretas Kunstwerke etwas zu enthusiastisch und nimmt sich vom Dessertbüfett viel mehr, als sie sollte. Die Crème brûlée ist aber auch extrem köstlich. Und das Birnensoufflé erst … Nicht zu vergessen das Tiramisu und die Mousse au Chocolat!

Schließlich hört Caro nur deshalb auf zu essen, weil sie kurz vorm Platzen ist. Es passt einfach nichts mehr hinein in sie und ihr Himbeerkleid. Sie glaubt fast, dass sie vollkommen unfähig ist, sich zu rühren!

Ausgerechnet in diesem Moment legt die Tanzkapelle los. Der erste Tanz gehört natürlich dem glücklichen Brautpaar. In der nächsten Runde fordert Kurt Greta auf und Elisabeth tanzt mit Marco. Danach füllt sich die Tanzfläche rasch, und als die von Caro selbst engagierte *Mrs. Robinson Danceband* »A night like this« spielt, nickt Frank ihr zu: »Wollen wir?«

O nein. Nicht tanzen! Am besten überhaupt nicht bewegen.

»Du, Schatz, können wir nicht etwas später …?«

Aber Frank hört ihr überhaupt nicht zu. Er hakt sich unter und schleift seine Frau auf die Tanzfläche, als sei sie ein Kartoffelsack. Ungefähr so fühlt Caro sich auch. Ein überfüllter Kartoffelsack. Nicht wie die stolze Gattin am Arm ihres liebenden Mannes, der sie bewundert und ihr zärtliche Komplimente macht, so wie sie sich das erträumt hat. Aber wie sollte er auch? Um Komplimente machen zu können, müsste man sich seine Partnerin wohl etwas genauer betrachten, als Frank es gerade tut. Selbst wenn Caro eine Gorillamaske aufgesetzt hätte, würde er es wahrscheinlich nicht bemerken. Denn während er sie zu den schwungvollen Rumba-Rhythmen mitten ins Gewühl schiebt, reckt und streckt er seinen Hals, als hielte er Ausschau nach jemand Bestimmtem. Offenbar ist das auch der Fall, denn als er die Zielperson entdeckt hat, steuert er mit Caro im Arm geradewegs auf sie zu. Wenig später tanzen sie direkt neben Professor Obermüller und Gemahlin.

»Herr Professor, gnädige Frau, was für eine Überraschung!«, heuchelt Frank. Caro ist überrascht, wie schamlos er lügen kann. Selbst sie hätte ihn nicht entlarvt, wenn sie nicht ganz genau wüsste, dass diese Begegnung geplant war. Was für ein begabter Schauspieler.

»Dr. Braun, wie nett«, dröhnt der Professor, »und das ist also Ihre entzückende Frau Cora?«

»Caro«, verbessert sie lächelnd, was ihr einen strafenden Blick ihres Mannes einbringt.

Dann bittet Frank die schöne Fabiola zum Tanz. Die Professorengattin ist locker zehn Jahre jünger und dreißig Kilo leichter als Caro. Sie wird nun dem nicht ganz so schönen Pirmin weitergereicht, der anno domini 1983 über »Typische Berufskrankheiten von Blasmusikern« habilitiert hat, wie er ihr unaufgefordert berichtet. Caro nickt und hält den Atem an, um seiner Bierfahne zu entgehen. Der HNO-Professor hat schwitzige Hände und überhaupt kein Rhythmusgefühl. Nach wenigen Minuten keucht er wie ein Walross, und Caro nutzt eine Drehung, um nach Luft zu schnappen. Als der Song endlich zu Ende ist, geleitet er Caro höflich zu ihrem Platz zurück, ohne um einen weiteren Tanz zu bitten. Sie bedankt sich artig und ist kein bisschen traurig deswegen.

Höchstens darüber, dass Frank verschollen zu sein scheint. Wahrscheinlich knüpft er gerade wichtige Kontakte.

»Hey, jetzt wird gefeiert, warum ziehst du so ein Gesicht?«, fragt Becky. »Heute sind wir kinder- und puppenlos, das muss man doch ausnutzen!« Sie lächelt übermütig und sieht aus wie eine jüngere Ausgabe der Lynette aus *Desperate Housewives* bei den Emmy Awards. Mit der Hochsteckfrisur und dem royalblauen Abendkleid würde sie auf jedem roten Teppich eine gute Figur machen. Doch Becky hat keine Sehnsucht nach glanzvollen Auftritten. Vielmehr zieht es sie in dunkle Ecken: »Los, wir gehen rüber zur Sektbar, dort ist bestimmt was los!«

Und damit hat sie vollkommen recht. Wozu Becky die Ohren volljammern über Franks Rücksichtslosigkeit und darüber, dass er so gemein war, das Emilia-Projekt zu verlängern? Caro beschließt, den Abend trotz allem zu genießen. In null Komma nix drückt ihr jemand ein Schampusglas in die Hand, und nach höchstens drei Minuten hat sie mit mindestens fünf netten Leuten, die sie nie zuvor gesehen hat, Brüderschaft getrunken.

Hey, das macht richtig Spaß! Nun, da sie auf den Geschmack gekommen ist, will sie es auch einmal probieren.

»Ich heiße Caro, wollen wir anstoßen?«, fragt sie den hemdsärmeligen Typen, der vor ihr steht, und tippt ihm dabei mit dem Finger von hinten auf die Schulter. Er dreht sich um und antwortet: »Können wir gerne, Caro, aber erst muss ich wieder zu Atem kommen. Du in diesem Wahnsinnskleid, das haut mich glatt um!«

Es ist Philipp.

»Huch! Du hier? Wie schön. Aber ich erinnere mich gar nicht, dein Namensschildchen geschrieben zu haben«, stammelt sie dämlicherweise. Na, das klingt ja vielleicht kleinlich! Dabei freut sie sich riesig, ihn zu sehen.

Philipp zuckt zusammen und schaut sich auffällig unauffällig um wie ein schlechter Spion in einem drittklassigen Agentenfilm. »Ertappt, ich habe mich heimlich hier reingeschlichen«, flüstert er. »Als ich hörte, dass es Tiramisu gibt und dass die *Mrs. Robinson Danceband* spielt, hielt mich nichts mehr. Bitte verrate niemandem, dass ich durch das Fenster der Herrentoilette eingebrochen bin.«

Für den Bruchteil einer Sekunde nimmt Caro ihm das ab. Dann kann er selbst das Lachen nicht mehr unterdrücken und prustet laut los. Sie fällt mit ein. »Menno, du hast es wirklich drauf, mich reinzulegen«, keucht sie schließlich und wischt sich die Lachtränen aus den Augen. Vorsichtig, damit das kosmetische Gesamtkunstwerk nicht beschädigt wird.

»Um deine Frage zu beantworten«, grinst Philipp, »mein Name stand tatsächlich nicht auf der Gästeliste. Aber Tante Almas Begleiter, ein rüstiger Herr aus dem Bingo-Treff, ist krank geworden. Und weil man eine Dame nicht allein auf ein solches Fest gehen lässt, bin ich kurzfristig eingesprungen.«

»Wie ritterlich.«

»Na ja, um ehrlich zu sein, war es eher egoistisch. Ich hatte gehofft, dich zu treffen, und offensichtlich hat sich meine Ritterlichkeit gelohnt.«

Das ist seit langem das Netteste, was ein Mann zu ihr gesagt hat. Mit Abstand. Wenn überhaupt, dann hört sie Komplimente nur von ihren Freundinnen. Aber denen glaubt sie sowieso nicht. Die wollen sie nur aufbauen.

Errötend hebt sie nun ihr Glas und stößt mit Philipp an.

»Hast du Lust zu tanzen?«, fragt er dann.

Caro schaut sich um. Becky unterhält sich gerade angeregt mit Marco und Ronja. Greta legt gerade einen Walzer aufs Parkett mit einem Vetter dritten Grades, den sie ihr vorhin als »Großcousin Dicki« vorgestellt hat und der fast so breit wie hoch ist. Aber wo ist Frank? Ihn kann sie nirgends entdecken. Also, was soll's? Caro nickt Philipp zu und lässt sich gut gelaunt auf die Tanzfläche führen. Die Überdosis Desserts konnte sie inzwischen einigermaßen verdauen, so dass nichts dagegenspricht, beim nun folgenden Jive so richtig loszulegen.

Philipp ist kein besonders guter Tänzer. Die beiden würden sicher keinen Turnierpreis gewinnen, aber sie haben einen Riesenspaß. Eine Tanzpause gönnen sie sich erst, als die fünfstöckige Hochzeitstorte angeschnitten wird und das Brautpaar zu diesem Anlass eine launige Rede hält. Eine Rede, die Elisabeth mit den Worten beendet: »Es ist noch nicht aller Abend Tage. So jung kommen wir nie wieder auf einen gemeinsamen Zweig. Lasst uns feiern und fröhlich sein!«

Und genau das tun sie: Becky, Marco, Ronja, Greta, Dicki, Philipp und Caro.

Ronja, die schon zwei, drei Sekt mehr als die anderen intus hat, gluckst vor Lachen über einen von Marcos Scherzen. Je mehr sie getrunken hat, desto mehr klingt ihr Kichern wie das Gackern einer Henne. Was wiederum Dicki zum Totlachen findet. »Du solltest mal eines dieser angesagten Seelenseminare besuchen, da machen die das dauernd. In Tiersprache reden und so. Du wärst bestimmt ein Eins-a-Huhn!«

Alarmiert schauen Becky, Greta und Caro einander an. Soll das eine Anspielung sein? Offenbar nicht, denn Großcousin Dicki plappert munter weiter, ohne sie sonderlich zu beachten. Sie erfahren, dass Dicki erst letzte Woche im Internet über die animalistische Balance gestolpert ist und das offenbar als allerneuester Trend in Selbsterfahrungskreisen gilt. Ronja ist hoch interessiert. »Esoterik ist mein Steckenpferd«, bringt sie mühsam über die Lippen.

»Ich glaube, wir machen uns lieber auf den Heimweg«, schlägt Marco vor, doch Ronja will erst alles über die animalistische Balance erfahren, was Dicki weiß. Marco wirft ihm einen strengen Blick zu, woraufhin Dicki schulterzuckend meint: »Ich kann dir einfach einen Link schicken.«

Als die beiden weg sind und Dicki loszieht, um sich ein weiteres Stück Torte einzuverleiben, halten die drei Freundinnen Kriegsrat.

»Ich dachte, unsere *Sphinx*-Seite wäre gelöscht«, raunt Greta.

»Stimmt genau, ich habe sie offline gestellt«, grübelt Caro halblaut, »wie kann es da sein, dass man im Netz noch immer über die animalistische Balance stolpern kann?«

»Das Internet vergisst nichts«, unkt Becky.

»Falsch«, widerspricht Philipp, »das ist eines der hartnäckigsten Vorurteile über das World Wide Web, die es überhaupt gibt. Tatsächlich ist es durchaus möglich, so gut wie sämtliche Spuren im Netz zu löschen. Man muss nur wissen, wie!«

»Dann sollten wir uns dringend mal zusammensetzen und die Sache in Angriff nehmen«, schlägt Caro vor.

»Gleich am Montag?« Philipp macht, wie immer, Nägel mit Köpfen. »In meinem Büro? Ich kann allerdings erst nach Feierabend. So ab halb sechs.«

Schon will Caro nicken und sagen, dass das kein Problem sei, da fällt ihr Emilia ein. Mist! Wie konnte sie das vergessen. Noch vier weitere Wochen muss sie diese blöde Puppe betreuen.

»Ach, weißt du, vielleicht kommst du doch lieber zu mir nach Hause, ich mach uns dann auch was Leckeres zu essen. Als Revanche für die Einladung neulich«, erwidert sie hastig. »Halb sechs ist prima. Sophie-Scholl-Straße siebzehn.«

»Okay. Ich werde pünktlich sein.«

Er ist es. Punkt halb sechs klingelt es am Montagabend an Caros Haustür. Der Kartoffel-Lauch-Auflauf mit Schafskäse duftet schon verführerisch. Genau das Richtige an einem so kühlen, stürmischen Herbsttag wie heute. Noch zehn Minuten, dann können sie essen.

»Na, hast du das Fest gut überstanden?«, begrüßt Philipp sie.

»Klar«, sagt Caro und bittet ihn herein. Natürlich erwähnt sie nicht, dass Frank ihr auf dem Heimweg eine Szene gemacht hat. Sie hätte sich kindisch und peinlich aufgeführt, hat er gewettert. Anstatt gesittet an seiner Seite zu bleiben, die Hände irgendwelcher reichen und einflussreichen Schnösel zu schütteln und so zu tun, als ob sie deren langweiliges Gerede interessiere, hat sie es gewagt, mit Leuten wie der »irren Greta« herumzualbern.

O Mann, sie war so sauer!

Schließlich war es doch Frank gewesen, der sie während der kompletten Hochzeitsfeier mehr oder weniger ignoriert hat. Was hätte sie denn seiner Ansicht nach tun sollen? Ihn suchen, sich wie ein kleines Mädchen neben ihn stellen, dümmlich grinsend, ohne eigene Meinung?

Aber sie sagte nichts. Gekränkt saß sie auf dem Beifahrersitz. Sie fuhren schweigend durch die Nacht. Wie immer biss sie sich auf die Lippen und schluckte die aufsteigenden Zornestränen hinunter. Ihrem Ärger Luft zu machen hätte sowieso nichts gebracht. Das wusste sie aus Erfahrung. Wenn es um verbale Auseinandersetzungen geht, fühlt sich Caro ihrem Mann einfach nicht gewachsen. Hinterher wäre sie nur noch wütender gewesen – auf sich selbst. Außerdem musste es ja wohl einen Grund für Franks schlechte Laune geben. Sie war mal wieder nur der Blitzableiter. Oder der Sündenbock. Wahrscheinlich hatte er sich über den Professor geärgert oder über sonst einen Gast aus der Kategorie »High Society«.

Was auch immer der Grund war, sie wird es wohl nie erfahren. Deshalb schiebt sie jetzt den Gedanken an den unschönen

Ausgang des Samstagabends beiseite und führt Philipp in die Küche, wo sie den Tisch schon gedeckt hat. »Da ist noch Platz genug für deinen Laptop. Wir können parallel dazu schon anfangen, wenn du es eilig hast«, schlägt sie vor.

»Wäre schade um das gute Essen, wenn wir es mit halber Aufmerksamkeit runterschlingen«, erwidert er.

Auch wieder wahr.

Caro findet, zu dem Auflauf passt ein Rotwein ziemlich gut. Philipp findet das auch, bittet aber außerdem um ein großes Glas Mineralwasser. »Schließlich muss ich später noch Auto fahren.«

Sie stoßen an und lassen es sich schmecken. Während der Mahlzeit unterhalten sie sich über dies und das. Die Hochzeit, seine Tante Alma, Elisabeths lustigste Wortverdreher und die Sturmwarnung, die durch alle Medien geistert. Offenbar geht der schöne Spätsommer nicht in einen goldenen Oktober über, sondern gleich in einen grauen, ungemütlichen Herbst.

»Ich mag es eigentlich ganz gern, wenn es draußen kühl und stürmisch ist«, sagt Philipp, »vor allem, wenn man zu Hause einen Kamin hat und ein gutes Buch.«

»Und guten Wein. Prost!«, stimmt Caro ihm zu. Es liegt nicht nur am Dornfelder, dass sie sich leicht und irgendwie rundum zufrieden fühlt. Philipps Gegenwart wirkt sich mal wieder sehr positiv auf ihr Gemüt aus. Er ist ein wirklich netter Kerl. Unkompliziert und witzig. Der Gedanke, dass es nach diesem Abend keinen geschäftlichen Anlass mehr gibt, sich mit Philipp zu treffen, ist der einzige Wermutstropfen. Wie schade! Da fällt ihr ein, dass der PC im *Piccolobello* in letzter Zeit öfter mal hakt. Ob Philipp sich den wohl mal anschauen kann? Aber erst einmal geht es jetzt um die Spuren, die sie im Internet hinterlassen haben. »Nicht nur die *Sphinx*-Website und der Online-Shop haben auf die animalistische Balance aufmerksam gemacht«, erklärt Philipp. »Vergiss nicht die Social-Media-Maßnahmen, mit denen wir den Bekanntheitsgrad in kurzer Zeit verdoppelt haben. Auf eure Angebote wurde außerdem im *Sphinx*-Blog hingewiesen und auf eurer Facebook-Seite, aber natürlich auch bei allen Usern, die diese News geteilt haben. Und dann gibt es noch die einschlägigen Foren der Esoterik-Szene, in der sich die Nutzer über neue Angebote austauschen, und die Blogs, in denen sie über ihre Erfahrungen bei einem Seelenseminar berichten.«

Nach dem Essen googeln sie nach den wichtigsten Keywords, von »animalistische Balance« bis zu »Biokommunikation«, und haben mehr Treffer, als Caro lieb ist.

»Wie sollen wir das jemals stoppen?«, stöhnt sie.

»Kein Problem. Den Begriff animalistische Balance habt ihr euch ja schützen lassen. Wir lassen Kurt ein offizielles Anwaltsschreiben aufsetzen und schicken es an jeden, der diesen Begriff benutzt hat, mit der Bitte, die betreffenden Textpassagen sofort zu löschen.«

»Du meinst, wir drohen mit der Copyright-Keule?«

»Exakt. Außerdem löschen wir die *Sphinx*-Seite auf Facebook und alle Links zu diesem Thema in unseren eigenen Profilen. Schließlich kann ich noch dafür sorgen, dass die Suchmaschineneinträge entfernt oder zumindest auf hintere Plätze verschoben werden.«

Wie genau Philipp es schaffen will, ihre Internet-Existenz nahezu völlig auszuradieren, ist Caro zwar noch immer ein Rätsel. Sie würde auch nicht schwören, dass alles, was er da vorschlägt, so ganz legal ist. Aber das ist ihr im Moment völlig egal. Hauptsache, ihr esoterisches Experiment ist auch online bald Geschichte!

»Ich bin beeindruckt. Dass so etwas überhaupt geht, habe ich nicht einmal geahnt. Wie gut, dass du da etwas Licht ins Dunkel bringst und … huch!«, unterbricht sie sich, denn wie aufs Stichwort flackert draußen ein greller Blitz auf. Gleichzeitig kracht ein gewaltiger Donner, und im selben Moment wird es stockfinster.

Stromausfall.

Du liebe Zeit, wie gruselig!

Zum Glück ist sie nicht allein zu Hause, sonst hätte sie sich vor Angst ins Hemd gemacht.

»Hast du Kerzen? Und Streichhölzer?« Philipp denkt mal wieder praktisch. Mit dem spärlichen Licht, das der Monitor seines Laptops abgibt, leuchtet er Caro den Weg ins Wohnzimmer. In den Schubladen einer Kommode ertastet sie dicke Stumpenkerzen, die sie einmal für einen Adventskranz gekauft, dann aber nie benutzt hat. Heute ist sie froh, sie zu finden! Sie tauchen die Küche in ein gemütliches Licht und scheinen diesen an sich nüchternen Raum zu verzaubern.

»Du musst noch bleiben«, bittet sie Philipp, »zumindest bis der Strom wieder da ist.«

»Na, klar doch«, verspricht er. »Aber sag nicht, dass du Angst hast allein. Du müsstest es doch gewohnt sein.«

»Schon«, gibt Caro zu und schenkt noch Wein nach, »schließlich muss Frank oft Nachtschichten machen. Aber bei Gewitter, Sturm oder Stromausfall fühle ich mich einfach unwohl.«

»Frank?«, fragt Philipp gedehnt.

»Ja, Dr. Frank Braun. Mein Mann. Habe ich noch nicht von ihm erzählt?«

Caro kann das kaum glauben. Normalerweise nervt sie alle Leute, die sie kennt oder kennenlernt, mit Lobeshymnen über ihren wundervollen Mann.

Falls Philipp verwundert oder gar enttäuscht ist, zeigt er es nicht. »Dann hatte er also letztes Wochenende Dienst und konnte dich nicht zur Hochzeit begleiten?«

Caro setzt gerade an, Philipp zu erklären, warum ihm ihr Mann dort nicht aufgefallen ist, obwohl er sehr wohl anwesend war, als das Unvermeidliche geschieht …

»Was in aller Welt ist das? Klingt wie ein weinendes Baby.«

»Tja, klingt so, ist aber keins. Jedenfalls nicht wirklich.«

»Du sprichst in Rätseln«, sagt Philipp.

»Komm einfach mit«, fordert Caro ihn auf. Beide greifen nach einer Stumpenkerze, und Caro geht voraus in Richtung Gästezimmer. Dann drückt sie Philipp ihre Kerze in die Hand und hebt den plärrenden Pseudosäugling aus der Wiege.

»Darf ich vorstellen: Das ist Emilia, eine Simulationspuppe mit allen wichtigen Funktionen eines echten Babys, einem realistischen Geräuschespektrum und einem Chip, der genau registriert, ob die Testmutter alles richtig macht.«

Dann trägt sie die Puppe in die Küche. Diesmal ist Philipp derjenige, der Wein nachschenkt. Wortlos. Beschämt geht Caro hinüber zur Spüle, wo ein Babyfläschchen bereitsteht, und füttert Emilia. Die Tränen laufen ihr über die Wangen. Nie im Leben hat sie sich so unglücklich, so gedemütigt, so bloßgestellt gefühlt. Dabei ist Philipp kein bisschen vorwurfsvoll. Er sagt noch immer kein Wort, sondern sitzt einfach nur da und beobachtet sie im Kerzenschein.

»Es ist nicht so, wie es aussieht«, schluchzt Caro irgendwann auf. »Frank ist voll auf seine Karriere konzentriert, sogar bei gesellschaftlichen Anlässen wie Hochzeiten muss er jede Gelegenheit nutzen, um wichtige Kontakte zu pflegen.«

O Gott, wie dämlich sich das anhört, denkt sie bei sich, schwadroniert aber weiter: »Er wünscht sich ebenso sehr ein Kind wie ich, aber er weiß, dass er leider keine Zeit haben wird, mich bei der Erziehung zu unterstützen. Deshalb ist es wichtig, dass ich genau weiß, was auf mich zukommt.«

Philipp hört aufmerksam zu. Aber er erwidert noch immer nichts.

»Du darfst ihn nicht verurteilen. Und mich auch nicht. Frank ist mir einfach wahnsinnig überlegen. In allen Belangen.«

Philipp steht auf, nimmt ihr Emilia aus dem Arm und legt sie behutsam auf den Tisch. Dann stellt er sich hinter Caros Stuhl und legt ihr ganz leicht eine Hand auf die Schulter. Leise, fast flüsternd beginnt er zu reden: »Du bist ein ganz wundervoller, wertvoller Mensch, Caro. Niemand kann dir so sehr überlegen sein, dass du dich dermaßen klein machen musst. Jemand wie du darf sich nicht schikanieren lassen. Du verdienst Vertrauen und Bewunderung und Respekt. Ich wünsche dir, dass du all das von deinem Mann bekommst.«

Sie hält die Luft an, um keines seiner Worte zu verpassen. Aber mehr kommt nicht. Und auch Caro bleibt stumm. Irgendwie fällt ihr keine passende Antwort ein.

In diesem Moment geht das Licht wieder an.

»Der Stromausfall ist vorbei. Ich muss jetzt gehen«, sagt Philipp fast ein wenig überstürzt.

Caro begleitet ihn zur Tür. Einerseits wünscht sie, dass er bleibt, andererseits kann sie es kaum erwarten, ungestört nachdenken zu können.

Sie stehen einander gegenüber. Philipp zögert ebenfalls. Was täte er jetzt wohl, wenn es keine Emilia gäbe und keinen Frank? So wie er es erwartet hat, als er vorhin hier ankam? Du liebe Zeit, er muss sich ja vollkommen hinters Licht geführt fühlen! Andererseits: Dies hier ist nichts weiter als ein Geschäftstreffen. Ist es bei solchen Gelegenheiten nicht üblich, dass man anschließend noch ein paar private Worte wechselt?

Ja, genau, denkt Caro. Alles ist vollkommen normal. Wir sind einfach nur Geschäftspartner, die sich ganz gerne mögen.

Und die sich zum Abschied selbstverständlich umarmen.

Ganz kurz. Rein freundschaftlich.

Ist eine Sekunde kurz genug?

Oder besser gesagt: Sind fünf Sekunden noch okay?

Und zehn?

Zwanzig?

»Hochinteressant, was meine Frau so treibt, wenn sie mich in der Klinik wähnt«, durchschneidet eine eiskalte Stimme diesen magischen Moment. »Ist das dein Lover? Warum so eilig? Lasst euch von mir nicht stören. Ich hole nur meinen Pieper, den ich vergessen habe, dann bin ich wieder weg.«

Frank!

Es ist nicht so, wie es aussieht, will Caro rufen. Zum zweiten Mal für heute Abend. Aber aus ihrer Kehle kommt nur ein heiseres Krächzen. Und im tiefsten Inneren weiß sie auch, dass Frank ihr sowieso nicht glauben würde. Dazu ist er viel zu sehr Naturwissenschaftler. Er glaubt nur, was er sieht. Aber ach, das ist doch alles nur ein riesengroßes Missverständnis!

Noch ein Wolf, noch ein Schafspelz

Becky hat sich noch nicht daran gewöhnt, am helllichten Tag zu Hause zu sitzen und nichts zu tun! Na ja, *nichts* ist etwas untertrieben. Sie sitzt mit Greta am Küchentisch, sie trinken Tee und versuchen, die *Sphinx*-Abschlussbilanz zu verstehen, die Dr. Rosenberg ihnen geschickt hat. *Sphinx* wie animalistische Balance, nicht wie *Café Sphinx.* Erst muss das alte Kapitel beendet werden, bevor Becky ein neues aufschlägt. Aber wenn sie ehrlich ist, würde sie tausendmal lieber Kneipenwände streichen, statt diese komplizierten Zahlenreihen anzustarren! Denn das ist, jedenfalls für Becky, wesentlich anstrengender, als irgendein Muster zu designen. Sie ist nun mal kein Zahlenmensch! War sie nie. Wird sie auch in diesem Leben nicht mehr werden. Greta blickt bei den vielen Ziffernkolonnen, Tabellen und Auflistungen schon eher durch.

»Entscheidend ist, was unten rauskommt«, sagt sie zum inzwischen fünften Mal.

»Hm«, macht Becky und versucht, ihre Ungeduld nicht allzu deutlich zu zeigen. »Und wo genau steht das nun? Wie viel bleibt unterm Strich übrig für jede von uns?«

Gretas lange, schmale Finger mit den olivgrün lackierten Nägeln blättern flugs den Papierstapel durch. Dann deutet sie auf eine fettgedruckte Ziffernfolge. »Hier, der Gesamtgewinn: Dreihundertfünfundsiebzigtausend. Nach Steuern. Bleiben für jede von uns … hundertfünfundzwanzigtausend.«

Wow.

WOW!

Das ist ja der Wahnsinn. Hundertfünfundzwanzigtausend Euro! Nicht einmal beim *Wer-wird-Millionär*-Mitraten vom Sofa aus ist Becky jemals so weit gekommen. Trotz Joker. Und diesmal ist es kein theoretischer Spielgewinn, sondern echtes Geld. Ehrlich verdient. Na ja, fast ehrlich. Aber mit harter Arbeit, so viel steht fest!

Stirnrunzelnd schaut Greta die Tabellen durch. »Wieso bleibt denn da so wenig übrig? Haben wir so schlecht gehaushaltet?«

»Hast du 'ne Meise? Das ist doch irre viel Kohle!«

»Aber unser Umsatz ist noch viel, viel höher«, erklärt sie und deutet auf eine Zahl, die so schwindelerregend ist, dass Becky sie lieber nicht wiederholen möchte.

»Grundgütiger: So viel haben wir also verdient?«, staunt sie ehrfürchtig.

»Verdient nicht, aber eingenommen. Natürlich mussten wir alles versteuern. Und dann ist da noch unsere Ausgaben-Seite.«

Ooops. An die Ausgaben hat Becky noch gar nicht gedacht. Und die sind ein ganz schöner Batzen, wie Dr. Rosenbergs akribische Auflistung deutlich zeigt: von Porto-, Versand- und Fahrtkosten über Webshop, Anzeigenwerbung und Social-Media-Maßnahmen bis hin zu Wallegewändern und Zehenlatschen, Leinwänden und Ölfarben, Tees und Kräuterprodukten, Etiketten und Kosten für das Outsourcing. Nicht zu vergessen Kost und Logis im Seminarhaus Falkenmühle. Das war, alles zusammengerechnet, richtig, richtig teuer.

»Vielleicht hätten wir an der einen oder anderen Stelle sparsamer wirtschaften können, wenn wir das alles richtig durchdacht hätten. Mit Businessplan und so. Aber wir sind ja völlig naiv in die Sache reingestolpert. Sie ist uns mehr oder weniger passiert«, sagt Becky nachdenklich. Wie konnte das passieren? Normalerweise ist sie im Berufsleben eine perfekt durchorganisierte Bree, nur im Privatleben chaotisch wie Susan. Diesmal ist es genau umgekehrt. Das muss daran liegen, dass die animalistische Balance ursprünglich ein Freizeitjux war, keine Businessidee. Und aus Spaß wurde Ernst …

Welche Möglichkeiten ihr offenstünden, wenn Einnahmen und Gewinn identisch wären, mag Becky sich gar nicht ausmalen, sonst würde sie womöglich noch größenwahnsinnig.

»Auch wenn ich eben erschrocken bin, wie viele Ausgaben wir hatten: Für mich bedeuten hundertfünfundzwanzigtausend Euro ein paar Jahre Freiheit«, schwärmt Greta träumerisch. »Zeit, in der ich weder Kurse geben noch Pudelporträts malen muss, sondern in der ich mich ganz meiner Kunst widmen kann. Miete, Essen, Klamotten und Urlaub sind gesichert, und für eine Ausstellung reicht's auch noch. Beste Voraussetzungen für meinen großen Durchbruch. Unter diesen Bedingungen kann ich es wirklich schaffen. Und bei dir?«

Ja, bei Becky sieht die Sache ein bisschen anders aus. Hundertfünfundzwanzigtausend Euro sind irre viel Geld, so viel hatte sie noch nie. Sie ist völlig überwältigt!

Dennoch: Eigentlich ist der Anteil zu gering, um ihren Traum wahrzumachen. Hauskauf, Renovierung, Caféausstattung … Diese Rechnung geht unmöglich auf! Jedenfalls wird es wohl ganz schön knapp. Aber ihr Anteil ist andererseits auch nicht so wenig, dass sie bei Paul Segers zu Kreuze kriechen und wieder Schirme, Tapeten und Unterhosen designen müsste. Wenigstens das bleibt ihr erspart. Soll sie sich nun freuen oder lieber den Mut verlieren? »Ich weiß nicht so recht«, vertraut sie

Greta ihre Zweifel an, »Florian hat gestern Abend angerufen. Er konnte den alten Frobenius tatsächlich runterhandeln auf fünfundneunzigtausend. Das ist ein Schnäppchen für diese Immobilie, meint er. Das Haus mag zwar alt und klein sein, aber die Lage ist ganz prima und eine Wohnung direkt über meinem eigenen Café werde ich zu diesen Konditionen wohl nirgends mehr finden. Frobenius hat dem Wirt vom *Pilsstübchen* übrigens schon gekündigt. Der Vertrag läuft eh Mitte November aus, deshalb geht das relativ unkompliziert. Sobald er raus ist, kann ich loslegen und renovieren.«

Mit einem Mini-Etat, ergänzt sie in Gedanken. Von irgendetwas müssen Nelly und sie schließlich auch leben, bis das *Café Sphinx* den ersten Gewinn einbringt. Becky wird also höchstens zwanzigtausend Euro investieren können, um aus der dunklen, stinkigen Spelunke ein trendiges Café zu zaubern. Kann das gutgehen?

Greta scheint ihre Zweifel zu ahnen. »Wenn es dir hilft, leihe ich dir gerne noch zwanzigtausend oder so. Als Starthilfedarlehen. Du kannst es mir ja irgendwann zurückzahlen.«

»Superlieb von dir, danke, aber das kann ich nicht annehmen«, lehnt Becky bestimmt ab. »Schulden zu machen habe ich bisher immer vermieden. Also werde ich nicht ausgerechnet jetzt, da ich zum ersten Mal im Leben zu einem kleinen Vermögen gekommen bin, damit anfangen. Das muss auch anders gehen!«

»Mein Angebot steht jedenfalls«, sagt Greta. »Du kannst es auch gerne Investition nennen statt Darlehen, wenn dir das angenehmer ist.«

Aber das wäre bloß Wortklauberei.

»Du bist ein Schatz, Greta. Aber nein: Ich bekomme das irgendwie hin. Zur Not wird das *Café Sphinx* eben nach und nach renoviert. Es muss ja nicht perfekt aussehen bei der Eröffnung.«

Kompromisslosigkeit muss man sich leisten können, denkt Becky. Aber dann holt sie sich selbst zurück auf den Teppich: Bin ich denn verrückt, einen so hohen Geldbetrag als schmales Budget zu bezeichnen? Hundertfünfundzwanzigtausend Euro für ein halbes Jahr animalistische Balance, das ist der reinste Aberwitz! So viel verdient sie sonst nicht mal in drei Jahren. Ja, das ist mehr, als sie sich je erträumt hätte. Erstaunlich, wie sich die Maßstäbe verschieben, wenn man unverhofft zu Geld kommt. Ich sollte dankbar sein statt zaghaft!, beschließt sie.

Nachdem Greta ihren Tee ausgetrunken und sich verabschiedet hat, ruft Becky bei Florian an: »Ich habe mich entschieden. Also, ja, ich schlage zu. Ein besseres Angebot bekomme ich wohl nie wieder, wenn ich meinen Traum verwirklichen will. Nur eine Bedingung habe ich. Den Notar, bei dem wir die Verträge unterzeichnen, möchte ich selbst aussuchen. Kurt Warnke.«

Florian glaubt nicht, dass das für Frobenius ein Problem darstellen wird, denn Kurt hat einen ausgezeichneten Ruf.

Die nächsten Tage verbringt Becky damit, sich *weiterzubilden.* Direkt von Nellys Kindergarten aus, in dem ihr die unnette Frau Nette zum Glück nicht über den Weg läuft, fährt sie morgens weiter, um dann pünktlich zur Ladenöffnung vor einem der einschlägigen Baumärkte zu stehen. Ihr Programm ist straff: Sie vergleicht die Preise von Armaturen, informiert sich über die Robustheit verschiedener Bodenbeläge und lässt sich die Härtegrade von Fliesen erklären. Sie begutachtet Arbeitsplatten, verschafft sich einen Überblick über die Deckkraft verschiedener Wandfarben und durchstöbert Deko-Abteilungen nach hübschen Stoffen, Vorhängen und Kissen. Abends vor dem PC erstellt sie ein Inneneinrichtungskonzept auf Basis von Ziegelrot, Eierschalenbeige, Nachtblau und Pistaziengrün. Das werden die *Sphinx*-Farben für ihr Café. Etliche Stunden verbringt sie damit, ein Logo zu entwerfen. Im Internet vergleicht sie dann das Speise- und Getränkeangebot anderer Bistros. Was Becky braucht, sind zuverlässige Lieferanten, die ihr günstige Konditionen anbieten. Noch ohne die Preise festzulegen, layoutet sie die *Sphinx*-Karte. Darauf stehen Säfte, Softdrinks und Mineralwasser, verschiedene Kaffee-, Kakao- und Teespezialitäten, drei oder vier Weinsorten, ein guter Sekt, natürlich auch Bier und ein paar Mixgetränke. Dazu Kuchen, frisch gebackene Brezeln, Salate und Flammkuchen. Das war's. Eine kleine, aber feine Auswahl, die es ihr ermöglicht, den Laden allein mit ein paar Aushilfen zu führen. Tagsüber jedenfalls. Abends muss sie sich natürlich um Nelly kümmern.

Manchmal ist Becky voller Vorfreude und Euphorie. Heute dagegen überwiegen die Selbstzweifel. »Du liebe Zeit. Was habe ich da nur angefangen?«, stöhnt sie. Sie versteht nichts von Gastronomie. Sie stand noch nie hinter einem Tresen, immer nur davor. Sie ist kein Kalkulationstalent. Sie kann weder besonders gut backen noch kochen. Sie hat bisher nur einen einzigen Cocktail gemixt, den Hugo. Sie hat eine kleine Tochter, ist alleinerziehend und kann abends deshalb nicht außerhalb der eigenen vier Wände arbeiten. Sie muss verrückt gewesen sein zu glauben, dass die Sache mit dem Café realistisch ist. Das Gegenteil ist der Fall: Es ist der pure Irrsinn!

Kann sie noch zurück? Becky schenkt sich ein Glas Wein ein und schaut durchs Küchenfenster hinaus in die Nacht. Von unten aus dem *Pilsstübchen* dringt die gewohnte unerfreuliche Geräuschkulisse nach oben. Deutschsprachige Countrymusik, Türengeknalle, Gegröle. Manchmal versteht sie sogar die eine oder andere Unflätigkeit, ohne die offenbar kein Skatspiel und kein gemeinsam verfolgtes Fußballspiel auskommt.

»Doch«, sagt sie laut vor sich hin, »ja, das kann ich auch. Und zwar besser.« Immerhin hat sie bereits beim Kotzbrocken gekündigt, um künftig ihren Traum zu leben. Also sollte sie das, verdammt noch mal, auch wenigstens probieren!

Bevor Becky an diesem Abend zu Bett geht, meldet sie sich online in gleich drei Kursen an: »Buchhaltung für Selbständige«, »Kalkulation in der Gastronomie« und »Lebensmittelhygiene«. Ja, wenn es um ihren Job geht, ist Becky eine Bree.

Am nächsten Vormittag im Baumarkt kommen die Bedenken zurück wie ein Bumerang. Eigentlich müsste sie den feuchten Keller trocknen. Die komplette Elektrik erneuern lassen. Die alten, zugigen Fenster ersetzen.

Dazu braucht sie nicht nur Material, sondern auch die teure Arbeitskraft von Spezialisten. Aber dafür reicht das Budget natürlich hinten und vorne nicht!

»Bist du unter die Heimwerker gegangen?«, sagt eine amüsierte Stimme dicht hinter ihr. Becky fährt herum. Es ist ihr Mike Delfino.

»Hey, Bastian, schön, dich zu sehen«, ruft sie aus. »Ähm, und ja, so ähnlich. Jedenfalls werde ich bald zur Hausbesitzerin und damit zur Baumarkt-Stammkundin.«

»Ist ja cool«, kommentiert Bastian und fährt sich mit der

Hand durch die rötlich blonden Strubbelhaare. Schade, dass heute Strickpulli-Wetter ist, so bleibt ihr der Blick auf seine beeindruckende Armmuskulatur versagt. Aber sein strahlendes Lächeln ist Augenschmaus genug. Und vielleicht ist es auch besser, dass sie nicht allzu sehr in den Schmachtmodus gerät. Schließlich will sie die Gelegenheit nutzen, um eine geschäftliche Verhandlung mit ihm zu führen. Becky reißt sich zusammen. »Würdest du eventuell zur Verfügung stehen, wenn ich einen tüchtigen Handwerker brauche? Und zu welchen Konditionen?«

»Für dich unterbiete ich jedes andere Angebot«, lächelt Bastian, und man könnte fast glauben, dass er das wirklich so meint. Aber einen konkreten Stundenpreis nennt er nicht. Wie, bitte schön, soll man so seriös kalkulieren? Stattdessen lädt Bastian sie auf einen Cappuccino im Stehcafé der Bäckereikette ein, die im zugigen Eingangsbereich des Baumarkts eine Filiale betreibt. Sicher trotz der ungemütlichen Atmosphäre aus betriebswirtschaftlicher Sicht eine erstklassige Lage, so viel ist Becky auch ohne den Kalkulationskurs schon klar. Bretter, Schrauben und Waschbecken kaufen macht müde, hungrig und durstig, wie es aussieht. Sie finden nur mit Mühe einen freien Tisch.

Bastian erkundigt sich nach den Details ihrer Pläne, und Becky erzählt, dass nächste Woche der Notartermin stattfindet. Dann ist sie offizielle Hausbesitzerin und ab Dezember dann auch Caféinhaberin. »Spätestens ab Dezember«, sagt Bastian. »Mir ist zu Ohren gekommen, dass der *Pilsstübchen*-Wirt schon neue Räumlichkeiten in Aussicht hat. Dann könntest du sogar schon früher anfangen zu renovieren.«

Das klingt großartig!

»Wo du nur immer diese Insiderinformationen herhast«, staunt sie.

»Ich bin eben tagtäglich auf Baustellen, und dort hört man so einiges. Übrigens kann ich dir auch ein paar gute Tipps geben für Inneneinrichtung, Geschirr und Küchenausstattung. Hast du was zu schreiben?«

Sie hat. Bastian notiert zwei Internetadressen. »Dort bekommst du günstiges Gastronomiezubehör aus Insolvenzen oder Betriebsauflösungen. Spottbillig teilweise.«

»Super, vielen Dank. Ach, am besten gibst du mir noch deine Handynummer, damit ich mich bei dir melden kann, wenn es losgeht.«

»Gib du mir lieber deine. Ich wechsle gerade den Mobilfunkanbieter und bekomme bald eine neue Nummer. Sobald ich die habe, melde ich mich bei dir.«

Becky überreicht Bastian eine ihrer alten *WerbePauSe*-Visitenkarten. Den Firmennamen hat sie mit schwarzem Edding durchgestrichen, ebenso das Logo. Übrig bleiben nur ihre Kontaktdaten.

»Man hört und sieht sich«, verabschiedet sich Bastian. Im Weggehen dreht er sich noch einmal um und winkt ihr lässig zu.

Was für ein cooler Typ. Aber irgendwie auch geheimnisvoll. Außer seinem Vornamen weiß Becky noch immer nichts von ihm, wie ihr gerade auffällt. Darf das denn wahr sein? Dass sie nicht einmal an die grundsätzlichsten Details denkt! Manchmal ist sie wirklich so was von schusselig.

Morgen darf ihr das nicht passieren! Becky checkt noch einmal alles. Okay, sie hat weder vergessen, ihr Handy aufzuladen noch ihren Personalausweis einzustecken oder den zusätzlichen Wecker zu stellen. Zwar hat sie mit Nelly ein lebendes Weckerchen, das sie niemals länger als bis halb acht schlafen lässt, aber sicher ist sicher. Schließlich will sie nach dem Duschen ihre Haare besonders sorgfältig föhnen. Die Kleiderauswahl hat sie bereits getroffen: graues Nadelstreifenkostüm, neues blaues Shirt und gleichfarbige Pumps. Ganz dem Ernst der Situation angemessen.

Die Sache mit den Weckern erweist sich als vollkommen überflüssig, denn seit drei Uhr morgens ist sie hellwach, und trotz allen Schäfchenzählens gelingt es ihr nicht, wieder einzuschlafen.

Denn heute ist der große Tag: der Tag, an dem Rebekka Quandt Hausbesitzerin wird!

Der Notartermin bei Kurt soll um halb neun stattfinden. Becky will lieber etwas zu früh als zu spät dort sein und bringt Nelly schon um kurz vor acht zum Kindergarten. Als sie das Haus verlassen, stolpert sie fast über ein großes Paket. Die Zusteller werden aber auch immer unzuverlässiger, denkt sie ärgerlich. Entweder muss man eine Sendung persönlich übergeben oder aber man wirft eine Abholkarte ein. »Was ist da drin? Hast du etwas bestellt?«, fragt Nelly und hüpft neugierig von einem Bein auf das andere.

»Wir schauen heute Nachmittag nach, jetzt haben wir keine Zeit mehr«, beschließt sie und stellt das Paket in den Flur. Nelly zieht einen Flunsch. Geduld ist nicht gerade ihre Stärke.

»Wenigstens kann Frau Nette heute nicht darüber schimpfen, dass du zu spät kommst«, versucht Becky ihr trotziges Sonnenscheinchen aufzumuntern, als sie den Gurt des Kindersitzes einrasten lässt. Während sie früher eher durch zu spätes

Abholen negativ auffiel, hat sich das Problem umgedreht, seit Becky nicht mehr für den Kotzbrocken arbeitet. Inzwischen ist sie am Abend immer pünktlich, aber morgens trödeln sie neuerdings gern, so dass sie des Öfteren erst gegen halb zehn in der *Villa Kunterbunt* eintreffen – jedenfalls an Tagen, an denen ihre Kurse erst am späteren Vormittag anfangen und sie vorher nicht noch eben im Baumarkt vorbeischaut. Zuspätkommen ist eine Nachlässigkeit, die die unnette Frau Nette ganz und gar nicht gutheißen kann – so jedenfalls deutet Becky deren Gesichtsausdruck. Seit jenem denkwürdigen Tag, an dem sie erst kopfüber im Bällchenbad landete und anschließend die Kindergartenleiterin der Unfähigkeit bezichtigte, haben die Einrichtungsleiterin und sie kein Wort mehr miteinander gewechselt. Nur Blicke. In letzter Zeit ist sie ihr zum Glück nicht so häufig begegnet.

»Frau Nette *kann* gar nicht schimpfen«, klärt Nelly sie nun auf. »Sie war schon über eine Woche nicht mehr im Kindergarten. Weil sie nämlich *Bärenhaut* hat.«

Becky lacht laut auf: »Bärenhaut? Was soll das denn sein? Meinst du, dass sie ein Sabbatical macht und auf der faulen Haut liegt?«

»Nein, meine ich nicht«, widerspricht ihre Tochter vehement, »kein *Seppeltick,* sie hat *Bärenhaut!* Das ist eine Krankheit.«

Becky begleitet Nelly hinein und erfährt von einer Praktikantin, dass Frau Nette auf unbestimmte Zeit krankgeschrieben ist. Näheres dürfe sie ihr nicht mitteilen. Doch als Becky ein wenig weiterbohrt, rückt die Praktikantin damit heraus, dass mit Bärenhaut nichts anderes als das Burn-out-Syndrom gemeint ist.

Burn-out. So ein Mist!

Kann die *Unnette* nicht eine stinknormale Grippe haben? Oder einen Bandscheibenvorfall? Oder einfach nur Urlaub?

Nun quält Becky das schlechte Gewissen. Hat sie mit ihrem unsensiblen Kommentar damals dazu beigetragen, dass es der unnetten Frau Nette inzwischen so schlechtgeht? Immerhin hat sie ihr vorgeworfen, keine Ahnung zu haben. Von Kindern nicht, vom Leben nicht und vor allem nicht davon, wie man Spaß und Freude verbreitet. Ja, das waren damals Beckys Worte. Ganz schön krass für jemanden, der kurz vorm Burn-out steht. Sie würde gern das Gegenteil behaupten, aber Becky erinnert sich nur allzu gut, Frau Nette dazu aufgefordert zu haben, lieber den Beruf zu wechseln, als ihre schlechte Laune an den Kindern und Eltern auszulassen.

Der Tag fängt ja gut an. Die Erkenntnis, dass sie womöglich dazu beigetragen hat, eine arme, unglückliche Person in eine Depression zu treiben, trägt nicht gerade zu dem angestrebten Hochgefühl bei, mit dem sie den Weg zur Unterzeichnung ihres allerersten Immobilienkaufs antreten wollte.

Zu ihrer getrübten Laune passt es ganz hervorragend, dass sich sämtliche Ampeln der Stadt gegen sie verschworen haben. Rote Welle. Na großartig. Heute scheint ja ihr Glückstag zu sein.

Natürlich ist keine Parkbucht frei, als Becky den Platz vor dem Bürohochhaus erreicht, in dem Kurts Kanzlei ihren Sitz hat. Also entscheidet sie, einmal um den Block zu fahren und nach der nächstbesten Lücke Ausschau zu halten. Nun fängt es auch noch an zu regnen. Danke, liebes Schicksal! Natürlich hat sie keinen Schirm im Auto. Bestimmt sehe ich aus wie ein begossener Pudel, wenn ich gleich zum vielleicht wichtigsten Termin meines Erwachsenenlebens aufkreuze, denkt sie. Na ja, sagen wir, zum zweitwichtigsten. Nellys Geburt war noch wichtiger. Auch an jenem Tag regnete es übrigens. Aber wenigstens chauffierte sie Greta damals direkt bis vors Eingangsportal der Klinik.

Apropos Greta: Ist sie das nicht da drüben? Hey, das muss sie sein! Becky erkennt ihre Freundin an deren graumeliertem Strickmantel, ihren hohen, olivgrünen Stiefeln und natürlich an den langen, roten Locken. Den Schirm mit dem Picasso-Motiv hat Becky selbst ihr vor ein paar Jahren zum Geburtstag geschenkt. Ja, das ist eindeutig Greta, ins Gespräch vertieft mit …? Aber schon ist Becky an ihr vorbeigefahren.

Noch einmal muss sie ums Karree, doch wieder findet sie keinen Parkplatz. Und wieder sieht sie im Vorbeifahren Greta, wie sie ihren Gesprächspartner zum Abschied umarmt. Becky erkennt nur, dass es sich um einen Anzugträger handelt, dessen Kopf leider von einem dunkelgrauen Schirm verborgen ist.

Als sie nach einer weiteren Runde um den Block erneut an dieser Stelle vorbeikommt, sind Greta und der Anzugträger verschwunden. Stattdessen entdeckt sie eine freie Lücke, setzt den Blinker und parkt ein. *Yessss!* Und das direkt vor dem Haupteingang des Bürogebäudes. Na also, das Schicksal meint es eben doch gut mit ihr!

Becky wird so gut wie gar nicht nass, weil sie ihre Handtasche schützend über den Kopf hält und in gebeugter Haltung zur Tür hastet. Purer Reflex. Laut einer Studie, von der sie neulich las, hängt es von der Stärke des Regens und der Laufgeschwindigkeit ab, ob es geschickter ist, aufrecht zu laufen oder gebeugt. Wobei das bei kurzen Strecken, wenn sie sich recht erinnert, kaum einen Unterschied ausmacht.

Du verrücktes Huhn, schilt sie sich selbst, du kaufst gleich ein Haus und zermarterst dir die Birne über die Zusammenhänge zwischen Niederschlag und Körperhaltung. Aber woran sollte sie sonst denken? Daran, dass sie womöglich in fünf Minuten die größte Fehlentscheidung ihres Lebens trifft? Dann lieber über schlechtes Wetter und Physik grübeln.

Da kommt der Fahrstuhl. Sie ist allein in der Kabine. »Reiß dich zusammen, Becky!«, feuert sie sich lautstark an. »Du drehst jetzt bitte nicht durch.«

Es funktioniert. Sie beruhigt sich. Der Fahrstuhl bremst ab, und die Tür öffnet sich. Die zukünftige Immobilienbesitzerin Rebekka Quandt strafft die Schultern und tritt hinaus in den Flur. An dessen Ende gerade eine Gestalt im Anzug um die Ecke biegt, in der Hand einen Schirm.

Ist das nicht …?

Bevor Becky Genaueres erkennen kann, ist die Gestalt aus ihrem Blickfeld verschwunden. Aber ihr Unterbewusstes meldet Alarm. Diese Gestalt erinnert sie vage an jemanden. Noch mehr erinnert sie sein Anzug an jemanden. Doch an wen bloß? Könnte das vielleicht der Unbekannte sein, der Greta eben umarmt hat? Kann es so große Zufälle geben? Irgendetwas ist da nicht ganz sauber. Spontan reagiert Becky auf die lächerlichste Art und Weise: indem sie sich verhält wie die Parodie einer Agentin. Den Rücken fest an die Wand gepresst, schiebt sie sich den Flur entlang und lugt vorsichtig um die Ecke. Was sie erkennt, ist eine Empfangstheke. Dahinter eine Sekretärin mit randloser Brille und schwarzem Pagenkopf. Davor einen Anzugträger mit rotblondem Wuschelkopf.

Nein!

Oder?

Doch, das ist ja …

Spontan würde sie am liebsten ihre Deckung aufgeben, zum Tresen hinlaufen und all das herausbrüllen, was sich an Frust in ihr angestaut hat. Dieser Tag hat es aber auch wirklich in sich: Erst Frau Nettes *Bärenhaut.* Dann die roten Ampeln. Die Parkplatzsuche. Greta und der Anzugträger. Und nun entpuppt sich exakt dieser Anzugträger als …

»Ich habe einen Termin bei Notar Warnke«, sagt er, »Bastian Frobenius mein Name. Es geht um den Hausverkauf an Rebekka Quandt.«

Becky schnappt nach Luft. Selten hat sie sich dermaßen überrumpelt gefühlt. Bastian Frobenius? Bastian, der Mike-Delfino-Doppelgänger, ist der Verkäufer? Und wo ist der *alte* Frobenius? Warum weiß sie von alldem nichts? Welche Rolle spielt Florian in diesem Spiel? Und Greta? Ihre Gedanken gleichen einem außer Kontrolle geratenen Karussell: Sie drehen sich im Kreis. In schwindelerregendem Tempo, und das ohne Plan und Ziel.

»Frau Quandt ist leider noch nicht da. Vielleicht nehmen Sie noch einen Augenblick Platz?«, schlägt der Pagenkopf vor.

Ja, nimm Platz und bleib sitzen, bis du schwarz wirst, denkt sie grimmig und macht auf dem Absatz kehrt. Sie muss hier weg! Heute jedenfalls wird sie keinen Kaufvertrag unterzeichnen. Erst muss sie herausfinden, was hier gespielt wird. Bevor sie irgendjemand entdecken kann, lässt Becky den Fahrstuhl links liegen und verschwindet durch die Abschlusstür, um die Treppen hinunterzurasen, so schnell das in ihren Pumps geht. Hätte sie doch nur die bequemen Turnschuhe angezogen, wie jeden Tag. Dass es inzwischen wieder in Strömen gießt, ist ihr piepegal. Wen kümmert's, ob sie aussieht wie ein begossener

Pudel? Hauptsache, sie lässt sich nicht das Fell über die Ohren ziehen!

Als sie endlich wieder im trockenen Auto sitzt, beglückwünscht sie sich dazu, über Nacht ihr Handy voll aufgeladen zu haben. Denn das braucht sie jetzt dringend.

Der erste Anruf geht an die Pagenkopffrau in Kurts Vorzimmer. »Rebekka Quandt, guten Morgen«, krächzt sie, »es tut mir leid, dass ich den Termin heute nicht wahrnehmen kann, denn mir geht es …« An dieser Stelle unterbricht Becky hustend und schniefend, und sie muss auch gar nicht weiterreden, denn offenbar war ihre Darbietung überzeugend.

»O weh, ich hör's schon. Sie Ärmste! Wir werden Ihnen einen neuen Termin vorschlagen. Am besten melden Sie sich, sobald Sie wieder fit sind.«

Mit schwacher, heiserer Stimme dankt Becky und verabschiedet sich.

»Dieses war der erste Streich, und der zweite folgt sogleich«, feuert sie sich selbst an. Und wieder wählt sie eine Nummer. Leider erreicht sie nur Gretas Mobilbox.

Auch gut, so kann sie loswerden, was ihr auf dem Herzen liegt. »Schön zu erfahren, dass man Opfer eines Komplotts geworden ist. Noch schöner, dass die eigene Freundin zu den Verschwörern gehört. Du glaubtest vielleicht, es käme nie heraus. Aber ich habe dich gesehen heute früh. Mit Bastian! Der ganz und gar nicht der harmlose Allround-Handwerker ist, für den ich ihn gehalten habe. Sondern Bastian Frobenius, der Hausbesitzer. Mein Vermieter. Mit anderen Worten: noch ein Wolf im Schafspelz! Ganz offensichtlich kennt er nicht nur Florian gut, sondern auch dich. Oder warum hast du ihn heute früh umarmt? Was hat das zu bedeuten? Ich bin *so* sauer!«

Darauf, dass sie eventuell gerade ein winziges bisschen überreagiert haben könnte, wäre Becky im Traum nicht gekommen.

Atemlos legt sie erneut auf.

Puh. Jetzt muss sie erst einmal wieder ihren Puls in den Griff kriegen, bevor sie Florian anruft. Florian, der angeblich einen guten Preis für sie beim »alten Frobenius« ausgehandelt hat. Und sie in Wahrheit nur für Bastian weichkochen wollte! Das ist doch ganz klar. Warum sonst haben ihr alle Beteiligten die tatsächlichen Zusammenhänge verschwiegen?

Bestimmt wäre außer mir niemand so dämlich, dermaßen viel Geld für eine alte Bruchbude hinzublättern, grollt sie. Wahrscheinlich haben sich die beiden feinen Freunde kaputtgelacht über ihre Gutgläubigkeit. Wollten sie über den Tisch ziehen und sich den Gewinn brüderlich teilen. Was für ein fieses Gespann. »Männer!«, stößt Becky wütend hervor und will schon Florians Handynummer wählen.

Wobei, noch besser wäre natürlich ein Treffen von Angesicht zu Angesicht. Sie muss nur herausfinden, wo er gerade steckt.

»Um diese Zeit macht Flo meistens Frühstückspause im *Bistro Banal*«, verrät man ihr in der Redaktion.

So, so, im *Banal*. Das passt ja! »Florian Schwarz, du kannst was erleben«, murmelt sie erbost. Dann startet sie den Wagen und macht sich unverzüglich auf den Weg dorthin.

Das *Bistro Banal* ist fast leer. Bis auf eine miniberockte Kellnerin und eine Zeitung lesende Greisin ist Florian der Einzige. Mit Unschuldsmiene schaufelt er eine große Portion Eier mit Speck in sich hinein und spült das Ganze mit einem Malzbier runter. In diese meditative Tätigkeit ist er so vertieft, dass er Becky erst wahrnimmt, als sie direkt vor ihm steht. In duellbereiter Cowboyhaltung. Wie bei *High Noon*. Dabei ist es noch nicht einmal halb elf.

»Becky, wie nett! Woher weißt du, dass ich hier bin? Und was ist mit deinem Notartermin?«

»Oh, der Notartermin«, knurrt sie drohend, »der interessiert dich natürlich brennend. Hat dich denn dein Kumpel, der *alte Frobenius*, nicht informiert, dass die Käuferin nicht aufgetaucht ist?«

Florian starrt sie an, als rede sie chinesisch.

»Der *alte* Frobenius?«

Dass er schauspielerisches Talent besitzt, hat er ja schon damals beim Seminar bewiesen. Doch diesmal fällt Becky nicht auf seine blauen Augen herein!

»Das kannst du dir sparen, du … du Betrüger! Das hast du dir ja alles fein ausgedacht, wirklich«, sagt sie jetzt schon deutlich lauter. Ihr Geduldsfaden ist kurz vorm Reißen. »Was glaubst du, wie blöd ich mir vorkam, als mir klarwurde, dass ihr alle mich dreist hintergeht?«

»Sorry, Becky, du bist schief gewickelt. Niemand hintergeht dich. Was ist nur los mit dir?«

»Was los ist?«, brüllt sie so unvermittelt los, dass der Greisin vor Schreck die Lesebrille von der Nase rutscht. »Ihr habt mich reingelegt, das ist los. Du und Greta und Bastian. Zahlt er euch Provision, oder macht es euch einfach nur Spaß, eine arme, alleinerziehende Mutter hinters Licht zu führen? Und ich blöde Kuh bin drauf reingefallen!«

Ihre Stimme überschlägt sich, und vor Empörung spuckt sie auch ein klein wenig, zumindest bei den Zischlauten. Becky wirkt so aufgebracht, dass die miniberockte Kellnerin ihr ungefragt einen Schnaps bringt, zur Beruhigung. Und sie *ist* so aufgebracht, dass sie ihn auch tatsächlich trinkt. Auf ex.

Mit anderen Worten: Becky ist außer sich. Denn wäre sie bei Sinnen, dann hätte sie schon vor Minuten gemerkt, dass Florians Reaktion kaum die eines ertappten Schurken ist, sondern die eines Unschuldslamms im Angesicht eines angriffslustigen Raubtiers.

Dann setzt sie sich. Etwas in Florians Blick sagt ihr, dass sie unter Umständen, eventuell, na ja, möglicherweise ganz schön schief gewickelt ist.

Kann das sein?

»Dafür, dass du erkältet bist und kaum sprechen kannst, ist deine Stimme wirklich erstaunlich kräftig«, stellt Florian ruhig fest. »Bastian hat mir gerade eine SMS geschrieben. Du seiest plötzlich erkrankt. Davon merke ich, offen gestanden, herzlich wenig. Dürfte ich vielleicht erfahren, warum du hier auftauchst und über mich herfällst wie eine Furie, anstatt gut gelaunt deinen ersehnten Hauskauf zu besiegeln?«

Becky schluckt.

»Na ja. Du hast doch alles eingefädelt. Mit Mike ... Ich meine Frobenius, also mit Bastian. Du hast doch die Preisverhandlungen geführt und so. Und in letzter Sekunde erfahre ich, dass es sich dabei um *den* Bastian handelt, der mir neulich die Dusche repariert hat und von dem ich überhaupt erst weiß, dass das Haus zu verkaufen ist. Toller Zufall, was?«

Florian starrt sie an. »Dein Handwerker mit den Insider-Infos war Basti? So ein verrückter Kerl«, grinst er, »wahrscheinlich hat er keinen Hausmeister mehr erreicht, also hat er die Reparatur selbst übernommen.«

»Aber warum ist Bastian plötzlich mein Vermieter? Was ist mit dem alten Frobenius?« Becky steht noch immer auf dem Schlauch. Wenn das Ganze keine Verschwörung ist, was dann?

Verwirrt lässt sie sich auf einen freien Stuhl sinken. Stumm schaut sie Florian an, in Erwartung einer hoffentlich logischen Erklärung.

»Schön, dass ich auch mal zu Wort komme«, grinst er. Und dann erfährt Becky, was wirklich los ist. »Der alte Frobenius ist vor zwei Jahren gestorben. Stand auch groß in der Zeitung. Basti, sein einziger Verwandter, hat alles von seinem Onkel geerbt. Nicht nur das Haus, in dem du wohnst, sondern noch einige andere. Sofort hat er sein Architekturstudium an den Nagel gehängt, das ihm sowieso nie wirklich Spaß gemacht hat, und die Immobilienverwaltung übernommen. Eigentlich solltest du davon erfahren haben. Er hat alle Mieter angeschrieben.«

Tja, wenn Post von ihrem Vermieter kommt, schaut Becky eigentlich immer nur nach, ob sie Nebenkosten nachzahlen muss oder etwas rausbekommt. Alles andere wandert unbesehen in die Ablage P. P wie peinlich, in diesem Fall.

»Inzwischen ist ihm diese Immobiliensache langweilig geworden. Kohle hat Basti genug, aber er ist auf der Suche nach einer neuen Aufgabe. Irgendetwas, das ihm Spaß macht. Deshalb hat er beschlossen, sich von den meisten seiner Häuser zu trennen und einfach erst mal in den Tag hineinzuleben, bis ihm etwas Interessantes begegnet.«

Becky steht der Mund offen.

Immobilienerbe? Kohle genug? In den Tag hineinleben?

»Das klingt, mit Verlaub, nach einer Räuberpistole«, sagt sie. »Sicher, dass du dir all das nicht im Moment gerade ausgedacht hast?«

»Sicher. Oder was glaubst du, warum ich Basti so weit runterhandeln konnte? Wenn es ihm um maximalen Gewinn ginge, hätte er bestimmt an jemanden verkauft, der ihm den doppelten Betrag bietet. Das wäre garantiert drin gewesen. Aber er kann es sich leisten, mir einen Gefallen zu tun. Und damit auch dir.«

»Moment«, versucht Becky, Licht ins noch immer Trübe zu bringen, »dir war also nicht klar, dass Bastian und der Dusche-Reparierer ein und dieselbe Person sind? Und ich habe verpeilt, dass Bastian und mein Vermieter Frobenius identisch sind. Somit war Bastian der Einzige, der den kompletten Durchblick hatte. Warum aber hat er sich nicht zu erkennen gegeben? Warum hat er Spielchen mit uns gespielt?«

»Vielleicht, weil er deine Idee mit dem Café so großartig findet? Vielleicht, weil er dich mag und dich überraschen wollte?«

Becky schluckt verblüfft.

Florians Ton wird lauter. »Vielleicht aber auch, weil er dich noch nie erlebt hat, wenn du so drauf bist wie heute und deine Freunde des Betrugs bezichtigst.«

Okay, jetzt ist es so weit. Sie wird tiefrot. Wie unangenehm, wenn man den Spiegel vorgehalten bekommt! Florian lächelt zwar, um seine Worte abzumildern, aber Becky sieht ihm an, dass er jedes einzelne Wort so gemeint hat.

»Ich schätze, das war jetzt der Löwe in dir, nicht das Lamm«, bohrt Florian weiter. »Keine Sorge, dieses Seelentier muss garantiert nicht weiter gestärkt werden. Sonst muss ich den städtischen Zoo anrufen und fragen, ob sie einen Käfig für dich frei haben. So habe ich dich nicht mehr erlebt seit der Sache mit meinem Artikel. Und selbst damals warst du zahmer.«

»Du hast völlig recht, mir den Kopf zu waschen«, ruft Becky aus, »aber ich war so verwirrt. Bin ich immer noch. Ach, Leute, ich brauch noch einen Schnaps. Lokalrunde auf mich!«

Die Miniberockte lässt sich nicht zweimal bitten. Weil die Greisin nichts Stärkeres als Weinschorle verträgt, trinkt sie deren Klaren mit. Und Becky den von Florian, denn es ist schließlich noch Vormittag, und er muss noch ein paar Stunden arbeiten.

Becky nicht, sie muss nur noch Auto fahren. Eigentlich. Vielleicht sollte sie ihre Rostlaube lieber stehen lassen und zu Fuß nach Hause gehen? Am besten, sie legt sich kurz aufs Ohr, bevor sie später Nelly abholt.

»Ja, beruhige dich erst mal wieder«, sagt Florian, als er die kleinlaute Becky zum Abschied umarmt. Ganz freundschaftlich. Die Knutsch-Sache von neulich hat er offenbar ebenso verdrängt wie sie. Immerhin ein Lichtblick.

Becky stöckelt durch die Pfützen nach Hause und würde sich, wenn das nicht zu bescheuert aussähe, am liebsten selbst ohrfeigen. Links und rechts. Murphys Gesetz sollte umbenannt werden in Beckys Gesetz: Alles, was man falsch machen kann, macht Rebekka Quandt garantiert falsch.

Mist.

Mist, Mist, Mist!

Ob Bastian nach dem, wie sie sich aufgeführt hat, immer noch zum Verkauf bereit ist und ob er den Supersonderangebotspreis weiterhin hält, ist mehr als fraglich. Sie hat es vermasselt.

Andererseits – eigentlich hat sie sich nur krankgemeldet! Mehr weiß Bastian bisher noch nicht. Es sei denn, Florian hat seinem Freund brühwarm von dem Theater erzählt, das sie eben veranstaltet hat.

Vielleicht hat sie ja Glück und Florian ist weniger impulsiv, taktlos und undiplomatisch als sie selbst?

Als sie eine gute halbe Stunde später zu Hause ankommt, sind die Sohlen ihrer Pumps völlig durchweicht. Becky streift sie genervt von den geschundenen Füßen, die solches Schuhwerk nicht gewohnt sind und darauf mit Blasen und Druckstellen reagieren. Ab in die Tonne damit!

Barfuß steigt sie die Treppe hinauf und schließt die Haustür auf. Im Hausflur steht noch immer das Paket von heute Morgen. Sie stolpert fast darüber.

»Kann ich doch nichts dafür, dass ich den alten Frobenius meine, aber Florian den jungen. Ja, ich hätte die Vermieterbriefe aufmerksamer lesen sollen, aber wer macht das schon?«, ruft sie laut aus und tritt wütend gegen das Paket.

Autsch! Das tut weh.

»Wäääääh«, macht es in dem Paket.

Becky erstarrt. Bekommt sie jetzt etwa schon Halluzinationen? Ihr schnapsbenebeltes Hirn gaukelt ihr Stimmen vor. Da, schon wieder: »Wäääähbäääää, rabääääh!«

Fast klingt es wie …

Kurz entschlossen reißt sie das Paket auf, das, wie sie jetzt erkennt, nur mit »Für Becky und Nelly« beschriftet ist. Weder Absender noch Adresse stehen darauf. Auch die Briefmarken fehlen.

»Hei, hei«, gluckst Emilia zufrieden, als Becky sie vorsichtig heraushebt. Im Ärmel ihres Strampelanzugs steckt ein zusammengerollter Brief. Sie zerrt ihn heraus, rollt ihn auf und liest:

»Liebe Nelly, du bist eine viel, viel bessere Puppenmutter, als ich es je sein könnte. Deshalb sollst du Emilia von jetzt an bekommen. Viel Spaß damit wünscht dir Tante Caro.«

Und darunter steht eine weitere Botschaft: »Liebe Becky, endlich habe ich kapiert, dass es so nicht weitergehen kann.

Muss es auch nicht. Erwachsene Frauen müssen nicht testen, ob sie gute Mütter werden, sie werden es einfach. So wie du! Schade, dass ich nun wohl nie erleben werde, wie sich das anfühlt, aber davon geht die Welt nicht unter. Alles Liebe, deine Caro.«

Huch, was meint sie damit?

Aber es geht noch weiter: »PS: Den Speicherchip habe ich herausgenommen, es wird nun nicht mehr registriert, ob Emilia pünktlich gefüttert oder gewickelt wird. Nelly soll das unbeschwerte Spielen einfach genießen! PPS: Schaffst du es, heute Mittag gegen Viertel nach zwölf in der Kastanienstraße dreizehn zu sein? Fünfter Stock, Penthouse-Wohnung mit Dachterrasse. Ich sage nur so viel: Manchmal wird aus einem Alptraum ein Wunschtraum, der in Erfüllung geht.«

Oh! Mein! Gott! Panik steigt in Becky hoch.

Fünfter Stock.

Dachterrasse.

Der Alptraum vom Fliegen.

Nelly bekommt Emilia.

Und Caro glaubt, sie wird wohl nie mehr erleben, wie es sich anfühlt, Mutter zu werden …

Das kann nur eins bedeuten: Caro will ihrer Todessehnsucht nachgeben und sich etwas antun! Und Becky bleiben nur vierzig Minuten, sie davon abzuhalten.

Nie wieder Perlen vor die Säue …

Baaaam-babababamm-ba-bababababamm. Babaaa-dingeling, babaaa-dingeling, babammm …

Der erste Satz aus Dvořáks Sinfonie *Aus der Neuen Welt* dröhnt aus den Boxen von Gretas Loft. Die satten Akkorde bringen die Tassen im Regal zum Klirren, die Bässe den Boden zum Beben – und sie selbst zum Über-sich-Hinauswachsen! Wie im Rausch entsteht unter ihren rastlosen Händen ein wildes Gemälde, das ihren euphorischen Zustand widerspiegelt. Diesmal in den Farben Honiggelb und Silbergrau. Die Wut-löst-sich-in-Rauch-auf-Phase hat begonnen.

Ja, Greta ist glücklich. So sollte das Leben sein: laute Musik, viel Licht, jede Menge Inspiration und niemand da, der stört. Weder ein Lover, der sich als untreuer Windhund entpuppt, noch Mamilein mit ihren Kunst-ist-fleischlos-Kommentaren. Nur sie, Dvořák und ihre Staffelei. Als wäre ihr Pinsel der Taktstock, verwandelt sich der mitreißende Schwung der Musik in Farbpigmente und fließt durch Greta hindurch direkt auf die Leinwand.

Oder besser gesagt: die Leinwände. Plural. Seit heute früh um sieben malt sie wie eine Wahnsinnige. Ein Bild nach dem anderen. Nur kurz unterbrochen von einer morgendlichen Fahrt in die Stadt, um ein paar Tuben Ölfarbe zu besorgen. Zum Glück hat niemand gesehen, dass sie unter Mantel und Stiefeln den farbverschmierten Schlafanzug trug, in dem sie am allerliebsten arbeitet. Auch Bastian Frobenius nicht, den sie unterwegs getroffen hat. Schade, dass er eilig losmusste zu einem Termin, sie haben schon lange keinen Kaffee mehr zusammen getrunken. Immerhin haben sie jetzt Handynummern getauscht.

Zufall oder nicht: Mit dem Schlussakkord der Sinfonie wird genau in diesem Moment das allerletzte Werk des Bilderzyklus fertig, den sie spontan in *Wutbilder/Mutbilder* umgetauft hat. Denn die Wut, die sie vor einigen Wochen gepackt und vor die Staffelei getrieben hat, ist mittlerweile komplett verschwunden. Einfach weg. Sie ist einer zufriedenen Gelassenheit gewichen, gepaart mit einer geradezu kindlichen Vorfreude auf das, was die Zukunft bringen wird.

Wenn man davon absieht, dass Greta seit Stunden nichts gegessen und getrunken hat, könnte man auch sagen, sie sei voller Energie! Okay, vielleicht sollte man auch erwähnen, dass sie barfuß vor der Staffelei steht und – wie sie jetzt erst bemerkt – in ihrem dünnen Schlafanzug friert wie ein Schneider. Wie konnte sie das bloß die ganze Zeit ausblenden? Offenbar regt das Malen die Produktion körpereigener Drogen an, deren Wirkung leider sofort nachlässt, sobald man das Werk vollendet hat. Schade eigentlich.

Greta reinigt rasch die Pinsel und springt dann, bibbernd und die schlecht funktionierende Heizung ihres Lofts verfluchend, unter die heiße Dusche. Was für eine Wohltat!

Als sie zwanzig Minuten später in den Dampfschwaden, die durch ihr Badezimmer wabern, nach dem Handtuch tastet, in das sie ihre langen Haare hüllen will, verschwendet sie keinen Gedanken mehr ans Frieren. Statt eine Gänsehaut zu haben, ist sie nun von Kopf bis Fuß krebsrot. Der Schlafanzug, den sie während ihrer Malorgie trug, ist nicht mehr zu retten. Überall honiggelbe und silbergraue Flecken. Er wandert in den Abfalleimer. Im flauschigen Bademantel und mit ihren heißgeliebten Minnie-Mouse-Plüschpantoffeln an den Füßen schlurft Greta dann in Richtung Kühlschrank. Sie hat Lust auf etwas Leckeres, Fettiges, Beglückendes! Doch daraus wird wohl nichts, wie sie frustriert feststellt. Offenbar hat sie im Rausch der Kunst schlichtweg vergessen, Lebensmittel einzukaufen.

Sehr schlecht.

Gretas Magen knurrt laut und vernehmlich. Von Ölfarbe allein hätte nicht einmal eine Künstlerin wie Frida Kahlo leben können, Surrealismus hin oder her. Und sie erst recht nicht! Warum nur hat sie vorhin, als sie sowieso unterwegs war, nicht wenigstens ein Tiefkühlfertiggericht mitgebracht? Sie bringt ihr rebellierendes Verdauungsorgan vorübergehend zum Schweigen, indem sie ein großes Glas Leitungswasser hinunterstürzt und den Magen auf diese Weise füllt.

Was nun? Straßenkleidung anziehen und zum Supermarkt radeln? Bei dem fiesen Schmuddelwetter? Lieber nicht! Stattdessen beschließt sie kurzerhand, sich eine Pizza zu bestellen. Doch als sie zum Telefon greift, stellt sie erschrocken fest, dass es tot ist. Kein Freizeichen. Nichts. Mucksmäuschenstille im Äther! Dann fällt ihr ein, dass sie es vorhin selbst ausgestöpselt hat, um diesmal nicht, so wie neulich während ihres Wellness-Schaumbades, von einem Anruf gestört zu werden. Auch ihr Handy hat sie ausgeschaltet. Nun stellt sie die Verbindungen zur Außenwelt wieder her und will gerade den Pizzaservice anwählen, als ein schriller Ton zwei verpasste Anrufe signalisiert. Hoffentlich nichts Wichtiges!

09.11 Uhr: Anruf von Becky, liest sie auf dem Display, Nachricht auf Mobilbox hinterlassen.

Das muss ungefähr zu der Zeit gewesen sein, als sie vom Einkaufen zurückgekommen ist. Höchstwahrscheinlich sogar wenige Augenblicke, nachdem sie das Handy ausgeschaltet hat, um sich wieder im Farbenrausch zu verlieren.

10.53 Uhr: Anruf von Caro, liest Greta weiter, keine Nachricht hinterlassen.

Gerade will sie Beckys Nachricht abhören, da klingelt das Festnetztelefon und sie geht ran.

»Greta, wie gut, dass du da bist. Du musst sofort losfahren, Kastanienstraße dreizehn, fünfter Stock. Caro ist in Gefahr!«, keucht ihr Becky ins Ohr. Nanu? Becky neigt doch sonst nicht zu Hysterie.

»Hast du etwa getrunken?«, fragt Greta einigermaßen verwirrt, »und ist es das, was du mir um kurz nach neun auf die Mailbox gesprochen hast? Ich wollte deine Nachricht gerade abhören – und mir dann eine Pizza bestellen.«

»Nicht abhören, hörst du? *Nicht* abhören! Die Nachricht hat sich erledigt. Riesengroßes Missverständnis! War nicht so gemeint. Und für Pizza hast du jetzt definitiv keine Zeit, es geht um Leben und Tod!«

»Du *hast* getrunken, richtig?«

»Ja, aber das tut nichts zur Sache«, gibt Becky zu. Und dann liest sie ihrer Freundin Caros Brief vor, der sich, das muss Greta zugeben, tatsächlich etwas beunruhigend anhört.

»Beunruhigend? Das ist ja wohl die Untertreibung des Jahrtausends!«, springt sie Becky fast durch die Leitung an. »Sie verschenkt Emilia. Sie schreibt, dass sie wohl niemals Mutter wird. Sie will mich auf einer Dachterrasse treffen. In einer halben Stunde. Greta, um Himmels willen, wir müssen sie davon abhalten zu springen!«

Ihre Panik wirkt ansteckend. So langsam fängt Greta selbst an, zu glauben, dass sich gerade ein fürchterliches Drama anbahnt. Auch wenn Caro so ganz und gar nicht der Typ ist, der sich etwas antut. Andererseits hatte sie doch neulich andauernd diesen Alptraum, in dem sie vom Dach springt, weil sie sich für einen Adler hält. Vielleicht hat sie einfach alles satt, den ganzen Mist mit Emilia und Frank und ihren Komplexen? Wer weiß das schon so genau? Und sagen nicht hinterher immer alle, sie hätten nichts, aber auch gar nichts geahnt?

»Kastanienstraße dreizehn? Bin unterwegs«, ruft Greta aus und beendet eilig das Gespräch, bevor Becky auch nur zum Antworten kommt.

In null Komma nix ist sie angezogen, schlüpft in Stiefel und Mantel und rast die Treppen hinunter, um sich aufs Rad zu schwingen und quer durch die Innenstadt zu rasen, Einbahnstraßenschilder und Ampeln ignorierend. Fast ist es ein Wunder, dass sie während der Mission »Caro retten« nicht selbst draufgeht.

Das Haus in der Kastanienstraße dreizehn ist ein moderner Neubau, in dem laut Maklerschild noch einige moderne Eigentumswohnungen frei sind. Warum sollte sich jemand ausgerechnet diese Immobilie aussuchen, um seinem Leben ein Ende zu setzen? Vielleicht, weil alle anderen Häuser mit Dachterrasse bereits bewohnt sind und es dort viel schwieriger wäre, sich unbeobachtet über die Brüstung zu schwingen? Greta stellen sich die Nackenhaare auf bei der bloßen Vorstellung, sie und Becky könnten zu spät kommen. Besorgt schaut sie nach oben, wo sie für den Bruchteil einer Sekunde einen dunklen Haarschopf zu sehen glaubt. Caro!

Dann fällt ihr Blick auf das gelbe Cabrio, das auf der gegenüberliegenden Straßenseite parkt. Caros Wagen! Doch was ist das über ihren Scheibenwischern? Schutzfolie, ganz eindeutig. Wie man sie in der Waschanlage bekommt. Warum hat Caro ihr Auto ausgerechnet heute reinigen lassen?

Sie will alles sauber und ordentlich hinterlassen, schießt es ihr durch den Kopf. Hat nicht auch Mary Alice aus *Desperate Housewives* erst noch die Sachen aus der Reinigung abgeholt und dann den kompletten Haushalt auf Vordermann gebracht, bevor sie sich eine Kugel durch den Kopf jagte?

»Wir dürfen keine Zeit verlieren«, brüllt sie in Richtung Becky, die in exakt diesem Augenblick aus einem Taxi steigt, verkneift sich die Frage, warum in aller Welt Becky nicht mit ihrem Kombi gefahren ist, und wirft ihr Fahrrad achtlos auf den Bürgersteig, ohne sich die Mühe zu machen, es an einem Laternenpfahl anzuketten. Was ist schon ein oller Drahtesel im Vergleich zu einem Menschenleben?

Der Fahrstuhl ist außer Betrieb. Natürlich. Becky und Greta stürmen die Treppen hinauf, spätestens ab der dritten Etage schwer atmend, ab der vierten mit hochrotem Kopf und in der fünften so ausgepowert, dass sie kein Wort reden können. Stattdessen blicken sie einander nur stumm an, nicken und nehmen dann Anlauf, um die Tür zur Penthouse-Wohnung in filmreifer Manier einzurennen.

Autsch!

Verdammt, ist die Tür stabil. Gretas Schulter tut höllisch weh, und Beckys schmerzverzerrtes Gesicht sieht ganz danach aus, als ginge es ihr genauso. Doch die beiden Retterinnen sind nicht aufzuhalten.

Der zweite Versuch ist auch nicht erfolgreicher. »Was sind wir doch für lausige Superheldinnen!«, keucht Greta.

Doch beim dritten Mal ist ihr Anlauf noch dynamischer, ihre Miene noch entschlossener, ihre Gemütsverfassung noch verzweifelter. Umso unerwarteter ist, dass sie ins Leere laufen. Wie von Geisterhand hat sich die Wohnungstür geöffnet und die beiden Heldinnen taumeln in den Korridor. Einen dramatischen Augenblick später findet sich Greta neben Becky auf den geschmackvollen Terrakotta-Fliesen wieder, zu Füßen einer wohlproportionierten Dunkelhaarigen mit flottem Kurzhaarschnitt und schicken Pumps, die mit verschränkten Armen vor ihnen steht und breit grinsend auf sie herabschaut.

»Hättet ihr nicht einfach klingeln können, so wie jeder normale Mensch?«

»Gott sei Dank, dir geht es gut«, seufzt Becky erleichtert und rappelt sich hoch. Dann reicht sie Greta die Hand und zieht auch sie hinauf in den Zweifüßlerstand. Der jedoch nichts daran ändert, dass sie sich vorkommt wie eine Eselin. Eine Eselin, die komplett auf dem Schlauch steht. Was in aller Welt geht hier vor?

»Bitte, allerliebste Caro, wir flehen dich an: Tu's nicht!«, ruft Becky aus und fällt der ausgesprochen irritiert aus der Wäsche blickenden Caro um den Hals.

»Aber wieso denn nicht?« Caro wirkt enttäuscht. »Ihr habt euch doch noch gar nicht richtig umgeschaut. Der Blick von der Dachterrasse ist schlichtweg der Hammer!«

Umgeschaut? Sie sind nicht hier, um eine schöne Aussicht zu genießen, sondern um Caro davon abzuhalten, sich das Leben zu nehmen. Und ob sie von einer Terrasse mit Postkartenpanorama springt oder aus einem Fenster mit Blick auf graue, hässliche Betonmauern, das spielt am Ende doch nun wirklich keine große Rolle.

Wobei – wie eine Frau, die kurz davor ist, sich fünf Stockwerke in die Tiefe zu stürzen, wirkt Caro nun nicht gerade. Im Gegenteil: Sie strahlt wie ein Honigkuchenpferd, sieht besser aus denn je und sprüht nur so vor Energie.

»Darf ich den Damen einen Prosecco anbieten«, mischt sich da plötzlich eine wildfremde Frau ein, die aus einem der hinteren Zimmer hereinschwebt. Gekonnt balanciert sie ein Tablett mit drei gefüllten Sektkelchen.

Sekt? Und eine Serviererin? Seit wann zelebriert man einen Selbstmord derart dekadent? Makaberer geht's ja wohl kaum. *Oder bin ich irgendwie auf dem falschen Dampfer?*, fragt sich Greta.

Sie kommt sich vor wie in einem B-Movie, in dem sie wider Willen mitspielen muss, obwohl sie das Drehbuch nicht kennt und dementsprechend ihren Text nicht beherrscht. Weshalb sie schweigend nach einem Glas greift, mit Caro und der ebenfalls verblüfften Becky anstößt und einen kräftigen Schluck nimmt.

Sofort fühlen sich ihre Beine an, als wären sie Marshmallows. Das kommt davon, wenn man auf leeren Magen trinkt.

»Dann zeige ich Ihnen jetzt den Wellness-Bereich«, flötet die Proseccodame und hakt sich bei Caro unter.

Becky und Greta folgen den beiden in ein Badezimmer, das ihnen schlichtweg den Atem raubt. »Tageslichtbad mit Sechseck-Whirlpool-Wanne, Natursteinfliesen, Echtglas-Erlebnisdusche und Kristallwaschbecken«, jubelt die Proseccodame, »alles, was das Herz einer gepflegten Dame begehrt – und mehr.«

Ein kollektives, dreistimmiges Aufseufzen ist genau die Antwort, die sie hören wollte. Und Caro fügt hinzu: »Für dieses Bad könnte ich sterben!«

»Nein!«, schreit Greta entsetzt auf, und Becky ergänzt: »Das kannst du doch nicht machen!«

»Huch, man könnte fast glauben, ihr hättet das wörtlich genommen«, lacht Caro, »dabei feiern wir doch hier den Beginn meines neuen Lebens!«

Becky sieht ziemlich dämlich aus, wie sie, mit dem Sektglas auf halbem Weg zu ihren Lippen verharrend, offenen Mundes dasteht und Caro anstarrt, als hätte die soeben angekündigt, sich als Astronautin für die nächste Mars-Mission beworben zu haben.

Greta glotzt nicht weniger begriffsstutzig als Becky. Neues Leben? Was für ein neues Leben?

»Und nun weiter zum absoluten Highlight dieser Wohnung, dem Living Room mit offenem Kamin, Panoramafenster und Tür zur Dachterrasse«, verkündet die Proseccodame.

Warum redet diese Frau nur, als wäre sie eine Fernsehmaklerin?

Abrupt bleibt Becky stehen, als ihr klarwird, dass es auf diese Frage nur eine logische Antwort gibt: Weil sie eine Immobilienmaklerin *ist!*

»Willst du diese Penthouse-Wohnung etwa mieten?«, ruft sie verblüfft aus.

»Aber Unsinn«, winkt Caro ab, »ich kaufe sie.«

Gretas Marshmallow-Beine geben nach. Sie muss sich setzen. Sie kann sich aber nicht setzen, weil der gigantische Wohnraum nicht möbliert ist und sie gar nicht erst dazu kommt, auf den Fußboden zu sinken, denn schon steht die Maklerin wieder mit der Schampusflasche bereit und schenkt allen nach. Greta ignoriert das Marshmallow-Gefühl und ergibt sich ihrem Prosecco-Schicksal.

»Herzlichen Glückwunsch zu dieser wunderbaren Entscheidung! Sie werden es hier lieben«, frohlockt die Maklerin. Klar, über eine fette Provision würde ich mich an ihrer Stelle auch freuen, denkt Becky. Aber warum in aller Welt kauft Caro ein Penthouse? Ist das Haus für Frank und sie zu groß, nun, da sie die Babysache offenbar abgehakt hat? Soll es eine Zweitwohnung werden? Oder geht es nur um eine Kapitalanlage?

Sie treten hinaus auf die Dachterrasse, die einfach nur traumhaft schön ist und zu allem taugt, nur nicht, um sich der Todessehnsucht hinzugeben.

»Na, wie findet ihr die Wohnung? Genial, oder?«, fragt Caro, doch eine Antwort wartet sie gar nicht erst ab, denn es steht natürlich außer Frage, dass dieses Penthouse der Oberhammer ist. »Hier werde ich also neu anfangen«, verkündet sie dann feierlich und erhebt ihr Sektglas. »Auf die Zukunft! Ohne Simulationsbaby. Ohne Minderwertigkeitsgefühle. Und vor allem ohne Frank.«

Greta verschluckt sich fast an dem mittlerweile lauwarmen Schampus. Caro ohne Frank? Unvorstellbar! »Das wäre ja wie Torte ohne Sahne. Oder Weihnachten ohne Geschenke«, platzt sie heraus.

»O nein«, widerspricht Caro strahlend, »eher wie Torte ohne Kalorien oder Weihnachten ohne Stress.«

Greta hat tausend Fragen – und Becky ebenfalls. Doch zuerst übernimmt die Maklerin wieder das Kommando, überreicht Caro einen sogenannten Vorvertrag und schüttelt ihr dann so kräftig die Hand, dass Greta schon beim Zuschauen die Schulter weh tut. Nun ja, möglicherweise sind diese Phantomschmerzen doch eher real und kommen vom vielen Malen, aber ganz sicher ist sie da nicht.

Nach dem Shakehands, das den Deal wohl besiegeln soll, schaut die Maklerin demonstrativ auf die Uhr und signalisiert mehr als deutlich, dass sie es eilig hat. Immer busy, die Proseccodame!

»Ich kaufe eine Traumwohnung! Das müssen wir feiern«, findet Caro. So aufgekratzt hat Greta ihre Freundin noch selten erlebt.

»Ich wollte sowieso gerade Pizza bestellen«, sagt sie, »kommt ihr mit zu mir? Dort können wir in Ruhe reden.«

Mit anderen Worten, dort können Becky und sie Caro nach allen Regeln der Kunst in die Mangel nehmen und intensiv verhören. Denn noch ist es ihnen ein absolutes Rätsel, was hier überhaupt gespielt wird.

Als sie eine knappe Stunde später vor drei verführerisch duftenden Pizzas sitzen und Greta den mitgelieferten Wein entkorkt, kann sie es immer noch nicht fassen. Auch wenn Caro es nun schon zum fünften Mal erzählt, will diese Neuigkeit einfach nicht in ihren Schädel: Caro will Frank verlassen. Knall auf Fall. Und das nicht etwa, weil er sie betrogen oder gar misshandelt hat, sondern weil sie sich nicht mehr dumm und wertlos fühlen will. Unglaublich.

»Nun tut nicht so entsetzt«, lacht Caro auf, »ihr solltet euch für mich freuen. Ich weiß doch, dass ihr Frank nie leiden konntet.«

»Na ja, nicht leiden können ist vielleicht zu krass formuliert«, murmelt Becky schuldbewusst, und Greta gesteht: »Mich mochte er ja sowieso nicht, und da ist es wohl auch nicht schlimm, dass das ein bisschen auf Gegenseitigkeit beruhte, aber immerhin wart ihr eins dieser Bis-dass-der-Tod-euch-scheidet-Paare.«

»Tja, das dachte ich auch. Jahrelang«, sagt Caro und beißt herzhaft in ihre Pizza Inferno. »Aber jetzt sehe ich klarer. Und ich muss mir auch keine Sorgen mehr um meine Knoblauchfahne machen, über die Frank die Nase rümpfen würde.«

Sie ist wie ausgewechselt. Caro, die den aalglatten Frank stets angehimmelt hat wie ein Groupie sein Idol, serviert ihn nun gnadenlos ab, weil ihr seine arrogante Art stinkt. Eigentlich ziemlich cool.

»Irgendwie hat er immer dafür gesorgt, dass ich mich ihm unterlegen fühle. Aber dann hat er es übertrieben. Erst mit dieser dämlichen Puppe. Dann mit seinem unsäglichen Verhalten auf der Hochzeit von Liz und Kurt. Und schließlich, als er glaubte, mich mit Philipp zu erwischen, und eine filmreife Szene ablieferte, die mir endgültig die Augen geöffnet hat.«

»Mit Philipp erwischt hat er dich?« Das wird ja immer schräger.

»Nein, natürlich nicht. Philipp war bei mir, um die *Sphinx*-Spuren aus dem Internet zu löschen. Dann gab es Gewitter und Stromausfall, also blieb er, bis ich wieder Licht hatte. Als wir uns mit einer völlig harmlosen Umarmung verabschiedeten, platzte Frank rein und keifte: ›Hochinteressant, was meine Frau so treibt, wenn sie mich in der Klinik wähnt.‹«

Die Frank-Parodie gelingt ihr überraschend gut.

»Philipp ist also der Trennungsgrund?«, hakt Greta nach.

»Überhaupt nicht«, widerspricht Caro und nimmt einen Schluck Wein. »Eher der Auslöser. Er hat mir in jener Nacht ein paar Dinge gesagt, die mich einfach zum Nachdenken gebracht haben. Über Respekt und so. Und Vertrauen. Und dass ich mich nicht schikanieren lassen muss, sondern Bewunderung verdient habe. So was in der Art.«

Sie schweigt für einen kurzen Moment und fügt dann mit leiser Stimme hinzu: »Frank ist Wissenschaftler. Er glaubt nur, was er sieht. Und was er gesehen hat, war, dass ich mitten in der Nacht einen fremden Mann umarme. Ich dagegen glaube, was ich fühle …« Sie schluckt. »Immer wieder habe ich Frank geschworen, dass es nicht so ist, wie es aussieht. Aber während ich das tat, bombardierte mich eine kleine, spitzfindige Stimme in meinem Hinterkopf gnadenlos mit Fragen: ›Bist du ganz sicher? Ist es nicht vielmehr *ganz genau so,* wie es aussieht? Hast du nicht für ein paar Sekunden vollkommen ausgeblendet, dass du glücklich verheiratet bist?‹«

Gebannt hängen Greta und Becky an ihren Lippen. Das hier ist besser als jede Soap!

»Ein paar Tage lang war ich wahnsinnig verwirrt. Dann hatte ich genug von der Grübelei und wagte einen Test mit mir selbst. Ich stellte mir vor, wie es wäre, nicht mehr mit Frank verheiratet zu sein. Und wider Erwarten fühlte ich mich weder unglücklich noch einsam oder hilflos, sondern einfach nur frei – und stärker als je zuvor. Mir war auf einmal klar: Entweder leide ich noch jahrelang weiter und werde irgendwann, wenn ich alt, frustriert und völlig am Ende bin, von Frank wegen einer Jüngeren verlassen – oder ich gehe lieber selbst, und zwar gleich.«

»Und du hast ganz sicher keine Drogen genommen?«, wirft Becky stirnrunzelnd ein. Fast könnte man glauben, die Frage sei ernst gemeint.

»Die brauch ich nicht«, kichert Caro ausgelassen, »ich bin einfach nur happy. Diese Wohnung passt so was von perfekt zu mir. Und dank der animalistischen Balance kann ich sie mir sogar leisten. Meine Ersparnisse allein hätten bei weitem nicht gereicht. Und für den blöden Liebesurlaub brauche ich sie ja nun eh nicht mehr.«

»Weiß Frank überhaupt schon von seinem Glück?«, will Greta wissen.

»Ähm, nein«, gibt Caro grinsend zu, »das soll eine Überraschung werden. Sobald ich einen Notartermin bekomme und der Kauf offiziell ist, ziehe ich um. Das schaffe ich locker, während Frank in der Klinik ist. Außer meinen Klamotten, meinen Büchern, den CDs, Fotos und ein paar Erinnerungsstücken nehme ich nichts mit.«

Greta ist hin und weg. »Wer sind Sie, und was haben Sie mit meiner selbstzweiflerischen Freundin Caro gemacht?«, grinst sie.

»Sie hat ihre Seelentiere gestärkt«, lacht Caro. »Apropos *Sphinx* und Notar. Wie lief eigentlich dein Notartermin heute früh, Becky? Wir reden hier die ganze Zeit über nur von mir, dabei ist es doch auch *dein* großer Tag!«

»Ach das«, macht Becky etwas verlegen und beißt statt einer Antwort herzhaft in ihre Pizza.

»Hey, nicht so geheimnistuerisch«, ruft Greta, »sonst nehm ich dir den Teller weg. Los, erzähl!«

»Na ja, okay, aber ihr dürft nicht lachen«, nuschelt Becky verlegen. Und dann liefert sie ein umfassendes Geständnis ihrer heutigen Ausraster, Missverständnisse und Trugschlüsse.

»Du hast den Termin sausenlassen? Weil du dachtest, Florian steckt mit Bastian Frobenius und Greta unter einer Decke?«

»Ich war verwirrt, Euer Ehren! Das darf nicht gegen mich verwendet werden«, verteidigt sich Becky.

»Du bist echt eine verrückte Nudel!«, kichert Caro, die so rundum glücklich ist, dass heute nicht einmal ein plärrendes Kunstbaby ihre Laune verderben könnte.

Greta dagegen reagiert ziemlich verschnupft. »Ich kann es nicht fassen, dass du mir so einen Verrat zutraust«, schmollt sie eingeschnappt. Nun will sie es genauer wissen und hört die Mailbox ab.

»Schön zu erfahren, dass man Opfer eines Komplotts geworden ist«, ertönt Beckys wutbebende Stimme. »Noch schöner, dass die eigene Freundin zu den Verschwörern gehört.«

Greta traut ihren Ohren kaum. Klingt ganz danach, als hätte die gute Becky einen echten Aussetzer gehabt und so ziemlich alles falsch verstanden, was man nur falsch verstehen kann.

Es kostet Becky allerhand Redekunst, ihre Freundin zu beschwichtigen. Erst eine Oberstudienrätin-Gloria-Fürchtegott-Hassdenteufel-Parodie schafft es, Greta zu erweichen: »Bitte um Verzeihung, meine Seelentiere waren außer Rand und Band«, flötet Becky in überdrehter Oberstudienrätinnen-Manier. »Mein dominanter Papagei hatte Sprechdurchfall und war leider nicht zu stoppen. Nun brauche ich dringend einen Espresso, um mein schwaches Faultier aufzuwecken.«

»Okay, vergeben und vergessen«, lächelt Greta und die beiden Freundinnen fallen sich in die Arme.

Caro strahlt. »Becky, du trägst dein Herz nun mal auf der Zunge und reagierst in Stresssituationen nicht immer rational. So kennen und lieben wir dich eben«, sagt sie. »Und du, Greta, hast ein riesengroßes Herz, nur bist du manchmal zu leicht eingeschnappt. Ich bin so froh, dass unsere Freundschaft auch mal etwas Gezicke aushält, das macht sie nämlich nur stärker.«

»Okay, aber ich werde mir Mühe geben, mich künftig weniger bescheuert zu benehmen, damit es gar nicht erst zu Gezicke kommt«, verspricht Becky zerknirscht.

»Nun reicht's mit dem Zu-Kreuze-Kriechen«, lacht Greta, »aber Strafe muss sein …«

Dafür, dass Becky ihr die Beteiligung an einer Verschwörung zugetraut hat, muss sie es nun ertragen, dass Greta ihre Mailbox-Nachricht wieder und wieder abspielt.

Becky bekommt einen ganz roten Kopf, vor allem, als Greta über das Ende laut lachen muss. »Ich bin so sauer!«

Die beiden fallen mit ein und wiederholen immer wieder: »Ich bin sauer, yeah, yeah, *so* sauer!«, als wäre es ein Rap.

Becky zieht zuerst einen Flunsch, doch dann macht sie gute Miene zum bösen Spiel, und schließlich muss sie selbst mitlachen. »Ist ja schon gut, ich bitte nochmals in aller Form um Entschuldigung«, japst sie und wischt sich die Lachtränen aus den Augen.

Die Pizza ist inzwischen kalt geworden.

»Ich stell sie rasch in deine Mikrowelle«, bietet Caro an und läuft mit den Tellern rüber zu Gretas Küchenzeile. Dabei kommt sie an der Staffelei vorbei, auf der das jüngste Werk noch zum Trocknen steht. Wie angewurzelt bleibt sie stehen. »Mensch, Greta, das ist ja schlichtweg genial!«

»Oh, danke für das Kompliment«, freut Greta sich. Nun ist auch Becky neugierig geworden, und bald haben die beiden die komplette *Wutbilder/Mutbilder*-Serie entdeckt.

»Greta! Das sind ja mindestens siebzig Gemälde, und eins großartiger als das andere!«, schwärmt Becky.

»Vierundachtzig, um genau zu sein«, gibt Greta zu, »freut mich, dass sie euch gefallen. Angefangen hat eigentlich alles mit diesem hier. In der Nacht, nachdem ihr mich auf dem Parkplatz aufgelesen habt.« Sie präsentiert ihr erstes lilafarbenes

Wutbild aus der Weißglut-Phase. Dann die Werke in wilden Rottönen aus der Bis-aufs-Blut-Phase, gefolgt von den harmonischeren Motiven in warmen Erdtönen aus der Lass-uns-die-Sache-begraben-Phase und schließlich die Kühl-wie-Wasser-klar-wie-Luft-Phase in frischem Blau.

»Und dieses Werk hier bildet den Abschluss der Serie. Es gehört zur Wut-löst-sich-in-Rauch-auf-Phase.«

»Einfach nur Wahnsinn«, findet Caro. »Das ist echte, wahre, große Kunst. Diese Bilder werden dich eines Tages berühmt machen.«

Schade, dass Caro null Ahnung vom Kunstmarkt hat und ihre Prophezeiung daher nichts weiter ist als das nette Kompliment einer liebenswerten Freundin.

»Ganz bestimmt«, lacht Greta, »und dann muss ich Lars Berger womöglich noch dankbar dafür sein, dass er in mir so viel Wut ausgelöst hat.«

Doch als die drei schließlich wieder am Tisch sitzen und die Reste der aufgewärmten Pizzas vertilgen, geht ihr Caros Äußerung nicht aus dem Kopf. Wenn ihre Bilder den beiden schon wahre Begeisterungsstürme entlocken, vielleicht gefallen sie dann auch dem Rest der Welt? Zumindest ein bisschen? Oder wenigstens zwei Dutzend Besuchern ihrer ersten Ausstellung? Hach, das wäre fast zu schön, um wahr zu sein.

»Sagt mal, was ich euch noch fragen wollte«, unterbricht Caro Gretas Träumerei, »warum habt ihr denn vorhin eigentlich versucht, meine Wohnungstür einzurennen? Habt ihr zu viele Actionfilme geschaut oder hattet ihr einfach zu viel Energie übrig? Das war schon eine ziemlich schräge Nummer.«

»Oh, ach, das war nur …«, stammelt Greta.

»… ein Jux«, fällt ihr Becky ins Wort. »Ja, hatte nichts zu

bedeuten.« Greta bezweifelt, dass Caro ihnen das abnimmt, doch zum Glück bringt Beckys Handy die Erlösung: »Muss nur noch kurz die Welt retten, danach flieg ich zu dir …«, erklingt Tim Bendzkos Stimme, und passender hätte ein Klingelton nun wirklich nicht sein können. Denn der Anruf bietet eine willkommene Möglichkeit, das Thema unauffällig fallenzulassen. »… wer weiß, was mir dann noch passiert, denn es passiert so viel …«

Caro und Greta schauen sich an. »Florian«, vermutet Greta.

»Der Kindergarten«, gibt Caro zurück. Ihr übliches Ratespiel. Doch ziemlich bald ist klar, dass keine von beiden auf den richtigen Anrufer getippt hat. Schlechte Trefferquote diesmal. Sonst hat meistens eine von ihnen recht. Doch wer ist es wirklich? Beckys Gesprächsanteile geben wenig Aufschluss:

»Oh, hallo, das ist ja eine Überraschung!«

…

»Danke, ja, schon, ähm, deutlich besser, irgendwie. Spontanheilung, haha.«

…

»Ja, hat er mir erzählt. Was für eine Überraschung!«

…

»Böse? Ach was, nö, wieso denn? Ist doch voll lustig.«

…

»Wie, jetzt gleich? Hat er denn einen Termin frei?«

…

»Ach so, ja dann. Weltreise, cool. Na, dann besser vorher.«

…

»Hm. Schwierig. Ich bin gerade nicht zu Hause und mein Auto steht am anderen Ende der Stadt.«

…

»Du, das wär total lieb. Bei Greta. Weißt du wo …?«

…

»Super, bis gleich. Ciao!«

Ihre Freundinnen haben noch immer nicht die leiseste Ahnung, mit wem sie da gerade telefoniert hat. Aber dann verrät Beckys verzücktes Grinsen, wer sie gleich hier abholen wird.

»Etwa der niederträchtige Verschwörer?«, neckt Greta sie.

»Du Ziege«, gibt Becky feixend zurück. »Aber, ja, Bastian. Er hat wohl von Florian den Tipp bekommen, dass es mir urplötzlich bessergeht als heute Morgen. Nun hat er bei Kurt spontan einen neuen Notartermin ausgemacht. In einer halben Stunde.«

»Cool, dann werden wir ja beide heute Immobilienbesitzerinnen«, freut sich Caro.

Gretas körpereigenes Alarmsystem dagegen hat auf ein ganz anderes Schlüsselwort reagiert. »Was meintest du vorhin mit ›Weltreise‹?«, hakt sie nach.

»Na, Kurt und Liz fliegen nächsten Montag ab. Erst nach Thailand und Indien, dann nach Australien und Neuseeland, anschließend nach San Francisco und schließlich über Rom und Venedig zurück. Eine etwas ausgedehntere Hochzeitsreise, meinte Bastian. Wusstest du davon nichts? Er hat die Info von Kurts Sekretärin.«

»Da brat mir einer einen Storch!«, ruft Greta verblüfft. »Meine eigene Mutter geht auf große Reise und erzählt mir kein Wort davon! Ist ja ein Ding.«

Und sie fragt sich: Warum tut Elisabeth so etwas? Ist das die späte Rache für den Rauswurf neulich oder etwa schon Altersvergesslichkeit?

»Da weiß ich schon, wen ich nachher gleich mal anrufen und mir vorknöpfen werde!«, empört sie sich.

»Ach, Greta«, versucht Caro sie zu besänftigen, »Liz ist nun mal so. Sei nicht so streng mit ihr! Oder, wie sie selbst es formulieren würde: Bloß nicht mit Spatzen auf Kanonen schießen …«

»Genau«, lacht Becky, »das solltest du wirklich nicht hochsterilisieren. Es gab Zeiten, da hättest du Elisabeth liebend gerne so weit weg gewünscht, wie es nur geht. Am besten dorthin, wo der Pfeffer wächst.«

»Gut gebrüllt, Möwe«, gibt Greta amüsiert zurück, »aber ich werde sie gewiss auch nicht mit Glitzerhandschuhen anfassen.«

»Du wirst ja sehen, was du davon hast«, pariert Becky, »du weißt ja: Rache ist Bockwurst!«

»Mich diesbezüglich zu warnen hieße Keulen nach Athen tragen«, kichert Greta und schenkt etwas Wein nach.

»Klingt, als hättest du noch einen Ast im Ärmel«, prustet Caro los. So langsam kommen alle in Fahrt. Das Sprechen-wie-Mamilein-Spiel ist besser als jede Comedy.

Auch Becky läuft zur Hochform auf: »Besser einen Ast im Ärmel als einen tauben Spatz in der Hand.«

»Mamilein hält Spott gut aus. Sie hat ja Kurt, ihren Pelz in der Brandung!«

Fast überhören sie vor lauter Lachen die Türklingel.

»Na, bei euch ist ja ganz schön was los«, grinst Bastian und begrüßt Greta mit zwei Wangenküsschen. »Mensch, du, ist ja ein Ding. Erst sehen wir uns Ewigkeiten nicht und dann gleich zweimal an einem Tag!«

»Woher kennt ihr euch eigentlich?« Caro stellt die Frage, die eigentlich Becky unter den Nägeln brennt. Die sie aber ganz offensichtlich nicht zu stellen wagt, um nicht an ihren Ausraster von heute früh zu erinnern. Womöglich traut sie ihren Freundinnen zu, dass sie Bastian die Mailbox-Aufnahme vorspielen?

Greta lässt die Ärmste nicht länger zappeln und liefert die harmloseste aller denkbaren Erklärungen: »Bastian war vor einigen Jahren Schüler in einem meiner Aquarellmalkurse.«

»Ja, und zwar der mit Abstand untalentierteste, der jemals einen derartigen Kurs belegt hat«, gibt Bastian schmunzelnd zu. »Aber Spaß hat's trotzdem gemacht. Es kann ja nicht jeder so genial sein wie du.« Dabei deutet er auf Gretas Staffelei. »Das ist ja krass. Neu? Darf ich's mir mal näher anschauen?« Eine Antwort wartet er gar nicht ab. Wie bereits Becky und Caro ist er hin und weg, als er die *Wutbilder/Mutbilder* bestaunt. Greta freut sich wie eine Schneekönigin und strahlt bis zu den Ohren. So viel Bestätigung tut einfach gut!

Dann reißt sich Bastian los. »Wir müssen uns jetzt leider beeilen, sonst wird heute nichts mehr aus dem Vertragsabschluss. Aber wenn ich darf, komme ich demnächst noch mal mit mehr Zeit vorbei und schau mir deine Werke an. Die sind wirklich großartig!«

Greta fühlt sich geschmeichelt. Zwar hat Bastian selbst kein künstlerisches Talent, aber immerhin hat er Architektur studiert und auch ein paar Semester Kunstgeschichte. Somit hat er womöglich in der Theorie mehr Ahnung von Kunst als sie selbst. Wenn er ihre Bilder gut findet, dann mag sie vielleicht auch ein Galerist? Vielleicht sogar einer in Paris oder London?

»Du, Becky«, hört sie Bastian sagen, »was hältst du davon, wenn Greta ihre Gemälde bei dir im *Café Sphinx* ausstellt? Vielleicht sogar zur Eröffnung?«

Und schon ist Greta wieder geerdet. Nicht Paris oder London, auch keine renommierte Kunstgalerie, sondern einfach nur ein kleines Café in der Altstadt. Aber besser als gar nichts. Immerhin ein Anfang. Hauptsache, sie muss keine Pudelbilder mehr pinseln. Oder noch schlimmer: Seelentierporträts.

Nie wieder Perlen vor die Säue …

»Super Idee«, findet Becky, schon im Mantel. »Sag bitte ja, Greta, sonst bin ich sauer. *So sauer, yeah!*«

Lachend stimmt Greta dem Vorschlag zu: »Okay, okay, nicht dass du wieder austickst.«

Dann sind sie weg. Ein hübsches Paar, denkt Greta. Dann verabschiedet sich auch Caro. Sie will noch verschiedene Einrichtungshäuser abklappern, um sich nach Möbeln für ihr Penthouse umzuschauen. Nicht zu vergessen das Nötigste für den Haushalt, von Gläsern, Geschirr und Besteck über Bett- und Tischwäsche bis hin zu Töpfen und Pfannen. Zu einem Neuanfang passt ihrer Überzeugung nach kein alter Hausstand. Ihretwegen soll Frank mit dem Plunder glücklich werden, sie geht lieber fröhlich shoppen.

»Magst du vielleicht mitkommen?«

Aber Greta muss passen. Urplötzlich ist sie zum Umfallen müde. Was für ein anstrengender Tag! Erst die Malorgie am Morgen, dann die Aufregungen der wohl überflüssigsten Rettungsaktion aller Zeiten, schließlich Caros Trennung und nicht zuletzt der ultimative Lachflash, als sie Mamileins schräge Sprachschnitzer imitierten. »Und nun habe ich auf einmal einen Kloß im Bauch, haha«, sagt sie laut vor sich hin. Doch in Wahrheit ist Greta gerade gar nicht mehr zum Lachen zumute. Als sie endlich allein ist, sinkt sie aufs Sofa. So erschöpft und melancholisch wie in diesem Augenblick war sie schon lange nicht mehr. Liegt das am ungewohnten Alkoholgenuss am helllichten Nachmittag? Oder hat sie sich einfach leergemalt?

Schläfrig schließt sie die Augen und lässt die heutigen Ereignisse Revue passieren. Sie sieht ihr neuestes Bild in Honiggelb und Silbergrau. Die Farbflecke auf ihrem Pyjama. Den leeren Kühlschrank. Becky, wie sie mit vor Panik geweiteten Augen aus dem Taxi steigt. Die verdammte Tür, die einfach nicht aufgehen will. Caro am Esstisch, wie sie davon redet, dass Frank sie jahrelang gedemütigt und kleingemacht hat. Ihre Besucher, wie sie die Bilder bewundern.

Als Greta Stunden später erwacht, ist es stockfinster, und sie ist, zum zweiten Mal für heute, völlig durchgefroren. Sie hüllt sich in eine dicke Wolldecke und starrt in die Dunkelheit.

Was für ein Tag liegt da hinter uns dreien?, überlegt sie. Becky wurde Hausbesitzerin. Aber hat sie sich damit womöglich in ihr Unglück gestürzt? Sie ist Mutter eines Kleinkinds und ganz und gar nicht erfahren in der Gastronomie. Kann das *Café Sphinx* überhaupt ein Erfolg werden? Oder hat sie sich finanziell übernommen und stolpert geradewegs dem Ruin entgegen?

Caro hat sich für eine neue Bleibe entschieden – und ein neues Leben als Single. Aber hat sie sich das auch wirklich gut überlegt? Obwohl Greta alles andere als ein Frank-Fan ist, zweifelt sie doch daran, ob ihre Freundin ohne ihn klarkommen wird. Jahrelang war Caro viel zu sehr fixiert auf diesen Typen. Wird sie die Trennung auf Dauer wirklich glücklich machen?

Und schließlich ist da noch sie selbst, Greta. Sie und ihre Bilder, ihre Träume, ihre Visionen. Ist die große Karriere nichts als ein Luftschloss? Passt ihre simple Kunst wirklich in eine internationale Galerie? Oder reicht sie gerade mal eben, um ein kleines Café aufzuhübschen?

Greta weiß nicht, was sie glauben soll. Die Euphorie von vorhin ist komplett verschwunden. Wahrscheinlich würde kein klar denkender Mensch daran zweifeln, dass Becky über kurz oder lang pleitegeht, Caro vor lauter Einsamkeit unglücklich wird und Greta mit ihrer Malerei grandios scheitert. Ist das etwa die Strafe des Schicksals für ihren dreisten Betrug mit der animalistischen Balance?

Oder ist sie einfach nur hundemüde?

Schmetterlinge im Bauch

I have never dreamed it, have you ever dreamed a night like this?«, ertönt die unverwechselbare Stimme ihrer Namensschwester Caro Emerald in Partylautstärke aus den nagelneuen Siebenhundert-Euro-Boxen. Caro tanzt durchs Wohnzimmer, erfreut sich am fetten Sound der Anlage und grölt lauthals mit. Sehr schräg, das muss sie selbst zugeben, und ihr ist auch völlig klar, dass sie keinen einzigen Ton sauber trifft. Aber sie hat Spaß! »*When everything you think is incomplete starts happening when you are cheek to cheek*«, brüllt Caro deutlich undamenhafter als sie aussieht in ihrem schwarzen, bodenlangen Negligé aus Seide und Spitze. Der Vintage-Look dieses edlen Teils passt wunderbar zu Caro Emeralds Ballroom-Swing, den sie so liebt – und so wenig beherrscht.

Zum Glück hört mich hier niemand, denkt sie und grinst dabei vor sich hin. Und schon gar nicht Frank! Der würde sich ohnehin schon ausführlich darüber mokieren, dass sie am helllichten Samstagmorgen noch im Nachthemd ist. Ja, in der Tat, Caro lässt es sich so richtig gutgehen. Sie hat ausgeschlafen, danach im Bett gefrühstückt, was Frank außerhalb des Krankenhauses für schlichtweg abwegig hält, und später wird sie einen langen Spaziergang in der Herbstsonne unternehmen. Heute ist einer jener seltenen Novembertage, die kein bisschen grau und schmuddelig sind, sondern den Eindruck erwecken, der goldene Oktober sei in die Verlängerung gegangen. Ein Geschenk von Petrus, das sie anzunehmen gedenkt. *Carpe diem* ist eben mehr als ein hübscher Wallpaper-Spruch. Zum Glück hat Caro das endlich begriffen.

Trotzdem meldet sich ihr preußisches Pflichtgefühl, als sie eine halbe Stunde später durch den Stadtpark spaziert, sich von der Herbstsonne den Rücken wärmen lässt und zusieht, wie eine alte Dame Schwäne füttert. Caro lächelt ihr freundlich zu und marschiert weiter.

»Warum bist du nicht im Laden und arbeitest?«, fragt da eine fiese, bohrende Stimme in ihrem Hinterkopf. Offenbar ist ihr Gewissen ein humorloser Sachbearbeiter. So einer von der Sorte, der Pullunder mit Rautenmuster trägt und Schirmmützen. Einer, der schon Nerd-Brillen besaß, als die noch gar nicht so hießen und schon gar nicht als cool galten.

Caro beschließt, ihm den Namen Erwin zu verpassen. Sofort fühlt sie sich besser. Erwin soll sich mal entspannen, dieser alte Spaßverderber! Nur weil er selbst so ein freudloses Dasein fristet, muss er ihr das Leben nicht vermiesen.

»Erwin, du bist ein echter Blödmann«, murmelt sie grimmig vor sich hin. Irritiert schaut der Herr mit dem Cockerspaniel, der ihr gerade entgegenkommt, zu ihr rüber. Hoffentlich heißt er nicht ausgerechnet so! Aber wahrscheinlich wundert er sich nur, dass Caro Selbstgespräche führt. Sicher hält er sie für geistig verwirrt. Wäre er ein Exemplar der Generation Headset, hätte er wahrscheinlich vermutet, sie würde telefonieren.

Caro wartet, bis der Cockerspaniel-Mann weit genug weg ist, dann knöpft sie sich Erwin noch einmal vor: »Du fragst nach dem Laden? Der läuft bestens. Claire arbeitet dort heute, die Studentin, die sich vor ein paar Wochen auf mein Aushilfen-gesucht-Inserat gemeldet hat. Und weißt du was, Erwin?

Ich kann mir das leisten. Ich kann es mir sogar leisten, künftig noch viel öfter freizunehmen, denn die Boutique wirft mehr Gewinn ab denn je, seit Philipp auch dafür eine Social-Media-Kampagne gestartet hat.«

Erwin scheint unbeeindruckt. »Du brauchst ja auch mehr Geld als früher«, erwidert er ungerührt, »schließlich zahlt Frank dir keinen Unterhalt. Du musst jetzt ganz alleine klarkommen. Zum ersten Mal in deinem Leben!«

Das war fies. Erwin kennt Caros wunden Punkt leider haargenau. Aber so leicht lässt sie sich nicht ins Bockshorn jagen, schon gar nicht von einem rundum spaßbefreiten imaginären Sachbearbeiter. »Dann verrate ich dir mal, was meine Anwältin zu dem Thema gesagt hat, lieber Erwin. ›Sehr klug von Ihnen, dass Sie bei der Eheschließung Gütertrennung vereinbart haben. So müssen Sie Ihrem Ehemann weder von Ihren Einkünften aus der Kinderboutique *Piccolobello* etwas abgeben noch vom Gewinn aus dem inzwischen aufgelösten Unternehmen *Sphinx*. Auch Ihre neue Penthouse-Wohnung gehört Ihnen alleine.‹ Da staunste, was?«

Erwin schweigt trotzig. Aber Caro ist noch nicht fertig mit ihm. »Und weißt du, was noch besser ist? Dass der Bungalow Frank und mir gemeinsam gehört. Wir sind beide als Besitzer eingetragen, ha! Dazu fällt dir wohl nichts mehr ein, Erwin, oder?« Kein Mucks mehr von ihm. Doch Caro ist nicht mehr zu bremsen, schließlich will sie ihren Triumph auskosten. »Weißt du, was das bedeutet, Erwin? Frank muss mich entweder ausbezahlen, oder wir verkaufen die Hütte und teilen den Gewinn. In jedem Fall steht mir die Hälfte des Immobilienwertes zu. Das wird ein wunderbarer warmer Geldregen, sag ich dir! Und nur für den Fall, dass du jetzt Mitleid bekommst mit dem armen Frank: In Anbetracht der Tatsache, dass ich in den ersten Jahren deutlich mehr verdiente als Frank und damals auch den Großteil unseres Lebensunterhalts bestritt, ist das obendrein auch eine richtig faire Lösung.«

Dazu fällt Rautenpullunder-Erwin nun nichts mehr ein. Caro wünscht ihm noch ein schönes Wochenende und lässt ihn einfach stehen.

Gut gelaunt macht sie sich auf den Heimweg in Richtung Kastanienstraße. Es ist schon verblüffend: Nun wohnt sie gerade mal seit einem Monat in der neuen Wohnung, und schon fühlt sie sich dort mehr zu Hause als all die Jahre in der Sophie-Scholl-Straße.

Als sie an ihren fluchtartigen Auszug denkt, muss sie fast laut lachen. Mannomann, hatte sie einen Bammel davor, Frank reinen Wein einzuschenken! Schließlich drückte sie sich davor und hinterließ ihm einfach einen langen Brief. Das mag feige gewesen sein, doch in dem Moment erschien es ihr als die beste Lösung. Dann packte sie ihre Habseligkeiten in den Kleintransporter, den sie für einen halben Tag gemietet hatte, und brauste eilig davon, bevor ihr nichts ahnender künftiger Ex-Gemahl von der Arbeit nach Hause kam.

Während Caro in ihrem schicken Penthouse schwer damit beschäftigt war, ihre Klamotten, Bücher und CDs in die neuen Schränke zu räumen, flatterte ihr Nervenkostüm gewaltig. Wie würde Frank wohl reagieren? Mit Gebettel und Liebesschwüren? Beißendem Spott? Drohungen gar? Als sein Anruf schließlich kam, merkte sie rasch, dass nichts von alldem stimmte. Stattdessen trieb er sie auf die Palme, indem er sie kein bisschen ernst nahm. »Was ist denn das schon wieder für eine Kinderei, Spatzl«, fragte er in jenem salbungsvollen Ton, mit dem er ängstliche Knirpse zu überreden pflegt, sich von ihm Blut abnehmen zu lassen.

»Meine Entscheidung ist unwiderruflich, Frank«, presste Caro hervor. Doch Frank schien sie noch immer nicht für voll zu nehmen. »Das ist doch lächerlich, Kleines. Komm nach Hause! Es wird doch bald dunkel, da kannst du doch nicht allein da draußen umherirren. Wo willst du schlafen? Womöglich unter einer Brücke?«

Oh, wie sie diesen gönnerhaften Tonfall hasste! »Ich irre keineswegs draußen herum«, gab Caro zornig zurück, »im Gegenteil, ich liege sogar jetzt, in diesem Augenblick, auf dem wunderbar weichen Bett, in dem ich nächtigen werde.«

Frank seufzte hörbar, was wohl zum Ausdruck bringen sollte, dass ihm Caros infantile Sturheit gewaltigen Verdruss bereitete, und das nach einem schweren Arbeitstag. »Wo soll das denn sein?«, fragte er ungeduldig. »In Beckys winziger Behausung oder in Gretas heruntergekommener Fabrikhalle?«

Frechheit, so abschätzig von Beckys schnuckeligem Fachwerkhäuschen und Gretas coolem Loft zu reden!

Mit fester Stimme teilte sie ihm ihre neue Anschrift mit für den Fall, dass er sie seinem Anwalt weitergeben wollte. Dann legte sie grußlos auf und fuhr damit fort, ihre Krimis in alphabetischer Sortierung ins Regal zu räumen. Doch das hielt sie nicht lange aus. Dann stürmte sie hinaus auf die Terrasse und hielt Ausschau. Und sie hatte sich nicht geirrt – schließlich kannte sie ihren Doktor Pappenheimer. Wenig später bog Franks angeberischer roter Porsche um die Ecke und fuhr langsam am Haus vorbei, jedoch ohne anzuhalten. Dann brauste er davon, und Caro ging hinein, um zu feiern.

»Could you ever dream it? I have never dreamed, dreamed a night like this«, trällert sie vor sich hin, während sie die Wohnungstür aufschließt. Denn ihr neues Lebensmotto *Carpe diem* gilt für den ganzen Tag, rund um die Uhr – also auch für die Nacht. Vor allem für eine Nacht wie heute …

Der Spaziergang hat gutgetan! Jetzt hat Caro Lust auf einen Tee. In der Küche fällt ihr Blick auf die Einladungskarte, die an der Pinnwand hängt. Zur Einweihung von Beckys Café, die nachher stattfindet. Wobei, eigentlich ist es ja gar nicht Beckys Café, sondern das von Bastian. Aber heute sind sie gemeinsame Gastgeber. »Offizielle Eröffnung des *Cafés Sphinx.* Nur für geladene Gäste«, steht auf der Titelseite der Klappkarte, darunter Datum und Uhrzeit. Innen heißt es dann: »Wir freuen uns darauf, auch dich zu begrüßen. Bastian Frobenius (Inhaber) und Rebekka Quandt (Geschäftsführerin).«

Caro grinst breit beim Gedanken daran, wie Becky vor einigen Wochen völlig aufgelöst vor ihrer Tür stand und ihr von Bastians Angebot erzählte. »Das kann er doch nicht ernst meinen?«, hat sie ein übers andere Mal wiederholt. »Kann ich das überhaupt annehmen? Warum tut er das? Aus welchem Grund sollte jemand so großzügig zu mir sein?« Tja, in dem Buchhaltungskurs, den sie neuerdings besucht, sind solche Glücksfälle wohl nicht vorgesehen …

Okay, Bastians Idee war auch wirklich fast zu gut, um wahr zu sein: Er hatte Becky, die ja nun die Hausbesitzerin war, darum gebeten, ihm das ehemalige *Pilsstübchen* zu verpachten. Und ihr gleichzeitig vorgeschlagen, sie als Geschäftsführerin des Cafés einzustellen – mit festem Gehalt. Und zusätzlicher Gewinnbeteiligung.

»Bist du irre?«, hatte Caro spontan argumentiert. »Natürlich nimmst du das Angebot an! Das löst auf einen Schlag all deine Probleme: Von der Pacht kannst du die Renovierung finanzieren. Und von deinem Gehalt könnt ihr sicher leben, du und Nelly. Ist doch perfekt, oder?«

»Entweder ist dieser Mann einfach zu gut für diese Welt, oder aber irgendwas ist da faul.« Becky kann wirklich ganz schön misstrauisch sein!

Auch Greta versuchte, sie umzustimmen. »Vielleicht steht er einfach auf dich und hat das Ganze so arrangiert, um mehr Zeit mit dir verbringen zu können?«

»Ach, was du immer redest«, wehrte Becky ab.

Auch Florian tat sein Bestes, sie zur Vernunft zu bringen: »Endlich hat Bastian einen neuen Traum. Das *Café Sphinx* ist ein Projekt, das ihn total reizt. Tja, und außerdem hat er ein schlechtes Gewissen, weil er dich vor dem Notartermin so an der Nase herumgeführt hat. Und keine Sorge, Kohle hat er bis zum Abwinken, er kann sich diese Großzügigkeit aus der Portokasse leisten.«

Damit war Becky fast überzeugt. Aber eben nur fast. Schließlich war es Bastian selbst, der sie umstimmen konnte. »Der Laden wird besser laufen, wenn wir ihn gemeinsam führen. Zumal ich tagsüber Zeit für meine anderen Geschäfte brauche und du abends bei Nelly sein willst. Hey, du musst zugeben: Es wäre doch total unvernünftig, wenn diejenige, die weniger Kapital hat, das finanzielle Risiko ganz alleine tragen müsste.«

Dagegen war einfach nichts einzuwenden. Und so hat sich Becky endlich dazu durchgerungen, dem Deal zuzustimmen.

In den letzten Wochen hat Caro sie kaum zu Gesicht bekommen. Fast rund um die Uhr haben Becky und Bastian wie die

Wahnsinnigen geschuftet, um rechtzeitig vor der Eröffnung des Cafés fertig zu werden. Es wurden Möbel besorgt, Böden verlegt, Wände gestrichen, Geräte herbeigeschafft, Preise festgelegt, Speisekarten in Druck gegeben und tausend andere Kleinigkeiten erledigt.

Besonders gespannt ist Caro auf Beckys Farbkonzept, von dem sie ihr schon mehrfach vorgeschwärmt hat: »Ziegelrot, Eierschalenbeige, Nachtblau und Pistaziengrün, das ist die ultimative Kombination. Einfach umwerfend, was diese Töne für eine großartige Atmosphäre in einem Raum zaubern können!«

Klingt gut! Aber gesehen hat sie diese Pracht noch nicht. Becky und Bastian gewährten niemandem außer ein paar Handwerkern Zutritt zur Baustelle. Wie alle anderen geladenen Gäste darf auch Caro das Resultat der Renovierungsarbeiten erst in zwei Stunden bestaunen, um Punkt siebzehn Uhr. Wenn alles perfekt ist und die Eröffnungsparty steigt.

Greta hat Glück, sie durfte heute Vormittag schon einen Blick in die topgeheimen Räumlichkeiten des *Cafés Sphinx* werfen. Denn da wurden ihre Bilder aufgehängt, die in den nächsten Wochen hier gezeigt werden. Greta schwankt zwischen Aufregung, Euphorie und Verzweiflung. In einem Moment freut sie sich noch darauf, alle Gäste mit ihrer Kunst zu verzücken, im nächsten fürchtet sie schon, dass man sie ausbuhen wird. Caro hat es mittlerweile aufgegeben, ihrer Freundin zu versichern, dass der Erfolg quasi unausweichlich ist. Greta glaubt ihr ja doch nicht.

Statt Greta jetzt noch einmal anzurufen und zum fünften Mal für diese Woche ihr wirres Lampenfieber-Gestammel anzuhören, richtet Caro ihre volle Aufmerksamkeit auf den Kleiderschrank. Fast wünschte sie, sie hätte nichts anzuziehen, so wie andere Frauen auch. Dann könnte sie jetzt losziehen und rasch noch etwas Neues kaufen. Irgendein unauffälliges, figurfreundliches Hängerchen. Aber ihr Problem ist das genaue Gegenteil. Caro war bereits ausgiebig shoppen. In den letzten Wochen hat sie sich allerhand gewagte Teile zugelegt, so wie den Bleistiftrock mit hohem Schlitz, die taillierte Longbluse mit Wow-Dekolleté, die Lederhose, die so gut zu dem Paillettenshirt passt, oder den schwarzen Overall mit dem breiten, roten Gürtel. »Klamotten mit hohem Flirtfaktor«, wie Greta gemeint hat. Sie fand Caro umwerfend darin. Die selbst dagegen findet sich irgendwie frivol. Sie ist doch keine *femme fatale!* Was hat sie sich nur gedacht, als sie diese Sachen aussuchte?

»Ja, was hast du dir gedacht, dich dermaßen ordinär zu kleiden?«, meldet sich Erwin wieder zu Wort.

Na, der hat ihr gerade noch gefehlt!

»Du würdest mir natürlich raten, in Cordhose und Rautenpullunder zur Party zu gehen, Erwinlein«, gibt Caro patzig zurück. »Da muss ich dich leider enttäuschen, mein Lieber. Ich werde jetzt ein Outfit nach dem anderen anprobieren, und das, bei dem du besonders empört aus deiner spießigen Wäsche schaust, behalte ich an!«

Erwin ist es offenbar peinlich, ihr beim Umkleiden zuzuschauen, denn kaum knöpft sie ihre Jeans auf, löst er sich in Luft auf.

»Mach dich mal locker und lass es krachen, Erwin«, ruft sie ihm hinterher.

Eine Stunde später ist Caro frisiert, sorgfältig geschminkt und fertig angezogen. Die Wahl ist auf den schwarzen Overall mit dem roten Lackgürtel gefallen. Dazu trägt sie rote Pumps und eine kurze, rote Lederjacke.

»Kopf hoch«, feuert sie ihr Spiegelbild an, »du siehst super aus. Hör auf, dich wie eine verklemmte Klosterschülerin zu benehmen. Und wende an, was du gelernt hast!«

Denn ja, auch Caro hat sich fortgebildet. Nicht freiwillig übrigens, denn von selbst wäre sie niemals auf die Idee gekommen, einen Kurs mit dem Titel »Flirten für Anfänger« zu besuchen! Ganz im Gegensatz zu Greta und Becky, die der Ansicht waren, Caro hätte in diesem Bereich extremen Nachholbedarf. Neulich, als sich die drei in Caros neuer Wohnung zum Weiberabend trafen, überreichten sie ihr einen Gutschein für den Kurs. »Einweihungsgeschenk«, sagte Becky. »Neue Wohnung, neues Leben, neues Glück.«

Zuerst fand Caro das alles höchst lächerlich und überflüssig. Sie war doch gar nicht auf der Suche nach einem neuen Kerl, schon gar nicht so kurz nach der Trennung! Doch dann hat der Kurs wider Erwarten tierisch viel Spaß gemacht. Zumal ihr Isabella Wagenknecht, die Dozentin, klarmachte, dass es gar nicht unbedingt darum geht, Kerle aufzureißen. Jedenfalls nicht in erster Linie. »Viel wichtiger ist es, deine natürliche Ausstrahlung zum Leuchten zu bringen. Wenn du der Welt flirtend begegnest, wird die Welt dir zu Füßen liegen.«

Zu ihrem allergrößten Erstaunen muss Caro zugeben, dass Isabella damit völlig recht hatte! Na gut, das mit dem Zu-Füßen-Liegen war natürlich gnadenlos übertrieben, aber Tatsache ist: Es macht ihr unglaublich viel Spaß, diese Lektion tagtäglich durch Anwendung im Alltag zu trainieren. Und so flirtet

Caro in letzter Zeit, was das Zeug hält. Zum Beispiel mit dem Hutträger, der in der Bäckerei um die Ecke jeden Morgen ein Croissant und einen Caffè Latte to go kauft und ein sehr nettes Lächeln hat. Oder mit dem Typ aus dem Autohaus, der sie so nett berät. (Caro will das gelbe Cabrio in Zahlung geben und stattdessen einen Wagen kaufen, der besser zu ihr passt. Vielleicht einen Mini.) Ja, sie flirtet sogar mit dem überforderten Vater, der gestern bei ihr im Laden war, um sein schlechtgelauntes, höchstwahrscheinlich gnadenlos verzogenes Fräulein Tochter durch den Kauf eines megateuren Outfits aufzumuntern. Es ist so einfach! Ein paar nette Bemerkungen, ein, zwei lange Blicke, ein Lächeln … Isabella wäre stolz auf sie. Ja, die sagte sogar schon während des Kurses, Caro sei ein Naturtalent. Liegt bestimmt daran, dass sie zurzeit so happy ist. Manchmal wacht sie morgens auf, und schon könnte sie die ganze Welt umarmen. Und all das nur, weil sie endlich kapiert hat, dass Frank nicht die Liebe ihres Lebens ist, sondern ein arroganter Blödmann, der sie nicht verdient hat.

Als sie das Autoradio einschaltet, läuft Caro Emerald. *A night like this.* Was für ein Zufall. Sie wertet das als gutes Omen. Greta steht schon vor dem Haus, als Caro sie zum vereinbarten Zeitpunkt einsammelt. Ihr Auto ist in der Werkstatt, und es ist definitiv zu kalt, um mit dem Rad zu fahren. Vor allem, wenn man einen so kurzen Rock trägt wie Greta. Zitternd steigt sie ein und fängt sofort an, vom Interieur des Cafés zu schwärmen.

Lachend unterbricht Caro ihre Freundin. »Nicht zu viel verraten, Becky möchte doch, dass es eine Überraschung wird. Und in zehn Minuten sehe ich es ja selbst.«

»Okay, okay, ich sage nichts mehr«, grinst Greta, nur um sich selbst sofort Lügen zu strafen. »Du wirst begeistert sein! Alles ist so geschmackvoll und so harmonisch und so wunderbar retro, aber zugleich auch stylish! Wenn Becky vorhin nicht losgemusst hätte, um Nelly übers Wochenende zu ihrem Erzeuger zu bringen, stünde ich jetzt noch dort, starr vor Staunen.«

»Themenwechsel«, ruft Caro aus.

»Ist ja schon gut, du Vamp.«

»Vamp? Bist du von Sinnen? Du hast wohl zu viel *Twilight* gesehen.«

»Ich sagte Vamp, nicht Vampir«, klärt Greta sie auf. »Der männermordende, erotische Frauentyp, der die Herren der Schöpfung mit seiner geheimnisvollen, verführerischen Ausstrahlung reihenweise um den Verstand bringt.«

»Scherzkeks«, prustet Caro los, »aber ich kann's ja mal probieren. Ich hatte mir sowieso vorgenommen, heute Abend mein neu erworbenes Flirt-Know-how auszuprobieren.«

Für Greta ein willkommener Anlass zu fragen, ob sie denn über Frank einigermaßen hinweg sei.

»Über wen?«, frotzelt Caro.

»Du scheinst ja richtig aufzublühen als Single«, staunt Greta.

Und da hat sie vollkommen recht. Caro kann sich kaum daran erinnern, sich jemals so wohl gefühlt zu haben wie in den letzten Wochen.

»Ja, mir geht es einfach saugut«, sagt sie. »Es ist, als wäre ich jahrelang krank gewesen und jetzt endlich genesen. Und das allergrößte Wunder dabei ist: Ich habe keine Heißhunger-Anfälle mehr auf Süßes. Wer nicht getröstet werden muss, braucht auch kein Trostfutter. Genial, oder?«

»Offen gestanden, manchmal frage ich mich, ob ich zeit meines Lebens allein bleiben werde«, seufzt Greta. »Ich bin, mit kurzen Unterbrechungen, wohl schon zu lange Single, um es wirklich genießen zu können. Einerseits werde ich bestimmt langsam verschroben und beziehungsunfähig, andererseits verlerne ich, die Vorteile des Alleinlebens wirklich zu schätzen.«

Bei Caro dagegen ist alles noch so neu und spannend, dass sie spontan ins Schwärmen gerät. »Endlich kann ich im Bett frühstücken, ohne dass sich Frank über Krümel auf den Laken beschwert. Ich kann wild durch die Wohnung tanzen, was Frank garantiert hochgradig kindisch fände. Ich kann mir eine Doppelfolge von *Dr. House* anschauen, ohne mir blöde Bemerkungen von Frank anhören zu müssen, der diese Serie zutiefst verabscheut. Ich kann sogar Fotos von dir und Becky ins Regal stellen, damit ich euch immer um mich habe, ohne dass Frank durchdreht!«

Spätestens dieses Beispiel überzeugt Greta.

»Nicht zu vergessen: Ich kann auch eines deiner Gemälde kaufen und im Wohnzimmer aufhängen, wann immer es mir beliebt«, ergänzt Caro, während sie vor dem *Café Sphinx* einparkt. Zum Glück sind sie so früh, dass es noch genügend freie Plätze gibt. In einer halben Stunde sieht das bestimmt schon ganz anders aus.

»O Gott, meine Bilder«, ruft Greta mit schriller Stimme. »Wenn ich nur schon wüsste, ob die Leute sie lieben oder hassen werden!«

Sie hat über das Gespräch mit Caro tatsächlich ihre Aufregung vergessen. Wenn auch nur für kurze Zeit.

»Sie sind großartig«, sagt Caro. »Wer sie nicht mag, ist selbst schuld.«

Greta hat nicht zu viel versprochen: Das *Café Sphinx* ist der Hammer! Kaum zu glauben, dass in diesen Räumlichkeiten noch vor wenigen Wochen das miefige *Pilsstübchen* beherbergt war. Die Atmosphäre trägt eindeutig Beckys Stempel. Es ist wirklich wunderschön geworden. Die Wand- und Stofffarben harmonieren perfekt, der aus Gaststube und Nebenzimmer neu entstandene Hauptraum ist großzügig und heimelig zugleich, die Kombination aus Bistrotischen mit Barhockern, klassischen langen Tafeln und Ledersofas mit kleinen Couchtischen lockert auf und bewirkt, dass man sich hier sofort wohl fühlt.

Noch sind Gretas Gemälde verhüllt. Becky und Bastian wollen es wirklich spannend machen. Die Künstlerin rennt direkt in Richtung Toiletten, weil sich ihre Nervosität mal wieder auf ihr Konfirmandenbläschen auswirkt. Caro setzt sich auf einen Barhocker direkt an der Theke und beglückwünscht die beiden Neu-Gastronomen. Sie tragen nagelneue nachtblaue T-Shirts mit eierschalenbeigem *Sphinx*-Logo und pistazienfarbener Aufschrift: *»schwer vermittelBAR«* steht auf Beckys Shirt und *»leicht entflammBAR«* auf Bastians. Darunter tragen sie eine bodenlange Bistroschürze in Ziegelrot. Ganz im *Sphinx*-Design. Die beiden sind damit beschäftigt, Sektgläser zu füllen und auf Tabletts zu stellen. Schmunzelnd deutet Becky auf eine Ansichtskarte, die auf dem Tresen liegt. »Ist eben gekommen. Das musst du lesen!«

Auf der Vorderseite ist das Taj Mahal abgebildet. Neugierig dreht Caro die Karte um und liest: »Viel Erfolg für euer neues Projekt wünschen euch Kurt und Liz! Wir schicken euch herzliche Grüße von unserer Hochzeitsreise. Bei euch alles platoni? So eine Weltreise wirkt wie ein dritter Frühling. Aber keine

Angst, wir werden schon nicht vom Pfad der Jugend abweichen!«

Grinsend gibt sie die Karte an Greta weiter, die gerade wieder auftaucht.

»Mir hat Mamilein auch eine Karte geschickt«, erzählt die, »darauf kündigt sie an, dass es viel zu erzählen gibt, wenn sie zurück sind. Es sei noch nicht aller Abend Tage.«

»Na, hoffentlich fängt sie dabei nicht bei Adam und Opel an«, gibt Becky trocken zurück – und diesmal braucht Caro ein paar Sekunden, bis sie daraufkommt, was sich daran so verdammt elisabethanisch anhört.

So langsam füllt sich das Café. Dank Bastians großem Bekanntenkreis sind auch allerhand interessante Männer da, an denen Caro ihre Flirtkünste ausprobieren kann. Wo hatten die sich die ganze Zeit nur versteckt? Oder hat sie während ihrer Ehe unter einer Wahrnehmungsstörung gelitten? Einer Blindheit für attraktive Kerle? Dabei erscheint ihr Frank im Vergleich längst nicht mehr so gutaussehend.

Da kommt ja auch schon der erste Kandidat und deutet auf das leere Sektglas in Caros Hand. »Hast du auch so einen Durst? Ich hole mir ein Bier, und was darf ich dir mitbringen? Ich heiße übrigens Ingolf.«

Eigentlich mag Caro kein Bier. Aber urplötzlich steht ihr der Sinn nach einem schönen, erfrischenden Pils.

»Du solltest bei Wasser bleiben, um einen kühlen Kopf zu bewahren«, meldet sich Nervensägen-Erwin.

»Ich nehm dasselbe wie du«, antwortet sie spontan, »und ich bin Caro.« Dann schenkt sie Ingolf ein kleines, aber wirkungsvolles Lächeln. Macht wirklich einen Mordsspaß, diese Flirterei!

»Raus hier, Erwin! Das hier ist nur für geladene Gäste«, murmelt sie, während sie Ingolf hinterherschaut.

Als er mit dem Bier zurückkommt, testet Caro gleich einmal Isabellas Flirtregel Nummer drei (»Lass ihn das Gespräch eröffnen«) in Kombination mit Regel Nummer vier (»Suche Augenkontakt, aber immer nur für ein paar Sekunden«) und Regel Nummer zwei (»Achte auf deine Körperhaltung«).

Danach ermuntert sie einen ziemlich netten Arne, sie anzusprechen, unterhält sich mit einem etwas oberflächlichen Niels über das köstliche Büfett (Regel Nummer neun: »Vermeide allzu ernste Themen«) und rempelt einen unfassbar maskulinen Marco an, um Regel Nummer sieben anwenden zu können (»Ergreife auch mal die Initiative und schaffe einen Anlass dafür, dass er dich anspricht«). Caro fühlt sich frei. Frei wie ein Vogel im Wind. Regel Nummer eins: »Sei locker und ganz du selbst.«

Dann schaut sie zufällig in Richtung Tür, und schon ist der maskuline Marco vergessen. Denn eben betritt Philipp das *Café Sphinx*. Caro freut es mehr, ihn zu sehen, als sie gedacht hätte – ihr erhöhter Puls überrascht sie sehr. Philipp begrüßt sie mit zwei Wangenküsschen, und Caro stellt fest, dass er gut riecht. Dann gesellen sich Greta und Florian zu ihnen. Greta, weil sie die Nervosität kaum noch erträgt, und Florian, um Marco zu begrüßen und ihn dann als guten Freund vorzustellen, den er damals in der Journalistenschule kennengelernt hat.

»Dann seid ihr also die anderen beiden Damen, die gemeinsam mit Becky damals dieses legendäre Grunz-und-fauch-Wochenende geleitet haben?«, fragt Marco und deutet dabei auf Greta und Caro.

Na, klasse! Wahrscheinlich hat Florian seinem maskulinen

Spezi längst ausführlich erzählt, wie er sich undercover in das Seminar gemogelt hat.

Vergeblich versucht Florian, das Gesprächsthema zu wechseln. Offenbar ist es ihm ein bisschen peinlich, dass Marco das Gespräch auf seine Enthüllungsstory bringt.

Greta lässt es sich nicht nehmen, ihn ein wenig zu foppen. »Der gute Florian hat sich als Physiotherapeut ausgegeben und uns weisgemacht, dass er davon träumt, Hellseher zu werden.«

»Physiotherapeut? Hellseher? Du? Und wer hätte das glauben sollen?«, lacht Marco.

»Uns war ja sofort klar, dass er das schwarze Schaf in der Truppe ist«, behauptet Greta und zwinkert Caro zu.

»Wobei, wenn man Florian Schwarz heißt, ist das wohl Pflichtprogramm, oder?«, stellt Marco fest.

Stimmt, Caro hatte ganz vergessen, wie Florian mit Nachnamen heißt. Das passt ja wirklich wie die Faust aufs Auge.

Es ist Philipp, der sein Glas erhebt und den Trinkspruch des Abends prägt: »Nachts sind alle Schafe schwarz! Zum Wohl!«

Dann kommt der große Moment, in dem Bastian die Musik runterdreht und mit einem Löffel an sein Wasserglas schlägt. Zeit für die Begrüßungsrede!

»Freunde, Gäste, Mitbürger«, legt Bastian los und hat sofort die Lacher auf seiner Seite.

Becky fällt ihm gleich ins Wort: »Wir wollen euch nicht mit langen Vorträgen langweilen. Sondern einfach dafür danken, dass ihr da seid, dass ihr diesen besonderen Moment mit uns teilt, dass ihr uns Glück und Erfolg wünscht. Auf Träume, die in Erfüllung gehen. Auf die Freundschaft. Auf das *Café Sphinx!*«

Caro könnte fast wetten, dass Becky feuchte Augen hat, und

wenn ihre Rede an dieser Stelle nicht sowieso schon zu Ende wäre, müsste sie garantiert abbrechen, um den Kloß im Hals runterzuschlucken, sich kräftig zu schneuzen und sich ein, zwei Tränchen von den Wangen zu wischen.

»Und nun zum Highlight des Abends«, ruft Bastian aus, »wir enthüllen jetzt feierlich die Gemälde von Greta Hildebrandt. Ein Applaus für die Künstlerin!«

Nacheinander befreien Greta und Bastian die Bilder von ihren Stoffüberzügen. Der Beifall ist einfach überwältigend! Caro schaut hinüber zu Greta, unfassbar stolz auf ihre Freundin. Sie strahlt wie ein Honigkuchenpferd und sieht einfach nur toll aus! Dann sieht sie sich nach Becky um, die schon wieder hinter der Theke steht, Bier zapft und Drinks mixt, als hätte sie ihr ganzes Leben lang nichts anderes getan. Sie geht völlig auf in ihrer neuen Aufgabe, und ihre Augen leuchten. Wobei, vielleicht hat das auch ein klein wenig mit Bastian zu tun, mit dem sie wirklich perfekt harmoniert. Als würden sie schon seit Jahren miteinander arbeiten. Hey, das klappt alles wie am Schnürchen, oft ohne Worte. Ein Blick oder eine Geste genügt.

»Wirklich fantastisch, unglaubliches Potenzial«, dringt da an Caros Ohr. Neugierig dreht sie sich um.

Marco, Florians Journalistenfreund, steht vor einem von Gretas Wutbildern aus der roten Phase. Auch wenn er als Schreiberling wahrscheinlich wenig Ahnung von Kunst hat, freut es Caro unglaublich für Greta, dass ihre Arbeiten hier so gut ankommen.

Greta selbst ist es offenbar auch schon aufgefallen, dass Florian und Marco ihre Bilder im Blick haben. Sie hält sich im Hintergrund und hat, darauf könnte Caro wetten, ihrerseits Marcos Hintern im Blick.

Caro würde fast behaupten, dass Greta jetzt schon seit geschlagenen fünf Minuten dasteht und Marco auf den verlängerten Rücken glotzt, als wäre er ein Teil der Ausstellung. Marco wiederum ist ebenso lang in Gretas Bild vertieft. Entweder leidet er unter einer plötzlich auftretenden Lähmung oder er ist wirklich und wahrhaftig fasziniert.

Neugierig tritt Greta näher. Da dreht Marco sich um und strahlt sie an: »Du bist die Künstlerin? Ich bin einfach hin und weg. Ich muss deine Werke ausstellen. Unbedingt! Oder hast du schon einen anderen Galeristen in New York?«

In diesem Moment verliert Greta vorübergehend die Fassung. Und das Interesse an Marcos überaus ansehnlichem Gesäß.

Eins weiß Caro sicher: Dieser Typ war vielleicht irgendwann mal auf einer Journalistenschule, aber er ist alles andere als ein Nullachtfünfzehn-Redakteur!

»Marco hat lange als Kunstkritiker gearbeitet«, raunt Florian ihr mit Verschwörermiene zu, »und seit zwei Jahren ist er Inhaber der *Gallery New Art.* In Manhattan. Überraschung gelungen?«

O ja, mehr als gelungen!

»Du bist ein echter Freund, Florian«, sagt Caro aus tiefstem Herzen und umarmt ihn. Und ans Flirten denkt sie dabei kein bisschen.

»Lieb von dir, Caro«, antwortet Florian, »aber die Idee war nicht von mir. Sondern von Bastian.«

Caro ist überrascht. Bastian? Offenbar hat er ein noch größeres Herz, als sie geglaubt hat. Gibt er Gretas Karriere einen Schubs, weil er an sie glaubt? Weil sie eine Freundin von Becky ist? Oder einfach nur aus Gutherzigkeit?

Moment. Wenn das stimmt, was bedeutet das für seine Beziehung zu Becky? Hat er nur deshalb den Löwenanteil der Renovierung bezahlt, weil er so ein netter Kerl ist? Sieht er in ihr wirklich nur die kumpelhafte Geschäftspartnerin?

Und was ist mit Becky selbst? Ist sie immun gegen Bastians Charme? Caro beobachtet die beiden und ist fast sicher, dass da mehr ist. Mehr Emotionen, mehr Vibrations, mehr Karma.

Scherz – beziehungsweise Schwamm – beiseite: Caro registriert, wie Bastian quer durch den Raum ein strahlendes Lächeln in Richtung Becky schickt. Sie winkt ihm fröhlich zurück.

O Mann, sind die beiden nicht ein großartiges Team? Es gibt nur noch ein Team, das noch großartiger ist: Becky, Greta und sie selbst. Was für ein Glück, so wunderbare Freundinnen zu haben! Caro erhebt ihr Glas und prostet den beiden zu. *Danke, dass es euch gibt.*

Okay. Und nun zurück zum Flirten. Immerhin hat sie eine Mission zu erfüllen! Caro will Erwin ärgern und heute so richtig viel Spaß haben. Deshalb macht sie sich umgehend auf die Suche nach Philipp. Die Schmetterlinge in Caros Bauch sind am Durchdrehen. Fühlt sich an, als wollten sie fliegen.

Statt eines Nachworts

Wo hat der Frosch die Locken?

Es ist Viertel vor drei an einem sonnigen Tag im April, als Rebekka Quandt die Treppen zum Eingang der Kindertagesstätte *Villa Kunterbunt* hinaufstürmt. Höchste Zeit, Nelly abzuholen. Heute deutlich früher als sonst, denn es ist ein besonderer Tag: Schulanmeldung! Nelly ist schon ganz aufgeregt. Und Becky nicht minder.

Im Gruppenraum sind alle um eine Frau geschart, die ein farbenfrohes Wallegewand trägt, dazu ein passendes Stirnband und Zehensandalen. Sie liest den Kindern eine fröhliche Geschichte vor, in der es um Freundschaft, Mut und das Recht jedes Kindes auf eine eigene Meinung geht. »›Jetzt weißt du, wo der Frosch die Locken hat‹, sagte Fips zu dem staunenden Herrn Wüterich, und der hatte seine Lektion gelernt. Nie wieder würde er ein Kind unterschätzen!«, schließt die Vorleserin und klappt das Buch zu.

Becky applaudiert. »Tolle Geschichte. Von wem ist die?«

Im gleichen Moment wird ihr klar, wen sie da vor sich hat.

»Frau Nette! Ich hätte Sie um ein Haar nicht erkannt. Sie sehen so, na ja, verändert aus.«

Nelly hat zwar neulich erwähnt, dass Frau Nette wieder da ist und viel mehr Witze macht als früher, bevor sie *Bärenhaut* bekam, aber dass sie sich in eine strahlende, gutgelaunte Hippiefrau verwandelt hat, hätte Becky nun wirklich nicht erwartet.

»Haha«, lacht Frau Nette silberhell, »da haben Sie recht. Alles ist anders, seit ich diesen *Phönix*-Workshop gemacht habe. Kennen Sie Seelentierbalance?«

Becky starrt Frau Nette entgeistert an. »Seelentier … was?«

»Seelentierbalance. Großartige Sache. Ich beispielsweise habe den Tiger und die Eidechse als Seelentiere. Nur waren die vollkommen außer Balance. Ich musste den Tiger stärken, und schon ging's mir gut.«

Becky kann kaum glauben, was sie da hört. »Und wie heißt der Anbieter? Sagten Sie *Sphinx?*«

»Aber nein, *Phönix.* Finden Sie unter Phönix-Falkenhof.de im Internet. Der Seminarhof liegt ungefähr anderthalb Autobahnstunden von hier.«

Fast hätte Becky »Ich weiß« geantwortet, doch sie beißt sich gerade noch rechtzeitig auf die Lippen.

»Lars Berger, der Inhaber des Falkenhofs, hat die Seelentierbalance selbst erfunden. Er ist ganz großartig, haha, aber das muss ich ja sagen, schließlich ist er mein Verlobter!«

»Ihr … echt? Wow! Dann, ähm, herzlichen Glückwunsch, Frau Nette. Das sind ja unglaubliche Neuigkeiten!«

»Ach was, lassen wir doch das alberne Gesieze. Ich bin Morgana-Ashanti. Und du heißt Rebekka, richtig?«

Das glaubt mir kein Mensch, denkt Becky und hustet das aufkeimende Lachen weg. Kein Mensch!

»Hast du einen Moment, Greta? Jonathan Adams möchte dich interviewen. Er kommt von *The Gray Lady.*«

Greta Hildebrandt, bis vor einer Sekunde noch völlig in ein Gespräch vertieft, schaut Marco Weiss irritiert an. »*The Gray Lady?* Wer in aller Welt ist das denn?«

»Ein Spitzname für *The New York Times*«, klärt ihre Gesprächspartnerin Greta auf. »Was für eine Ehre, dass die extra einen Redakteur vorbeischicken!«

Greta kann es kaum fassen. »Die *New York Times?* Ich glaube, ich werde ohnmächtig!«

»If you can make it here you make it everywhere«, trällert Marco mit einer gar nicht mal so üblen Baritonstimme den Ohrwurm über die Stadt, die nie schläft.

Ich muss wohl träumen, denkt Greta, während sie Marco quer durch seine Galerie folgt. Die *Gallery New Art,* in der sich gerade die High Society von Manhattan gegenseitig auf die Füße tritt, um einen Blick auf Gretas *Wutbilder/Mutbilder* zu werfen, die hier unter dem Motto »Fury and Hope by Greta Hildebrandt« präsentiert werden.

»Klingt cool, fast nach einem trendigen Parfum«, hat sie neulich Marcos Vorschlag kommentiert. »Oder einem Designlabel.«

»Ist es ja auch«, lautete seine Antwort.

Der Redakteur der *New York Times* trägt eine Glasbaustein-Brille, einen speckigen Anzug und ein schlechtsitzendes Toupet. Zum Glück spricht er perfekt Deutsch, wenn auch mit starkem Akzent. Greta fällt ein Stein vom Herzen.

»Zunächst einmal herzlichen Glückwunsch zu dieser gelungenen Ausstellung!«, legt er los. »Wie ich eben mitbekommen habe, wurden schon drei Werke für einen fünfstelligen Betrag verkauft.«

Fünfstellig? Greta braucht einen Moment, um zu begreifen, was das bedeutet. Und es zu glauben. Dann breitet sich ein strahlendes Lächeln über ihrem Gesicht aus. Von wegen fleischlose Kunst, Mamilein, denkt sie.

»Was hätten Sie gesagt, wenn man Ihnen vor einem halben Jahr prophezeit hätte, dass Sie heute der strahlende Mittelpunkt einer New Yorker Vernissage sind?«, fragt Jonathan Adams.

Ich hätte laut gelacht, denkt Greta. »Ich hätte angefangen, mein eingerostetes Englisch aufzupolieren«, antwortet sie stattdessen.

»Wie viel Symbolik steckt eigentlich in Ihren Werken? Ich entdecke an vielen Stellen Gesichter. Tiergesichter. Und Spuren, wie von Pfoten oder Tatzen. Ist das Absicht?«

Irgendwo hat Greta einmal gelesen, dass wohl niemand so viel dummes Zeug zu hören bekommt wie die Bilder in einer Ausstellung. Nun wird ihr klar, dass auch den Künstlern nichts erspart bleibt.

»Nun ja, was immer Sie in diesen Bildern entdecken, ist richtig. Absicht gibt es nicht. Nur Wut. Und Mut.«

Der Typ will Geschwafel? Kann er kriegen.

Als Carolin Arnold nach einem langen, aber erfolgreichen Tag im *Piccolobello* nach Hause kommt, verrät ihr der Geruch, der aus der Küche kommt, dass Philipp schon da ist.

»Ich koch uns was Leckeres«, ruft er überflüssigerweise, denn das Aroma ist unverwechselbar: Spargel, neue Kartoffeln, Sauce Hollandaise. Caros Lieblingsessen im Frühling.

Eigentlich.

Doch heute hat sie überhaupt gar keinen Appetit darauf. Eher nach Torte. Das liegt bestimmt am Stress! Die furchtbare Frau Michaelsen war vorhin wieder im Laden mit ihren unmöglichen Zwillingen Henry und Jeremy, um die beiden für den Sommer neu einzukleiden. Das hat Nerven gekostet, und Zucker ist ja bekanntlich Nervennahrung.

Philipp begrüßt Caro mit einem Kuss und einer zärtlichen Umarmung. Dann deutet er auf einen Stapel Post, der auf der Anrichte liegt. »Alles für dich. Unter anderem ein Schreiben von Franks Anwalt.«

»Na endlich. Das müssen die Scheidungspapiere sein!«

Eilig reißt Caro das betreffende Kuvert auf. »Keine Einwände … Einvernehmlich … Direkt nach dem Trennungsjahr kann die Scheidung ausgesprochen werden«, murmelt sie halblaut, während sie das kurze Anschreiben in gestelztem Anwaltsdeutsch überfliegt.

»Na endlich! Das feiern wir«, meint Philipp. »Soll ich uns einen Rotwein aufmachen?«

Da dreht sich Caro der Magen um. Die Hand vor den Mund gepresst, stürzt sie ins Badezimmer.

Du liebe Zeit, wann habe ich mich das letzte Mal übergeben?, denkt sie, während sie sich erschöpft den Mund ausspült.

»Geht's dir gut?« Philipp schaut besorgt zur Tür herein.

»Das war alles zu viel heute«, seufzt sie, »die Michaelsen mit ihren Horrorzwillingen, die Hitze draußen – und das im April. Dann dieser Brief …«

Nicht zu vergessen der Spargelmief und der abstoßende Gedanke an Rotwein. Doch das sagt sie nicht.

Philipp versteht auch so, was Sache ist. Er öffnet das Hängeschränkchen, das mit »Hausapotheke« beschriftet ist, und durchwühlt es. »Hier war doch noch ein … Da ist er ja! Hier, mach. Ich wette auf zwei Streifen.«

»Du spinnst ja, das kann doch nicht sein«, ruft Caro überrascht aus.

Doch fünf Minuten später zeigt der Schwangerschaftstest ganz eindeutig, dass Philipp richtig getippt hat.

»Zwei Streifen, ich wusste es!«, jubelt er und fällt ihr begeistert um den Hals.

Caro ist zu überwältigt, um antworten zu können.

»Wie wollen wir es nennen?«, fragt Philipp. »Bei einem Mädchen schwebt mir Marlene vor.«

»Marlene ist sehr hübsch.«

»Und wenn's ein Junge wird?«

»Egal. Alles, bloß nicht Erwin!«

Der Beginn einer wunderbaren Katastrophe

Heike Abidi

Wahrheit wird völlig überbewertet

Roman

Eigentlich hat Friederike nur ein paar Wonneröllchen zu viel. Doch dann wird sie bei einem Business-Meeting tatsächlich gefragt, wann es denn so weit wäre! Und weil ihre Antwort etwas missverständlich ausfällt, starren plötzlich alle auf ihren Bauch, der jetzt keine Problemzone mehr ist, sondern heilige Brutstätte. Natürlich will sie das Missverständnis baldmöglichst aufklären. Doch irgendwie ergibt sich kein geeigneter Moment für die Wahrheit. Und schon hat sich Friederike in ein Lügengeflecht verstrickt, aus dem sie einfach nicht mehr herauskommt …

KNAUR

Liebe, Lust und Leberkäs

Franziska Weidinger

Keine Sau hat mich lieb

Roman

Himmiherrgottsakrament! Burgi Schweinsteiger, Metzgerin aus Untermarktlbrunn, kann es nicht glauben. Da verläuft sich einmal ein interessanter Mann ins Dorf, prompt hat ihr Vater, der Hallodri, einen »kleinen Unfall«, der sich als ausgewachsene Katastrophe entpuppt. Statt mit dem Filetstück von Mann über das Leben, die Liebe und die Literatur zu plaudern, muss Burgi tricksen, was das Zeug hält. Schließlich steht nicht nur der Familienbesitz, die Metzgerei, auf dem Spiel, sondern auch der erste bayerische Poetry Slam der Geschichte, die Ehre ihrer besten Freundin und Burgis Traum von einem Leben mit etwas mehr Poesie …